어두운 숲

FOREST DARK
by Nicole Krauss

이 도서의 국립중앙도서관 출판예정도서목록(CIP)은
서지정보유통지원시스템 홈페이지(http://seoji.nl.go.kr)와
국가자료종합목록 구축시스템(http://kolis-net.nl.go.kr)에서 이용하실 수 있습니다.
(CIP제어번호: CIP2020017506)

어두운 숲

니콜 크라우스 장편소설 | 민은영 옮김

Forest Dark

Nicole Krauss

문학동네

일러두기

1. 주석은 모두 옮긴이주다.
2. 본문 중 고딕체는 원서에서 이탤릭체나 대문자로 강조한 부분이다.

아버지에게

ולגבּייא

낙원 추방은 주요한 의미에서 영속적이다. 그리하여 낙원 추방은 돌이킬 수 없고 우리가 이 세상에서 살아가는 일도 피할 수 없지만, 그 과정이 영속적이기 때문에 우리는 영원히 낙원에 남을 수 있을 뿐만 아니라 여기에 있는 지금도 자각하든 아니든 간에 실제로 그곳에 존재하고 있다.

—카프카

차례

I

어디 있느냐

엡스타인이 사라졌을 때, 그는 텔아비브에서 석 달 가까이 살고 있었다. 그의 아파트를 본 사람은 아무도 없었다. 딸 루시가 아이들을 데리고 아버지를 보러 왔을 때도 엡스타인은 그들을 힐턴호텔에 머물게 했고, 아침이면 호화로운 조식을 내놓는 그곳 식당에 함께 모여서도 그는 차만 홀짝였다. 루시가 집에 가보자고 했을 때는 집이 작고 소박해서 손님을 접대하기에 적당하지 않다며 만류했다. 부모의 황혼 이혼을 겪은 충격에서 아직 벗어나지 못한 루시는 아버지를 유심히 쳐다보았지만—그전까지 엡스타인은 어느 모로 보나 작거나 소박한 것과는 거리가 멀었다—아무리 의심이 들어도 아버지에게 찾아온 다른 변화들과 함께 그 역시 받아들일 수밖에 없었다. 결국 루시, 조나, 마야에게 그들 아버지의 아파트를 보여준 건 형사들이었다. 아파트는 야파의 고대 항구와 가까운 허물어져 가는 건물에 있었다. 페인트가 벗어졌고 샤워기의 물이 변기 위로 바로 쏟아지게 되어 있었다. 바퀴벌레 한 마리가 돌로 된 바닥을 위풍당당하게 활보했다. 형사가 바퀴벌레를 구두로 짓밟고 난 후에야, 엡스타인의 막내이자 가장 총명한 자식인 마야는 아버지를 마지막으로 본 것이 그 바퀴벌레였을지도 모른다는 생각이 들었다. 엡스타인이 정말로 그곳에 살았다면 말이다—그가 거기에서 살았다는 유일한 흔적은 열린 창문을 통해 들어오는 눅눅한 공기 때문에 우그러진 책 몇 권과 오 년 전 심방세동이 발견되었을 때부터 복용해온 쿠마딘 알약 한 통뿐이었다. 그곳은 지저분하다고 할 수는 없었지만, 그의 자식들이 아말피 해안과 카프 당티브*에서 아버지와 함께 머물던 방들보다는 캘커타의 빈민가와 더 비슷했다. 하지만, 그 다른 방들과 마찬가지로, 이 방에서도 바다 풍경이 보였다.

그 마지막 몇 달 동안, 엡스타인은 연락하기 힘든 사람이 되었다. 더는 그에게서 밤낮 가리지 않고 답신이 날아오는 일이 없었다. 전에 그가 항상 대화를 끝맺는 사람이었다면, 그건 결코 대답을 거르지 않아서였다. 하지만 서서히 그의 소식이 점점 뜸해졌다. 그의 내부에서 시간이 팽창한 탓에 그와 다른 이들 사이의 시간도 팽창했다. 예전에 그가 오만 가지 일로 꽉 채웠던 스물네 시간이 수천 년의 규모로 바뀌었다. 가족과 친지들은 들쭉날쭉한 그의 침묵에 익숙해졌고, 그래서 2월 첫 주에 완전히 연락이 끊겼을 때도

* 아말피는 이탈리아 남부 해안에 있는 관광지, 카프 당티브는 프랑스 남서부 지중해 연안의 휴양지다.

곧바로 경각심을 느낀 사람은 아무도 없었다. 결국, 여전히 아버지와 자신을 이어주던 보이지 않는 끈이 파르르 떨리는 느낌에 한밤중에 일어난 마야가 당숙에게 아버지 안부를 확인해달라고 부탁했다. 사촌 엡스타인에게서 수천 달러를 받아왔던 모티는 침대에서 잠든 연인의 엉덩이를 어루만지다가 일어나 담배에 불을 붙이고 맨발을 신발에 쑤셔넣었다. 한밤중이긴 해도 엡스타인에게 새로운 투자에 관해 얘기할 핑계가 생긴 것이 반가웠기 때문이었다. 하지만 모티는 손바닥에 갈겨쓴 야파의 주소지에 도착해 마야에게 다시 전화를 걸었다. 뭔가 착오가 있는 것 같다, 그는 말했다. 너희 아버지가 그런 쓰레기장에서 살 리 만무하다. 마야는 엡스타인의 변호사 슐로스, 유일하게 아직도 아는 게 조금은 있는 그 사람에게 전화를 걸었지만, 그는 그 주소가 틀림없다고 말했다. 모티가 뭉툭한 손가락으로 버저를 꾹 누른 채로 버티자 마침내 2층에 사는 젊은 세입자가 잠에서 깨어나 엡스타인이 지난 몇 달 동안 실제로 자기 윗집에서 살았다고, 하지만 마지막으로 그를 본 지는 한참이 지났다고 확인해주었다. 사실 보았다기보다는 들었다고 해야 맞을 거라고, 한밤중에 천장을 통해 들려오는 그의 서성이는 발소리에 꽤 익숙해졌다고 말했다. 잠결에 문간에 서서 대머리가 되어가는 위층 이웃의 사촌에게 그런 말을 할 때는 알지 못했지만, 그뒤로 긴박하게 변화하는 상황 속에서, 그 젊은 여자는 머리 위의 다른 소리에도 익숙해지게 된다. 자신이 거의 알지 못했으나 묘하게 친밀감을 느꼈던 남자의 발자취를 추적하며 오가는 수많은 사람들의 발소리에.

그 사건은 경찰이 조사를 시작한 지 반나절 만에 신베트*로 이관

되었다. 시몬 페레스**가 직접 가족에게 전화를 걸어 모든 노력을 기울이겠다고 말했다. 엿새 전에 엡스타인을 태웠던 택시 기사가 추적되어 심문을 위해 불러들여졌다. 겁에 질려 얼이 빠진 기사는 내내 금니를 드러내며 웃었다. 나중에 그는 신베트 형사들을 사해의 해안도로로 데려갔는데 긴장한 나머지 다소 혼란을 겪다가 엡스타인을 내려준 지점을 겨우 찾아냈다. 그곳은 쿰란***의 동굴들과 엔게디**** 사이 중간쯤에 있는 불모의 구릉지 근처 교차로였다. 수색대는 사막 전체로 퍼져나갔으나 찾은 거라고는 엡스타인의 이름이 각인된 빈 서류가방뿐이었고, 그것은 그가, 마야의 표현대로, 성변화聖變化했을 가능성을 더욱 현실적으로 느껴지게 만들었다.

그런 낮과 밤이 계속 이어지는 동안 그의 자식들은 힐턴의 스위트룸에 모여 희망과 슬픔 사이를 널뛰듯 오갔다. 전화기가 계속 울렸고—슐로스 혼자서만 세 대를 쓰고 있었다—그때마다 그들은 들어오는 최신 정보에 매달렸다. 조나, 루시, 마야는 아버지에 관해 전에는 몰랐던 사실들을 알게 되었다. 하지만 아버지의 속내가 무엇이었는지, 그가 어떻게 되었는지는 결국 전혀 알아내지 못했다. 날이 갈수록 전화는 뜸해졌고 기적을 전하지도 않았다. 서서히 그들은 평생 그토록 확고하고 결단력 있던 아버지가 지극히 모호한 행위를 끝으로 그들을 떠났다는 새로운 현실에 적응해갔다.

---

* 국내 보안을 담당하는 이스라엘의 정보기관.

** 이스라엘의 제9대 대통령.

*** 사해 서북쪽에 있는 유적지.

**** 사해 서쪽이자 네게브 사막 북쪽에 위치한 자연 보호 구역으로 유대인 정착지가 형성되어 있다.

랍비가 불려왔고, 그는 유대교 율법에 따라 장례를 치르려면 사망 사실이 절대적으로 확실해야 한다고 외국어 억양이 강한 영어로 설명했다. 시신이 없는 경우에는 사망을 목격한 사람이 있으면 충분하다고 인정되었다. 시신도 없고 목격자도 없다면 그 사람이 도둑에게 살해되었거나 익사했거나 야생동물에게 끌려갔다는 보고가 있으면 충분했다. 하지만 이 경우에는 시신도 없고 목격자도 없고 보고도 없었다. 누구든 아는 한도 내에서는 도둑이나 야생동물도 없었다. 한때 그들의 아버지가 존재했던 곳에 불가해한 부재만 있을 뿐이었다.

이런 상황은 누구도 상상하지 못했지만 결국에는 더없이 적절한 마무리처럼 보였다. 엡스타인에게 죽음은 너무 하찮았다. 돌이켜 생각해보면 실제적인 가능성도 아니었다. 생전에 그는 공간을 꽉 채우는 사람이었다. 몸집이 컸다는 것이 아니라 어디에도 오롯이 담기지 않았다는 의미에서. 그의 존재는 너무 컸고 항상 넘쳐흘렀다. 모든 것이 쏟아져나왔다. 열정, 분노, 열의, 사람들에 대한 경멸과 전 인류에 대한 사랑. 그는 언쟁이라는 배양액 속에서 길러졌고 살아 있음을 알기 위해 언쟁이 필요했다. 그는 친해진 사람들의 사분의 삼과 사이가 틀어졌고, 남은 이들은 잘못이라고는 저지를 수 없는 사람들로서 영원히 엡스타인의 사랑을 받았다. 그를 안다는 것은 그에게 사정없이 뭉개지거나 터무니없이 부풀려지는 일이었다. 그의 묘사 속에 등장하는 자신을 알아보는 사람은 별로 없었다. 그를 따르는 후배들이 긴 줄을 이루었다. 엡스타인은 그들에게 자기 자신을 불어넣었고 그가 사랑하기로 택한 모든 이들이 그렇듯이 그들은 커지고 또 커졌다. 마침내 그들은 메이시스백화점의 퍼레이드 행사용 풍선 인형처럼 날아다녔다. 하지만 그러다가 어느 날 엡스타인이 추구하는 윤리의 높은 가지에 걸려 펑 터지기도 했다. 그때부터 그들의 이름은 저주의 대상이 되었다. 부풀리는 습관이 있다는 면에서 그는 뼛속까지 미국적이었지만, 경계에 대한 존중 부족과 동족 의식이라는 면에서는 그렇지 않았다. 그는 또 다른 무엇이었고, 그 다른 무엇이 끊임없이 오해를 낳았다.

그렇긴 해도 그는 사람을 끌어들여 자기 옆으로, 거대한 우산 같은 그의 방침 아래로 모여들게 하는 면이 있었다. 그는 안에서부터 밝게 빛났고, 이 빛은 돈에 인색하지 않아도 되는 사람 특유의 무심한 방식으로 그에게서 흘러나왔다. 그와 함께 있으면 절대 따분하지 않았다. 그는 기운이 부풀었다 가라앉았다 다시 부풀었으며, 성미는 확 타올랐고 용서를 몰랐으나 사람들을 완전히 빠져들게 했다. 호기심은 끝이 없었고 누군가 혹은 무엇인가에 관심이 생기면 철저하게 조사했다. 그리고 다른 모든 사람이 그 주제들에 대해 자신만큼 관심이 있을 거라고 전적으로 확신했다. 하지만 그의 정력에 필적하는 사람은 거의 없었다. 결국 저녁식사 자리에서 먼저 일어나겠다고 하는 사람은 늘 상대방이었고, 엡스타인은 식당 밖으로 그들을 따라 나오면서도 자기 주장을 이해시키겠다는 열의에 차서 손가락으로 허공을 찔러대곤 했다.

그는 언제나 모든 일에서 최고의 자리를 차지했다. 선천적 재능이 부족한 방면에서는 순전한 의지의 힘으로 자신을 한계 너머까지 몰아갔다. 예컨대 그는 젊었을 때 타고난 웅변가가 아니었는데, 혀짤배기소리가 주요인이었다. 선천적으로 운동신경이 좋은 것도 아니었다. 하지만 시간이 지나 특히 그 부분들에서 두각을 나타냈다. 혀짤배기소리는 극복했고—필요한 수술을 받은 후로는, 극도로 미세하게 귀를 기울이는 사람만이 특정 발음이 뭉개진다는 사실을 감지할 수 있었다—체육관에서 오랜 시간을 보내며 약삭빠르고 무자비한 본능을 연마한 끝에 경량급 레슬링 챔피언이 되었다. 그는 벽을 마주치면 계속 들이받고 매번 넘어졌다 일어서면서 결국 언젠가는 그 벽을 돌파했다. 그런 엄청난 압박과 노력이 그가 하는 모든 일에서 감지되었으나, 다른 사람들이 하면 안간힘처럼 보일 것들이 그가 하면 기품의 한 형태로 보였다. 유년기에도 그는 포부가 어마어마했다. 어릴 때 살았던 롱아일랜드주 롱비치에서 엡스타인은 동네의 열 개 가구에 스물네 시간 언제든 달려가는 서비스를 한 달에 최대 열 시간 동안 제공하며 다달이 수수료를 받았는데, 고객들에게 청구서와 함께 보내는 서비스 품목은 나날이 늘어갔다(잔디 깎기, 반려견 산책, 세차를 비롯해 막힌 변기를 뚫는 일까지 다 해내는 그에게는 다른 사람들과 달리 열의를 식게 하는 스위치가 내장되어 있지 않았다). 그는, 자신은 그럴 운명이므로, 한없는 돈을 갖고자 했다. 결혼을 통해 부를 축적하기 훨씬 전부터 돈을 가지고 뭘 해야 할지 정확히 알았다. 열세 살에는 저축한 돈으로 파란색 실크 스카프를 사서 제 친구들이 운동화를 신듯이 자연스럽게 걸치고 다녔다. 돈으로 무엇을 해야 할지 아는 사람이 과연 얼마나 될까? 그의 아내 리앤은 자기 집안의 큰 재산에 과민 반응을 보여, 그로 인해 경직되고 말수가 적어졌다. 어렸을 때부터 그녀는 집안의 잘 조경된 정원들에서 자신의 발자취를 지우려 애썼다. 하지만 엡스타인은 그녀에게 돈으로 무엇을 할 것인지 가르쳤다. 루벤스 한 점, 사전트 한 점, 모트레이크 공방 태피스트리 한 점을 샀고, 벽장에는 조그만 마티스 한 점을 걸어두었다. 바지를 입지 않은 채 드가의 발레리나 그림 아래에 앉아 있기도 했다. 그것은 교양이나 소양 부족의 문제가 아니었다. 아니, 엡스타인은 매우 세련된 사람이었다. 정제되지는 않았어도—그는 자신에게 있는 잡티를 모두 없애버리고 싶어하지 않았다—반짝반짝 잘 닦인 사람이었다. 그는 쾌락을 전혀 부끄러워하지 않았다. 크고 진실한 쾌락을 느꼈고, 그래서 아무리 섬세한 것들 사이에서도 느긋하고 편할 수 있었다. 매년 여름, 그는 항상 똑같은 그라나다의 '허름한' 성을 빌려 신문을 바닥에 내던지고 편하게 발을 뻗은 채 쉬었다. 회벽 한 군데를 골라 자라는 아이들의 키를 연필로 표시했다. 말년에 그곳 얘기가 나오면 눈가가 촉촉해졌다—너무도 많은 것을 그르쳤고 실수를 저질렀지만 그래도 아이들이 오렌지나무 아래에서 자유롭게 뛰어놀던 그곳에서는 무언가를 제대로 해낸 것이다.

하지만 마지막에는 표류라고 할 만한 현상이 나타났다. 나중에, 자식들은 아버지에게 벌어진 일을 이해하고자 당시를 돌아보며 그에게 변화가 시작된 시점을 쾌락에 관심을 잃었을 때라고 특정할 수 있었다. 엡스타인과 그의 왕성한 욕구 사이에 무언가가 열렸다—욕구는 한 남자가 내면화한 인식의 지평 너머로 물러갔다. 그때 그는 자신이 사들인 섬세한 아름다움과도 결별하고 살았다. 그 모든 것을 조화롭게 융합할 능력이 부족했거나, 그렇게 하겠다는 야심이 시들해졌다. 한동안 그림들은 계속 벽에 걸려 있었지만 그는 더이상 관심을 두지 않았다. 그림들은 액자 속에서 꿈을 꾸며 제 나름의 삶을 이어갔다. 그의 안에서 뭔가가 변했다. 엡스타인의 존재를 이루는 거센 기후가 더는 밖으로 휘몰아치지 않았다. 급격한 기상학적 사건들이 생기기 전에 그러하듯이, 사방에 거대하고 부자연스러운 고요가 내려앉았다. 그러더니 바람이 바뀌며 안으로 방향을 틀었다.

엡스타인이 물건들을 나눠주기 시작한 것은 그때부터였다. 집으로 왕진을 온 의사가 감탄하며 바라보자 선뜻 건네준 헨리 무어의 조각상 축소 모형이 시초였다. 그는 독감에 걸려 침대에 누운 채로, 닥터 실버블랫에게 완충용 비닐 포장재가 보관된 벽장이 어디인지 알려주었다. 며칠 후에는 도장이 새겨진 반지를 새끼손가락에서 빼내어 깜짝 놀란 아파트 수위 하룬의 손바닥에 팁 대신 떨어뜨려주었다. 그러고는 아무것도 없는 맨손을 가을 햇빛에 대고 쥐었다 폈다 하며 혼자 웃었다. 얼마 지나지 않아 파테크 필리프 시계도 줘버렸다. "시계가 참 좋네요, 줄스 삼촌." 조카가 그렇게 말하자 엡스타인은 악어가죽 줄을 풀어 시계를 넘겨주었다. "삼촌 메르세데스도 참 좋은데요." 그 말에는 그저 미소를 지으며 조카의 볼을 토닥거렸다. 하지만 이내 그의 노력은 갑절로 늘어났다. 더 많이 주고 더 빨리 주면서, 물건들을 모아들일 때와 똑같은 기세로 내보내기 시작했다. 그림은 하나둘 미술관으로 갔다. 포장 운송 회사의 번호를 단축다이얼에 저장해두었고, 인부들 가운데 호밀빵에 칠면조고기를 곁들이길 좋아하는 사람은 누구이고 볼로냐소시지를 좋아하는 사람은 누구인지 알고서, 그들이 도착하기 전에 가게에서 음식을 주문해놓았다. 아들 조나가 제 이익에 연연하는 것처럼 보이지 않으려고 애쓰면서 자선활동은 이제 그만 멈추라고 설득했을 때, 엡스타인은 생각할 공간을 마련하는 중이라고 말했다. 평생을 치열하게 생각하며 살아오지 않았느냐고 아들이 따졌다 해도, 이건 완전히 다른 성격의 생각이라고 그는 설명했을 것이다. 요점을 미리 알지 못하는 생각. 성취를 바라지 않는 생각. 하지만 조나는—워낙 예민하고 불만이 가득한 아이인지라, 엡스타인은 어느 날 저녁 메트로폴리탄미술관에서 새로 단장한 그리스관과 로마관을 개인 투어로 둘러보다가 어느 2세기 흉상 앞에서 자신의 맏이를 보는 듯한 느낌을 받았다—마음 상한 침묵으로 대꾸할 뿐이었다. 조나는 아버지가 무엇을 하든 늘 그랬지만, 그의 의도적인 재산 유출을 모욕으로 받아들였고 억울함을 느낄 또하나의 이유로 여겼다.

엡스타인은 그 이상으로는 누구에게도 자신을 설명하려고 노력하지 않았으나 딱 한 번 마야에게는 예외였다. 조나 이후로 십삼 년, 루시 이후로 십 년, 엡스타인의 삶에서 격변과 동요가 덜했던 시기에 태어난 마야는 아버지를 다른 시각으로 바라보았다. 두 사람 사이에는 자연스러운 편안함이 있었다. 센트럴파크의 북쪽 구역을 함께 산책하는 길에 땅 위로 노출된 거대한 편암에 고드름이 매달린 곳을 지나며, 그는 얼마 전부터 자신을 둘러싼 모든 것에 숨이 막히는 느낌이라고 막내딸에게 말했었다. 가벼움에 대한 억누를 수 없는 동경을 느낀다고, 이제야 깨달았지만 그건 평생 그에게 생소했던 성질이라고. 그들은 초록빛 도는 살얼음이 덮인 공원 위편 호수에서 걸음을 멈췄다. 마야의 검은 속눈썹에 눈송이가 내려앉자 엡스타인은 엄지손가락으로 그것을 살살 털어주었고, 마야는 손가락 부분이 뚫린 장갑을 끼고 빈 쇼핑 카트를 밀며 어퍼 브로드웨이를 따라 걸어가는 아버지의 모습을 상상했다.

그는 친구들의 자식들을 대학에 보냈고, 여기저기 냉장고를 보냈으며, 그의 법률사무소에서 오래 일한 수위의 아내를 위해 고관절 수술 비용을 대주었다. 심지어 오랜 친구의 딸이 집을 살 때 계약금을 대주기도 했다. 그냥 집이 아니라, 오래된 나무들이 많고 깜짝 놀란 새 주인이 감당을 못할 정도로 잔디밭이 넓은 그리스부흥양식의 저택이었다. 변호사 슐로스—그의 재산 집행인이자 오래되고 절친한 친구—의 개입은 허락하지 않았다. 슐로스의 예전 의뢰인 중에도 과격한 자선이라는 병에 걸린 이가 있었는데, 그 억만장자는 집들을 하나하나 나눠주다가 결국에는 발밑의 땅까지도 내주었다. 그건 일종의 중독이다, 그는 엡스타인에게 말했다. 나중에 후회하게 될지도 모른다. 어쨌거나 아직 일흔도 안 되었으니 삼십 년을 더 살 수도 있지 않은가. 하지만 엡스타인은 변호사의 말을 거의 듣지 않는 것 같았다. 그전에 변호사가 리앤이 자기 명의의 재산 전체를 간단하게 챙겨가게 두어선 안 된다고 완강하게 주장했을 때도 듣지 않았고, 그로부터 몇 달 뒤 그가 이번에는 이십오 년간 파트너 변호사로 일한 법률 회사에서 은퇴하겠다고 했을 때 아무리 만류해도 듣지 않았던 것처럼. 탁자 저편에서 엡스타인은 그저 미소만 짓다가 근래에 신비주의로 방향을 튼 독서로 화제를 돌렸다.

마야가 생일 선물로 준 책으로부터 시작된 일이다, 그는 슐로스에게 말했다. 마야는 항상 이상한 책들을 주는데, 그중 일부는 읽고 대다수는 읽지 않지만 그래도 마야는 개의치 않는 듯하다—천성이 자유분방해서 오빠 조나와는 정반대이고 여간해서는 감정을 상하는 일이 없다. 어느 날 저녁, 꼭 읽겠다는 생각 없이 표지를 넘겼는데 흡사 자력에 가까운 힘으로 책에 빨려들었다. 저자는 폴란드 태생의 이스라엘 시인으로, 얼마 전에 생일이 지난 본인보다 두 살 적은 예순여섯 살에 죽었다. 하지만 홀로 신을 마주한 남자의 증언을 담은 그 조그만 자전적 책은 시인이 겨우 스물일곱 살에 쓴 것이다. 그 책을 읽고 충격을 받았다, 엡스타인은 슐로스에게 말했다. 스물일곱에 자신은—성공과 돈과 섹스와 아름다움과 사랑을, 규모뿐만 아니라 핵심을, 눈에 보이고 냄새 맡을 수 있고 만질 수 있는 모든 것을 손에 넣으려는—야망과 욕구에 눈먼 사람이었다. 그와 같은 치열함으로 정신적 영역에 매진했다면 그의 인생은 어떻게 되었을까? 왜 자신은 그토록 철저하게 그 영역을 차단한 걸까?

그렇게 말하는 그를 슐로스는 유심히 쳐다보았다. 이리저리 움직이는 시선, 항상 말끔한 외모를 유지하던 사람답지 않아서 더욱 눈에 띄는, 옷깃까지 내려오는 은발. "스테이크가 다른 경쟁자들보다 나은 점이 뭐요?" 엡스타인은 웨이터에게 그렇게 따져 묻곤 하는 사람이었다. 하지만 이때 그는, 평소 왕성했던 식욕이 무색하게, 접시 위의 도버 서대기를 손도 대지 않고 내버려두었다. 웨이터가 다가와 음식에 무슨 문제라도 있느냐고 묻고 나서야 엡스타인은 아래를 내려다보고 음식이 있다는 걸 기억했으나, 그런 뒤에도 포크로 생선을 뒤적일 뿐이었다. 슐로스는 엡스타인에게 일어난 일—이혼, 은퇴, 느슨해지고 떨어져나가는 모든 것—이 그 책이 아니라 양친의 사망과 함께 시작되었다고 느꼈다. 하지만 나중에, 식당 밖에서 대기중이던 검은 세단에 엡스타인을 태운 후 그는 자동차 지붕에 손을 얹은 채 잠시 그대로 서 있었다. 어두운 차 안에 묘하게 멍한 분위기로 앉아 있는 엡스타인을 들여다보며 이 변호사는 자신의 오랜 의뢰인에게 그보다 좀더 심각한 일이 벌어지고 있는 건 아닌지 의심했다. 어떤 신경병적 교란이 의학적으로 진단받기도 전에 극단적인 상태로 치닫고 있는 건 아닌지. 그때는 아닐 거라고 떨쳐버렸던 의심이 나중에 가서는 선견지명이었다는 생각이 들었다.

마침내 과연 엡스타인은 일평생 축적한 것들을 거의 일 년 동안 조금씩 없애고 난 뒤 맨 밑바닥에 도달했다. 거기에서 그는 양친에 관한 기억을 떠올렸다. 전쟁이 끝나고 팔레스타인 해안까지 밀려간 뒤, 돈이 없어서 바꾸지 못한 타버린 전구 아래에서 그를 잉태한 부모. 예순여덟 살에 주변을 정리하고 생각할 공간을 만든 그는 새삼스레 그 어둠에 마음을 빼앗기고 깊이 감동했다. 그의 부모는 외동아들인 그를 미국에 데려왔고, 영어를 배우고 나서는 애초에 다른 언어들로 시작했던 소리지르기 시합을 재개했다. 나중에 여동생 조니가 태어났지만 늘 딴생각에 빠져 무심한 조니는 미끼를 물려고 하지 않았기 때문에 다툼은 계속 삼각관계를 유지했다. 부모는 서로에게, 그리고 아들에게 소리를 질렀으며, 그러면 그 역시 맞받아쳐 부모 둘 다에게나 둘 중 한 사람에게 소리를 질렀다. 그의 아내 리앤은 그런 난폭한 사랑에 끝까지 익숙해지지 못했다. 재채기조차 억누르는 가정에서 자란 사람이라 처음에는 그 열기에 이끌린 것도 사실이지만. 두 사람이 사귄 지 얼마 안 되었을 때 엡스타인은 리앤에게 아버지의 무자비함과 다정함을 통해 사람은 절대 꺾이지 않는다는 것을 배웠고 그 교훈이 평생 그를 인도했다고 말했는데, 오래도록 리앤은 그런 면—엡스타인의 복잡함, 쉽게 범

주화하기 힘든 면—이 사랑스럽다고 생각했다. 하지만 결국에는 많은 다른 이들과 마찬가지로 그녀 또한 그런 그에게 지쳐버렸다. 하지만 그의 부모만은 끝까지 지치지 않는 언쟁 상대로 남아 있었고, 때로 엡스타인은 부모가 그렇게 끈질기고 집요하게 살아온 것은 오로지 아들을 들볶기 위해서라고 생각하기도 했다. 그는 부모를 마지막까지 보살폈다. 말년에는 발목까지 파묻히는 두툼한 카펫이 깔린 마이애미의 펜트하우스를 사주었다. 하지만 그는 결국 부모와 화합하지 못했고 부모님이 돌아가시고 나서야—먼저 아버지가 돌아가시고 삼 개월이 채 안 되어 어머니가 뒤를 따랐다—그리고 가진 것을 거의 모두 남에게 나눠주고 나서야 가슴을 찌르는 회한을 느꼈다. 자려고 누우면 벌게진 눈꺼풀 뒤에서 알전구가 퍼뜩퍼뜩 꺼졌다 켜지기를 반복했다. 그는 잠을 이룰 수 없었다. 뜻하지 않게 잠까지 다른 모든 것과 함께 나눠줘버린 걸까?

그는 양친의 이름으로 무언가를 하고 싶었다. 하지만 무엇을? 생전에 어머니는 자신이 늘 가서 앉아 있던 작은 공원에 기념 벤치를 설치하면 어떻겠느냐고 말했다. 정신을 놓은 아버지가 위층에 누워 있고 상주 간호사 콘치타가 그를 지키고 있는 동안 어머니가 자주 가던 곳이었다. 평생 왕성한 독서가였던 어머니는 공원에 책을 들고 갔다. 말년에는 셰익스피어에 재미를 붙였다. 엡스타인은 언젠가 어머니가 콘치타에게 『리어왕』을 읽으라고 하는 말을 우연히 들은 적이 있었다. "아마 스페인어 책으로도 나와 있을 거예요." 어머니가 간호사에게 말했다. 매일 오후에 해가 중천에서 내려오면 어머니는 큰 활자로 인쇄된 대시인의 희곡 하나를 짝퉁 프라다 가방에 넣어 엘리베이터를 타고 내려갔다. 그 가방은 해변에서 장사하는 아프리카인에게서—진짜를 사주겠다는 엡스타인의 만류를 뿌리치고(진짜를 가져서 뭐하게?)—산 것이었다. 공원은 황폐했고 놀이기구에는 갈매기 똥이 엉겨붙어 있었지만, 어차피 이웃에는 예순다섯 살 아래가 아무도 없어서 놀이기구에 올라갈 사람도 없었다. 어머니는 진심으로 벤치를 원했을까, 아니면 여느 때처럼 비꼬느라 한 제안이었을까? 알 수 없었지만, 혹시나 해서 엡스타인은 열대기후를 견뎌낼 이페이* 원목으로 벤치를 주문해 플로리다의 그 더러운 공원에 설치하며 동판에 다음과 같이 써붙였다. 이디스 '이디' 엡스타인을 기념하며. "난 그대가 좋아할 대답을 할 의무가 없다."_윌리엄 셰익스피어. 그는 부모가 사는 건물의 콜롬비아인 수위에게 이백 달러를 주면서 한 달에 두 번 로비의 놋쇠 장식을 광내는 날 그 동판도 함께 닦아달라고 부탁했다. 하지만 수위가 문자로 깨끗한 벤치 사진을 보내주었을 때, 엡스타인은 아무것도 하지 않은 것만 못하다는 생각이 들었다. 그는 아들이 전화한 지 너무 오래되면 어머니가 전화를 걸어 하던 말을 기억했다. 육십 년 동안 담배를 피워 쉬어버린 목소리로 어머니는 타락한 아담에게 하느님이 외친 말을 인용했다. "아예카?" 어디 있느냐? 하지만 하느님은 아담의 육신이 어디에 있는지 잘 알고 있었다.

양친의 첫번째 기일 전날 엡스타인은 두 가지 결심을 했다. 피프스 애비뉴의 아파트를 담보로 이백만 달러 한도의 수시 출금 대출을 신청한다, 그리고 이스라엘로 여행을 떠난다. 대출은 새로운 일이었지만, 이스라엘은 근래에 여러 연줄에 이끌려 자주 찾아갔던

---

* 브라질에서 나는 매우 단단한 원목.

곳이었다. 거기서 그는 의식을 치르듯 힐턴호텔 15층에 있는 귀빈층 라운지에 자리를 잡은 뒤, 길게 줄을 선 친구, 친척, 사업상 동료 등의 방문을 받아 온갖 것을 논의했고, 돈과 의견과 충고를 내주고 해묵은 언쟁을 해결하거나 새로운 언쟁을 점화시켰다. 하지만 이번에는 비서에게 평소처럼 일정을 꽉 채우지 말라고 지시했다. 대신에 하다사*, 바이츠만 과학 연구소, 벤구리온대학교에 부모 이름으로 기부를 할 수 있는지 알아보고 싶으니 각 기관의 발전기획실과 약속을 잡으라고 했다. 그리고 남은 시간은 비워두어야 한다, 엡스타인은 비서에게 말했다. 어쩌면 차를 빌려 오랫동안 가보지 못한 지역 곳곳을 둘러본다는 계획을 마침내 실행하게 될지도 모르니까. 하겠다고 말만 하고서 이런저런 결판을 내느라, 지나치게 관여하느라, 달리고 또 달리느라 너무 바빠서 하지 못한 그 일을. 킨네렛 호수**도 다시 보고 싶고 네게브 사막과 유대 광야의 바위투성이 언덕들도 보고 싶다. 광물질이 많은 사해의 파란색도.

그가 그렇게 말하는 동안 비서 샤론은 그를 힐끗 올려다보았고, 고용주의 익숙한 얼굴에서 그녀가 모르는 무언가를 보았다. 그로 인해 조금이나마 걱정이 되었다면, 그것은 엡스타인이 무엇을 원하는지, 정확히 어떤 방식을 좋아하는지를 잘 아는 것이 그녀가 직업적으로 유능한 비결이고 그런 유능함을 발휘하는 것이 그녀에게 중요하기 때문이었다. 엡스타인의 수많은 감정 폭발을 견뎌낸 그녀는 그의 불같은 성미와 나란히 존재하는 관대함을 감지하게 되

---

* 미국 뉴욕에 본부를 둔 여성 시온주의 자선단체.

** 성경에 나오는 갈릴리 호수의 다른 이름이며 이스라엘 북부에 있다.

었고, 세월이 흐르면서 엡스타인은 샤론에게 의리를 지킴으로써 그녀의 의리를 얻었다.

이스라엘로 떠나기 전날, 엡스타인은 중동평화센터 주최로 플라자호텔에서 열리고 마무드 아바스가 참석하는 소규모 행사에 갔다. 미국 유대인 지도자 쉰여 명이 유엔안전보장이사회 연설을 위해 뉴욕에 온 팔레스타인 자치정부 수반과 함께하는 이 자리에 초대를 받았고, 그들은 그와 정찬을 들면서 유대인으로서 느끼는 두려움을 가라앉히자는 행사의 취지에 동의했다. 예전 같았으면 엡스타인은 초대를 덥석 받아들였을 것이다. 요란하게 쳐들어가서 거들먹거리고 다녔을 것이다. 하지만 이제 그런 게 무슨 소용이란 말인가? 사페드* 출신에다 윤곽이 네모난 그 남자가 엡스타인이 이미 알고 있는 것 외에 무엇을 말해줄 수 있단 말인가? 그는 그 모든 게 지겨웠다—그 자신이든 다른 사람들이든, 허풍을 떨고 빈말을 쏟아내는 것이 지겨웠다. 그 역시 평화를 원했다. 마지막 순간에야 엡스타인은 마음을 바꿔 비서에게 가겠다는 문자를 쏘았고, 이에 샤론은 뒤늦게 합류하려던 국무부 대표자에게서 자리를 다시 채오기 위해 재빨리 움직여야 했다. 많은 것을 포기한 엡스타인이었지만 아직 호기심은 잃지 않았다. 어쨌거나 그는 그날 일찍 근처의 은행 변호사 사무실에 들러—슐로스의 간청에도 불구하고—아파트 담보대출을 위한 서류에 서명할 예정이었다.

하지만 말투가 부드러운 팔레스타인인이 분쟁의 종식, 권리 주

---

* 이스라엘 북부 갈릴리 지역의 고원 도시로 유대교의 중요 성지다.

장의 종식을 말하는 동안 긴 탁자에서 롤빵에 차이브 버터를 부산히 얹고 있는 동족의 기수들 옆에 나란히 앉자마자, 엡스타인은 마음을 바꾼 것을 후회했다. 작은 연회장이라 빠져나갈 방법이 없었다. 예전 같았으면 그렇게 했을 것이다. 바로 작년만 해도 시몬 페레스를 예우하는 백악관 공식 만찬에서 이츠하크 펄먼이 〈템포 디 미뉴에트〉를 연주하는 중간에 일어나 오줌을 누러 나갔다—평생 펄먼을 들은 시간을 모두 합하면 얼마나 될까? 꽉 채워 일주일? 대통령 경호원들이 경기를 일으키며 그에게 다가왔다. 대통령이 착석하고 나면 누구도 그 방을 떠나서는 안 된다는 것이었다. 하지만 자연의 부름 앞에 만인은 평등하다. “여러분, 응급 상황이란 말이오.” 그는 짙은 색 양복을 입은 이들을 밀치고 나가며 말했다. 그러자 그가 항상 경험했듯 상대의 기세가 일순 꺾였고, 그는 경호원들의 호위를 받으며 놋쇠 단추가 달린 제복 차림의 경비병들을 지나 화장실로 갔다. 하지만 이제 엡스타인에게 자기주장을 하려는 욕구는 사라지고 없었다.

시저 샐러드가 나오고 행사가 시작되었으며 더쇼위츠*의 우렁찬 목소리—“내 오랜 친구 아부 마젠**”—가 울려퍼졌다. 엡스타인의 오른쪽에서는 사우디아라비아 대사가 작동법을 몰라 무선마이크를 이리저리 만지작거리고 있었다. 탁자 건너편에서는 매들린 올브라이트가 햇볕을 쬐는 도마뱀처럼 무거운 눈꺼풀을 하고 앉아

* 앨런 더쇼위츠. 미국의 저명 법학자로 하버드 로스쿨 교수를 지냈으며 미국 내에서 이스라엘을 지지하는 목소리를 대변한다.

** 마무드 아바스의 존칭 예명. 아랍어로 ‘아부’는 아버지를 뜻하고 ‘마젠’은 그의 장남 이름이다. 아랍권에서는 장남의 이름을 따서 이처럼 부르는 관습이 있다.

내면의 지성을 발산하고 있었는데, 그녀 또한 정신은 그곳을 빠져나가 어떤 형이상학적 문제로 옮겨가 있어서, 혹은 엡스타인의 눈에 그런 듯해서, 그는 그녀를 한쪽으로 데려가 더 심오한 그 문제들을 논의하고 싶은 충동을 느꼈다. 그는 마야가 생일 선물로 준 책을 만져보려고 안주머니를 툭 쳤다. 낡은 초록색 헝겊 표지로 장정한 그 작은 책을 그는 지난 한 달 내내 어딜 가나 가지고 다녔다. 그런데 책이 없었다. 코트에 두고 온 것 같았다.

바로 그때, 주머니에서 손을 뗀 그 순간, 엡스타인은 어두운색 양복 차림에 커다란 검은색 키파*를 쓰고 턱수염을 기른 키 큰 남자를 처음으로 얼핏 보았다. 참석자 무리의 외곽에 서 있다는 것은 탁자에 자리를 배당받을 정도의 저명한 인물은 아니라는 의미였다. 입가의 옅은 미소 때문에 눈가 주름이 도드라져 보였고, 주체할 수 없는 활력을 붙들어두려는 듯 가슴 앞에 팔짱을 끼고 있었다. 하지만 엡스타인은 그것이 겸양을 위해 작동하는 자기통제가 아니라 다른 무엇임을 감지했다.

미국 유대인 지도자들은 질문 아닌 질문들을 끊임없이 풀어내고 있었다. 인도인 웨이터들이 샐러드 접시를 치우고 졸인 연어 요리를 내왔다. 마침내 엡스타인이 발언할 차례가 되었다. 그는 몸을 앞으로 기울여 마이크 스위치를 켰다. 갑자기 요란한 잡음이 터져나왔고 사우디아라비아 대사가 놀라서 펄쩍 뛰었다. 그뒤로 이어진 정적 속에서 엡스타인은 자신을 향한 기대에 찬 얼굴들을 둘러보았다. 할말을 미리 생각해보지 않은 터라, 언제나 드론처럼 목표

---

* 유대인 남자들이 정수리에 쓰는 테 없는 모자.

물로 곧장 나아가던 그의 정신이 느긋하게 표류하고 있었다. 그는 탁자 주위를 천천히 둘러보았다. 그의 침묵에 어떻게 반응할지 몰라 난감해하는 다른 이들의 얼굴이 갑자기 신기하게 느껴졌다. 그들의 불편함이 신기했다. 예전에 그는 타인의 불편함에 전혀 구애받지 않는 사람이었던가? 아니다, 전혀 구애받지 않았다는 건 너무 강한 표현이다. 하지만 별 관심을 두지 않은 것은 사실이다. 그가 접시를 내려다보거나 앉은 자리에서 불편하게 뒤척이는 사람들을 바라보고 있는데, 마침내 사회자가 끼어들었다. "줄스가—엡스타인 씨가—덧붙일 말이 없다면 다른 분에게……" 하고 말하던 사회자는 바로 그때 뒤에서 끼어드는 목소리를 듣고 고개를 돌리지 않을 수 없었다.

"발언 기회를 안 쓰신다면 제가 한말씀 드리겠습니다."

끼어든 목소리가 어디에서 온 것인지 둘러보던 엡스타인은 뜨개질로 짠 검은 키파를 쓴 덩치 큰 남자의 예리한 시선과 마주쳤다. 엡스타인이 막 대답하려는 순간 그 남자가 다시 끼어들었다.

"아바스 각하, 오늘 이렇게 참석해주셔서 감사합니다. 죄송하게도, 제 동료들과 마찬가지로 저도 질문은 없습니다. 하고 싶은 말이 있을 뿐입니다."

안도한 웃음소리가 장내에 퍼져나갔다. 그의 목소리는 마이크 사용이 야단스럽게 느껴질 정도로 수월하게 잘 전달되었다.

"제 이름은 랍비 메나헴 클라우스너입니다. 이스라엘에서 이십오 년간 살았고, 길굴을 창립했습니다. 길굴은 미국인들을 사페드로 초청해 유대 신비주의를 공부하도록 지원하는 프로그램이지요. 여러분 모두 우리 기관에 대해 알아보시고 수행 프로그램에도 참여하시라고 권해드립니다. 일 년에 최대 열다섯 명까지 참여하는데 점점 늘어나는 추세입니다. 아바스 각하, 각하께서 와주신다면 영광이겠습니다. 물론 사페드가 얼마나 높은 지대에 있는지는 저희 대다수보다 훨씬 더 잘 아시겠지만요."

랍비는 잠시 말을 끊고 윤기 흐르는 턱수염을 문질렀다.

"여기 서서 친애하는 여러분의 말씀을 듣자니 어떤 이야기가 떠오릅니다. 사실은 학교 다닐 때 랍비 선생님이 하신 수업의 내용입니다. 그분은 진짜 차티크*셨고, 제가 만나본 최고의 선생님 가운데 한 분이셨지요. 그분이 아니었다면 제 인생은 상당히 달라졌을 겁니다. 그분은 저희에게 토라**를 소리 내어 읽어주시곤 했어요. 그날은 창세기였는데, 선생님께서는 '하느님이 하시던 일을 일곱째 날에 마치시니,' 여기까지 읽다 멈추고 고개를 드셨습니다. 무슨 이상한 점 없니? 선생님이 물으십니다. 우리는 머리를 긁적이지요. 일곱째 날이 안식일이라는 건 모두 아는 사실인데, 뭐가 그렇게 이상했을까요?

랍비께서는 '아하!' 하고 외치시며, 흥분하면 늘 그러는 것처럼, 자리에서 벌떡 일어나시는 겁니다. 하지만 여기에는 하느님이 일곱째 날에 쉬셨다고 되어 있지 않잖아! 하시던 일을 마치셨다, 라고 쓰여 있지. 하늘과 땅을 창조하는 데 며칠이 걸렸지? 랍비께서 저희에게 물으십니다. 엿새요, 우리는 대답하죠. 그러면 왜 그때 하느님이 하시던 일을 마치셨다고 하지 않을까? 왜 여섯째 날에 일을

* '군자' 혹은 '성인'이라는 뜻.

** 유대교의 율법서로 보통 구약성서의 첫 다섯 편인 창세기, 출애굽기, 레위기, 민수기, 신명기를 말한다.

마치시고 일곱째 날에 쉬셨다고 하지 않지?"

엡스타인은 주위를 흘낏 둘러보며 이 이야기가 과연 어디로 흘러갈 것인지 궁금해했다.

"자, 랍비께서는 이 문제를 숙고하기 위해 모인 고대의 현자들이 일곱째 날에도 창조 행위가 있었다는 결론을 내렸다고 하십니다. 하지만 무엇을요? 바다와 땅은 이미 존재했지요. 해와 달도 그렇고요. 풀과 나무, 동물, 새도요. 심지어 인간도. 우주에 여전히 부족한 건 무엇이었을까, 고대의 현자들은 물었습니다. 결국, 항상 구석에 혼자 앉아 있던 머리가 반백이 된 나이든 학자가 입을 열었습니다. '메누하.' 그가 말했죠. '뭐라고요?' 다른 사람들이 물었습니다. '크게 말씀해보세요, 잘 안 들립니다.' '안식일과 함께 하느님께서는 메누하를 창조하셨습니다,' 나이든 학자가 말했어요. '그러자 세상이 완전해졌지요.'"

매들린 올브라이트가 의자를 뒤로 밀고 일어나 연회장 밖으로 향했고, 바지 정장의 옷감이 부드럽게 끌리는 소리가 났다. 연사는 동요하지 않는 듯했다. 잠시 엡스타인은 그가 자신이 잃은 발언 기회를 차지한 것처럼 그녀의 빈 의자까지 차지할지도 모른다고 생각했다. 하지만 그는 계속 서 있었고 그편이 장내를 장악하기에 더 유리했다. 근처에 있던 사람들이 뒤로 조금씩 물러나며 그의 주변에 공간을 열어주었다.

"'그러면 메누하의 의미는 무엇일까?' 랍비께서 저희에게 물으십니다. 밖에 나가 공놀이하는 것이 세상에서 유일한 관심사인 아이들은 몸을 들썩이며 창밖을 쳐다보고 있지요. 아무도 대답하지 않습니다. 랍비는 계속 기다리시고, 그가 답을 말해주지 않을 게 분명해지자 교실 뒤편에 앉은 아이가 입을 엽니다. 반에서 유일하게 광을 낸 구두를 신고 학교가 끝나면 곧장 엄마가 있는 집으로 가는 아이죠. 반백의 머리에 구석자리 앉기라는 고대의 지혜를 실천하던 나이든 현자의 수세대 아래 후계자인 그 아이가 '휴식' 하고 말합니다. '휴식!' 랍비께서, 흥분하시면 늘 그러는 것처럼, 입에서 침을 튀기면서 외치십니다. '하지만 그것만이 아니지! 메누하는 그저 일을 멈춘다는, 노력을 중단한다는 의미만은 아니니까. 단순히 고역과 노동의 반대말은 아니야. 그게 존재하도록 하는 데 특별한 창조 행위가 필요하다면 분명 비범한 것이겠지. 이미 존재하는 무언가의 부정이 아니라 고유한 긍정, 없으면 우주가 불완전해지는 것. 아니지, 단순한 휴식은 아니야,' 랍비가 말씀하십니다. '고요! 정적! 안식! 평화. 갈등도 싸움도 없는 상태. 두려움도 불신도 없는. 메누하. 인간이 고요하게 누운 상태.'

아부 마젠, 그렇게 불러도 괜찮으실지,"—클라우스너는 목소리를 낮추고 머리 뒤로 넘어간 키파를 똑바로 썼다—"열두 살 아이들이 모인 그 교실에서 랍비가 한 말의 의미를 이해한 사람은 한 명도 없었습니다. 그런데 한 가지 여쭙겠습니다. 여기 모인 우리 가운데 그 아이들보다 더 잘 이해하는 사람이 있을까요? 다른 것들 사이에 유독 두드러진 그 창조 행위, 유일하게 영원한 것을 건설하지 않은 창조 행위를 이해하는 사람이요? 일곱째 날에 하느님은 마누하를 창조하셨습니다. 하지만 그것을 연약하게 만드셨지요. 지속할 수 없도록. 왜일까요? 주님이 만드신 다른 모든 것은 시간에 영향받지 않는데, 왜요?"

클라우스너는 잠시 멈추고 장내를 전체적으로 둘러보았다. 땀으로 번들거리는 널따란 이마를 제외하면 크게 애쓰고 있다는 표시는 나지 않았다. 엡스타인은 앞으로 몸을 기울이고 다음 말을 기다렸다.

"그것을 거듭해 다시 창조할 책임이 인간에게 돌아가게 하기 위해서입니다." 마침내 클라우스너가 말했다. "메누하를 다시 창조함으로써 자신이 이 우주의 방관자가 아니라 참여자임을 알도록, 인간의 행동 없이는 하느님이 우리를 위해 마련하신 우주가 계속 불완전하게 남아 있게 된다는 것을 알도록 하기 위해서입니다."

연회장 구석에서 한 사람의 무성의한 박수 소리가 울렸다. 동조하는 사람 없이 박수 소리가 잦아들어 조용해지자, 팔레스타인 지도자가 발언을 시작했다. 통역사가 말을 전할 수 있도록 간간이 멈춰가며, 그는 자신의 손주 여덟 명 모두가 '평화의 씨앗'* 캠프에 참가했다는 사실에 관해, 대화를 촉진하고 관계를 구축하며 나란히 함께 살아가는 일에 관해 이야기했다. 그의 논평에 이어 연사 몇 명의 발언을 끝으로 행사가 마무리되고 모두가 자리에서 일어났다. 아바스는 줄줄이 내민 손과 연달아 악수하며 긴 탁자를 지나 수행원들을 이끌고 연회장을 빠져나갔다.

역시나 어서 나가고 싶었던 엡스타인도 코트 보관소를 향해 갔다. 그런데 줄을 서 있는 동안 어깨를 두드리는 손길이 느껴졌다. 고개를 돌리자 그에게서 시간을 훔쳐 설교를 전한 랍비와 정면으로 마주보게 되었다. 엡스타인보다 머리 하나 반쯤 큰 그는 레반트** 지

* 평화 구축과 지도자 양성을 목적으로 1993년에 뉴욕에 수립된 기관으로, 분쟁 지역의 젊은이들을 위한 캠프 프로그램을 운영한다.

** 그리스와 이집트 사이 동지중해 연안 지역, 특히 이슬람교 국가들을 이르는 말.

역에서 오래 살아온 사람답게 다부지고 햇볕에 단련된 기운을 발산했다. 가까이에서 보니 햇빛이 축적된 그의 파란 눈이 빛났다. "메나헴 클라우스너입니다." 그는 엡스타인이 아까 잘 듣지 못했을까봐 다시 이름을 밝혔다. "저 안에서 제 행동이 외람되지 않았기를 바랍니다."

"아니요," 엡스타인은 코트 보관증 칩을 탁자에 탁 내려놓으며 말했다. "말씀을 잘하시더군요. 나라면 그보다 잘하진 못했을 겁니다." 그는 진심이었지만 더이상 이야기할 생각은 없었다. 코트 보관소에서 일하는 여자는 다리를 절었고, 엡스타인은 여자가 자기 과제를 수행하러 가는 모습을 지켜보았다.

"감사합니다. 하지만 모두 제 공이라고 하기는 힘들어요. 대부분 헤셜*의 글에서 가져왔거든요."

"늙은 랍비 선생의 말이라고 하지 않았소?"

"그렇게 말하면 이야기가 좀더 흥미로워지니까요." 클라우스너가 눈썹을 치키며 말했다. 과장된 표정을 지을 때마다 눈썹 위 이마의 깊은 주름 모양이 변했다.

엡스타인은 헤셜을 읽은 적도 없고 어쨌거나 실내가 더웠기 때문에 무엇보다도 밖에 나가 신선한 찬 공기를 쐬고 싶었다. 하지만 코트 보관소 직원이 회전식 옷걸이에서 되돌아왔을 때 그녀의 팔에 걸린 것은 다른 사람의 코트였다.

"이건 내 코트가 아닙니다." 엡스타인은 탁자 저편으로 코트를 밀면서 말했다.

---

* 에이브러햄 헤셜. 폴란드 태생의 미국인 랍비로 20세기의 대표적인 유대 신학자다.

여자는 멸시가 담긴 눈빛으로 그를 쳐다보았다. 하지만 그가 매서운 그 눈빛에 그보다 더 매서운 눈빛으로 응수하자 그녀는 굴복하고 옷걸이 쪽으로 절뚝거리며 돌아갔다. 한쪽 다리가 다른 쪽 다리보다 짧은 사람이었지만, 성인聖人이 아니고서는 그 여자에게 불만을 품지 않을 수 없을 것이었다.

"사실, 우리는 전에 만난 적 있습니다." 메나헴 클라우스너가 등 뒤에서 말했다.

"그런가요." 엡스타인은 거의 돌아보지도 않은 채로 말했다.

"예루살렘에서, 슐만가의 딸 결혼식이었죠."

엡스타인은 고개를 끄덕였지만 만남은 기억나지 않았다.

"엡스타인이라는 이름은 절대로 잊지 못하죠."

"왜죠?"

"엡스타인, 아브라바넬, 다얀, 그리고 다윗왕조로 거슬러올라가는 혈통의 이름은 모두 그렇습니다."

"엡스타인이요? 벽지 어딘가에 있던 슈테틀*의 왕족을 의미하는 게 아니라면, 엡스타인에 대해서는 잘못 알고 계시는 거요."

"아, 선생님은 우리와 동류입니다, 정말이에요."

이제 엡스타인은 웃을 수밖에 없었다.

"우리?"

"당연하죠. 클라우스너는 다윗왕 계보에서 꽤 유명한 이름입니다. 엡스타인만큼 대단하진 않지만요. 선생님 조상 가운데 한 분이

* 홀로코스트 이전에 중부나 동부 유럽에 있던 소규모 유대인 마을 또는 도시를 일컫는 말.

이름을 멋대로 지어낸 게 아니라면, 물론 그런 일은 없을 테니, 선생님에게 이른 핏줄은 거슬러올라가면 이스라엘 왕에게 직접 연결됩니다."

지갑에서 오십 달러 지폐 한 장을 꺼내주고 그에게서 벗어나고 싶은 충동과 이야기를 더 듣고 싶은 충동이 엡스타인의 마음속에서 경합을 벌였다. 어쩐지 이 랍비에게는 흡인력이 있었다. 아니, 다른 때였다면 그랬을 것이다.

코트 보관소 직원이 회전식 옷걸이를 게으르게 돌리다가 한 번씩 멈추고 고리에 달린 번호를 살펴보았다. 여자가 옷걸이에서 카키색 트렌치코트를 내렸다. "그거 아니에요." 엡스타인은 그녀가 외투를 건네려 하기도 전에 소리쳤다. 여자는 못마땅한 시선을 던지고 다시 옷걸이를 돌렸다.

더는 참을 수가 없어서 엡스타인은 탁자 너머로 비집고 들어갔다. 직원은 그가 자기 머리를 몽둥이로 내리치기라도 할 것처럼 과장되게 놀란 내색을 하며 뒤로 펄쩍 물러났다. 하지만 엡스타인이 직접 코트들을 살피다가 결국 찾지 못하는 것을 보고는 다시 한번 의기양양한 표정을 지었다. 여자가 절룩거리며 걸어나와 메나헴 클라우스너의 칩을 받으려 하자, 삼천 년 혈통의 설교자는 거부했다. "아니, 아니요. 저는 기다려도 괜찮습니다. 코트가 어떻게 생겼나요, 줄스?"

"남색인데." 엡스타인이 중얼거리며 빙빙 돌아가는 트위드나 모직 소맷자락들을 쳐냈다. 하지만 훨씬 부드럽고 비싸다는 점만 제외하면 탁자에 놓인 것과 엇비슷하다고 인정할 수밖에 없는 그의 코트는 어디서도 찾을 수가 없었다. "어이가 없군," 그가 씩씩거리며 말했다. "누가 가지고 가버린 게 분명해."

엡스타인은 직원이 웃는 소리를 들었다고 자신할 수 있었다. 하지만 그가 뒤돌아 쳐다보았을 때 그녀는 이미 구부정하고 네모난 등을 보이며 클라우스너의 뒤에 줄을 선 사람을 응대하고 있었다. 엡스타인은 얼굴이 달아오르고 목이 조이는 느낌이 들었다. 자발적으로 수백만 달러를 나눠주는 것과 자기도 모르게 코트를 빼앗기는 것은 분명히 다른 일이었다. 그는 오로지 그곳에서 벗어나 자기 코트를 입고 홀로 공원을 가로질러 걸어가고 싶을 뿐이었다.

엘리베이터가 도착하자 종소리가 울리며 문이 스르르 열렸다. 엡스타인은 다른 말 없이 탁자에 있는 코트를 낚아채서 그쪽을 향해 서둘러 갔다. 클라우스너가 뒤에서 불렀지만 문이 딱 맞게 닫혔고 엘리베이터는 엡스타인을 홀로 태우고 여러 층을 통과해 내려갔다.

호텔 옆문에서 아부 마젠의 수행원들이 리무진에 무질서하게 올라타고 있었다. 엡스타인은 마지막으로 차에 탄 사람이 입은 자신의 코트를 보았다. "이봐요!" 그는 팔에 든 거친 옷을 흔들며 소리쳤다. "이봐요! 그거 내 코트란 말이오!" 하지만 남자는 듣지 못했거나 듣지 않으려 했고, 그가 올라타서 문을 닫자 리무진은 연석에서 벗어나 58번가를 따라 미끄러지듯 나아갔다.

엡스타인은 믿기지 않는 듯 자동차 뒤꽁무니를 바라보았다. 호텔 도어맨은 그가 소란을 피울까봐 걱정되는지 불안한 눈으로 쳐다보았다. 손에 들린 코트를 부루퉁하게 내려다보던 엡스타인은 한숨을 푹 쉬며 옷소매에 한쪽 팔을 끼우고 다른 쪽 팔을 끼운 뒤 어깨를 으쓱해 코트를 걸쳤다. 소맷부리가 손가락 관절까지 내려왔다. 센트럴파크 남로南路를 건널 때 얇은 옷감 속으로 차가운 돌풍이 불어닥치자, 엡스타인은 본능적으로 주머니에 손을 넣어 가죽장갑을 찾았다. 하지만 나온 것이라고는 겉면에 아랍어가 인쇄된, 민트 사탕이 든 작은 양철 상자뿐이었다. 그는 민트 한 알을 꺼내 입에 넣고 빨기 시작했는데, 어찌나 매운지 눈물이 날 지경이었다. 그래, 그 사람들은 이렇게 매운 것을 먹고 가슴털을 기르는구나. 그는 계단을 내려가 공원으로 들어간 후, 갈대가 빽빽이 들어선 연못 가장자리 오솔길을 따라 걸어갔다.

이제 하늘은 칙칙한 장밋빛이 되었고, 서쪽의 주황빛도 사라지고 있었다. 곧 가로등에 불이 들어올 터였다. 바람이 거세지고, 흰 비닐봉지 하나가 천천히 모양을 바꾸며 머리 위로 나부껴 날아갔다.

영혼은 바다요, 우리는 그 안에서 헤엄친다. 해안은 이편에는 없고 오직 저멀리 반대편에만 있으며, 그 해안은 하느님이시다.

이 구절은 거의 두 달 전에 마야가 생일 선물로 준 작은 녹색 책에 나오는데, 그는 그 책을 워낙 많이 읽어서 군데군데 외우게 된 부분도 있었다. 엡스타인은 벤치 하나를 지나쳤다가 되돌아가 앉아서 양복 재킷 속주머니에 손을 넣었다. 속주머니가 비어 있다는 사실을 떠올리고 그는 깜짝 놀라 펄쩍 뛰었다. 그 책! 코트에 넣어두었다! 지금 아바스의 심복 중 한 명의 등에 걸쳐져 동쪽으로 이동중인 그의 코트. 그는 비서 샤론에게 문자를 보내려고 전화기를 찾아 더듬거렸다. 하지만 전화기도 없었다. "염병할!" 엡스타인은 소리쳤다. 오솔길을 따라 2인용 유아차를 밀고 가던 아이 엄마가 경계하며 쳐다보더니 걷는 속도를 높였다.

"이봐요!" 엡스타인은 소리쳤다. "실례합니다!" 여자는 흘낏 뒤돌아보았지만 빠른 걸음으로 계속 걸어갔다. 엡스타인은 여자를 뒤쫓아 달려갔다. "저기요," 그는 숨을 헐떡이며 여자 옆으로 가서 보조를 맞추며 말했다. "전화기를 잃어버렸는데 이제야 알았어요. 잠깐 전화기 좀 빌릴 수 있을까요?"

여자는 아이들을 힐끗 쳐다보았다—쌍둥이 같았는데, 코에 콧물이 묻고 눈은 초롱초롱한 아이들이 털을 댄 침낭으로 감싸여 있었다. 여자는 입을 앙다물며 주머니에 손을 넣어 전화기를 꺼냈다. 엡스타인은 여자의 손바닥에서 전화기를 낚아채 뒤돌아서서 자기 전화번호를 눌렀다. 신호음이 울리더니 음성 메시지로 바로 넘어갔다. 아까 대출을 마치고 전화기를 끈 것일까, 아니면 아바스의 수행원이 껐나? 자신에게 온 전화가 그 팔레스타인인에게 간다고 생각하자 불안해졌다. 샤론의 번호를 눌렀지만 역시 받지 않았다.

"얼른 문자 하나만 보낼게요." 엡스타인은 해명하며 곱은 손가락으로 문자를 쳤다. 유엔 안보리에 신속히 연락 요망. 플라자에서 코트 뒤바뀜. 아바스 패거리 중 하나가 내 코트 입고 내뺐음. 남색 로로피아나 캐시미어 코트. 그는 전송을 누른 후 다시 문자를 쳤다. 전화기와 다른 귀중품이 코트 주머니에 있음. 하지만 그 문자를 보내려다 생각을 고쳐먹고 지워버렸다. 아바스의 수행원에게 그가 자기도 모르게 수중에 넣은 것이 무엇인지 알려주고 싶지 않았다. 하지만, 아니다, 웃기는 생각이다. 모르는 사람의 전화기와 죽은 이스라엘 시인의 유명하지도 않은 책을 가지고 그 사람이 뭘 할 수 있단 말인가?

쌍둥이가 재채기를 하며 코를 훌쩍이기 시작했고, 애들 엄마는 조급하게 이쪽저쪽 번갈아 짝다리를 짚으며 서 있었다. 자선을 받는 입장이 되어본 적 없는 엡스타인은 다시 문자를 치고 보낸 다음 남의 전화기를 계속 손에 쥐고 비서의 답장과 함께 진동이 울리기를 기다렸다. 하지만 손에 든 전화기에선 움직임이 없었다. 도대체 샤론은 어디 있는 걸까? 알겠지만, 내 전화기 아님, 그는 또 문자를 보냈다. 곧 다시 연락하겠음. 그가 돌아서자 여자는 화가 나서 툴툴거리며 전화기를 채가더니 인사말 한마디 없이 가버렸다.

그는 사십오 분 후에 에이버리 피셔 홀에서 모라를 만나야 했다. 두 사람은 어릴 적부터 알고 지냈고, 그가 이혼한 후부터 모라는 음악회의 단골 동행이 되어주었다. 엡스타인은 서북쪽으로 방향을 틀어 풀밭을 가로질러 걸어가며 머릿속으로 정신없이 문자를 작성했다. 그런데 어느 덤불을 지날 때 갈색 참새떼가 날아올라 어스름한 하늘로 흩어졌고, 갑작스럽게 자유로움을 분출하는 새들의 모습에 엡스타인은 밀려오는 위안을 느꼈다. 그냥 오래된 책 한 권일 뿐이다, 안 그런가? 분명히 같은 책을 다시 구할 수 있을 거다. 그 일은 샤론에게 맡겨야겠다. 아니, 그보다도, 책을 쉽게 얻은 만큼 쉽게 떠나보내도 되지 않을까? 그 책에서 필요한 것은 이미 모두 얻지 않았는가?

생각에 잠긴 채 그는 보행자 육교 아래 터널로 들어섰다. 눅눅한 공기 속에서 떨며 걷고 있는데 노숙자 사내 하나가 어둠 속에서 나와 앞을 가로막았다. 긴 머리가 찐득하게 뭉쳐 있고 몸에서는 오줌 냄새와 뭔가가 곪는 냄새가 났다. 엡스타인은 지갑에서 이십 달러 지폐를 꺼내 남자의 굳은살 박인 손바닥에 쥐여주었다. 그리고 뒤늦게 생각이 떠올라 민트 상자를 꺼내 그것도 주었다. 하지만 그건 잘못된 결정이었는데, 남자가 몸을 홱 움직일 때 어둠 속에서 번쩍이는 칼날이 보였기 때문이다.

"지갑 내놔." 그가 으르렁거리며 말했다.

엡스타인은 깜짝 놀랐다—정말로? 이 오후가 뭔가를 더 빼앗아갈 수도 있다는 말인가? 가진 것을 너무 많이 나눠주며 자선의 냄새를 풀풀 풍기다보니 세상은 이제 그에게서 뭐든 빼앗아도 된다고 느끼는 건가? 아니면, 그와 정반대로, 아직 충분히 내주지 않았다고, 완전히 빈털터리가 되기 전까지는 충분하지 않다고 말해주려는 건가? 게다가 아직도 센트럴파크에서 활동하는 노상강도가 남아 있다니, 이게 정말로 가능한 일인가?

놀라긴 했다, 맞다, 하지만 두렵지는 않았다. 평생 그는 미치광이들을 무수히 다루었다. 심지어 변호사로서 그런 이들을 다루는 재능 같은 게 있다고도 할 수 있었다. 그는 상황을 따져보았다. 칼은 크지 않았다. 상처를 입힐 수는 있어도 죽일 수는 없을 것이다.

"그래, 좋아요." 그가 차분하게 말문을 열었다. "현금을 드리면 어떻겠소? 이 안에 적어도 삼백 달러는 있을 거요, 그보다 더 될 수도 있고. 그걸 다 줄 테니, 카드는 내가 가져가는 걸로 합시다. 당신에겐 쓸모도 없잖아요—카드는 이 분이면 취소할 수 있고, 어차피 쓰레기통에 버릴 생각이었잖소. 내 말대로 하면 우리 둘 다 좋게 자리를 뜰 수 있어요." 엡스타인은 그렇게 말하면서, 지갑을 몸 앞으로 멀찍이 내밀고 천천히 현금 뭉치를 꺼냈다. 남자가 돈을 낚아챘다. 하지만 그러고도 볼일이 끝나지 않았는지, 이제는 뭔가 다른 소리를 짖어대고 있었다. 엡스타인은 알아듣지 못했다.

"뭐라고요?"

남자가 엡스타인의 가슴팍을 칼로 빠르게 긁었다. "그 안에 든 건 뭐야?"

엡스타인은 심장 위로 손을 움켜쥐고 뒤로 물러섰다.

"어디요?" 그는 헐떡이며 말했다.

"안에!"

"아무것도 없어요." 그는 조용히 말했다.

"보여줘." 노숙자가 말했다, 혹은 그랬다고 엡스타인은 생각했다. 그의 어눌한 말을 알아듣기란 거의 불가능했다. 뇌졸중으로 영영 말이 어눌해진 아버지 생각이 엡스타인의 뇌리를 스치는 와중에, 남자는 무기를 든 채 계속 거친 숨을 몰아쉬고 있었다.

천천히, 엡스타인은 자기 것이 아닌 코트의 단추를 풀었고, 다음에는 자기 것인 회색 플란넬 양복 재킷의 단추를 풀었다. 실크 안감을 댄 속주머니를 연 다음, 보통은 조그만 녹색 책이 들어 있던 그 주머니가 비었다는 걸 남자가 확인할 수 있도록 발끝으로 서서 상체를 앞으로 숙였다. 모든 것이 너무나 황당해서, 칼이 그토록 목 가까이에 있지만 않았다면, 웃음을 터트리고 말았을 것이다. 결국에는 죽일 수 있는 칼인지도 모른다. 흘낏 아래를 내려다보며, 엡스타인은 구조 전화도 걸지 못하고 발밑의 피 웅덩이에 누워 있는 자신의 모습을 상상했다. 그때 머릿속에서 또렷해지는 질문이 있었다. 몇 주 동안 막연히 맴돌던 질문, 그 질문이 적절한 것인지 시험해보려는 듯 이제 그는 의식적으로 물었다. 하느님의 손이 내려와 그를 가리킨 것인가? 하지만 왜 그인가? 다시 위를 올려다보니 칼은 사라지고 남자는 이미 돌아서서 서둘러 달아나고 있었다.

엡스타인은 잠시 얼어붙은 듯 서 있었고, 남자가 반대편의 둥근 빛 속으로 사라지고 나자 터널 안에 혼자 남았다. 목을 만져보려고 손을 올렸을 때, 그제야 손가락이 떨리고 있음을 깨달았다.

십 분 후, 다코타 아파트먼트의 로비에 안전하게 도착한 그는 다시 전화를 빌렸다. "로젠블랫 부부의 친구요." 그는 수위에게 말했다. "방금 강도를 당했소. 전화기도 그렇고." 수위는 14B호에 전화를 걸기 위해 인터폰을 들었다. "놔둬요." 엡스타인은 재빨리 말했다. "그냥 전화만 쓰고 갈 거요." 그는 안내대 뒤쪽으로 팔을 뻗어 다시 자기 번호로 전화를 걸었다. 오래전에 녹음했지만 여전히 흘러나오는 자신의 목소리로 연결이 되었다. 그는 연결을 끊고 샤론의 번호로 다시 걸었다. 전화를 받은 그녀가 아까는 못 받아서 죄송하다고 연신 사과하며 말했다. 유엔에는 이미 연락을 넣어두었다. 아바스가 십오 분 후에 연설할 예정이라 당장은 일행 중 누구와도 연락이 닿지 않지만, 그녀가 지금 막 택시를 타고 있으니 그들이 건물을 나서기 전에 반드시 막아서겠다. 엡스타인은 모라에게도 연락을 해서 연주회는 혼자 가라는 말을 전하라고 샤론에게 지시했다.

"내가 강도를 당했다고 전해요." 그는 말했다.

"알겠습니다, 그럼 강도를 당하신 걸로." 샤론이 말했다.

"사실이야." 의도했던 것보다 훨씬 나직한 목소리로 그렇게 말하며 엡스타인은 다시 한번 땅바닥에 널브러진 자신의 모습과 천천히 퍼져나가는 검은 피를 눈앞에 그렸다. 위를 흘낏 보다가 수위와 눈이 마주쳤는데, 그 역시 엡스타인의 말을 믿지 않는 것 같았다.

"진담이세요?" 비서가 물었다.

엡스타인은 말을 끊었다. "삼십 분이면 집에 도착할 거야. 그때 전화해요."

"이봐요," 그는 수위에게 말했다. "지금 상황이 급한데, 이십 달러만 빌려줄 수 있겠소? 크리스마스에 잊지 않을게요. 그때까지는 로젠블랫 부부가 잘 챙겨줄 거요."

지폐를 건넨 수위가 센트럴파크 서로西路를 따라 남쪽으로 가는 택시를 불렀다. 수위에게 줄 팁이 현금이든 반지든 남은 게 없어서 엡스타인은 변변찮은 고개인사만 한 뒤, 택시 기사에게 공원 너머 북쪽으로 열다섯 블록 떨어진 곳에 있는 집주소를 알려주었다. 기사는 짜증을 내며 고개를 젓더니 창문을 내리고 걸쭉하게 침을 뱉었다. 항상 똑같았다. 그들은 가고 있던 길에서 방향을 바꾸어 반대 방향으로 가자고 하면 항상 불쾌하게 받아들였다. 그것이 뉴욕시 택시 기사의 일반적인 심리라고, 엡스타인은 함께 뒷자리에 앉은 사람이면 누구에게나 그렇게 설교할 때가 많았다. 교통체증과 적색 신호등에 계속 제지당하다가 일단 움직이기 시작하면 그들은 온 마음으로 움직임을 갈망했다. 차를 돌려 반대 방향으로 가야 한다는 사실을 전해 듣는 순간, 그렇게 해서 돈을 벌 수 있다는 사실은 그들에게 별로 중요하지 않았다. 그들은 그것을 패배라고 느끼고 억울해했다.

매디슨 애비뉴를 따라 업타운으로 올라가는 차들이 완전히 멈춰 선데다 서쪽으로 꺾이는 도로가 차단된 탓에 택시 안의 분위기는 더욱 어두워졌다. 엡스타인은 창문을 내리고 경찰을 불렀다. 도로 차단용 가로대 옆에 배치된 경찰관은 야구 선수처럼 뚱뚱한 근육질이었다.

"여기 무슨 일이오?"

"영화 찍는답니다." 경찰관이 뜬공을 찾는 것처럼 하늘을 훑어보며 심드렁하게 전했다.

"농담하는 거 아뇨? 이달에만 벌써 두번째잖아요! 누가 블룸버그에게 이 도시를 할리우드에 팔아먹어도 된다고 말한 거야? 어쩌다보니 아직도 여기 사는 사람들이 있다고!"

냄새나는 택시에서 풀려난 엡스타인은 85번가를 따라 걸어갔다. 굉음을 내는 거대한 발전기 한 대에서 전기를 공급받는 트레일러들이 윙윙 소리를 내며 도로변에 늘어서 있었다. 그는 간식 탁자를 지나며 걸음을 늦추지 않은 채로 도넛 하나를 집어들었고, 한입 베어물자 잼이 밖으로 흘러나왔다.

하지만 피프스 애비뉴로 방향을 틀던 그는 눈이 내린 것을 보고 걸음을 멈췄다. 거대한 조명을 받은 나무들에 흰 눈이 얹혀 있었고 보도를 따라 흩날리는 눈발이 운모처럼 반짝였다. 주변이 온통 고요하게 가라앉았다. 영구차에 매인 검은 말들마저 머리를 떨구고 가만히 서 있었고, 그 주위로 눈이 소용돌이치며 내려앉았다. 엡스타인은 마차 유리창 너머로 흑단으로 짠 관의 긴 그림자를 보았다. 그는 가슴이 찌릿한 경의를 느꼈다—삶의 종말에 대해 반사적으로 느끼는 경외감뿐 아니라 다른 무엇이 섞인 감정. 그것은 불가해한 공동空洞들을 가진 세상이 무엇을 할 수 있는지 알 듯한 느낌이었다. 하지만 그것은 순식간에 사라졌다. 잠시 후, 카메라 크레인이 도로를 따라 내려오자 마법은 깨졌다.

마침내 따뜻한 불빛이 흘러나오는 아파트 로비가 눈에 들어오자 엡스타인은 밀물처럼 들이닥치는 피로를 느꼈다. 이제 그는 집에 들어가 거대한 욕조에 몸을 담그고 하루를 모두 씻어낼 수 있기만을 원했다. 하지만 입구 쪽으로 걸어가기 시작했을 때 다시 한번 방해를 받았는데, 이번에는 빵빵한 아노락을 입고 클립보드를 휘두르는 여자였다.

"촬영중이잖아요!" 여자가 나직하게 쏘아붙였다. "모퉁이에서 기다리셔야 해요."

"난 여기 사는 사람이오." 엡스타인이 맞받아쳤다.

"여기 사는 사람들 많아요, 그래도 다들 기다리잖아요. 인내심을 좀 기르세요."

하지만 엡스타인은 인내심이 바닥났고, 영구차가 말들 뒤에서 삐거덕거리며 움직이기 시작하는 것을 보려고 여자가 고개를 돌린 순간 얼른 옆으로 피해서 마지막 남은 힘을 다해 건물 쪽으로 내달리기 시작했다. 건물 수위 하룬이 거리의 움직임을 내다보는 모습이 보였다. 그는 항상 거기에서 유리창을 바라보고 있었다. 별일이 없을 때는 고개를 들고 같은 블록 아래쪽 건물의 창문틀에 둥지를 튼 붉은꼬리매를 찾아 하늘을 살피기를 즐겼다. 하룬은 질주해 다가오는 엡스타인을 마지막 순간에 발견하고, 펜트하우스 B의 입주자가 유리창에 충돌하기 직전에 문을 당겨 열었다. 엡스타인은 부드럽게 안으로 들어갔고 수위는 다시 문을 잠그고 뒤돌아서서 문에 등을 털썩 기댔다.

"그냥 영화예요, 하룬, 혁명이 아니라." 엡스타인이 거친 숨을 몰아쉬며 말했다.

제2의 조국에서 목격하는 새로운 삶의 방식에 끊임없이 놀라는 수위는 고개를 끄덕이면서, 그의 겨울철 제복인 금색 단추가 달린 묵직한 초록색 케이프의 매무시를 고쳤다. 늘 실내에만 있으면서도 그는 케이프를 벗으려 하지 않았다.

“이 도시의 문제가 뭔지 알아요?” 엡스타인이 말했다.

“뭐죠, 엡스타인 씨?” 하룬이 물었다.

하지만 피프스 애비뉴의 일상을 오 년 동안이나 지켜보고도 여전히 놀라움으로 가득한 수위의 진지한 눈빛을 본 엡스타인은 마음을 고쳐먹고 그냥 넘겼다. 수위의 손에 아무것도 없어서, 갑자기 엡스타인은 도장 반지를 어떻게 한 건지 묻고 싶었다. 하지만 그 점에 대해서도 그는 말을 삼켰다.

목재 패널로 장식된 엘리베이터가 열리고 현관 입구에 깔린 이스파한산産 러그의 익숙한 색깔이 눈에 들어오자, 엡스타인은 안도의 한숨을 쉬었다. 그는 안으로 들어가 전등을 켜고 뒤바뀐 코트를 벽장에 걸고 슬리퍼를 신었다. 리앤과 이혼한 뒤 열 달 동안 이곳에서 살았는데, 아직도 밤에는 침대 옆자리 아내의 몸이 그리울 때가 있었다. 삼십육 년을 아내의 옆자리에서 잤다. 아무리 적은 무게라도 아내의 무게가 얹히지 않은 매트리스는 느낌이 달랐고 그녀의 숨소리 리듬이 사라진 어둠은 한이 없었다. 한때 그녀의 허벅지 사이나 무릎 뒤에서 느끼던 온기가 사라지고 나니, 차가운 느낌 때문에 잠에서 깨는 때도 있었다. 심지어 리앤에게 전화를 걸었을지도 모른다, 그녀가 할 법한 말을 자신이 이미 다 알고 있다는 사실을 잠시 잊을 수만 있었다면. 사실, 그가 갈망으로 흔들렸다 해도 그것은 한 번도 가져본 적 없는 것에 대한 갈망이었다.

아파트는 그리 넓지 않았지만 주로 사용하는 방들에서 센트럴파크와 함께 남쪽으로는 메트로폴리탄미술관이 보였는데, 미술관 유리 천장 밑에는 덴두르 신전*이 전시되어 있었다. 고대 세계가 이렇게 가까이 있다는 사실은 그에게 의미심장했다. 그는 로마가 이집트 사원을 모방해 지은 그 건물 자체에 감명을 받은 적은 없었지만, 밤중에 그 모습이 보이면 잊고 있던 시간의 광대함을 몸이 기억해내는 것처럼 폐가 부풀어오르는 느낌이 들었다. 평생 한 사람에게 일어나는 일들, 글자가 새로운 조합으로 타자기 리본 위에 새겨지듯 인생의 표지가 되는 그런 일들이 원대하고 고유하다고 믿기 위해서는 잊어야만 했던 그것을 몸이 기억해내는 것처럼. 하지만 그는 이제 젊지 않았다. 그는 어떤 사원보다 오래된 고대의 물질로 만들어졌고, 근래에는 무언가가 그에게로 회귀하고 있었다. 그의 안으로 돌아오고 있었다, 물이 오래전에 떠났던 말라붙은 강바닥으로 돌아오듯이.

아파트 벽에 걸려 있던 그림들을 처분하고 값비싼 가구도 나눠주고 나니, 텅 빈 거실 한가운데에 서서 컴컴하게 흔들리는 나무 꼭대기들을 내다보기만 해도 팔에 소름이 돋았다. 무엇 때문에? 단지 자신이 아직도 거기 있다는 사실 때문에. 순환이 마무리되는 시점에 이르도록 오래 살아 있다는 사실, 이제 너무 늦어서 돌이킬 수 없을 뻔했는데, 거의 놓칠 뻔했는데, 아슬아슬하게 깨달았다는 사실. 무엇을? 바닥을 가로지르며 지나가는 빛기둥 같은 시간을, 그리고 그 긴 꼬리 뒤에는 어린 시절 롱비치의 집 쪽마루에 떨어지

---

* 기원전 15년에 로마 총독 페트로니우스가 지은 이집트 신전 유적으로 뉴욕의 메트로폴리탄미술관에 옮겨져 전시되고 있다.

던 빛이 있다는 사실을. 혹은 그의 머리 위에 있는 하늘, 소년 시절부터 항상 머리 위에 이고 다니던 것과 똑같은 그 하늘을. 아니, 그 이상이었다. 그는 삶의 거센 물결에 뛰어들어 헤엄치느라 바빠서 물결 위로 고개를 내밀어본 적이 별로 없었다. 하지만 이제는 저멀리 지평선까지 풍경 전체가 보이는 순간들이 있었다. 그럴 때면 그는 기쁨과 갈망이 반씩 섞인 감정에 휩싸였다.

아직도 여기에. 가구와 현금과 전화기와 등에 걸친 코트까지 모두 떨쳐내고도 여전히 공기처럼 가벼워지지 못한 채로, 엡스타인은 뱃속 저 밑에서 갉작거리는 안달을 느꼈다. 플라자호텔에서도 거의 먹지 못한 참에 도넛을 먹었더니 식욕이 일었다. 그는 냉장고를 뒤져 일주일에 세 번 음식을 해주는 요리사가 넣어둔 닭다리를 하나 찾았고, 창가에 선 채로 그것을 먹었다. 다윗의 자손의 자손의 자손의 자손의 자손의 자손. 골리앗의 머리에 돌을 던진 양치기 소년이었던 다윗. 여인들은 "사울은 수천을 치셨고 다윗은 수만을 치셨다네"*라고 묘사하곤 했지만, 그가 냉정하고 계산적인 야수로 남지 않도록, 그에게 유대인의 온화함과 유대인의 지능과 유대인의 깊이가 부여되도록, 훗날 지금까지 쓰인 가장 아름다운 시의 저자로 만들어진 인물. 엡스타인은 미소를 지었다. 자신에 대해 여전히 더 알 만한 것이 뭐가 남았나? 닭고기는 맛이 좋았지만, 그는 살을 다 발라먹지도 않고 나머지를 쓰레기통에 던져넣었다. 유리잔을 꺼내려고 찬장에 손을 뻗다가 마음을 바꿔 수도꼭지 아래에 머

* 사무엘상 18장 7절. 전쟁에서 큰 승리를 거두고 들어온 사울왕을 환호하던 여인들이 다윗의 공훈을 칭송하는 의미에서 부른 개선가였으나 나중에 사울의 질투를 유발하여 다윗을 죽이려는 마음을 품게 했다.

리를 들이밀고 갈급히 물을 마셨다.

거실에서 스위치에 손을 대자 자동 조광기가 달린 전등이 켜지며, 동쪽 벽에 홀로 걸려 있는 작은 그림 속 후광 두 개의 금빛 광택을 환히 밝혔다. 전에도 그렇게 되는 걸 수없이 봤지만 그는 이 효과가 눈앞에 나타날 때마다 두피에 찌릿한 자극을 느꼈다. 이 작품은 그가 처분하지 않은 유일한 명화로서, 거의 육백 년 전 피렌체에서 제작된 제단화 중 한 폭이었다. 이 작품만은 누구에게 줄 엄두가 나지 않았다. 조금만 더 옆에 두고 싶었다.

엡스타인은 그림 속 인물들에게 다가갔다. 허리를 숙여서 연분홍 드레스 자락에 몸의 형체가 온통 가려진 마리아와, 유색의 날개만 아니라면 여자처럼 보일 천사 가브리엘. 마리아 아래에 등받이 없는 조그만 나무의자가 끼워져 있는 것을 보면, 마리아가 무릎을 꿇고 있거나 막 무릎을 꿇으려 한다는 것을 알 수 있었다. 드레스 밑에 육체성이라고 할 만한 것이 아직 남아 있다면—하느님의 아들로 채워지기 위해 마리아를 이루던 것들이 이미 모두 지워지지 않았다면 말이다. 곡선을 이루는 그녀의 형체는 머리 위 하얀 아치 모양에서 똑같이 반복되었다. 이미 그녀는 자신이 아닌 다른 존재가 된 것이다. 손가락이 긴 양손은 납작한 가슴 위에서 서로 포개졌고, 얼굴에는 고난에 찬 고귀한 운명을 맞이하는 성숙한 아이의 엄숙한 표정이 떠올라 있었다. 몇 피트 떨어진 곳에서 그녀를 다정하게 내려다보는 천사 가브리엘은 그녀의 불가피한 미래가 가져올 고통을 자신도 느끼는 것처럼 가슴 위에 손을 얹고 있었다. 물감 표면에는 실금이 가득했지만, 오히려 그 때문에 숨막히는 느낌과 정지된 표면 아래에 응축된 거대하고 거친 힘이 배가되었다. 오로지 그들의 머리를 감싼 평평한 금색 원반만이 기이할 정도로 정적이었다. 후광을 왜 기어이 저렇게 그린 걸까? 왜, 입체감을 표현하는 방법을 이미 발견했으면서도, 오직 이 경우만은 항상 고집스레 평면으로 회귀한 걸까? 그것도 비슷한 경우에 모두 그렇게 표현하는 게 아니라, 하느님 가까이 이끌려 가 무한으로 채워지는 존재를 상징할 때만?

엡스타인은 벽에서 액자를 내려 팔 밑에 끼고 침실로 가져갔다. 지난달에 보나르의 누드화 속 여자가 드러누운 채 실려나간 뒤로 침대 맞은편 벽이 비어 있었다. 불현듯 그는 그 작은 수태고지 그림을 거기에 걸고 싶다는 충동을 느꼈다. 아침에 눈을 뜰 때 처음으로, 그리고 밤에 잠이 들 때 마지막으로 바라보기 위해. 하지만 아직 고리에 줄을 채 걸지 못했는데 정적을 뒤흔들며 전화벨이 울렸다. 엡스타인은 침대 쪽으로 걸어가 액자를 베개에 기대놓고 수화기를 들었다.

"줄스? 샤론이에요. 죄송한데요, 변호사님 코트를 입고 간 남자가 몸이 아파서 자기 호텔로 돌아간 것 같아요."

밖에서는 광막한 어둠 너머로 웨스트사이드의 불빛이 반짝였다. 엡스타인은 침대 위의 동정녀 옆에 주저앉았다. 그는 자신의 코트를 입은 팔레스타인 남자가 무릎을 꿇고 변기 위로 수그린 모습을 상상했다.

"메시지를 남겼는데 아직 연락이 닿지 않았어요," 샤론이 말을 이어갔다. "기다렸다가 내일 가봐도 될까요? 변호사님 항공편 시간은 저녁 아홉시니까, 제가 아침에 일어나자마자 가더라도 시간은 넉넉할 거예요. 오늘 여동생 생일이라 저녁에 파티가 있거든요."

"가요." 엡스타인은 한숨을 쉬었다. "이 문제는 신경쓰지 말고. 시간이 있으니까."

"확신하시는 거죠? 제가 전화로 계속 연락해볼게요."

하지만 엡스타인은 확신할 수 없었다. 지난 몇 달 동안 무엇도 확신할 수 없는 자신을 서서히 인식하고는 있었으나, 비서가 질문을 던진 지금에야 그는 명확성의 날갯짓소리가 머리 위로 멀리 사라지고 있음을 느꼈다. 그는 확신하고 싶지 않았다. 확신에 대한 신뢰를 잃어버렸다.

미지의 공간으로

내가 동시에 두 곳에 존재한다는 생각을 하기 시작한 것은 아주 오래전의 일이다. 기억이 미치는 끝까지 거슬러올라간다고 해야 할 듯싶다. 텔레비전에서 어린이 프로그램을 보다가 갑자기 스튜디오의 조그만 객석에 있는 나를 발견한 것이 내 가장 어릴 적 기억 중 하나이기 때문이다. 지금도 나는 그때 다리 밑에 깔려 있던 부모님 침실의 갈색 카펫의 느낌과 아주 높은 곳에 놓여 있는 듯했던 텔레비전을 보려고 목을 쭉 빼던 기억, 다른 세계에 있는 나를 보며 흥분하다가 내가 거기 간 적 없다는 사실을 깨달았을 때 뱃속에 퍼지던 울렁거림을 다시 불러낼 수 있다. 어린아이들의 자아의식에는 아직 투과성이 남아 있다고 할 수 있다. 어릴 적 한동안 유지되는 너른 바다와 같은 감각은 우리가 기를 쓰며 주위에 쌓아올린 벽에서 마침내 비계가 제거되는 순간 사라지고, 그러고 나면 남은 평생 출구를 찾으며 살 거라는 깨달음에 슬퍼지지만, 타고난 본

능의 명령을 따르는 그런 노력은 막을 수 없다. 그럼에도 불구하고, 지금도 나는 그때 내가 본 것을 전혀 의심하지 않는다. 텔레비전에 나온 어린 여자애의 얼굴은 정확히 내 얼굴이었고 그애는 내 빨간 운동화와 줄무늬 셔츠를 입었지만, 그것까지는 우연이라고 할 수도 있을 것이다. 우연으로 칠 수 없는 것은, 카메라가 그 아이에게 머문 단 몇 초 동안 그애의 눈에서 내가 된다는 것이 어떤 느낌인지를 알아보았다는 사실이다.

그것이 내 뇌가 보존한 가장 이른 감각이었는지도 모르지만, 시간이 흐르면서 그에 대한 생각은 많이 하지 않았다. 그럴 이유가 없었던 것이, 다시는 어디에서도 나 자신과 마주치지 않았기 때문이다. 그렇긴 해도 그때 그 장면을 보고 느낀 놀라움은 내 전 존재에 뿌리내렸고 그 위에 세계에 대한 내 감각이 형성되면서 마침내 믿음으로 변화하는 연금술이 일어났을 것이다. 내가 둘이라는 악몽의 소재와도 같은 믿음이 아니라, 내가 고유한 내 모습 그대로 존재의 두 차원에 살고 있을 수도 있다는 믿음. 아니, 어쩌면 이를 정반대의 각도에서 보아, 그때 내 안에 뚜렷이 자리잡기 시작한 그것을 의구심이라 불러야 더 정확할지도 모르겠다—내게 떠맡겨진, 그리고 아이들 모두에게 떠맡겨진 현실에 대한 회의, 다시 말해, 아이들이 자연스럽게 경험하는 좀더 유연한 다른 현실들을 천천히 몰아내는 이 현실에 대한 회의. 그것이 믿음이었든 회의였든, 여기와 저기에 동시에 존재할 가능성은 내 모든 어린아이다운 개념들과 함께 의식의 근저에 묻혀 있다가 어느 가을날 오후 되살아났다. 남편과 두 아이와 함께 사는 집의 문을 들어서면서 내가 이미 그 안에 있다고 느꼈을 때였다.

이미 거기에 있다는 단순명료한 느낌. 위층의 방들을 돌아다니면서, 혹은 침대 위에서 잠든 채로. 내가 어디에 있고 무엇을 하고 있는지는 중요하지 않았으며, 내가 이미 그 집안에 있음을 안다는 확신이 중요했다. 나는 평소 나 자신 그대로였고, 내 모습 그대로 완전히 정상이라고 느꼈다. 하지만 그와 동시에 불현듯 나를 휩싸던 느낌은 내가 내 몸안에, 평생 봐왔던 손과 팔과 다리에 더는 갇혀 있지 않다는 것, 항상 내 시야 안에서 움직이거나 멈춰 있었고 내가 삼십구 년 동안 시시각각 주시해온 그 사지가 사실은 나의 경계가 아니며, 나 자신의 가장 끝부분이 아니고, 나는 그것들 너머에 별개로 존재한다는 것이었다. 추상적인 의미에서 그렇다거나 영혼이나 주파수의 형태로서 존재한다는 것도 아니었다. 온전한 몸 그대로, 그렇게 부엌 문지방에 서 있으면서도, 어떻게든—다른 곳에, 위층에—다시 존재한다는 것이었다.

창밖에서 구름이 쏜살같이 지나가는 것 같았지만, 그 밖에 이상하거나 제자리에서 벗어난 것은 없는 듯했다. 오히려 그 반대로, 집안에 있는 모든 것, 컵, 탁자, 의자, 화병 하나하나가 있어야 할 곳에 있는 듯했다. 아니, 심지어 정확히 제자리에 있는 듯했다. 삶이 무생물에 영향력을 발휘하는 특정한 방식에 따라 물건들은 항상 왼쪽이나 오른쪽으로 조금씩 이동하는 법이니까 실제로는 그런 일이란 좀처럼 있을 수 없는데도. 시간이 흐르며 이동이 거듭되면 변화가 눈에 띄게 되는데—벽에 걸린 액자가 갑자기 비뚤어져 보이고 책들이 책장 선반 뒤쪽으로 물러나 있다—우리는 많은 시간을 허비하며 이 물건들을, 종종 무의식적으로, 원래 자리로 되돌린다. 우리 또한 무생물에 영향력을 발휘하고 싶어하고, 그에 대해 통치권을 행사한다고 믿고 싶어한다. 하지만 실제로 우리가 통제하고 싶어하는 것, 그래서 이길 수도 없고 벗어날 수도 없는 싸움의 상대로 삼은 것은 삶의 제지할 수 없는 힘과 추진력이다.

하지만 그날은 마치 집 아래로 자석이 지나가며 물건 하나하나를 모두 있어야 할 위치로 되돌린 것 같았다. 모든 것이 정적에 물들었는데 오직 구름만이 황급히 지나가고 있어, 마치 세상이 아주 조금 빨리 돌기 시작한 것 같았다. 부엌 문간에 멈춰 서 있을 때 가장 먼저 든 생각도 그것이었다. 시간이 빨리 흐르기 시작했고, 나는 집으로 오다가 어쩐 일인지 뒤로 처진 거라고.

움직이기가 두려워 얼어붙은 듯 서 있는 동안, 등줄기의 살갗이 따끔거렸다. 신경학적으로든 형이상학적으로든 모종의 오류가 발생했는데, 그 오류는 예컨대 기시감처럼 무해할 수도 있고 또 한편으로는 무해하지 않을 수도 있었다. 무언가 정렬이 어긋났다고, 내가 움직이면 오류가 자연스럽게 교정될 가능성이 사라질 거라고 느꼈다.

몇 초가 지나고 벽에 걸린 전화가 울렸다. 나는 본능적으로 고개를 돌려 전화기를 보았다. 어떻게든 그로 인해 마법이 풀린 것인지, 다시 고개를 돌리자 더는 구름이 내달리지 않았고 내가 동시에 여기와 저기—위층—에 존재한다는 느낌도 사라졌다. 집은 다시 텅 비었고, 익숙한 경계 안으로 돌아간 나만 홀로 남아 부엌에 서 있었다.

몇 주 동안 잠을 심하게 설친 참이었다. 일이 잘 풀리지 않아 끊임없이 불안했다. 하지만 내 글이 일종의 침몰하는 배라면 그보다 더 넓은 풍경은—그 바다에서 나는 타고 가려는 배마다 결국에는 모두 가라앉을 거라고 느끼기 시작했는데—삐걱거리는 결혼생활이었다. 남편과 나는 계속 멀어졌다. 남편이나 나나 아이들에게는 헌신적이어서, 우리집에는 늘 사랑과 정성이 흘렀기 때문에 점점 벌어지는 우리 사이가 처음에는 얼버무려지고 나중에는 가려졌다. 하지만 어느 시점에 이르자 아이들에 대해 우리가 공유하는 사랑이 주는 도움은 일종의 정점을 찍은 후 퇴조하다가 결국에는 우리 관계에 아무런 도움이 되지 못했다. 오히려 우리 각자가 얼마나 외로운지, 아이들과 비교할 때 얼마나 사랑받지 못하고 있는지를 더 환히 비춰주었기 때문이다. 한때 우리가 서로에게 느끼고 표현했던 사랑은 말라버렸거나 거두어졌고—어느 쪽인지 구분하기에는 너무 혼란스러웠다—그럼에도 우리 각자는 날마다 아이들이 상대에게 불러일으키는 엄청난 사랑의 힘을 목격하고 감동했다. 힘든 감정을 말로 표현하는 일은 남편의 천성에 맞지 않았다. 그는 그런 감정을 나뿐만 아니라 자기 자신에게도 감추는 법을 오래전에 배웠고, 여러 해 동안 그 문제에 관해 대화를 시도하다 실패한 나도 서서히 포기하게 되었다. 우리 사이에는 격분은 고사하고 갈등조차 허용되지 않았다. 표면은 잠잠하게 유지하면서 모든 것을 말하지 않은 채로 넘겨야 했다. 이런 식으로, 나는 다시 한없는 외로움으로 돌아왔음을 깨달았다. 불행하지만 적어도 생소하지는 않은 감정이었다. "나는 근본적으로 경쾌한 사람인데," 남편이 언젠가 내게 말했다. "당신은 모든 걸 곰곰이 생각하는 사람이지." 하지만 시간이 흐르며 안팎의 조건이 그의 경쾌함으로도 감당할 수 없는 지경에 이르자 남편 역시 자기만의 바다에 가라앉고 있었다. 우리는 결혼생활에 대한 믿음을 잃었음을 각자의 방식으로 깨달았다. 그러면서도 그 깨달음에 어떻게 대처해야 하는지는 알지 못했다. 사람들이, 예컨대, 내세가 존재하지 않는다는 깨달음에 어떻게 대처해야 할지 모르는 것처럼.

내 삶은 그런 상태에 있었다. 그리고 나는 글을 쓸 수 없었고 점점 잠도 이루지 못했다. 그날 오후에 경험한 이상한 감각을, 스트레스와 혼란에 시달리는 정신의 실수라고 넘겨버렸다면 편했을 것이다. 하지만 그와 반대로, 부엌에 서서 근처의 다른 곳에도 내가 존재한다고 확신하던 그 순간만큼 정신이 명료하다고 느낀 적이 또 있었는지 기억나지 않았다. 정신이 명료함을 경험했을 뿐 아니라 그 첨단 위에서 평형을 이루고, 모든 생각과 감각이 유리에 아로새겨져 내게 도달한 것 같았다. 하지만 그것은 이해의 결과로 나타나는 일반적인 명료함이 아니었다. 마치 전경과 후경이 바뀌어 보통 때는 정신이 차단하는 모든 것을 볼 수 있게 된 것 같았다. 파악 가능한 것들로 이루어진 자그마한 섬을 둘러싼 무한하고 광대한 불가해를.

십 분이 지나고 초인종이 울렸다. 유피에스 택배였고, 소포를 받기 위해 서명을 했다. 택배 기사가 작은 전자 장비를 되돌려 받은 뒤 커다란 상자를 넘겨주었다. 싸늘한 공기와 어울리지 않게 기사의 이마에 맺힌 땀방울을 보았고 눅눅한 판지의 냄새를 들이마셨다. 이웃에 사는 나이든 배우가 길 위에서 안녕하시냐고 외쳤다. 개 한 마리가 한쪽 다리를 들고 어느 차 바퀴에 오줌을 누었다. 하지만 그런 것들이 내가 바로 전에 경험한 감각의 강도와 기이한 느낌을 누그러뜨리지는 못했다. 그 감각은 꿈이 현실과 접촉하면 그

렁듯이 흩어지지도 않았다. 찬장을 열고 저녁식사 재료를 꺼내고 있을 때도 믿을 수 없을 만큼 생생하게 남아 있었다. 여전히 너무 강렬한 감각이어서 감당하기 위해 의자에 앉아야 했다.

삼십 분 후, 보모가 아이들을 데리고 집에 왔을 때 나는 여전히 조리대 앞에 앉아 있었다. 두 아들이 내 주위를 빙빙 돌며 그날의 소식을 재잘거렸다. 그러더니 돌던 궤도에서 튕겨나가 집안을 누비며 뛰어다녔다. 뒤이어 바로 남편이 도착했다. 그는 자전거를 타고 귀가할 때 입은 야광 조끼 차림 그대로 부엌에 들어왔다. 한순간 그가 빛났다. 나는 아까 겪은 일을 남편에게 얘기하고 싶은 갑작스러운 충동을 느꼈다. 하지만 말을 다 마치고 나자 그는 어정쩡한 억지 미소를 짓고 요리되지 않은 저녁식사 재료들을 흘낏 보고는 포장 음식 메뉴판을 모아놓은 서류철을 꺼내더니 내게 인도 음식 어떠냐고 물었다. 그러고는 아이들을 찾으러 위층으로 올라갔다. 곧바로 나는 말을 꺼낸 것을 후회했다. 그 사건은 우리 사이의 단층을 건드렸다. 남편은 실체가 없는 것보다 사실을 더 중요시했고, 사실들을 수집해 주변에 성채처럼 쌓아올렸다. 밤에는 늦게까지 다큐멘터리를 시청했고, 사교 모임에서는 그가 미국에서 인쇄되는 돈 중 백 달러 지폐가 차지하는 비율이나 스칼릿 조핸슨이 반은 유대인이라는 사실 등을 안다는 것에 대해 누군가가 놀라움을 표하면 자신은 일삼아 모든 것을 알려고 한다고 말하기를 즐겼다.

며칠이 지났고, 그 감각은 다시 찾아오지 않았다. 그 일이 있기 전에 나는 독감을 앓았다. 앓는 동안 내내 침대에 누워 덜덜 떨고 땀을 흘리며, 병에 걸릴 때마다 나타나는 살짝 바뀐 의식 상태로 하늘을 바라보고 있었다. 그래서 그때 일도 아마 독감이 나아가던 나의 상태와 관련이 있지 않을까 생각하기 시작했다. 아플 때면 나 자신과 외부 사이를 가로지르는 벽의 투과성이 높아진 듯한 느낌이 든다—날 병들게 한 그것이 무엇이든 신체가 활용하는 일반적인 보호 기제를 뚫고 내 안으로 들어오는 길을 찾은 셈이므로 실제로도 맞는 얘기다. 그런 신체를 반영하기라도 하듯, 내 정신 또한 흡수성이 높아져서, 생각하기 너무 힘들거나 강렬해서 보통은 물리치던 것들이 쏟아져들어오기 시작한다. 이런 개방 상태, 주변의 모든 것에 민감해지는 극도의 과민 상태는 다른 사람들은 모두 나름의 활동을 하느라 바쁘게 돌아다니는데 나 혼자 침대에 누워 있어서 느끼는 외로움으로 인해 더욱 강해진다. 그래서 내가 경험한 심상찮은 감각을, 비록 그때 이미 나아지는 단계이긴 했지만, 병탓으로 돌리기가 수월했다.

그러다 한 달 후 어느 저녁에 설거지하며 라디오를 듣고 있는데, 다중우주론—우주 안에 실제로 여러 개의 우주가, 심지어 어쩌면 무한한 수의 우주가 존재할 가능성—에 관한 방송이 나왔다. 빅뱅—혹은 최신의 증거에 따르면, 빅뱅으로 인한 일련의 척력 작용—직후 몇분의 일 초 안에 발생한 중력파의 결과로 초기의 우주가 팽창하면서 공간의 범위가 우리 우주의 수십 배 크기로 기하급수적으로 확장되었고, 그 과정에서 미지의 속성을 지닌, 별이 없거나 어쩌면 원자나 빛이 없는 완전히 다른 우주들을 만들어냈으며, 그 모든 우주들이 합쳐져 공간과 시간과 물질과 에너지의 총합을 이룬다는 이론.

우주론의 최근 이론에 대한 내 지식은 문외한의 수준을 넘지 못했지만, 끈 이론이라든가 막branes이라든가 제네바에 있는 대형 강입자 충돌기에서 이루어진 일 등에 관한 기사가 항상 흥미를 자극했기 때문에 그즈음에는 조금은 아는 게 있었다. 인터뷰를 한 물리학자는 목소리가 진득하면서도 친밀하여 듣는 사람을 빠져들게 했고, 저변에 깊이 깔린 지성을 드러냈다. 인터뷰 중간에 그는, 진행자의 불가피하고도 끈질긴 부추김 끝에, 다중우주론의 신학적 영향에 관해, 혹은 적어도 그 이론들이 생명 창조에 우연이 작용했음을 입증하는 방식에 관해 얘기하기 시작했다. 하나가 아니라 무한하거나 무한에 가까운 수의 세계가 존재한다면, 그리고 각각 저마다의 물리법칙을 따른다면, 그 어떤 조건도 수학적 확률이 극도로 낮다는 이유로 있을 수 없는 일로 치부될 수 없다는 것이었다.

방송이 끝난 후 나는 라디오를 끄고, 신호등이 바뀌어 몇 블록 떨어진 곳에서 다가오며 점점 커지는 차들의 엔진소리를, 이웃한 아파트 건물 지하에서 운영하는 탁아소에서 들려오는 맑고 밝은 아이들 목소리를, 그리고 삼 마일 정도 떨어진 항구에서 손가락으로 풍금의 한 음을 꾹 누르고 있는 것처럼 울려오는 깊고 구슬픈 뱃고동소리를 들었다. 나는 하느님을 믿으려 한 적이 없지만, 다중우주 이론들이 왜 어떤 사람들의 신경을 건드리는지는 알 것 같았다—다 떠나서, 모든 것이 어딘가 다른 곳에서는 진실일 수 있다는 말은 회피의 냄새를 풍길 뿐만 아니라, 그 경우 모든 결론이 동등하게 유효해지므로 그 어떤 탐색도 무의미해진다. 우리가 미지의 대상을 접할 때 느끼는 외경심은 마침내 그것이 우리에게 다가와 알려지면 우리가 변화할 거라는 이해에서 비롯되는 부분도 있지 않을까? 별들에 대한 우리의 관점에서, 우리는 자신의 불완전함, 아직 끝나지 않은 측면, 다시 말해 변화를 위한, 심지어 변신을 위한 우리의 잠재력을 어느 정도 발견하게 된다. 우리 종이 변화를 갈구하고 그럴 능력이 있다는 점에서 다른 종과 구분된다는 사실은 우리의 이해 범위에 한계가 있다는 점을 인식하고 불가해한 것들을 숙고하는 능력과 밀접히 관련되어 있다. 하지만 다중우주에서는 모든 것이 동등하게 알려진 동시에 알려져 있지 않기 때문에 기지既知와 미지未知의 개념이 쓸모없어진다. 무한한 수의 세계와 무한한 수의 법칙이 있다면 그 무엇도 본질적일 수 없고, 저 너머에 있는 것은 우리에게 적용되지 않을뿐더러 무엇이든 극미한 수준 이상을 이해할 가망이 없으므로 우리는 목전의 현실과 이해의 한계를 넘어서려고 안간힘을 쓸 필요가 없게 된다. 그런 의미에서, 다중우주 이론들은 우리가 알 수 없는 것들을 더욱 외면하도록 부추긴다. 앎의 위력에 취한 우리로서는—앎을 신성한 것으로 여겨 밤낮으로 그것을 추구하느라 분주한 우리로서는—그런 부추김이 기꺼울 따름이다. 종교가 아는 것이 불가능한 것을 앞에 두고 살며 그에 대해 숙고하는 한 가지 방식으로 진화한 것처럼, 이제 우리는 정반대의 관습으로—다시 말해, 모든 것을 알고자 하고, 앎이 구체적이며 항상 지성의 기능을 통해 도달하는 상태라고 믿는 관습으로—전향하여 종교에 못지않은 헌신을 쏟고 있다. 데카르트 이후 지식은 거의 상상할 수 없을 정도의 권능을 부여받았다. 하지만 결국 지식은 그가 상상한 대로 자연을 장악하고 소유하는 데 이르지 못했고, 장악하고 소유했다는 환상만 초래했을 뿐이다. 결국, 우리는 자발적으로 지식이라는 병을 얻었다. 솔직히 나는 데카르트가 싫고 그의 공리를 무언가의 확고부동한 근거로 신뢰해야 할 이유를 알지 못한다. 그가 숲에서 나와 일직선으로 나아가라고 하면 할수록 나는, 예전에 우리가 매사에 경이로움을 느끼며 그것이 존재와 세상에 대한 진정한 인식의 전제 조건이라고 이해하고 살았던 그 숲속에서 헤매는 편이 훨씬 더 매력적으로 다가온다. 이제 우리에게는 이성의 무미건조한 들판에서 사는 것 말고는 별다른 선택의 여지가 없으며, 우리 시야의 머나먼 가장자리에서 반짝이며 두려움뿐만 아니라 희망과 갈망을 일으키던 미지를 혐오감을 느끼며 바라볼 수밖에 없다.

라디오를 끈 뒤 내 머릿속에서 구체화하기 시작한 생각은 그런 불만을 덜어주는 역할을 했다. 나는 생각했다, 만약 우리가 모두 균질한 공간에 존재하는 것이 아니라 각자 빛나는 공백 속에 홀로 태어났다면, 그 공백을 잘게 나누어 우리 나름의 특유한 방식으로 계단과 정원과 기차역 등을 조립하면서 각자의 공간을 하나의 세계로 깎아낸 것이 바로 우리 자신이라면? 다시 말해, 다중우주를 창조해낸 것이 다름 아닌 인간의 지각과 창의력이라면? 아니 어쩌면……

만일, 삶이 셀 수 없이 많은 복도와 대기실과 외국 도시, 테라스와 병원과 정원, 셋방과 붐비는 기차역 등에서 일어나는 것처럼 보이지만 사실은 단 한 장소에서 일어나며, 그 삶을 사는 사람은 그곳에서 그 모든 다른 장소들을 꿈꾸고 있는 거라면?

그것이 그렇게 황당무계한 생각일까? 식물이 번성하고 증식하기 위해 꽃에 이끌리는 인간이 필요한 것처럼, 공간 역시 우리에게 의존하고 있는 건 아닐까? 우리는 집과 도로와 도시로 공간을 정복했다고 생각하지만, 오히려 우리가 미처 모르는 채로 공간에, 유한한 존재의 꿈을 통해 무한하게 퍼져나가기 위한 공간의 정교한 설계에 종속된 거라면? 우리가 공간 속에서 움직이는 것이 아니라 공간이 우리 사이에서 움직이며 우리 정신의 물레를 통해 만들어져 나오는 거라면? 모든 것이 그러하다면, 우리가 누워서 꿈꾸는 이 장소는 어디일까? 비공간非空間 속의 저장 탱크? 우리가 의식하지 못하는 어떤 차원? 아니면 수십억의 세계를 만들어냈고 앞으로도 만들어낼 유한한 하나의 세계 속 어딘가, 각기 다르지만 하나같이 범속한 우리 저마다의 단일 장소?

그 순간 내가 분명히 깨달은 것은 만약 내가 어딘가에서 내 삶을 꿈꾸고 있다면 그곳은 텔아비브 힐턴호텔이라는 점이었다.

우선, 나는 그곳에서 잉태되었다. 욤 키푸르 전쟁* 직후, 부모님이 힐턴호텔 테라스에서 세찬 바람을 맞으며 결혼식을 올리고 삼 년 뒤, 그들이 그 호텔 16층 어느 방에서 묵고 있을 때, 내 존재의 대전제를 이룬 고유한 조건들이 갑자기 갖춰졌다. 어머니와 아버지는 결과에 대해서는 극히 막연하게만 의식하면서 본능적으로 그 조건에 반응했다. 나는 뉴욕시의 베스이스라엘병원에서 태어났다. 하지만 일 년이 채 지나지 않아 부모님은 산란지로 회귀하듯 나를 텔아비브 힐턴에 데려갔고, 나는 그뒤로 거의 매년 하야르콘 스트리트와 지중해 사이의 언덕바지에 서 있는 그 호텔로 돌아갔다.

* 1973년 유대교 속죄일(욤 키푸르)에 아랍과 이스라엘 사이에 벌어진 제4차 중동전쟁.

(매년이란, 그러니까 내가 그곳을 떠난 적이 있다는 믿음에 따라 사고한다고 전제할 때 얘기다.) 그러나 그곳이 내게 어딘가 신비한 기운을 풍겼다면, 그것은 내 생명이 거기에서 시작되었다거나 그 뒤로 많은 휴가를 그 호텔에서 보냈다는 이유 때문만은 아니다. 그 외에도 언젠가 그곳에서 내게 일어난 일에 등골이 오싹한 면이 있었기 때문이며, 그것은 어떤 틈—현실이라는 직물에 조그맣게 찢긴 자리—에 대한 내 인식을 고양한 경험이었다.

그 일은 내가 일곱 살 때 호텔 수영장에서 일어났다. 나는 바다가 보이는 큰 테라스에 있는 해수 수영장에서 많은 시간을 보냈다. 그전 해에는 우리가 그 호텔에 체류한 시기가 이츠하크 펄먼과 겹쳤다. 어느 날 아침식사를 마치고 수영장에 나갔을 때 우리는 수심이 깊은 쪽 가장자리에 자리를 잡고서 자기 아이들에게 공을 던지는 펄먼과 공을 잡으려고 교대로 물에 뛰어드는 아이들을 보았다. 번쩍이는 휠체어에 앉은 위대한 바이올리니스트의 모습을 보고, 그를 불구로 만든 소아마비가 수영장과 관련이 있다고* 어설프게 알고 있던 나는 두려움에 빠졌다. 다음날 나는 수영장에 아예 들어가지 않겠다고 했고, 그다음날 우리 가족은 이스라엘을 떠나 뉴욕으로 돌아왔다. 다음해에 불안을 느끼며 다시 그 호텔에 갔지만, 펄먼은 나타나지 않았다. 게다가 도착한 첫날에 오빠와 나는 수영장 안에 돈이 아주 많다는 것을 알게 되었다. 마치 수영장 바닥 배수구가 하포알림은행과 연결되어 있기라도 한 것처럼, 세겔** 동

* 과거 서양에는 소아마비가 수영장에서 전염된다는 근거 없는 믿음이 퍼져 있었다.

** 이스라엘의 화폐 단위.

전이 여기저기 흩어져 소리 없이 빛나고 있었다. 꾸준히 나타나는 현금 때문에 수영과 관련해 조금이나마 남아 있던 두려움을 밀쳐 둘 수 있었다. 잘 돌아가는 여느 작전들이 그렇듯이, 우리는 곧 분업화와 전문화로 나아갔다. 나보다 두 살 많은 오빠는 잠수부가 되고 폐활량이 적고 눈이 더 밝은 나는 수색자가 되었다. 오빠는 내 지시에 따라 물에 뛰어들어 흐린 바닥을 더듬고 다녔다. 내 지시가 맞으면, 대략 육십오 퍼센트 정도는 그랬는데, 오빠는 동전을 쥐고 신나게 수면으로 솟아올랐다.

어느 날 오후, 판단 실수가 연속되자 나는 절박한 기분이 들었다. 하루가 저물어가고 우리가 수영장에서 놀 수 있는 시간이 끝나가고 있었다. 오빠는 얕은 쪽 벽면을 따라 물속에서 시무룩하게 걸어다녔다. 견디지 못한 나는 수영장 가운데에서 외쳤다. "저기!" 거짓말이었지만—보이는 것은 없었다—오빠를 다시 기분좋게 해줄 기회를 놓치고 싶지 않았다. 오빠가 첨벙거리며 내 쪽으로 왔다. "바로 거기야!" 나는 소리쳤다.

오빠가 물속으로 들어갔다. 바닥에 아무것도 없다는 것을 아는 나는 수면에서 물장구를 치며 오빠도 그 사실을 알아내기를 처량하게 기다렸다. 별로 길지 않은 그 순간에 내가 느낀 참담한 죄책감은 삼십 년이 넘게 지난 지금도 생생하게 기억난다. 부모님에게 거짓말하는 것과 오빠를 그토록 뻔뻔스럽게 배신하는 것은 아주 다른 일이었다.

그다음에 일어난 일은 어떻게 된 사정인지 설명할 수 없다. 가능한 단 하나의 설명은 모든 것이 보이는 것과 같다고 확신하기 위해 우리가 의존하는 법칙들이 우주에 대한 더 복잡한 관점을 가려버렸다는 것이다. 우리의 한정된 이해 범위에 세계를 끼워맞추는 편안함을 버리게 하는 관점 말이다. 그렇지 않고서야 어떻게 설명할 수 있겠는가? 오빠가 물 밖으로 나와 손가락을 폈을 때 손바닥 위에 귀고리가, 다이아몬드 세 개가 박히고 그 아래로 늘어진 금색 고리에는 하트 모양 루비가 달린 귀고리 한 짝이 놓여 있었다는 사실을?

물이 뚝뚝 떨어지는 수영복 차림으로 우리는 엄마 뒤를 따라 에어컨이 가동되는 추운 호텔 복도를 통과해 로비에 있는 H. 스턴 귀금속 상점으로 갔다. 엄마가 대머리가 되어가는 귀금속상에게 상황을 설명하자, 그는 바닥에 푸른 벨벳을 댄 쟁반을 카운터의 유리 상판 위로 밀며 우리를 수상쩍은 듯 바라보았다. 엄마가 귀고리를 내려놓자 귀금속상이 소형 확대경을 눈에 끼웠다. 그는 우리의 보물을 찬찬히 살펴보았다. 마침내 그가 고개를 들었을 때, 우리를 보는 그의 거대하게 확대된 눈이 뱅글뱅글 돌았다. "진짜예요," 그가 선언했다. "금은 18캐럿입니다."

진짜. 그 단어가 목에 걸려 내려가지 않았다. 그 귀고리가 가짜일 거라고 예상했던 엄마와 달리 나는 그럴 가능성을 떠올리지도 않았다. 그렇다 해도 그 상황이 정말로 얼마나 비현실적인지, 오빠가 그것을 찾아낸 것이 얼마나 가능성이 낮은 일이었는지는 오직 나만 알고 있었다. 그것이 필요에 대한 대답으로 나타나주었다는 사실 말이다. 현실이 단단하다고 자연히 믿는 어린아이는 없다. 아이에게 현실은 헐거운 스프링으로 이어져 있어서, 특별히 간청하면 모양을 바꾼다. 하지만 서서히 아이는 그렇지 않다고 믿도록 배운다. 그 무렵 나는 일곱 살로, 현실은 고정된 것이며 내 갈망에 완전히 무관심하다는 사실을 알아차리고 받아들일 준비가 거의 끝난 나이였다. 그런데 마지막 순간에, 닫히는 문틈으로 발 하나가 디밀어진 것이다.

뉴욕에 돌아온 후, 엄마는 그 귀고리에 줄을 달아 펜던트 목걸이를 만들어주었다. 나는 그것을 오래도록 차고 다녔다. 엄마는 알 수 없었겠지만, 그 목걸이는 내가 알지 못하는 어떤 의지, 평평해 보이는 모든 것의 표면 아래에 접혀들어간 아코디언 모양의 주름을 상기시켰다. 작년에 와서야 오빠와 나는 수영장의 그 동전들을 아버지가 던져놓았다는 사실을 알게 되었다—그 시절 아버지는 우리에게 사랑도 무시무시한 분노도 쏟아낼 수 있었고, 우리 남매는 둘 중 어느 쪽에도 대비가 되어 있지 않았다. 나는 그 목걸이를 잃어버렸다고 생각했는데, 부모님이 엄마의 보석을 보관하던 대여금고를 비웠을 때 거기에서 나타났다. 목걸이는 작은 봉지에 담겨 아버지가 어디에나 붙여놓는 라벨을 단 채로 내게 돌아왔다. 오래전에 아버지의 믿음직한 브러더 피-터치 라벨 인쇄기로 찍어낸 라벨에는 이렇게 쓰여 있었다. 힐턴 수영장에서 발견한 니콜의 목걸이. 그 목걸이로 인해 추억담이 흘러나왔고, 바로 그때 아버지는 자신이 수영장에 동전을 채워놓았다고 무심히 말했다. 아버지는 우리가 짐작하지 못했다는 사실에 오히려 놀랐다. 하지만 아니다, 하트 모양 루비가 달린 귀고리는 아버지와 무관했다.

내 삶이 내가 힐턴에서 꾸는 꿈이라는 생각이 떠올랐을 때, 나는 이미 말했듯이 삶에서도 일과 관련해서도 힘든 처지였다. 그전까지 믿으려 했던 것들—사랑의 견고함, 사람들이 이탈 없이 함께 삶을 헤쳐나가게 하는 서사의 힘, 가정생활의 근본적인 건전함—을 이제 더는 믿지 않았다. 나는 길을 잃은 상태였다. 그래서 우리가 항상 어딘가에 단단히 뿌리를 내리고 있고, 다만 길을 잃은 꿈을 꿀 뿐이라는 이론이 특히 마음을 끌었다. 당장 쓰고 있는 책도 없는데다, 새로운 책으로 가는 길을 찾을 때까지 몇 년이 걸릴 수도 있음을 알았다. 그런 지치고 우왕좌왕하는 시기에 나는 내 정신이 해체되는 느낌이 든다고 생각할 때가 있다. 생각이 동요하고 들썩거리면서 상상은 사방으로 뻗쳐서, 아무 글이나 시작했다가 쓸모없다고 판단하고 그만두곤 한다.

하지만 이제는 뭔가 다른 일이 일어나기 시작했다. 힐턴이 내 정신을 일종의 장애물처럼 막고 있어서 몇 달이 흐르도록 글을 쓰려고 앉으면 그것 말고는 좀처럼 떠오르는 것이 없었다. 날마다 나는 충실하게 책상으로—말하자면, 텔아비브 힐턴으로—출근했다. 처음에는 흥미로웠다. 그 안에 뭔가 있는 건 아닐까? 그러다 아무것도 없는 것처럼 보이면 진이 빠졌다. 나중에 가서는 그냥 화가 날 뿐이었다. 호텔은 사라지지 않았지만 그렇다고 내가 거기에서 뭔가를 짜낼 수 있는 것도 아니었다.

게다가 그냥 아무 호텔도 아니었다. 텔아비브의 해안 풍경을 장악하며 지주 위에 세워진 브루탈리즘양식*의 거대한 직육면체 콘

* 20세기 중반에 유행한 건축양식으로 가공되지 않은 콘크리트와 철제 블록 등을 주로 사용해 거친 느낌을 주었다.

크리트 건물. 직육면체의 넓은 두 면에는 세로로 열네 줄과 가로로 스물세 줄의 테라스가 늘어서 있다. 남쪽 면의 격자무늬는 끊어지지 않고 이어지지만, 북쪽 면에서는 가로로 삼분의 이 정도 위치에서 거대한 콘크리트 기둥 하나가 격자무늬를 끊어놓는데, 마치 가장 극단적인 브루탈리즘 추종자들의 심의도 확실히 통과하려고 뒤늦게 생각해내 끼워놓은 기둥처럼 보인다. 이 콘크리트 기둥 꼭대기는 지붕 위까지 솟아 있고 남쪽 면에 힐턴 로고가 새겨져 있다. 그 위로는 안테나가 높이 뻗어 있는데 밤이면 그 끝에 붉은 불이 들어와 스데도브공항으로 가는 경비행기들이 충돌하는 사고를 방지한다. 한쪽 면이 붕 뜬 것처럼 해안 위로 튀어나온 이 흉물스러운 건물에 대해 길게 생각할수록, 그것이 오로지 추측만 할 수 있을 뿐인 더 큰 목적, 지질학적이든 신비적이든, 우리가 아니라 그보다 훨씬 거대한 개체와 관련된 목적에 봉사하고 있다는 느낌을 받게 된다. 남쪽에서 보면 이 호텔은 푸른 하늘을 배경으로 홀로 서 있는데, 거침없이 이어지는 격자무늬에는 스톤헨지*에서 아직 풀지 못한 메시지만큼이나 신비한 메시지가 암호로 담겨 있는 것 같다.

내 정신은 바로 그 거석에 반년 동안 갇혀 있었다. 고정된 한곳에서 삶의 모든 상황을 꿈꾸고 있다는 엉뚱한 생각이 점점 진행되다, 이제는 그 지점에 묶여 안에 갇힌 채 다른 공간의 꿈에 접근하지 못하고 있다는 불안한 느낌으로 바뀌었다. 하루하루가 지나고

* 거대한 돌덩이들이 원형으로 늘어선 선사시대 유적으로 영국 남서부 윌트셔 카운티에 있다.

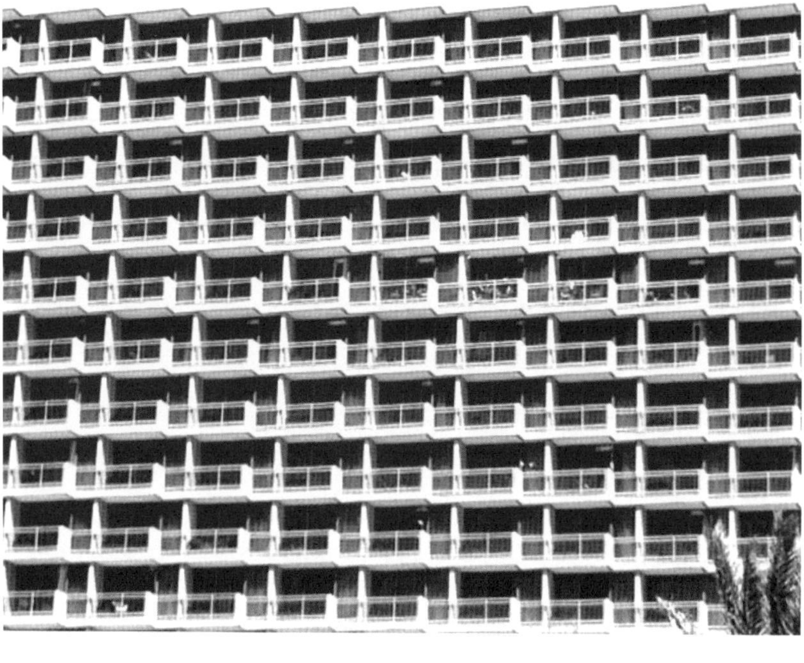

한 달 두 달이 지날수록 내 상상의 바늘은 더 깊은 홈을 파고 있었다. 나는 그런 집착을 다른 사람은 고사하고 나 자신에게도 설명할 수가 없었다. 서서히, 그 호텔은 비현실의 영역으로 넘어갔다. 내가 거기에서 뭔가 얻어내려는 헛된 시도를 거듭하며 매달려 있을수록 그 호텔은 현실에서 더욱 멀어졌고 더욱 해독할 수 없는 은유처럼 느껴졌다. 더욱 그것이 내 정신 그 자체인 것처럼 느껴졌다. 나는 해방을 간구하며, 홍수가 나 힐턴이 해변에서 쓸려 나가는 상상을 했다.

그러던 중 5월 초의 어느 날 아침에 아버지의 사촌 에피가 이스라엘에서 전화를 걸었다. 외무부에서 일하다 은퇴한 에피는 여전히 날마다 서너 가지 신문을 읽는 습관을 버리지 않았다. 간혹가다 내가 언급된 기사를 보면 내게 전화를 걸곤 했다. 그때 우리는 그의 아내 나마의 대장염과, 최근의 선거 결과와, 그가 무릎에 관절경 수술을 받아야 할지 말지에 대해 이야기했다. 그러다 내가 화제에 오르자 에피는 내게 글은 잘 쓰고 있느냐고 물었다. 어쩌다보니 나는 그에게 힐턴에 얽힌 몸부림과 자꾸만 그 생각에 시달리는 내 형편을 얘기하고 있었다. 나는 글을 쓰고 있는 동안에는 글에 관한 얘기를 잘 하지 않는다. 하지만 1965년에 호텔이 문을 열고 내 조부모님이 거기 머물기 시작한 이후로 사십 년 동안, 에피는 로비에서, 수영장에서, 혹은 킹 솔로몬 레스토랑에서 일일이 기억할 수 없을 만큼 많은 시간을 우리 가족과 함께했고, 그래서 힐턴이 나를 쥐고 흔드는 이상한 힘을 다른 사람은 몰라도 그는 이해하지 않을까 싶었다. 그러나 바로 그때 그는 휴대전화로 걸려온 손녀의 전화에 신경을 빼앗겼고, 그 전화를 간단히 받고 내게 돌아왔을 때는 손녀가 이제 막 시작한 카바레 가수 일로 화제가 바뀌었다.

대화가 끝나가고 있었다. 부모님께 안부를 전해달라고 에피가 말했다. 그러다 그는 전화를 끊기 직전에 깜빡 잊을 뻔한 가족의 소식이 생각난 것처럼 무심코 말했다. "지난주에 거기에서 어떤 남자가 떨어져 죽은 거 아니?"

"어디에서요?"

"아까 힐턴에 관해 얘기하지 않았어?"

그 말을 들을 당시에는 자살일 거라고 추측했지만, 며칠 후에는 죽은 남자에 대해 아무것도, 심지어 이름조차 모르는 채로, 혹시 사고가 아니었을까 하는 의문을 품게 되었다. 직육면체 건물의 넓은 면들은 각각 남쪽과 북쪽을 바라보고 있지만 창문과 테라스는 모두 사선으로 튀어나와 전체적으로 톱날 같은 형태를 이루는데, 이는 서쪽의 지중해 풍경이 더 잘 보이게 하기 위함이었다. 그 덕분에 바다가 부분적으로 보이기는 하지만, 실제로 밖을 내다보면 북쪽의 텔아비브 항구 방향이든 남쪽의 야파 방향이든 어느 쪽도 충분히 볼 수 없어서—제대로 보지 못하게 시야가 차단되어 있어서—신경이 거슬린다. 호텔을 설계한 사람을 욕하지 않는 숙박객은 분명 드물 것이다. 나만 해도 풍경을 더 잘 보려고 안달을 내며 미닫이문을 열고 테라스로 나간 적이 얼마나 많았던가? 하지만 거기에서도 불만족스러운 기분은 계속되는데, 몸속의 모든 원자가 아우성치며 요구하는데도 바다와 수평선을 정면으로 볼 수 없기 때문이다. 남은 방법은 목을 쭉 빼고 테라스 난간 너머로 기대는 것뿐이다. 이런 식으로, 레바논에서 삼나무를 가져오고 요나를 타르시시*로 데려다준 파도를 더 잘 보고 싶은 마음에 몸을 너무 멀리—

난간을 넘어갈 정도로 멀리—내미는 일은 쉽게 일어날 수 있다.

에피는 그 기사를 찾아보겠다고 약속하면서도 찾을 수 있을지 미심쩍어했다. 나마는 항상 일요일에 쓰레기를 내다놓는데 자신이 그 기사를 읽은 건 적어도 일주일 전이라는 것이었다. 나는 〈하아레츠〉와 〈와이넷〉, 그 밖에 영어로 된 이스라엘 온라인 뉴스 사이트를 살폈지만, 어디에서도 그 사망 사건에 관한 언급은 찾을 수 없었다. 그날 오후에 나는 토론토 출신의 예루살렘 기자인 친구 매티 프리드먼에게 메일을 써서 힐턴호텔에서 일어난 사망 사건이 이스라엘 신문에 보도되었는지 찾아봐달라고 부탁했다. 시차 때문에 다음날이 되어서야 답을 받을 수 있었다. 그런 기사는 찾을 수 없었다, 그는 답장에 적었다. 힐턴에서 일어난 일이 확실한가?

내가 이미 에피의 신뢰성을 의심하고 있었다면, 거기에는 그럴 만한 이유가 있었다. 내 어린 시절 대부분의 시기에 에피는 여러 국가에서 연이어 이스라엘 영사로 일했는데 부임지는 뒤로 갈수록 작아졌다—처음에는 코스타리카, 그다음엔 스와질란드, 마지막에는 리히텐슈타인. 그뒤로는 은퇴 외엔 다른 선택지가 없었다. 그는 아버지보다 열두 살이 더 많은데, 2차대전 시기의 배급제 때문에 제대로 자라지 못해 키가 백오십 센티미터에서 멈췄다. 어린 시절에 나는 에피의 신체 치수가 그의 외교관 임지와 잘 어울릴 뿐

* 예언자 요나가 여호와의 명령을 어기고 도망치려 한 성경 속 도시.

아니라 그 작은 나라들의 모든 것이 내 당숙의 치수에 맞도록 축소되었다는 인상을 받았다. 자동차, 문과 의자, 초미니 과일, 큰 나라들의 공장에서 아동 치수로 주문해 신던 실내화들. 다시 말해, 내게 에피는 어딘가 공상적인 세계에서 사는 사람 같았고, 그 인상은 아동기에 형성된 많은 인상과 마찬가지로 지금껏 완전히 사라지지 않았다. 오히려 며칠 후 그가 다시 전화했을 때 더욱 또렷해지기까지 했다. 평생을 새벽에 일어나버릇한 그는—밤은 다른 모든 것과 마찬가지로 그에게 너무 컸다—이른 시간에도 거리낌없이 전화를 걸었지만, 그날 아침 일곱시에는 어쩌다보니 나도 이미 책상에 앉아 있었다.

수화기에서 우르릉거리는 소리가 들려 건너편에서 하는 말을 알아들을 수가 없었다.

"뭐라고 하셨어요?" 나는 중간에 말을 끊었다. "앞에 하신 말씀을 못 들었어요."

"전투기 소리야. 잠깐 기다려봐." 수화기를 손으로 덮는지 먹먹한 소음이 들렸다. 그러더니 에피가 다시 돌아왔다. "훈련중인가보다. 이제 들리니?"

기사는 찾지 못했지만 훨씬 더 흥미로울 만한 다른 게 나타났다, 에피가 말했다. 그는 전날에 전화 한 통을 받았다고 했다. "난데없게out in the blue,"* 그가 덧붙였다. 에피는 영어 숙어를 특별히 즐겨

* 'out in the blue'는 이 장의 제목으로, '별안간' '난데없게' 등을 의미하는 바른 숙어 표현은 'out of the blue'다. 여기에서 'the blue'는 '저 먼 곳' '미지의 공간' 등을 의미하므로, 제목은 말장난을 살리지는 못하지만 내용을 축약하는 의미에서 '미지의 공간으로'라고 옮겼다.

사용했지만 제대로 쓰는 경우는 드물었다.

"엘리에제르 프리드만이 나타났어. 우리는 예전에 아바 에반 밑에서 함께 일했거든. 나는 에반이 외교부 장관이 되었을 때 떠났는데 엘리에제르는 남았지. 정보기관에 관여하게 되었고, 나중에는 대학으로 돌아가서 텔아비브대학교의 문학 교수가 됐어. 하지만 이런 일들이 어떻게 되는지 너도 알겠지—그 친구는 모사드*의 끈을 놓지 않은 거야."

에피가 말하는 동안 나는 창밖을 바라보았다. 그날 아침 내내 폭풍우가 몰아쳤지만 비가 그치고 하늘이 열리며 부드러운 빛이 내려왔다. 맨 위층에 있는 내 작업실에서는 이웃집의 지붕들이 보였다. 자기 친구가 내게 연락을 취하고 싶어한다고 에피가 내게 말하고 있을 때, 건너편 지붕에 달린 문이 별안간 휙 젖혀지며 이웃집 남자가 비에 젖은 은빛의 말끔한 지붕 표면으로 올라왔다. 그는 월스트리트에 있는 직장에 출근하려고 차려입은 듯 어두운색 양복을 입고 있었다. 조심하는 기색이 전혀 없이, 네덜란드 북부 평원 지대 출신의 키 크고 깡마른 이 남자는 광을 낸 검은색 정장 구두를 신고 지붕 가장자리로 다가갔다. 외과의사 같은 꼼꼼한 손길로 그는 파란 고무장갑 한 켤레를 꺼냈다. 그러더니 내게서 등을 돌리고는 울리는 전화를 받으려는 것처럼 주머니에 손을 넣어 비닐봉지 하나를 꺼냈다. 미끄러운 지붕 맨 끝에 서서 그는 아래쪽을 내다보았다. 잠시 동안, 그가 뛰어내리려는 것처럼 보였다. 그러지 않는다 해도 그런 매끈한 가죽 정장 구두 때문에 틀림없이 미끄러질 것

* 이스라엘의 비밀 정보기관.

같았다. 하지만 결국 그는 무릎을 꿇고 배수구에서 젖은 나뭇잎들을 걷어냈을 뿐이었다. 모호한 의미로 가득찬 듯 보이는 이 작업에 삼사 분 정도가 걸렸다. 일을 마친 뒤 그는 봉지 주둥이를 묶고 열린 지붕 문으로 재빨리 다가가 뒤로 돌아 내려간 다음 문을 닫았다.

"그래, 어떻게 생각하니?" 에피가 말하고 있었다.

"뭘요?"

"그 친구와 얘기해볼래?"

"누구요? 당숙의 모사드 친구?"

"말했잖아, 그 친구가 의논하고 싶은 게 있다고."

"저랑요?" 나는 웃음을 터트렸다. "진담은 아니시겠죠?"

"이보다 더한 진담은 없을 거다," 그가 근엄하게 말했다.

"그분이 뭘 의논하고 싶으신 건데요?"

"내겐 말을 안 해. 너랑만 얘기하겠대."

에피의 정신이 흐려지고 있는 건지도 모른다는 생각이 퍼뜩 들었다—그는 이미 나이가 일흔아홉이고, 정신이 영원히 맑을 수는 없는 법이다. 하지만, 아니다, 아마도 늘 그렇듯이 그냥 과장해서 말하고 있는 거다. 나중에 때가 되면 전직 모사드 요원은 사실 에피의 친구가 아니라 친구의 친구라는 것을 알게 될 것이다. 혹은 그의 친구가 모사드에서 한 일은 사무실에 우편을 배달하거나 그들의 명절 파티에서 공연하는 정도에 불과했다거나.

"좋아요, 그분에게 제 번호를 알려주세요."

"그 친구는 네가 머지않아 이스라엘에 올 계획이 있는지 알고 싶다더라."

하지만 그런 계획은 없다고 나는 에피에게 말했고, 그렇게 말하면서 내게는 전반적으로 계획이란 게 별로 없음을, 그리고 한동안 굳이 계획 같은 걸 세우지 않았음을 깨달았다. 컴퓨터 화면에 달력을 띄워보니 아이들과 관련된 활동을 빼면 일정이 거의 비어 있었다. 계획을 세우려면 현재의 확장인 미래에 자신을 투사하여 상상할 수 있어야 하는데 나는 그런 상상을 멈춰버린 듯했고, 그것이 능력이 없어서인지 욕구가 부족해서인지는 분간이 되지 않았다. 하지만 물론 에피가 그 정도까지 알 리는 없었다. 그는 그저 내가 여전히 이스라엘에 자주 간다는 사실을 알 뿐이었다—오빠가 지금은 텔아비브에서 가족과 함께 살고 있었고, 여동생도 그곳에 아파트가 있어서 연중 일부를 거기서 지냈다. 텔아비브에는 오빠와 여동생 말고도 친한 친구들이 많았고, 내 아이들도 이미 거기에서 많은 시간을 보낸 터라 그곳을 유년기 풍경의 일부로 받아들였다.

"조만간 갈지도 몰라요." 나는 크게 의미를 두지 않고 그렇게 말했다. 에피는 프리드만과 얘기하고 다시 연락하겠다고 말했는데, 나는 그의 말에도 크게 의미를 두지 않았다.

잠시 우리 둘 사이에 침묵이 흘렀고, 갑자기 빛이 깨끗이 헹궈진 것처럼 창밖이 환해졌다. 그때 에피가 아버지에게 전화 좀 하라고 전해달라고 다시 말했다.

한 달 후, 나는 남편과 아이들에게 작별인사를 하고 뉴욕에서 텔아비브로 날아갔다. 몸은 점점 지쳐가는데 정신은 또렷이 깨어 시간을 벗어난 채 긴 밤을 보내던 어느 날, 그곳에 가야겠다는 생각이 떠올랐다. 아니 단순히 떠올랐다기보다는, 새벽 세시에 아래층 벽장에서 여행가방을 끌어낸 후, 남편에게 가겠다고 말한 적도 없고 항공사에 항공편을 알아본 적도 없으면서, 그 안에 각종 옷가지를 챙겨넣었다. 그러고는 마침내 잠이 들면서 여행가방에 대해서는 완전히 잊어버렸던 터라, 잠에서 깬 후 문 옆에 놓인 땅딸막하고 희망에 찬 가방의 존재에 남편뿐 아니라 나까지 깜짝 놀랐다. 이런 식으로 나는 계획 수립의 불가능성을 해결한 것 같았다. 나는 말하자면, 이미 갈 사람이 되어 있었다. 현재로서는 발휘할 수 없는 확신과 예상의 힘을 요구하는 계획 단계를 완전히 건너뛴 채로.

아이들이 떠나는 이유를 물었을 때 나는 책을 쓰기 위해 취재를 해야 한다고 말했다. 무엇에 관한 책이에요? 둘째가 물었다. 이 아이는 항상 이야기를 쓰고, 많을 때는 하루에 세 편이나 쓰는데, 제 글과 관련해서라면 굳이 그런 걸 따지지 않았을 것이다. 아이는 오래도록 단어들을 자기가 생각하는 철자대로 띄어쓰기 없이 써왔고, 그애가 쓴 글은 토라의 끊임없이 이어지는 글자들이 그런 것처럼* 무한한 해석의 여지를 품었다. 그 아이는 생일 선물로 받은 전자 타자기를 사용하면서부터, 마치 기계가 그렇게 하라고 요구한 것처럼, 우리에게 단어의 철자를 묻기 시작했다—그 기계가 전문적인 분위기를 풍기고 거대한 스페이스 바로 꾸짖으면서 그것으로는 반드시 이해 가능한 글을 쓰라고 요구한 것처럼. 하지만 아이

* 하느님의 부름을 받고 시나이산에 올라간 모세는 율법서 토라를 받았는데, 거기에는 글자가 띄어쓰기 없이 끊임없이 나열되어 있었고 모세는 끊어 읽는 방법에 대해서도 가르침을 받았다고 한다. 히브리어는 모음을 표기하지 않아서 끊어 읽는 방법에 따라 의미가 달라질 수 있다.

자신은 그 문제에 대해 계속 양가적인 감정을 가졌고, 그래서 손으로 쓸 때는 옛날 버릇으로 되돌아갔다.

나는 둘째에게 내가 쓰려는 책은 텔아비브에 있는 힐턴호텔과 관련이 있다고 말해주며, 외할머니 외할아버지와 함께 가끔 묵었던 그 호텔이 생각나느냐고 물었다. 아이는 고개를 저었다. 기억력이 예리한 첫째 아들과 달리 둘째는 경험한 것을 잘 기억하지 못하는 것 같았다. 나는 그것이 천부적인 결핍이 아니라 다른 세계를 만들어내는 데 너무 빠져 있어서 자신에게 별 발언권이 없는 이 세계의 일에는 큰 관심을 두지 않는 거라고 생각하기로 했다. 큰애는 내가 그렇게 자주 가본 호텔을 따로 취재해야 하는 이유가 뭔지 알고 싶어했고, 작은애는 '취재'가 무슨 뜻인지 알고 싶어했다. 당연히 둘 다 예술가들이다, 내 아이들은. 어차피 세상의 예술가 인구는 폭발적으로 증가해서 지금은 예술가가 아닌 사람이 거의 없다. 우리는 관심을 내부로 돌리는 과정에서, 그 안에서 의미를 찾거나 만들어낼 수 있을 거라 믿으며 모든 희망 역시 내부로 돌렸다. 알 수 없는 모든 것, 진정한 경외감을 불러일으킬 수 있는 모든 것과의 고리를 끊어버린 우리는 오로지 자신의 창의력에서만 경이로움을 느낄 수 있다. 내 아이들이 다니는 진보적이고 고도로 창의적인 사립학교의 주된 관심사는 그 학교에 다니는 모든 아이가 자신이 예술가라고, 그렇게 될 수밖에 없다고 믿도록 가르치는 것이었다. 어느 날, 학교로 걸어가는 길에 작은애가 내 아버지에 관해 이야기하다가 갑자기 걸음을 멈추고 신기하다는 표정으로 나를 올려다보았다. "놀랍지 않아요?" 아이가 물었다. "생각을 해봐요. 할아버지는 의사예요. 의사!"

아이들이 잠자리에 든 후 나는 힐턴에 전화를 걸어 빈방이 있는지 물었다. 힐턴에 관한 소설을 쓰든, 힐턴을 모델로 한 소설을 쓰든, 혹은 힐턴을 완전히 무너뜨리든, 마침내 글을 시작할 곳은 당연히 실제 힐턴호텔이라고 판단했다.

이스라엘 항공이 늘 그렇듯 표를 초과 판매하는 바람에 이륙 전 기류는 긴장과 적대감으로 팽팽했다. 정통파 유대교 신자들과 비신자들을 그렇게 비좁은 공간에 섞어놓은 행태나 긴장이 점점 고조되는 시국도 상황을 더욱 어렵게 만들었다. 최근 몇 주 사이에, 이스라엘 방위군이 젊은 팔레스타인인을 사살하자 이스라엘과 팔레스타인 양쪽 젊은이들이 서로를 잔혹하게 살해하면서 야만적인 복수의 사슬이 길게 이어졌다. 웨스트뱅크*의 주택들이 파괴되었고 가자지구**에서는 로켓탄이 발사되었는데, 일부는 텔아비브 하늘 위까지 날아와 이스라엘의 요격미사일에 격추되었다. 주변에 앉은 승객들 중에 이에 대해 말하는 사람은 없었다. 너무나 익숙한 시나리오니까. 하지만 이륙 후 한 시간도 채 안 되었을 때, 칙칙한 머리 스카프를 두른 여자와 의자를 뒤로 젖힌 대학생 간에 다툼이 벌어지며 긴장된 분위기가 폭발했다. "의자 당겨요!" 정통파 유대인 여자가 날카롭게 소리를 내지르며 대학생의 의자 등받이

* 요르단강 서안 지구의 이름. 가자지구와 더불어 대표적인 분쟁 지역으로, 국제법상 팔레스타인의 행정구역에 속해 있으나 1967년 제3차 중동전쟁 이후 이스라엘이 점령하고 유대인 정착촌을 지어 자국 영토로 공식 합병하려 하고 있다.

** 제3차 중동전쟁 이후 이스라엘이 통치했으나 1993년 제11차 중동평화협상을 계기로 단계적으로 팔레스타인 자치기구로 통치권이 이양되었고, 주민 대다수는 난민촌에 정착한 팔레스타인인이다.

를 양손 주먹으로 쾅쾅 쳤다. 사십대 미국인 남자 승객이 달래려는 의도로 여자의 팔에 손을 얹었지만, 그녀는 이 새로운 공격—정통파 유대인 여성은 남편이 아닌 다른 남자와 접촉해서는 안 된다—에 발작을 일으켜 졸도 직전에 이르렀다. 결국 객실 기압 손실이나 공중 납치뿐 아니라 사회학적 분쟁까지 처리하도록 훈련받은 객실 사무장이 나서서, 다른 승객의 동의를 얻어 자리를 바꿔주고 나서야 여자를 진정시킬 수 있었다. 이 모든 일이 일어나는 동안, 복도를 사이에 두고 내 옆쪽에 앉은 나이든 부부는 분명히 지난 반세기 동안 그래왔을 것처럼 성난 목소리로 꾸준히 싸우고 있었다("도대체 내가 어떻게 알아? 나 좀 가만둬. 말 좀 걸지 말란 말이야." 남자가 내뱉듯이 말했지만, 남편의 모욕에 이골이 난 아내는 아랑곳하지 않고 계속 말을 걸었다). 우리 가운데 일부는 너무 민감하고 일부는 너무 둔감하다. 중용을 이루기는 불가능한 듯하고 결국 그 균형 부족이 대부분의 관계를 허물어뜨린다. 그 부부 앞의 여자는 주먹 쥔 손 위에 가발을 올려놓고 구릿빛 머리채를 차분하게 빗어 내리며 앞 좌석 등받이에 붙은 조그만 화면에서 눈을 떼지 못한 채로, 검투사의 철갑 치마를 입고 터벅터벅 거니는 러셀 크로를 바라보고 있었다. 머리를 다 빗은 여자는 발밑에서 스티로폼으로 된 머리 모형을 꺼내 셰이텔*을 턱 올린 다음 빗질을 하던 그 모든 정성이 무색할 만큼 무신경하게 머리 위 짐칸에 죄다 던져넣었는데, 그 옆에는 버스라이트Birthright**의 십대 소년 세 명의 힘을 빌린 덕에

* 정통파 유대교 기혼 여성이 율법에 따라 착용하는 가발.

** 유대인 전통과 관련한 소양을 키우기 위해 젊은 청년들에게 이스라엘 여행 기회를 주는 비영리 교육기관.

그 좁은 공간에 밀어넣을 수 있었던 뒷자리 수다쟁이 아내의 터질 듯한 기내용 가방이 있었다.

열두 시간 후, 삼십 년 동안 우리 가족을 벤구리온공항에서 마중해준 택시 운전사 메이르를 수하물 찾는 곳 바깥에서 만났다. 메이르는 내가 대학 시절에 바르셀로나 현지 가정에서 살면서 여름 한 철을 보낸 이후 내게 스페인어로 말을 거는 버릇이 들었다. 그가 자라면서 부모와 라디노어*를 썼고 그의 영어나 내 히브리어보다 그의 스페인어가 더 나았기 때문이다. 시간이 흐르며 나는 그나마 알던 스페인어도 잊어버려서 예전에 어느 정도 이해했던 그의 말을 이제는 거의 이해하지 못했다. 도로 가장자리에 주차되어 있던 차를 빼자마자 그는 미사일 공격과 아이언돔**의 성공에 대해 열에 들떠 이야기하기 시작했고, 나는 그의 말을 이해하지 못한다고 설명하기에는 너무 늦어버린 까닭에 그의 말을 이해하는 척했다.

텔아비브는 겨울이었다. 그런 이유로, 태양과 바다를 기본으로 하며 밤낮없이 깨어 있고 시간이 늦을수록 분주해지는 지중해 연안의 이 도시는 어딘가 어색한 느낌을 주었다. 지저분한 낙엽과 오래된 신문지가 길바닥에 나뒹굴었고, 때로 사람들은 가끔씩 내리는 비를 피하느라 날아다니는 신문지를 공중에서 잡아채 머리에 썼다. 아파트에는 돌바닥이 깔려 있어서 어디든 추웠는데, 끝이 없을 것만 같은 더운 계절에는 그곳이 다시 추워질 거라는 상상이 터

* 스페인계 유대인이 쓰는 스페인어 방언.

** 이스라엘이 개발한 이동식 단거리 미사일 방어 체계.

무니없게 느껴져서 아무도 굳이 중앙난방장치를 설치하려고 나서지 않았다. 메이르의 택시 창문을 열었더니 비와 섞인 바다 공기에서 전기 히터의 금속성 냄새가 나는 것만 같았다. 언제든 폭발할 수 있고, 아무리 못해도 도시 전체에 누전을 일으킬 수 있는 그 많은 전기 히터의 주황색 코일이 사람들의 아파트 안에서 인공 심장처럼 빛나고 있을 모습을 떠올렸다.

차가 거리를 지나가는 동안 나는 이스라엘다운 모든 것의 익숙한 모습—턱선, 자세, 건물, 나무—을 다시 마주했다. 레반트 지역의 좁은 귀퉁이에서 인내하며 살아가야 하는 이상한 환경이 어떤 획일적인 형태를, 대립 속에 살고 자라는 것들의 단단하고 완강한 형태를 만들어내는 듯했다.

나는 정말로 왜 텔아비브에 온 것인가? 소설에서는 인물의 행동에 모두 이유가 있어야 한다. 아무런 동기가 없어 보이는 행동이라도 뒤로 가면 플롯과 공명의 섬세한 건축술이 항상 그 동기를 드러낸다. 빛이 어둠을 감당하지 못하듯이, 서사는 무정형을 감당하지 못한다—서사는 무정형의 안티테제이며, 따라서 무정형을 전달할 수 없다. 서사가 항상 배반해야 하는 한 가지 진실은 혼란이다. 삶에 관한 많은 진실을 드러내는 섬세한 구조들을 창조할 때에는 진실의 두서없고 무질서한 부분을 흐릿하게 처리해야 하기 때문이다. 갈수록 강하게 들던 생각은, 내가 쓰는 글에 진실보다 인위적 장치의 비중이 더 크다는 점, 근본적으로 무정형인 것에 형식을 부여하는 행위의 대가는 함께 살기에 너무 위험한 동물의 혼을 꺾는 대가와 흡사하다는 점이었다. 그렇게 하면 폭력의 위험 없이 그 동물의 진실을 더 가까운 곳에서 지켜볼 수 있지만, 그것은 혼이 변해버린 진실이었다. 글을 쓰면 쓸수록 나는 서사의 구조로 이룩한 합리성과 고안된 아름다움이 더욱 미심쩍게 느껴졌다. 그런 속성들을 포기하고 싶지는 않았다—그것들이 주는 위안 없이 살고 싶지 않았다. 의미가 잡히듯 그 속성들 역시 손에 잡혀 다뤄질 수 있도록, 무정형을 포함할 수 있는 형태로 포용하고 싶었다. 그런 일의 불가능성을 감시해야 했지만 그저 잘 잡히지 않는다고만 느꼈으므로 그 포부를 버릴 수 없었다. 힐턴은 바로 그런 정형—세계를 펼쳐내는 정신의 집—으로서 유망해 보였으나, 결국 나는 거기에 어떤 의미도 채워넣지 못했다.

이런 생각에 빠져 있었던데다 메이르가 재잘대는 스페인어의 오르락내리락하는 음절들이 머리 위를 흘러가고 있어서, 나는 차가 실제 힐턴의 진입로를 따라 올라가고 있다는 사실을 알아차리지 못했다. 로비로 들어가는 입구 위로 돌출한 콘크리트 처마 아래에 차가 멈추고 원통형 강철 프레임 안에서 돌아가는 거대한 회전문과 그 위에 힐턴 텔아비브라고 쓰인 글씨에 눈길이 닿은 후에야, 그곳에 도착했다는 기이한 느낌이 갑자기 몰려왔다. 정신적으로 그 호텔에서 너무 오래 살았던 터라 이제 눈앞에 나타난 그 실제적이고 물리적인 존재가 신경을 날카롭게 자극했지만, 그러면서도 동시에 그곳은 내게 굉장히 친숙한—친숙할 수밖에 없는—장소였다. 프로이트는 이렇게 모순된 감각의 융합을 운하임리헤 Unheimliche라고 불렀는데, 이 단어는 그런 느낌의 중심에 있는 진저리나는 공포감을 영어 단어 섬뜩함uncanny보다 더 잘 포착한다. 프로이트가 그 주제에 관해 쓴 논문을 대학 시절에 읽었지만, 내용은 희미하게밖에 기억나지 않았다. 그리고 방에 들어갔을 때는 너무 피곤해서 낮잠을 자는 것 외에 아무것도 할 수 없었다. 게다가 마침내 그 호텔에 도착하고 보니 모든 것—카펫이 깔린 복도, 몰개성적인 가구, 플라스틱 카드키—이 너무도 일상적이어서 지난 몇 달간의 집착이 어찌나 어처구니가 없는지 나 자신이 바보처럼 느껴졌다.

그런데도 다음날 아침, 나는 집으로 전화해 아이들과 대화를 나눈 다음 이제 나의 힐턴 소설에 결정적으로 필요한 문헌처럼 느껴지는, 읽지 않고는 글을 시작할 수 없을 것만 같은 프로이트의 논문을 찾아냈다. 호텔 침대 위에 늘어진 채로 나는 그 독일어 단어의 어원에 관해 읽기 시작했다. '집'을 뜻하는 하임Heim에서 파생된 하임리히heimlich는 '익숙한, 토착의, 집에 속하는' 등의 의미를 내포한다. 프로이트는 운하임리히를 하임리히의 반대라고 기술한 에른스트 옌치의 작업에 대한 응답으로 이 글을 썼다. 즉, 옌치는 운하임리히가 새롭고 생소한 것을 맞닥뜨리면서 불확실성, '자신이 어디에 있는지' 모르는 느낌을 경험하는 상태라고 했다. 그러나 하임리히에 '익숙한'이나 '가정적인'과 같은 의미가 있기는 해도 이차적 정의에는 프로이트가 지적했듯이 '숨겨진'이나 '시야에 가려진' 그리고 심지어 '비밀을 알아내거나 드러냄'과 '의식에서 거둬들인'이라는 뜻도 포함되므로(그림 형제의 『독일어 사전』) 그 의미의 스펙트럼을 따라 나아가다보면 하임리히는 결국 그 반대말인 운하임리히와 겹쳐진다. 그리고 독일 작가 셸링의 정의에 따르면 그 단어는 '숨겨진 채 비밀로 (…) 남아야 하지만 눈에 드러난 모든 것의 이름'이다.

섬뜩한 느낌을 일으킬 개연성이 있는 상황과 관련해 프로이트가 맨 처음 언급한 것은 이중성이다. 나는 이마를 탁 치는 깨달음처럼, 집에 들어선 순간 내가 이미 거기에 있다고 확신했던 반년 전의 어느 날을, 나를 여기 힐턴에 와 있게 한 일련의 생각을 촉발한 그 경험을 기억해냈다. 프로이트가 제시하는 다른 예는 자기도 모르게 같은 상황으로 돌아가는 것, 운명적이거나 불가피하다는 느낌을 일으키는 무작위적인 무언가를 반복하는 것이다. 이 모든 것에서 공통으로 나타나는 점은 반복적 발생의 중요성으로, 마침내 연구의 핵심에 도달한 프로이트는 운하임리혜란 억압된 무언가가 반복적으로 나타나면서 생기는 특별한 종류의 불안이라고 주장했다. 하임리히와 운하임리히가 하나이며 같은 것임이 드러나는 이 어원의 연보에서 우리가 결국 발견하는 것은 특정한 종류의 불안, 프로이트에 의하면 새롭고 이질적인 어떤 것이 아니라 억압 과정을 통해 의식과 멀어진 익숙하고 오래된 어떤 것과 직면할 때 생기는 이 불안에 담긴 비밀이다. 숨겨진 채로 있어야 하는데 훤히 드러난 것.

나는 노트북을 덮고 발코니로 나갔다. 하지만 열두 층 아래에 있는 돌 산책길을 내려다보자 갑자기 욕지기가 밀려오면서, 거기에 떨어져 척추가 부러지고 두개골이 깨졌을 남자가 기억났다. 전날, 가랑비를 맞으며 초저녁 산책을 하러 나가는 길에 로비에서 호텔 총지배인을 봤을 때 나는 그의 뒤를 쫓아가 사고에 대해 캐물을 뻔했다. 하지만 총지배인은 걸음을 멈추고 한 손님과 악수를 했고, 나는 그가 손님들의 마음을 본인들보다 더 잘 알고 그들의 욕구나 심지어 약점까지 잘 아는 데서 오는 듯한 매끄러운 자신감을 발산하는 것을 보았다. 그렇게 모든 것을 꿰뚫고 있으면서도 그는 모르는 척하고 있었는데, 손님이 통제력을 발휘하는 것은 자신이라고, 요구하고 얻어내는 것은 자신이라고, 명령을 내려 모두를 부산히 움직이게 하는 것은 자신이라고 느끼게 하는 것이 그의 직업의 비밀이기 때문이었다. 감춰진 지능을 빛내며 활동중인 총지배인의 모습과 그의 옷깃에서 이름 모를 단체의 우수 훈장인 금제 핀이 번쩍거리는 것을 보고, 나는 그에게서 무슨 정보든 끌어낼 수 있을 거라는 희망을 버렸다. 그의 객실 손님 중 하나가 떨어지거나 뛰어내려서 죽었다면, 이 총지배인은 다른 손님들의 동요를 막기 위해 갖은 방법을 동원해 그 소식을 감추었을 것이다. 지금도 손님들이 가자지구에서 가끔 미사일이 날아올 수 있다는 사실을 무시할 수 있도록 가능한 모든 조처를 한 것처럼. 결국 몇 초만 지나면 그것은 머리 위에서 현실에서 비현실로 전환될 것이고, 음속 폭음을 제외하면 어떤 증거도 남지 않을 테니까.

이제 해가 다시 나왔고 세상은 해의 지성으로 인해 다시 예리해졌다. 어떤 소란의 신호도 없었다. 청록색 바다의 수면 위에서 빛 조각들이 반짝거렸다. 이 풍경을 나는 얼마나 여러 번 보았던가? 기억나는 횟수보다 훨씬 많을 거라는 사실, 그것만큼은 확실했다. 억압되었다가 밖으로 드러난 어떤 것에서 섬뜩함이 비롯된다는 프로이트의 말이 맞는다면, 자신이 한 번도 떠난 적 없었다는 생각이 드는 곳으로 돌아가는 것만큼 운하임리히에 걸맞은 일이 또 있을까?

하임—집. 맞다, 아무리 의식 아래에 숨겨졌다 해도 자신이 항상 있었던 곳은 그렇게밖에 부를 수 없다, 그렇지 않은가? 그렇긴 하지만, 다른 식으로 보자면, 집은 그곳에서 멀어져 있을 때에만 집이 되는 것 아니던가? 멀어져 있을 때만, 그리고 돌아갈 때만, 우리는 그곳을 우리의 진정한 자아에게 피신처를 제공하는 곳으로 인식할 수 있으므로.

혹은 내가 엉뚱한 언어에서 답을 찾고 있었을 수도 있다. 히브리어로 세상은 올람olam인데, 언젠가 아버지가 그 단어는 알람alam이라는 뿌리에서 왔고 그 의미는 '숨다' 혹은 '숨기다'라고 말해준 기억이 났다. 프로이트는 하임리히와 운하임리히가 하나로 녹아들어 불안(숨겨진 채로 있어야 하는데 훤히 드러난 것)을 조명해주는 곳이 어디인지 탐구하는 과정에서 유대인 조상의 지혜에 가까이 다가갔다. 하지만 결국에는 독일어와 현대인의 정신을 지배하는 불안에 가로막혀 그들의 급진주의에는 이르지 못했다. 고대의 유대인들에게 세상은 항상 숨겨져 있으면서도 드러난 곳이었다.

이틀 후 마침내 엘리에제르 프리드만을 만났을 때, 나는 약속 장소에 삼십 분 이상 늦게 도착했다. 힐턴에서 걸어서 오 분 정도 거리에 있는 포르투나 델 마레에서 만나 아침식사를 한다는 계획이었다. 하지만 나는 새벽 세시에 겨우 잠든 터라 알람소리를 못 듣고 계속 자다가 프리드만이 방으로 전화를 하고서야 깨어났다. 그와 말을 나눈 것은 처음이었지만—모든 약속은 에피를 통해 이루어졌다—이스라엘 억양과 유년기에 쓰던 독일어 음조가 섞인 그의 말투는 할머니와 할머니 친구들에게서 많이 들어서 내게는 매우 친숙했다. 어릴 때 할머니 손에 이끌려 그들의 아파트에 가면, 하나같이 현관문 밖은 텔아비브였으나 집안 복도는 뉘른베르크와 베를린의 이제는 사라진 후미진 구석들로 이어졌다.

나는 더듬더듬 사과하고 옷을 대충 걸친 뒤 호텔 뒷문을 통해 해변으로 달려나갔다. 약속 장소는 전에 가본 적 있는 이탈리아 식당으로, 정박장에 매인 요트들의 돛대가 보이는 자리에 몇 안 되는 테이블이 놓여 있었다. 가장 먼 구석 테이블에 자그마한 남자가 앉아 있었는데 머리에 솜털 같은 흰머리가 왕관처럼 얹혀 있고 눈썹은 머리의 색소를 모두 빨아들인 듯 까맣고 덥수룩했다. 콧구멍 바로 위에서 시작된 깊은 주름 두 개가 입술 양옆으로 이어졌고 입꼬리는 급격히 아래로 처졌다. 돌이킬 수 없는 중력의 효과를 보여주는 그런 전반적인 모양새는 반항하듯 오만하게 위로 들린 턱에서 반전되었다. 그는 주머니들이 불룩 튀어나온 오래된 카키색 작업복 조끼를 입었지만, 오른쪽 다리 옆의 테이블 가장자리에 단정하게 걸어놓은 지팡이로 보아 어떤 종류의 현장 작업도 불가능해진 지 오래인 듯했다. 나는 서둘러 그 자리로 가서 사과를 더 늘어놓았다.

"앉게." 프리드만이 말했다. "실례가 아니라면 난 안 일어나겠네." 그가 말했다. 나는 그가 내민 손가락 굵은 손과 악수하고 건너편 자리에 앉아 아직 가쁜 숨을 골랐다. 청재킷의 단추를 더듬더듬 푸는데 찬찬히 나를 살피는 그의 흔들림 없는 시선이 느껴졌다.

"생각보다 젊군."

나는 그가 거의 내 생각과 비슷하게 늙었다고, 그리고 나는 보이는 것만큼 젊지 않다고 말하려다 그만두었다.

나는 배가 고프지 않았지만 프리드만은 웨이트리스를 불러놓고 나에게 아침식사를 주문하라고 한사코 권했다. 그가 자기 식사를 이미 주문했을 것 같아서 혼자 먹게 하지 않으려고 뭔가 골랐다. 하지만 다시 나타난 웨이트리스는 내게는 음식이 담긴 접시를, 그에게는 달랑 차 한 잔을 가져왔다. 그는 키가 작았지만—그와 에피가 왜 서로를 찾아냈는지 알 만했다—어딘가 위엄이 있었다. 그렇지만 그가 숟가락을 들어 티백을 짜는 모습을 보니 손을 떠는 것 같기도 했다. 그럼에도 흐릿한 색안경 너머로 확대되어 보이는 그의 잿빛 눈은 그 무엇도 놓치지 않는 듯했다.

그는 잡담으로 시간을 허비하지 않고 곧바로 질문을 시작했다. 그런 식의 인터뷰는 미처 예상하지 못한 일이었다. 하지만 나는 답을 하는 과정에서 나 자신을 꽤 드러낸 편이었는데, 단지 그의 권위적인 분위기 때문만이 아니라 내 대답에 세심히 귀를 기울이는 태도 때문이기도 했다. 바람 부는 날이어서 정박장의 요트들이 부드럽게 출렁이며 쩔그렁거렸고 방파제에는 흰 파도가 세게 달려와 부딪혔다. 어느덧 나는 이스라엘과 관련한 많은 기억을 스스럼없이 얘기하고 있었다. 아버지가 텔아비브에서 보낸 유년 시절에 대해 해주던 이야기들, 그리고 다른 어느 곳보다 진정한 고향처럼 느껴질 때가 많은 이 도시와 나의 관계에 대해서도. 그 말이 무슨 뜻이냐고 그가 물었을 때, 나는 이곳 사람들에게서 미국에서는 느낀 적 없는 편안함을 느낀다고 설명하려 했다. 그 이유는 모든 것이 손에 만져지고, 숨겨지거나 억제되는 것이 별로 없으며, 상대가 제아무리 너저분하고 격렬한 것을 내놓아도 사람들이 거기에 달려들어 게걸스럽게 관여하기 때문이다. 그런 개방성과 즉각성 때문에 나는 더욱 활기가 솟고 덜 외로우며, 진짜 삶의 가능성을 더 가깝게 느낀다. 미국에서 가능한 많은 것이 이스라엘에서는 불가능하지만, 이스라엘에서는 아무것도 느끼지 않고 아무 자극도 주지 못하고 아무런 존재감 없이 거리를 걸어가는 일이 불가능하다. 하지만 텔아비브를 향한 내 사랑은 그보다 더 멀리 뻗어나간다, 나는 계속 말했다. 건물들은 뻔뻔스러울 정도로 허름하지만, 녹슨 곳이나 갈라진 틈을 뒤덮고 자라는 환한 자주색 부겐빌레아 때문에 한결 매력적인 모습이 되고, 그로써 겉치레보다 우연한 아름다움이 더 중요하다는 사실을 역설한다. 그리고 이 도시는 위축을 거부하는 것 같아서, 이성理性이 벤구리온공항의 주인 없는 여행가방처럼 폭발하는 초현실의 구멍들이 언제 어디서나 불쑥불쑥 열린다.

그 모든 말을 하자 프리드만은 고개를 끄덕이며 그리 놀랍지는 않다고, 내 작품에서 항상 이곳에 대한 친밀감을 감지했다고 말했다. 그러고 나서야 비로소 그는 내 글과 날 만나려 한 이유로 화제를 돌렸다.

"자네 소설들을 읽었어. 우리 모두 그렇지," 그가 레스토랑 안의 다른 테이블 쪽으로 손짓을 하며 말했다. "자네는 유대인 이야기를 확장해나가고 있고, 그 점에 대해 우리는 모두 자네를 자랑스러워한다네."

문제의 '우리'가 누구인지는 불분명했다. 텅 빈 레스토랑 안에는 곱슬곱슬하고 칙칙한 털로 뒤덮인 채 햇살을 받으며 옆으로 누워 있는 늙은 개 한 마리밖에 없었기 때문이다. 어쨌거나 그 칭찬은 내게서 강렬한 반응을 일으켰다. 수천 년간 유대인 자손들이 그런 칭찬에 강렬하게 반응했듯이. 우선 기분이 좋았다. 나는 다른 사람들을 기쁘게 하기를 원했다. 어린 시절부터 착하게 굴고 가능하다면 무슨 짓을 해서라도 부모님에게 긍지를 안겨줄 필요가 있음을 알았다. 그 필요의 이면에 있는 것을 스스로 충분히 탐색해본 적이 있는지는 잘 모르겠다. 내가 그렇게 행동하지 않으면 언제라도 나와 부모님을 집어삼킬 어둠이 흘러나올 구멍을 막기 위해서 그랬다는 것 말고 또다른 이유가 있었는지. 하지만 나는 상을 한아름 타서 집으로 가져와 부모님의 긍지를 채워주면서도 그에 따르는 부담과 뒤틀림을 원망했고, 그로 인해 내가 틀에 갇힐 수밖에 없다는 점을 너무나 잘 알고 있었다. 최초의 유대인 아이*는 결박된 채로 자신보다 더 중요한 무언가를 위해 희생될 뻔했으며, 끔찍한 아버지이지만 좋은 유대인이었던 아브라함이 모리아산에서 내려온 뒤 어떻게 아이의 결박을 유지할 것인가 하는 문제는 계속 미해결로 남아 있다. 아브라함과 같은 폭력을 행하지 않는 해결책이 있었다면 바로 이런 것이었다. 밧줄이 보이지 않게 하라, 밧줄이 존재한다는 증거를 없애라. 아이가 자라면서 더욱 자신을 옥죄는 밧줄에 고통을 느끼다 어느 날 아래를 내려다보고 그것을 조이는 손이 다름 아닌 제 손임을 알게 되는 경우는 어쩔 수 없지만. 다시 말해, 유대인 아이들이 스스로 결박하도록 가르쳐라. 그런데 무엇을 위해? 중국인들처럼 아름다움을 위해서는 아니고, 심지어 신을 위해서도 아니며, 기적을 이루려는 꿈을 위해서도 아니다. 우리가 결박하고 결박당하는 이유는 그렇게 함으로써 우리가 우리보다 앞서 결박당했던 이들, 그들보다 앞서 당했던 이들, 그들보다도 앞선 이들과 함께, 삼천 년을 내려온 밧줄과 매듭의 사슬로 한데 결속되기

* 아브라함이 하느님의 명령을 받고 모리아산에 올라가 제물로 바치려 했던 아들 이삭을 가리킨다.

때문이다. 바로 그 삼천 년의 세월 동안 우리는 자유롭게 풀려나기를, 이 세상에서 벗어나 다른 세상으로 들어가기를, 거기에서는 과거에 꼭 맞도록 왜소해지거나 기형이 되지 않고 미래를 향해 제멋대로 자라날 수 있기를 꿈꿔왔다.

하지만 이제는 더한 것이 있었다. 부모의 자랑이 되어야 한다는 필요만으로도 기형을 일으키기 충분한데, 민족 전체의 자랑이 되어야 한다는 압박이란 완전히 다른 차원의 문제다. 내게 글쓰기는 그런 것과는 전혀 별개로 시작되었다. 열넷인가 열다섯 살에, 나는 글쓰기를 나 자신을 조직하는 방법으로 인식했다—단지 나 자신을 탐색하고 발견할 뿐만 아니라 의식적으로 성장시키는 방법으로. 하지만 그것은 진지한 작업이었던 동시에 유쾌하고 즐거움으로 가득한 일이기도 했다. 그런데 시간이 지나면서 그저 모호하고 별난 사적인 과정에 불과했던 것이 점차 직업으로 정착하자 글쓰기와 나의 관계는 변했다. 글쓰기는 이제 내면의 필요에 대한 답이면 충분한 것이 아니라 다른 많은 것이 되어야 했고 다른 상황에서도 효능을 발휘해야 했다. 그리고 그런 효능을 발휘하면서, 애초에 자유로움의 행위로 시작했던 것이 또다른 형태의 결박이 되고 말았다.

나는 내 글이 사람들을 아무리 언짢게 하고 지겹게 하고 도발하고 실망하게 하더라도 내가 쓰고 싶은 것을 쓰고 싶었고, 다른 사람을 기쁘게 하고 싶은 내 마음 한구석을 혐오했다. 그것을 없애려고 노력했고 어떤 수준에서는 성공하기도 했다. 예컨대 가장 최근에 나온 소설은 인상적일 만큼 많은 독자를 지겹게 하고 도발하고 실망하게 했다. 하지만 그 책도 그전 책들과 마찬가지로 여전히 명백한 유대인의 글이었고 유대인 작중인물과 유대 역사 이천 년의 메아리로 가득차 있었기 때문에 내 동족의 긍지를 내팽개치는 일은 모면할 수 있었다. 오히려 강화했다고 봐야 정확할 것이다. 내 마음 한구석에서는 그러기를 은밀히 바랐을 테니까. 스웨덴이나 일본에서는 내가 무엇을 쓰든 별로 상관하지 않았지만, 이스라엘에서는 사람들이 거리에서 나를 불러 세웠다. 지난번에 왔을 때는 차양이 넓은 모자를 통통한 턱 밑에 묶은 끈으로 고정한 나이든 여자가 슈퍼마켓에서 나를 구석으로 몰아넣었다. 노인은 두툼한 손으로 내 손목을 붙잡고 유제품 진열대로 나를 밀어붙이더니 내 책을 읽는 것이 본인에게는 히틀러의 무덤에 침을 뱉는 일과 같다면서(히틀러에게 무덤이 없다는 점은 무시하자), 자신이 땅속에 묻힐 때까지 내가 쓰는 책은 한 페이지도 빼지 않고 읽을 거라고 말했다. 코셔* 요구르트 진열대에 꼼짝없이 몰린 채로 나는 공손히 미소 지으며 감사하다고 인사했는데, 노인은 헤비급 챔피언에게 하듯 내 손목을 잡고 공중으로 들어올린 뒤 무관심한 계산원 아가씨를 향해 내 이름을 외쳐 부른 뒤에야 갈 길을 갔다. 가기 전에 아래팔에 문신으로 새겨진 흐릿한 녹색 번호를 비밀 요원의 배지처럼 슬쩍 보여주기까지 했다.

그로부터 몇 달 전에는 오빠가 예루살렘의 킹다비드호텔에서 결혼식을 했다. 오래 이어진 건배사가 마침내 끝나고 화장실에 급히 가는 중이었다. 로비를 반쯤 지났는데 머리에 스카프를 한 여자가 내 앞길로 유아차를 밀고 왔다. 우회해서 가려 했지만 여자는 길을

* 유대교 율법을 준수해 만든 음식. 율법에 따른 생활 수칙을 가리키기도 한다.

막고 내 눈을 똑바로 보면서 내 이름을 말했다. 나는 기진맥진하고 어리둥절했고, 곧이라도 옷에 실례를 할 것만 같은 상태였다. 하지만 쉽사리 벗어날 가망은 없었다. 여자는 손목을 휙 젖히며 유아차 지붕을 뒤로 밀어 얼굴이 발그레한 조그만 아기를 보여주었다. 그러더니 쉰 목소리로 내 책에 나오는 소녀의 이름을 속삭였다. 아기는 조그만 머리로 도리질을 했고, 보면서도 보지 않는 듯한 근시의 회색 눈으로 나를 훑고 지나가면서, 나뭇가지를 잡으려다가 놓친 원숭이처럼 양손을 앞으로 휙 뻗더니 귀가 찢어지도록 소리를 질렀다. 아이 엄마의 부은 얼굴을 올려다보니 눈에 눈물이 차오르고 있었다. "작가님 때문이에요." 여자가 속삭였다.

하지만 최악은 그전 해에 있었다. 예루살렘에서 열린 국제작가 축제에 참여하려고 왔다가 야드 바셈* 특별 방문에 초대되었는데 관람이 끝나고 다른 (비유대인) 참여 작가들과 갈라져 박물관 뒤편 사무실로 따로 안내를 받았다. 그곳에 간 나는 불난 집에서 구해냈다 싶을 만큼 침침한 색조로 생각에 잠긴 발렌베리**를 그린 유화 아래에서, 살해된 증조부모에 관한 서류 사본과 함께 박물관 기념품점 쇼핑백 하나를 건네받았다. "어서요, 열어보세요." 관장이 가방을 내 손에 쥐여주며 부추겼다. "아, 나중에 열어볼게요." 나는 넌지시 말했다. "지금 열어보세요." 관장은 이를 앙다문 미소 틈새로 명령했다. 직원 서넛이 내 주변을 맴돌며 열에 들떠 쳐다보았다. 나는 가방을 열고 안을 들여다보았다가 다시 닫았지만, 그녀는

* 홀로코스트 박물관.

** 라울 발렌베리. 스웨덴의 외교관으로 홀로코스트 당시 수만 명의 유대인을 구출했다.

가방을 채가더니 안을 뒤적여 아우슈비츠 해방 65주년을 기념하는 빈 공책을 꺼냈다. 공책 안쪽 면지에 죽은 아이들의 수북한 신발더미가 인쇄되어 있었다면 그 행동이 전하는 의미가 더 명료해졌을까? 뉴욕 집에 돌아와서 나는 그 공책을 쓰레기통에 던져버렸다가 한 시간 후 죄책감에 사로잡혀 다시 꺼냈다. 책상 앞에 앉아 첫 페이지에 그 공책의 위력을 빼앗을 만한 뭔가를 쓰려고 안간힘을 썼지만, 십오 분가량 쩔쩔맨 뒤 겨우 끼적거린 것은 해야 할 일을 적은 목록이었다. (1) 배관공에게 연락, (2) 산부인과 예약, (3) 불소 무첨가 치약. 그런 다음 공책 표지를 덮어 서랍 안쪽에 묻어두었다.

"그래서? 새 소설을 쓰고 있나?" 이제 프리드만이 물었다.

공기가 시원한데도 가슴골로 땀방울이 흘러내리는 느낌이 들었다.

"노력중이에요." 나는 노력하고 있지 않았고, 지난 사흘간은 사실 노력을 피하는 중이었다. 호텔에 체크인하자마자, 힐턴에 실제로 머무는 동안 힐턴에 대한 소설을 시작하는 것은 브루클린 집에 있는 동안 힐턴에 대한 소설을 시작하는 것보다 더 불가능하다는 사실을 깨달았으므로.

"그런데 주제는 뭔가?"

"그만큼 나아가지도 못했어요." 나는 말하며, 해변 위 절벽에 솟아오른 호텔로 눈길을 돌렸다.

"왜? 뭐가 문제야?"

내가 대답을 하지 않자, 프리드만은 냅킨을 무릎 위에서 살살 접은 뒤 깔끔한 네모 모양으로 다시 테이블 위에 올려놓았다. "내가 왜 만나자고 했는지 궁금할 거야."

"네, 궁금해지기 시작했어요."

"좀 걸을까?"

나는 그의 팔 옆에 놓인 지팡이를 흘낏 쳐다보았다.

"이것에 속아넘어가지 말게." 프리드만은 지팡이를 들고 날쌔게 몸을 일으켰다. 바닥에 엎드려 있던 늙은 개가 고개를 휙 들었다. 프리드만이 정말로 갈 생각임을 알아본 개가 엉덩이를 깔고 앉았다가 바닥에 넓게 펼친 앞발로 몸무게를 지탱하며 삐걱거리는 허벅지를 들어올렸다. 개가 무기력을 떨치며 경련하듯 몸을 털자 수천 개의 먼지 입자가 햇빛 속에 퍼졌다.

우리는 햇빛에 바랜 서프보드들이 창가에 진열된 작은 상점을 지나 바닷가 산책로를 따라 걸어갔다. 개는 우리 뒤를 조심스럽게 따라오며 이따금 바위나 기둥에 대고 건성으로 코를 킁킁거렸다.

"저 개는 무슨 종이에요?"

"셰퍼드." 프리드만이 대답했다.

하지만 개는 저먼 셰퍼드든 뭐든 그 종과는 전혀 닮은 구석이 없었다. 차라리 양에 가까울 듯했다. 풀밭에서 꺼내와 오래도록 다른 곳에 처박아두어 무채색의 북슬북슬한 털이 떨어져나가기 시작한 양이랄까.

오토바이가 휙 스쳐가면서 운전자가 프리드만에게 뭐라고 소리를 지르자 프리드만 역시 소리쳐 대꾸했다. 내가 본 것이 짧은 접전接戰이었는지 지인들끼리 나누는 인사였는지는 분간할 수 없었다.

"이 나라가 참 힘든 곳이라는 사실은 굳이 말해주지 않아도 되겠지." 그가 하야르콘 스트리트 쪽으로 길을 이끌며 말했다. "당면한 문제는 끝이 없는데 날마다 새로운 문제가 생겨. 곱절로 불어

나. 우린 그 문제들에 잘못 대처하거나 아예 대처하지 않아. 서서히 그런 문제들에 파묻히고 있어."

프리드만이 걸음을 멈추고 돌아서서 바다를 바라보는데, 어쩌면 미사일의 흔적을 찾는 듯했다. 어제도 귀가 먹먹한 사이렌소리에 이어서 미사일 몇 개가 더 터졌다. 처음 그런 일이 일어났을 때 나는 카페에 있다가 지하 대피소로 내려갔다. 콘크리트로 된 그 방에 모인 일고여덟 명은 식료품점 계산대 앞에 늘어선 사람들 같은 분위기를 풍겼다. 다른 점이 있다면, 쾅 소리가 나자 잠시 낮게 "와" 하는 소리가 났다는 것뿐이었다. 마치 줄을 선 사람 중 누군가가 아주 특이한 물건을 사려고 한 것처럼. 두번째로 사이렌이 울렸을 때는 친구 하나Hana와 함께 있었는데, 하나는 그저 하던 말을 멈추고 고개를 들어 하늘을 볼 뿐이었다. 우리 주변 사람들도 대부분 제자리를 지켰다. 아마도 하늘 위에 뚫리지 않는 방공망이 있다고 믿었거나 그 위험을 인정했다가는 삶을 유지하기 어렵게 만드는 다른 많은 것들도 인정해야 하기 때문이었을 것이다.

나 역시 하늘을 살폈지만 미사일의 조짐은 없었고, 바다에서 바람에 일어난 파도가 하얗게 부서질 뿐이었다. 프리드만이 다시 돌아섰을 때는 햇빛을 받아 색이 진해진 안경알 때문에 그의 눈이 보이지 않았다.

"나는 이십오 년 동안 대학에서 문학을 가르쳤네. 하지만 이제 사람들은 굳이 시간을 내서 문학작품을 읽지 않아." 그는 말했다. "어쨌거나 이스라엘에서 작가들이란 늘 세상사에 어두운—실질적이지 못하고 쓸모없는—이들이었지. 최소한 건국이념에 비춰본다면 그렇다는 거야, 우리가 아무리 거기서 멀어졌어도 그 이념들은 여전히 반항을 일으키니까. 슈테틀에 모여 살 때는 바셰비스 싱어* 같은 작가의 가치를 알았지. 아무리 어려운 시절에도 작가에게는 종이와 잉크를 쓰게 해주었어. 하지만 이곳에 와서 작가는 건국 이념을 좀먹는 질병 취급을 받았네. 작가의 펜을 몰수하고 밭에 나가서 무를 뽑으라고 했지. 그리고 쉬는 시간에 몇 장씩이나마 써서 출간이라도 할라치면 어김없이 가능한 가장 높은 세금을 매겨 응징했고, 그런 관행은 지금까지도 이어지고 있어. 유럽과 미국에서처럼 프로그램과 지원금으로 문학 창작을 지원한다는 건 이곳에선 상상도 할 수 없을 거야."

"제가 아는 젊은 이스라엘 예술가들은 거의 모두 떠날 방법을 찾고 있어요." 나는 말했다. "하지만 작가들에게 모국어를 떠날 방법이란 존재하지 않죠. 불가능한 상황이에요. 하긴, 그게 이스라엘의 전문 분야 같긴 하지만."

"다행히 우리에겐 독점이란 게 없지." 프리드만이 그런 말을 하면서 힐턴호텔 옆 작은 공원의 계단 위로 나를 이끌었다. "어쨌거나 여기 사람들 모두가 동의하는 건 아니지만." 그는 말했다.

"여기 사람들은 동의란 걸 모르죠. 그 많은 의견 차이 중에 어떤 걸 말씀하시는지는 모르겠지만요."

프리드만이 나를 날카롭게 쳐다보았고, 눈을 볼 수 없어서 확신할 수는 없었지만, 그의 얼굴에서 회의의 빛이 번쩍하는 것 같았다. 나는 농담으로 한 말이었는데, 아마추어라는 인상을 심어준 게

---

* 아이작 바셰비스 싱어. 폴란드 태생의 유대인 작가로 미국에 망명해 이디시어로 작품을 썼으며 1978년에 노벨문학상을 받았다.

분명했다. 상대를 기쁘게 하려는, 혹은 실망이라도 하지 않게 하려는 욕구가 미처 저항할 틈도 없이 밀려들면서, 나는 나에 대한 그의 직관이 옳았다고, 유독 나를 택해 희망을 품을 타당한 이유가 있었다고 설득할 말을 생각해내려고 애썼다.

"글쓰기에 관해 이야기하던 중이었지." 내가 만회할 겨를도 없이 프리드만이 말했다. "여기 우리 가운데 일부는 그 가치를 잊지 않았어. 오늘날 우리가 이 좁고 다툼이 치열한 땅에서 계속 사는 이유는 거의 삼천 년 전 이곳에서 우리가 스스로에 관해 쓰기 시작한 이야기 때문이라는 점을. 기원전 9세기에 이스라엘은 이웃한 이집트나 메소포타미아 제국에 비하면 보잘것없는 후진국이었지. 어쩌면 계속 그렇게 있다가 블레셋이나 다른 해양 민족들과 함께 잊히고 말았을 수도 있지만, 우리는 글을 쓰기 시작했다는 차이가 있어. 우리가 발견한 가장 이른 히브리어 글은 기원전 10세기, 다윗왕 시대까지 거슬러올라가지. 대개는 건물 표면에 새긴 간단한 글이었어. 기록을 남긴다는 의미 이상은 없었지. 하지만 몇백 년 안에 대단한 일이 일어났네. 8세기부터 이스라엘 북부 왕국 전역에서 글—진보된 복잡한 글—을 썼다는 증거가 갑자기 많아져. 유대인이 이야기를 짓기 시작했고 그게 한데 묶여 토라가 된 거야. 우리는 들불처럼 번져 수천 년 역사에 영향을 미친 유일신교의 창시자가 우리 민족이라고 생각하기를 좋아하지. 하지만 우리는 유일신이라는 개념을 만들어내지 않았어. 그저 하느님께 충실하게 살려는 안간힘을 이야기로 썼을 뿐이고, 그러면서 우리 자신을 만들어낸 거지. 우리는 우리 자신에게 과거를 주었고 미래에 자신을 새겼네."

육교를 건너는데 바람이 거세지면서 공기 중에 모래가 날렸다. 그의 이야기에 깊은 인상을 받아야 한다는 걸 알면서도, 그가 이 이야기를 대학 강단에서 백 번도 넘게 했을 거라고 느껴지는 것은 어쩔 수 없었다. 그리고 나는 변죽을 울리는 데 지쳐가고 있었다. 아직도 프리드만이 정말로 누구인지, 내게 원하는 게 있다면 그게 무엇인지 알 수가 없었다.

육교를 건너자 길은 콘크리트 처마밑의 눅눅하고 그늘진 구역으로 이어졌다. 그곳은 아타림스퀘어를 둘러싼 건물 단지의 일부였는데, 근처 건축물의 위협적인 브루탈리즘양식은 힐턴마저 매력적으로 보이게 할 정도였다. 원래 지붕이 반쯤 덮인 아케이드형 상가였던 그곳은 오래전에 건물이 비워진 후로 침식을 거듭하며 건축가가 원래 떠올렸을 지옥의 이미지에 더욱 완전하게 다가가고 있었고, 단지 전체가 종말 이후의 세상 같은 분위기를 풍겼다. 소변 냄새가 진동을 했고, 얼룩진 콘크리트 블록들은 피라네시*가 상상한 그 어느 곳보다 더 끔찍한 감옥처럼 우리 주위로 높이 솟아 있었다. 레스토랑에 앉아 있을 때부터 묻지 못한 질문이 다시 떠올랐고, 햇살 속으로 나가기 전에 묻지 않으면 나중에는 엄두가 나지 않을 거라는 생각이 들었다.

"모사드에서 일하셨다고 에피 당숙이 말씀하시던데요."

"그 친구가 그래?" 프리드만이 말했다. 그의 지팡이 소리가 뒤따라오는 개의 발톱소리와 함께 동굴 같은 공간에 울려퍼졌다. 하지만 프리드만의 침착한 목소리는 아무것도 드러내지 않았고, 나는

* 18세기 화가이자 판화가로 로마의 건축물과 상상의 감옥 풍경을 주로 남겼다.

반은 무안하고 반은 화가 나서 열이 목까지 치솟는 느낌이 들었다.

"제가 받은 인상은……"

하지만 무슨 말을 할 수 있을까? 그가, 시간이 남아도는 퇴직 교수 엘리에제르 프리드만이, 특별한 목적을 위해 나를 선택했다고 믿을 만한 말을 들었고, 그래서 그렇게 믿어버렸다고? 금방이라도 그는 내게 자기 아내가 나가는 독서 모임에서 강연을 해주겠느냐고 물을 것이다.

"힐턴은 반대 방향이에요. 슬슬 돌아가야겠어요."

"자네가 흥미롭게 여길 만한 곳에 데려가려는 거야."

"어디요?"

"가보면 알아."

우리는 벤구리온 스트리트의 도로 한가운데로 난 가로숫길 보도를 따라 걸어갔다. 지나가는 사람들에게 우리는 함께 산책 나온 할아버지와 손녀 정도로 보였을 것이다. 프리드만은 자기가 맡은 역할을 강조하려는 듯 내게 생과일주스를 사주겠다고 말했다.

"없는 게 없어." 그는 그렇게 말하면서, 농익은 과일이 담긴 묵직한 그물망들을 매달아놓은 판매대 쪽으로 손짓을 했다. "구아버, 망고, 백향과. 내가 권하고 싶은 건 파인애플, 멜론, 민트를 혼합한 주스지만."

"감사합니다, 정말로요, 그런데 전 괜찮아요."

프리드만이 어깨를 으쓱했다. "좋을 대로."

그는 내게 텔아비브와 예루살렘 외에 이 나라에 대해 많이 아는지 물었다. 북쪽 갈릴리 호수에 가봤거나 사막에서 지낸 적이 있는가? 본인은 어린 시절에 이 나라에 처음 왔을 때, 그 풍경을 보고 충격을 받았었다. 프리드만은 주머니에 손을 넣어 질그릇 조각을 꺼내 내게 건네주었다. 성경 속 이야기의 배경으로 걸어들어가, 어린 시절의 상상 속에 각인된 내용을 입증해주는 돌과 올리브나무와 하늘을 보게 된 충격. 지금 그 손에 놓인 테라코타 조각은 삼천 년 된 것이다, 그가 말했다. 그것을 그리 오래되지 않은 과거에, 다윗이 골리앗을 죽인 엘라 계곡 위편의 키르벳 키야파에서 주웠는데, 그곳에는 그런 조각들이 지천으로 널려 있다. 어떤 고고학자들은 그곳이 성경에 나오는 도시 사아라임이라고, 거기에서 다윗왕의 궁전터가 발견될지도 모른다고 주장한다. 돌 사이로 야생화가 뚫고 나오고 빗물로 채워진 고대의 욕조 안에는 하늘에 떠가는 고요한 구름이 비치는 조용한 곳. 이에 대해 고고학자들은 계속 논쟁할 것이다, 프리드만은 말했다. 하지만 무너진 담, 깨진 항아리, 빛, 그리고 나뭇잎을 흔드는 바람—그것이면 충분하다. 나머지는 기술적인 세부 이상은 아닐 것이다. 고고학자들이 왕국의 물리적 증거를 찾아낸 적은 없다. 하지만 다윗왕의 궁전이 사무엘서 저자의 꿈이라 해도—정치권력에 대한 탁월한 통찰력 또한 그 저자의 것이듯이—설령 그렇다 해도, 거대한 구조 속에서 보면 그게 무슨 대수인가? 산간 씨족의 지도자에 불과했을지도 모르는 다윗은 이후 삼천 년에 가까운 역사에 형태를 부여한 고도의 문화로 자기 민족을 이끌었다. 그가 등장하기 전에는 히브리어 문학이란 존재하지도 않았다. 하지만 다윗 덕분에, 프리드만은 말했다. 그의 사후 이백 년이 지나 창세기와 사무엘서를 집필한 저자들은 거의 처음부터 문학이 어디까지 나아갈 수 있는지 그 지고한 경계를 정했다. 그것은 그들이 다윗에 관해—양치기로 시작해 전사와 무자비한 군사 지도자가 되었다가 시인이 되어 죽은 남자에 관해—쓴 글에 나타나 있다.

“작가들은 홀로 일하지,” 프리드만이 말했다. “그들은 자신만의 직관을 따르고, 다른 사람은 거기에 끼어들 수 없어. 하지만 작가들이 특정 주제로 자연스럽게 인도될 때—그들의 직관과 우리의 목적이 공통의 관심사로 수렴할 때—누군가 그들에게 기회를 줄 수도 있다네.”

“정확히 어떤 목적을 말씀하시는 거죠? 유대인의 경험을 특정한 각도에서 조명하는 것? 외부에 비치는 우리의 이미지에 영향을 주기 위해 그 경험을 재해석하는 것? 문학보다는 홍보에 가깝게 들리는데요.”

“자네는 너무 좁은 시각으로 보고 있어. 지금 우리가 이야기하는 것은 인식보다 훨씬 거대한 거야. 자기 창안이라는 개념이라고. 사건, 시간, 경험, 이런 것들이 우리에게 일어나는 일이야. 인류의 역사를 극도의 수동성—즉, 과거나 미래에 대한 감각 없이 가뭄, 추위, 굶주림, 육체적 충동에 대한 즉각적인 반응으로만 이루어진 삶의 연속—에서 벗어나 우리의 삶과 운명에 대해 점점 강한 의지와 통제를 발휘해나가는 진보의 과정이라고 보는 견해도 가능할 거야. 그런 인식 체계에서, 글쓰기의 발전은 거대한 도약을 의미해. 민족의 정체성이 녹아 있는 중심 텍스트를 생산하기 시작했을 때, 유대인은 의식적으로 자신들을 정의하면서—자신들을 창안하면서—바로 그 의지를 실행하고 있었던 거야. 전에는 아무도 하지 못한 방식으로 말이야.”

“그렇게 설명하시니, 맞아요, 굉장히 급진적인 변화처럼 들리네요. 하지만 그저 초기의 유대인 작가들이 그런 자연스러운 진화 과정의 선두에 있었던 것뿐이라고 말할 수도 있어요. 인류는 좀더 높은 차원에서 생각하고 글을 쓰기 시작했고, 이로 인해 사람들은 훨씬 더 세련되고 섬세하게 자신을 정의할 수 있게 된 거죠. 말씀하신 자기 창안까지 포함하는 수준의 자기 인식이 가능해졌다고 한다면, 그건 초기 유대인 작가들의 의도에 대해 많은 부분을 가정하시는 거예요."

"가정할 필요가 없어. 텍스트 곳곳에 증거가 있으니까. 그 텍스트는 그저 개인 한둘이 만들어낸 작품이 아니라, 자신이 하는 모든 선택을 극도로 의식하는 일련의 작가와 편집자의 작품이야. 창세기 첫 두 장章을 합쳐서 보면 정확히 그런 내용이야—창조를 여러 선택의 집합으로서 고찰하고 그 결과를 숙고하는 내용. 최초의 유대인 책이 우리에게 최초로 제공하는 것은 하느님의 천지창조에 관한 두 가지 모순된 설명이야. 왜? 아마도 하느님의 행위를 책 속에 재현하면서 편집자들은 창조의 대가에 관해 뭔가 이해하게 되었을 거야. 우리에게 알려주고 싶지만 우리가 읽고 파악해버린다면 불경죄가 되어버릴 어떤 것, 그래서 에둘러 암시만 할 수 있는 어떤 것을 알아버린 거지. 다시 말해, 하느님은 이 세계를 창조하기로 선택하시기 전에 얼마나 많은 세계를 구상하셨는가? 빛도 어둠도 포함하지 않는 완전히 다른 척도를 얼마나 많이 구상하셨는가? 하느님은 빛을 창조하실 때 빛의 부재 또한 창조하셨다. 우리에게 주어진 설명은 그 정도야. 하지만 양립할 수 없는 그 두 가지의 시작 사이에 놓인 불편한 침묵 속에서만 우리는 그 순간 하느님이 세번째로 또다른 것도 창조하셨음을 파악할 수 있다네. 달리 표현할 말이 제대로 없으니 그걸 후회라고 하도록 하지."

"혹은 다중우주에 관한 초기 이론이거나요."

하지만 프리드만은 내 말을 듣지 않는 것 같았다. 우리는 모퉁이에 서서 신호등이 바뀌기를 기다렸다. 머리 위 지중해의 하늘은 어마어마하게 푸르렀고 구름이라고는 한 점도 없었다. 프리드만은 정차중인 택시 앞을 지나 도로로 내려서서 저벅저벅 길을 건너기 시작했다.

"꼼꼼하게 읽어보게. 그러면 그 첫 텍스트들을 쓰고 편집한 이들이 누구든, 그들은 문제의 본질을 이해했다는 것을 부인할 수 없을 거야." 그가 말했다. "시작이란 영원에서 멀어져 벽으로 둘러싸인 방으로 들어가는 것임을 이해했다는 거지. 하나의 아브라함을, 하나의 모세를, 하나의 다윗을 택한다는 것은 또한 존재할 수도 있었을 다른 이들을 거부하는 것임을."

우리는 조용한 주택가 거리로 들어섰다. 거리 양쪽에 늘어선 건물들은 텔아비브 어디에서나 볼 수 있는 땅딸막한 콘크리트 아파트였고, 주변에 자라는 무성한 식물과 벽을 따라 기어오르는 밝은 자줏빛 부겐빌레아가 그 건물들의 흉한 몰골을 순화시켰다. 블록 중간쯤에서 프리드만이 걸음을 멈췄다.

표지판을 보니 우리는 스피노자 스트리트에 있었다. 나는 프리드만이 나를 거기에 데리고 간 이유가 그것이라고 생각했다. 모세오경*은 하나님이 내려주신 것을 모세가 받아적은 게 아니라 인간 저자가 쓴 작품이라고 주장한 것이 바로 그 유대인 철학자이기 때

* 구약성서의 맨 앞 다섯 권인 창세기, 출애굽기, 레위기, 민수기, 신명기를 가리킨다.

문이라고. 하지만 프리드만이 전하려는 요점은 무엇일까? 네덜란드의 렌즈 세공사였던 스피노자가 적어도 유대교와 관련해 내세운 주장의 핵심은, 이스라엘의 신은 인간의 발명품이고 따라서 유대인은 그 신이 정한 법칙에 더는 묶이지 않는다는 것이었다. 유대인의 결박이라는 개념에 대항해 안간힘을 쓴 인간이 있었다면, 그건 다름 아닌 바뤼흐 스피노자였다.

하지만 프리드만은 거리 이름에 대해서는 아무 말도 하지 않았다. 그러는 대신 4층짜리 회색 아파트 건물을 향해 손짓했다. 건물 정면을 모래시계 모양의 속이 빈 콘크리트 블록으로 장식했다는 점이 외벽에 벽토를 바른 인근의 다른 건물들과 유일하게 다른 점이었다.

"자네 책을 읽고 카프카에 관심이 많다는 걸 알았네."

나는 웃음을 참아야 했다. 프리드만과 보조를 맞추는 일이 갈수록 힘들어지고 있었다. 아침 내내 몇 발짝 뒤에서 그를 따라가고 있었는데, 이제는 완전히 놓쳐버렸다.

"자네가 쓴 모든 책에 카프카가 등장하는 것 같더군. 언젠가 카프카의 부고도 쓴 것으로 기억하는데. 그러니 카프카 사후에 그의 문서가 겪은 운명에 대해서도 당연히 들어봤겠지?"

"카프카가 막스 브로트에게 자신이 남긴 모든 원고를 태워달라고 부탁한 쪽지 말씀이세요? 그걸 브로트가……"

"1939년에," 프리드만이 성급하게 말을 잘랐다. "나치가 체코 국경을 넘기 오 분 전에, 브로트는 프라하를 떠나는 마지막 기차를 탔어. 손에는 카프카의 원고로 가득한 여행가방을 든 채로, 그는 자기 목숨을 살렸을 뿐 아니라, 20세기 가장 위대한 작가의 남은 미출간 작품 전부를 파괴 직전에 구해냈지. 브로트는 텔아비브로 왔고 이곳에서 여생을 보내며 카프카의 작품을 조금 더 출간했다네. 하지만 1968년에 그가 죽었을 때, 여행가방에 있던 자료 일부는 여전히 발표되지 않은 상태였지."

프리드만이 이 이야기 역시 이제껏 얼마나 많이 읊었을지 궁금했다. 심지어 개도 이미 들은 이야기인지, 다리를 넓게 벌리고 멈춰 서서 상황을 살피더니 이내 풀밭에서 애처롭게 몇 번 빙글빙글 돌다가 끙 소리를 내며 엎드렸고, 머리통을 바닥에 털썩 내려놓고 올려다보며 프리드만을 나른하게 주시했다.

"네, 그 이야기는 다 알아요. 저도 온갖 카프카 포르노를 읽을 만큼 읽었으니까요."

"그러면 그 여행가방에 남아 있던 모든 원고가 지금 자네가 서 있는 곳에서 삼 미터도 안 되는 장소에서 처참한 상태로 썩어들어가고 있다는 것도 알겠군?"

"그게 무슨 말씀이세요?"

프리드만이 지팡이 끝으로 아파트 1층의 창문을 가리켰다. 곡선 철근으로 엮은 창살이 창문을 보호하고 있고, 창살 안에는 지저분한 고양이 서너 마리가 한데 엉겨 엎드려 있었다. 건물 앞 계단에는 또다른 고양이 두 마리가 빈둥거리고 있었으며 공기 중에 고양이 오줌냄새가 감돌았다.

"미완성 소설, 단편, 편지와 그림과 쪽지 등등—아무도 정확한 내용을 모르는 그 문서를 브로트의 연인이었던 에스터 호페의 늙은 딸이 병적으로 집착하면서도 아무렇게나 방치한 채 감시하고 있다네. 그 문서는 여러 의심스러운 상속 경로를 통해 에스터 호페의 손에 들어갔지. 그 여자의 딸 에바 호페는 도난 위험에 대비해 서류 일부를 텔아비브와 취리히의 안전금고에 넣어두었다고 주장해. 하지만 진실을 말하자면, 그 여자는 광적인 소유욕과 편집증 때문에 그 문서를 일부라도 보이지 않는 곳에 놔두지 못해. 저기 에바의 아파트 창살 너머에는 거의 아무도 본 적 없는 프란츠 카프카의 원고 수백 장이 스무 마리, 서른 마리가 넘는 고양이들과 함께 있다네."

"하지만 카프카의 원고를 사유재산이라 주장하면서 숨겨놓고 있을 수는 없는 것 아닌가요?"

"이스라엘 국립도서관이 에스터 호페가 죽은 뒤 그녀의 유언장에 이의를 제기하는 소송을 걸었다네. 브로트가 그 문서를 도서관에 기증하려고 했었다면서 그 문서는 국가 소유라고 주장했지. 재판은 오래도록 이어지고 있어. 판결이 날 때마다 에바는 상소하고."

"서류 대부분이 에바의 말대로 은행에 보관된 게 아니라 이곳에 있다는 건 어떻게 아세요?"

"내가 봤으니까."

"아까 말씀하실 때는……"

"처음에는 그랬다는 얘기지."

그때 프리드만의 휴대전화가 울렸고, 그날 처음으로 그는 경계가 풀린 모습을 내보였다. 구식 전화기의 요란하고 불안스러운 벨소리가 계속 흘러나오는 동안 그는 주머니를 뒤적이고 조끼를 더듬었다. 그래도 여전히 전화기를 찾지 못하자 그는 내게 지팡이를 맡기고 주머니 덮개를 하나하나 젖히다가 마침내 벨소리가 막 끊겼을 때 안주머니에서 전화기를 찾아냈다. 그는 화면을 흘낏 쳐다보았다.

“이렇게 시간이 늦었는지 몰랐네.” 그가 내게 돌아서며 말했다. 그뒤로 이어진 침묵 속에서 그는 나를 찬찬히 뜯어보는 것 같았고, 나는 그가 내 얼굴에서 믿을 만한 구석을 찾아냈는지 궁금했다. 그는 개를 불렀고, 정신을 차린 개가 몸을 일으키는 긴 과정을 시작했다.

“저 아파트 안에 있는 원고 중에는 카프카가 말년에 쓴 희곡이 있네. 거의 다 끝냈는데 막판에 가서 내팽개쳤지. 그걸 읽은 순간, 나는 그것이 반드시 상연되어야 할 작품이라는 걸 알아차렸어. 오래 걸리긴 했어도 마침내 이루어지고 있다네. 육 개월 뒤 촬영이 시작될 예정이거든.”

“그걸 영화로 만들고 있다고요?”

“카프카는 영화를 좋아했어. 자네도 알고 있었나?”

“그게 카프카가 승인했을 거라는 의미는 아니죠!”

“카프카는 그 무엇도 승인하지 않았어. 카프카에게 승인이라는 개념만큼 이질적인 것도 많지 않았을 걸세. 자기 작품의 사후세계를 생각하면 욕지기가 났겠지. 그렇다고 해도, 카프카의 작품을 읽어본 사람이라면 아무도 그가 바란 대로 돼야 했다고 믿지 않아.”

“왜 카프카의 의도는 상관이 없는 거죠?” 나는 물었다. “성경의 저자와 편집자들의 의도는 그렇게 미화하시면서요? 아까 뭐라셨더라, 자신들이 하는 선택을 ‘극도로 의식하는’ 사람들이라고 하셨나요?”

“미화라니 무슨 소리야? 우린 그들이 누군지도 모르고, 그들 의도의 대부분은 이제 아무도 이해하지 못하거나 후대 사람들이 필요에 따라 무시해버렸어. 무수한 수정본들을 모두 걷어내면 그 아래에는 단 한 명이 쓴 창세기가 있네. 그 저자는 모든 수정본에 담긴 천재성은 고스란히 가지고 있지만 거기 담긴 도덕적 의도는 전혀 없는 인물이지. 그의 최고 발명은 요드-헤이-바브-헤이*라고 불리는 존재였고, 그가 쓴 책은 다른 운명에 휘말리지만 않았다면 '하느님의 교육'이라고 불렸을 수도 있을 거야. 하지만 결국, 자신의 작품이 어떻게 활용될지 결정하는 것은 저자의 몫이 아니지."

"그러면 병적으로 집착하고 편집증에 시달리는 딸 호페는 이에 동의하나요? 이스라엘 국립도서관은 어떻고요? 재판이 한창 진행 중인데 엄청난 분쟁의 원인이 된 자료 중 하나인 카프카의 희곡에 대한 권한을 교수님이 갖고 계신다는 건가요? 그게 곧 영화로 만들어질 거고요?"

프리드만의 시선이 나를 지나쳐 호페의 집 쪽을 향했다. 그는 그 오후에 어떤 수수께끼도 풀어주지 않을 게 분명했다. 오히려 수수께끼들을 뿌리느라 바빴다.

"원고가 수정될 필요는 있어, 당연히. 그리고 결말에 관한 문제도 남아 있고."

이제 나는 정말로 웃음을 터트렸다. "죄송한데요," 나는 말했다. "이 모든 상황이 저는 좀 버겁네요."

"천천히 하게." 프리드만이 말했다.

"뭘 천천히 해요?"

"결정 말이야."

---

* 여호와, 야훼 등을 의미하는 히브리어 네 글자.

“제가 뭘 결정하는데요?”

“내 제안에 구미가 당기는지 아닌지.”

“무슨 제안을 하시는지도 모르겠는데요!”

하지만 내가 무슨 말을 더 하기도 전에 그는 자상한 할아버지 같은 분위기로 내 등을 토닥였다.

“곧 연락하겠네. 그동안에라도 원하면 언제든 연락하게.”

그는 불룩한 조끼 주머니의 지퍼를 열고 지갑을 꺼내 명함을 한 장 뽑았다. 엘리에제르 프리드만. 텔아비브대학교 문과대학 명예교수.

아파트 1층의 커튼이 살짝 움직이는 게 언뜻 보였다. 바람에 살랑거리는 것처럼. 하지만 창문은 닫혀 있었다. 창살 안에 엎드려 있던 고양이들이 갑자기 흠칫하며 경계하지 않았다면 놓쳤을 것이다. 안에서 누군가가 움직이는 것을 감지한 듯했다. 아마도 자신들의 주인이었겠지만.

나는 힐턴 쪽으로 천천히 걸어가며 프리드만이 한 말을 곰곰이 따져봤다. 태양이 사람들을 모두 다시 밖으로 불러낸 탓에, 아직 수영하기에는 추운 날씨였는데도 해변에는 수영복을 입은 사람들이 바글거렸다. 그들을 바라보고 있는데 카프카가 생애 마지막 해에 발트해 연안에 있는 휴양 캠프에서 쓴 편지 하나가 머리에 떠올랐다. 바로 옆 건물에서 독일계 유대인 아이들을 위한 여름 캠프가 진행되고 있어서 카프카는 아이들이 나무 아래나 해변에서 노는 모습을 창가에서 밤낮으로 바라볼 수 있었다. 대기는 아이들의 노랫소리로 가득찼다. 그 아이들 사이에 있으면 행복하지는 않아도, 그는 썼다. 행복의 문턱에 있는 느낌은 들어.

사람들은 모두 밖에 나와 있었다. 홀린 듯이 마트코트* 놀이를 하는 사람들, 유대인의 피는 아주 조금밖에 섞이지 않은 러시아인들, 어린 아기들을 데리고 있는 나른한 부부들, 햇볕 때문에 마음의 경계가 풀려 브래지어가 비키니로 통할 거라고 생각한 아가씨들. 텔아비브 주민들은 중앙난방이 필요하다고 믿기를 거부하는 것과 마찬가지로, 옷도 허술하게 입고 돌아다니겠다고 고집하는 사람들 같다. 티셔츠에 슬리퍼 차림으로 다니면서 항상 무방비 상태로 비를 맞고 추위에 깜짝 놀라다가, 해가 얼굴을 내밀기만 하면 밖으로 달려나와 원래 상태로 돌아간다. 이런 식으로, 도시 전체가 단체로 겨울의 존재를 부인하기로 한 것 같다. 다시 말해, 그들이 스스로에 대해 믿는 모습—태양과 짭짤한 공기와 무더위의 민족—과 부합하지 않는 현실의 특정 측면을 아예 부인해버리는 것이다. 일광욕을 즐기며 바닷가에서 망각에 빠진 그 순간, 이 민족과 미사일의 관계는 인간과 비상하는 새의 관계와 다를 게 없다. 하지만 우리 모두가 그렇지 않은가? 인간 본성의 핵심이라고 우리는 믿지만 주변의 증거가 밑받침해주지 않는 어떤 것들이 있고, 그런 경우 자신의 완전함에 대한 섬약한 감각을 보호하기 위해 무의식적으로라도 우리는 세상을 본모습과 다르게 보는 편을 택하지 않는가? 그래서 때로는 초월에 이르기도 하고 때로는 패악에 이르기도 한다.

* 두 명 이상의 사람들이 해변에서 라켓으로 작은 공을 주고받는 이스라엘의 놀이.

그러면 나 자신은 달리 어떻게 설명할 것인가? 내가 명백한 경고들을 모두 무시해가며 프리드만에게 동조한 이유를 어떻게 설명할 것인가? 사람들은 오해가 쉽다고들 한다. 하지만 나는 동의하지 않는다. 사람들은 인정하고 싶어하지 않지만, 이해라 여겨지는 것이야말로 우리 인간에게는 참 쉽게 찾아오는 것 같다. 사람들은 태양 아래 있는 온갖 것을 이해하느라 온종일 정신없이 바쁘다. 자신들, 다른 사람들, 암의 원인, 말러의 교향곡, 고대의 재난 등 온갖 것을. 하지만 이제 나는 다른 방향으로 가고 있었다. 이해의 강력한 물살을 거슬러 반대 방향으로 헤엄치고 있었다. 훗날 내게는 이해하지 못해 그르치는 더 큰 다른 일들이 생기게 된다—너무 많아서 마치 고의처럼 보일 정도로. 그런 고집스러운 몰이해가 호수 바닥의 화강암처럼 맨 밑에 깔려 있어서, 만사가 명확해지고 투명해질수록 나의 거부하는 태도가 훤히 비쳐 보일 정도로. 나는 만사를 본질 그대로 보고 싶지 않았다. 그러는 데 지쳐 있었다.

모든 삶은 기이하다

예컨대, 엡스타인에게 그 일은 어떻게 일어났는가. 어머니가 세상을 떠나고 몇 달 후 어느 오후에, 마실 것을 가지러 부엌에 가려고 자리에서 일어서는 순간 갑자기 머리에 빛이 가득 차오르던 일. 유리잔이 바닥에서 위쪽 테두리까지 채워지듯이 빛이 차오르던 일. 그것이 고대의 빛이라는 생각이 떠오른 것은 나중에 그때의 기억을 되살리려 했을 때—머릿속에서 점점 수위가 올라가던 감각과 그 빛의 섬세함을 기억하려고 했을 때—였다. 멀리서 오는, 오래된, 그리고 긴 세월을 견뎌낸 인내의 느낌을, 무궁무진함의 느낌을 지니고 있던 빛. 그 순간은 단 몇 초 동안만 이어졌고, 빛은 물이 빠지듯 사라졌다. 평소 같았으면 그저 이상 감각 때문이라 치부했을 테고, 때때로 주변에 사람이 아무도 없는데 자기 이름을 부르는 소리가 들릴 때 크게 개의치 않는 것과 마찬가지로 대단한 인상을 받지 않았을 것이다. 하지만 이제 그는 홀로 살고 있었고, 부모님이 돌아가셨으며, 예전에 자신을 사로잡았던 일들이 갈수록 시들해지고 있음을 부인하기 어려워진 터라, 그는 어떤 기다림의 감각을 자각하게 되었다. 무언가가 도착하기를 기다리는 사람의 고조된 의식에서 비롯되는 감각을.

힐턴에 온 후 처음 며칠 동안 엡스타인은 아침마다 지중해를 보며 잠에서 깼고 테라스에서 넋을 놓고 서서 파도를 바라보았다. 그는 파란 하늘에 깃털처럼 길게 이어지다 희미해지는 비행운에서 자신의 생명선을 보았다. 오래전 마야의 바트미츠바* 파티에 손금 보는 사람을 부른 적이 있었다. 주술이 코셔 규칙에 어긋난다는 건 신경쓰지 말자, 마야가 원해서 그런 거니까. ("가장 좋아하는 게 뭐야, 마야슈카?" 마야가 어렸을 때 그가 그렇게 물은 적이 있다. "마술이랑 수수께끼." 아이는 잠시도 머뭇거리지 않고 대답했다.) 딸의 기분을 맞춰주기 위해 엡스타인은 터번을 머리에 두른 쇠약한 점쟁이에게 손바닥을 내밀었다. 그 여자는 몇 주 동안 아무것도 안 먹은 사람 같았다. "이 여자에게 케이크라도 좀 갖다주라고!" 그가 소리치자 팁을 노린 웨이터 세 명이 냉큼 나서더니 미래의 결혼식을 기약하고 구운 듯 하얀 크림이 잔뜩 발린 케이크 세 조각을 가져왔다. 하지만 케이크 세 조각은 점쟁이의 뾰족한 팔꿈치 근처에 그대로 놓여 있었는데, 영리한 그 여자는 먹는 모습을 보이면 자신의 영적 분위기가 약해지고 예지력에 대한 환상이 무너질 것을 알았다. 그녀는 메마르고 서늘한 손바닥으로 엡스타인의 손바

* 유대교에서 12~13세 소녀들을 위한 성인식. 소년의 경우 '바르미츠바'라고 한다.

닥을 먼지를 떨어내듯 어루만지더니 진홍색 손톱으로 손금을 따라 보이지 않는 선을 그렸다. 지루해진 엡스타인은 댄스 플로어를 유심히 훑어보았는데, 림보 놀이용 막대가 아주 낮게 내려와 몸놀림이 날렵하고 아직 사춘기에 이르지 않은 깡마른 7학년 아이 하나만이 허리를 젖히고 그 아래를 의기양양하게 지나갈 수 있었다. 그때 점쟁이가 그의 손을 꽉 움켜쥐는 느낌이 들었고, 그가 돌아보자 그녀의 얼굴에 놀란 표정이 서려 있었다. 순전히 연기다, 그는 알고 있었다. 하지만 극적인 것을 좋아하는 그는 여자가 어떻게 수완을 발휘할지 궁금했다. "뭘 발견했소?" 그가 의연히 물었다. 점쟁이는 눈가 윤곽을 새카맣게 그린 검은 눈으로 그를 응시했다. 그러더니 잽싸게 그의 손바닥을 접어 밀어냈다. "다음에 저를 찾아오세요." 그녀가 쉰 목소리로 애원하듯 속삭였다. 그러고는 그의 다른 손에 베이사이드 주소가 적힌 명함을 밀어넣었지만 엡스타인은 그저 껄껄 웃고는 베트남식 닭꼬치가 바닥나게 내버려둔 출장 요리사에게 소리를 지르러 가버렸다. 그다음주에 주머니에서 명함을 다시 발견한 그는 그것을 쓰레기통에 버렸다. 육 개월 후, 점쟁이가 암으로 죽었다고 리앤이 말해주었지만, 그때도 점쟁이에게 가볼 걸 그랬다는 후회는 없었고 설핏 호기심이 일 뿐이었다.

비행운은 이제 천천히 증발하며 퍼져나가 흐릿한 형체가 되었다. 아니, 그는 점쟁이들의 예언을, 설령 죽음을 앞두고 예민해진 이들의 예언이라 해도 믿지 않았다. 진실을 말하자면, 그는 볼 수 없는 것은 좀처럼 믿지 않았고, 그에 더해 믿음 자체에도 반감을 느꼈다. 거대한 오류의 가능성 때문만은 아니었다. 오류를 저지른다는 것—심지어 평생 오류를 저지른다는 것!—도 문제지만 그가 참을 수 없는 것은, 그를 혐오감에 젖게 하는 것은, 누군가에게 이용당한다는 생각이었다. 믿음은 수동적인 신뢰여서, 타인의 손에 자신을 내맡겨야 했고, 그래서 믿는 사람은 최악의 간계에 쉽게 넘어갔다. 엡스타인은 그런 일들을 어디에서나 목격했다. 비단 종교의 거대한 손놀림에서만—목사나 랍비에게 성추행당하는 어린아이들, 사후 세계에서 칠십 명의 처녀가 기다리고 있다는 말을 믿고 자폭하거나 알라의 이름으로 참수를 감행하는 십대들이 끊임없이 나오는 뉴스에서만—본 것은 아니었다. 그 밖에도 셀 수 없이 다양한 사소한 믿음이 존재해서 두 눈을 털로 덮을 기회, 맨눈으로 보면 명백할 것을 믿음의 거대한 털모자로 가릴 기회를 제공했다. 모든 광고가 인간의 믿고 싶어하는 경향, 바로잡을 수 없다고 판명된 피사의 사탑처럼 믿음으로 기울어지는 경향을 이용해 번성했다. 약속된 것이 실패하거나 전달되지 않아도 상관없었다. 선한 사람들은 돈과 평화로울 권리를, 때로는 위엄과 자유까지 빼앗겼다. 구조적 결함 때문에! 어쨌든, 만지거나 느끼거나 자기만의 도구로 측정할 수 없는 것은 무엇도 믿지 않으려 하는 엡스타인에게는 그렇게 느껴졌다.

그는 단단한 땅에서 걷고자 했고 그렇지 않으면 아예 걷지 않으려 했다. 믿음의 살얼음판 위를 걷는 모험을 하지 않으려 했다. 하지만 최근에 그는 다리가 본능을 거역하고 저절로 움직이는 것을 느꼈다. 참으로 이상한 점은 그것이었다. 의지를 거역하고 움직이는 느낌. 더 나은 판단을 거역하고! 그의 엄청난 신중함까지도! 육십팔 년 동안 지식을 축적하며 강화해온 모든 것, 심지어 지혜라고 해도 좋을 그것을 거역하고. 그리고 그는 자신이 무엇을 향해 걸어가고 있는지 확실히 말할 수 없었다.

밖에서 배 한 척이 하얗게 부서지는 파도를 가로지르며 사이프러스 혹은 트리폴리를 향해 가고 있었다. 엡스타인은 가슴이 벅차오르는 느낌이 들었다. 수영을 좀 하면 어떨까? 그는 생각했다. 그 생각이 너무도 근사하고 탁월하게 느껴져서, 그는 곧바로 방으로 들어가 컨시어지에 전화를 걸었고 로비에서 수영복을 살 수 있는지 문의했다. 알겠다, 한 벌 준비해놓겠다. 치수가 어떻게 되는가?

기부금을 내면 그의 부모 이름으로 연구를 진행하겠다고 제안한 바이츠만 연구소로 그를 데려갈 차가 올 때까지는 아직 한 시간 반 정도가 남아 있었다. 바로 지난달에 세갈 교수와 엘리나브 교수는 인공감미료가 혈당 수치를 낮추지 않고 오히려 높인다는 사실을 발견했다. 수백만의 당뇨병 환자뿐 아니라 평범한 비만 환자들까지 이롭게 할 정보였다! 그러면 이디스와 솔 엡스타인 기념 연구는 어느 방향으로 갈 것인가? 그들의 삶을 기념하며 무엇을 연구할 것인가? 이름에 값하는 엄청난 것, 엡스타인은 묻고 싶었다. 그런 것이 뭐가 있는가?

호텔 가운과 슬리퍼 차림으로 카펫이 깔린 복도를 걸어가는 동안 그는 마지막으로 바다에서 수영한 게 언제였는지 기억하려 했다. 마야가 아직 어렸을 때? 스페인에서 온 가족이 배를 타고 나갔던 때를 떠올렸다. 엡스타인은 뱃머리에서 바다로 뛰어들었고—그는 그 무엇에도 천천히 몸을 담그는 법이 없었다—배를 돌아 사다리 쪽으로 헤엄쳐 간 뒤, 검은 머리칼이 곱슬곱슬한 조그만 머리를 커다란 구명조끼 밖으로 내민 막내딸을 안아 내렸다. 세번째로 아이를 얻고 나자, 그는 사랑과 부성의 패턴을, 측정하기 힘들 만큼 짧은 시간과 경험이 조금씩 쌓여가며 친근함과 다정함이 생겨나는 방식을 더 잘 이해하게 되었다. 마야는 물에 다리가 닿자마자 비명을 질렀다. 하지만 엡스타인은 팔을 내민 리앤에게 아이를 돌려보내지 않고, 부드럽게 아이를 얼렀다. “엄청나게 커다란 욕조야.” 그는 말했다. “모든 생명이 담긴 욕조.” 그러면서 조수와 돌고래에 대해, 산호 세계에 사는 작은 흰동가리에 대해 아는 이야기들을 불러내자 마야는 조금씩 진정하며 엡스타인을 꽉 잡고 있던 손에서 힘을 풀었다—신뢰하기 때문에 힘을 푼, 그래서 다른 차원에서는 붙잡은 손길이 더욱 단단해진 순간이었다. 나중에 마야는 제 오빠나 언니처럼 아버지를 밀어내지 않았다. 엡스타인은 조나를 꼬드겨 바닷물에 들어오게 하려고 이십 분 동안 애쓰다 화가 나서 폭발했던 일을 기억하며 움찔했다. 아들의 견딜 수 없는 소심함에, 힘도 의지도 부족한 모습에 화가 났었다. 엡스타인 자신과 같은 재료로 만들어지지 않았다는 사실에.

노란 새 수영복 차림으로 엡스타인은 해변에 서 있었다. 허리 밴드가 너무 커서 바지가 내려가지 않도록 끈을 꽉 묶어야 했다. 햇빛이 가슴의 은색 털에 반사되었다. 일 년 중 이 시기에는 안전요원이 없었다. 엡스타인은 물가로 성큼성큼 걸어갔다.

등뒤에 그가 태어난 도시가 있었다. 인생이 얼마나 멀리까지 풀려나갔건, 그는 이곳에서 났고 이곳의 태양과 미풍은 그의 타고난 조건이었다. 부모님에게는 고향이 없었다. 그들이 난 곳은 이제 존재하지 않기 때문에 귀향은 불가능했다. 하지만 그 자신에게는 고향이 있었다. 걸어서 십 분도 안 되는 거리에 자멘호프 스트리트와 슐로모 하-멜레크 스트리트가 만나는 모퉁이가 있었는데, 그곳에서 그는 어머니에게 병원에 갈 시간도 주지 않고 급하게 이 세상에 당도했다. 발코니에 있던 어떤 여자가 내려와 그를 꺼내고 행주로 감쌌다. 그 여자에게는 자식이 없었지만, 루마니아의 농장에서 자라며 소와 개가 태어나는 모습을 많이 봤었다. 나중에 어머니는 일주일에 한 번씩 그 여자를 찾아가 작은 부엌에 앉아 커피를 마시고 담배를 피웠으며, 그러는 동안 그 여자, 체르노비치 부인은 무릎에 엡스타인을 올리고 위아래로 흔들어주었다. 그녀는 엡스타인에게 마법적인 효과를 발휘했다. 성미가 불같은 아이가 그녀의 무릎에 앉기만 하면 바로 진정되었다. 가족이 미국으로 이사한 후 어머니는 그녀와 연락이 끊겼다. 하지만 1967년, 전쟁 직후 텔아비브에 처음으로 돌아온 엡스타인은 곧바로 자신이 세상으로 나온 그 모퉁이로 찾아가 도로를 건넌 다음 초인종을 눌렀다. 긴 세월 내내 발코니에서 흘러가는 세상을 바라보던 체르노비치 부인이 난간 너머로 아래를 내려다보았다. 그녀의 작은 부엌으로 들어서서 식탁에 앉은 순간 그는 묘한 감각을 느꼈고, 다른 사람들은 그것을 평화라고 부를 거라는 생각이 들었다. "그 식탁을 사겠다고 얘기했어야죠." 이것이 그 이야기를 들은 여덟 살의 마야가 했던 유명한 말이었다.

그는 물이 너무 차가워서 깜짝 놀랐지만, 허리가 물에 잠길 때까지 꾸준히 걸어갔다. 비현실적인 각도로 보이는 자신의 두 다리가 푸르스름하고 공기 방울을 머금은 모습으로 해저로 이어지는 거대한 경사면에 서 있었다. 어쨌거나 저 아래에는 뭐가 있는 걸까, 마야슈카? 그리스와 블레셋의 약탈품, 그리고 그리스와 블레셋의 사람들.

바람이 일어나며 파도가 방파제 위로 솟아올랐다. 더이상 수영에 적합한 계절이 아니어서, 바다에 나온 사람들은 몇 안 되는 러시아인 일행뿐이었다. 그들 중 가슴이 덜렁거리고 허벅지가 벌어지고 은 십자가를 흔들흔들 길게 매단 사람 하나가 물을 뚝뚝 흘리는 포동포동한 아기를 의자에 털썩 앉혔다. 얘를 방금 바다에서 건졌어! 대서양 연안에서 자란 엡스타인은 파도를 헤쳐나가는 법을 잘 알았다. 그는 숨을 멈추고 잠수한 다음 난류를 뚫고 헤엄쳤다. 물속에 생명이, 흡사 전기와 같은 것이 들끓는 듯했다. 아니면 새로 열린 광대한 공간으로 자신의 에너지를 전도하는 엡스타인 자신의 자취일 뿐이었는지도 모른다. 무중력상태에서 그는 공중제비를 돌았다.

머리가 다시 수면을 뚫고 나오자 커다란 파도가 그를 향해 밀려왔다. 그는 물속으로 들어가 이리저리 휩쓸리는 대로 몸을 내맡겼다. 그러고는 젊을 때와 같은 길고 강한 팔짓으로 더 멀리 헤엄쳐 나아갔다. 바다에서 하는 생각과 육지에서 하는 생각은 달랐다. 그는 부서지는 파도를 지나 더 먼 곳으로, 물결에 부드럽게 흔들릴 때만 할 수 있는 생각이 가능한 곳으로 가고 싶었다. 사람은 항상 세상의 품안에서 살지만, 그 품을 물리적으로 느끼거나 효과를 설명하지는 못한다. 중립적인 텅 빈 상태로만 인식되는 세상의 품에서 편안함을 끌어내지 못한다. 하지만 바다의 품은 느낀다. 그렇게 둘러싸이고, 그렇게 안정적으로 안겨 있고, 그렇게 부드럽게 흔들리는 상태에서—그렇게 다른 방식으로 재조직된 상태에서—사람의 생각은 다른 형태로 나타난다. 추상성 속으로 풀려난다. 유동성에 감응한다. 그래서, 모든 생명이 담긴 거대한 욕조 위에 누워 둥둥 뜬 채로 추상화된 엡스타인은 움직이는 거대한 벽이 자신을 덮칠 때까지 그것을 보지 못했다.

러시아인 일행 중 덩치 큰 남자가 물을 뿜는 그를 물가로 끌어냈다. 오래 잠겨 있지 않았는데도 물을 많이 삼켰다. 그는 바닷물을 토해내고 모래에 얼굴을 박은 채 숨을 헉헉거렸다. 머리가 한쪽으로 달라붙고 수영복이 골반까지 흘러내린 모습으로 엡스타인은 충격에 가슴을 들썩거렸다.

그날 밤, 엡스타인이 사촌이 고른 로스차일드의 레스토랑에서 저녁을 먹고 있을 때, 휴대전화가 울렸다. 예전 전화기는 회수하지 못했다. 팔레스타인인 일동은 새벽에 뉴욕의 호텔에서 체크아웃했고, 엡스타인의 비서가 도착했을 무렵 이미 노바스코샤 상공에 높이 떠 있었다. 북극의 하늘에서 생판 모르는 사람이 그의 캐시미어 코트에 푹 감싸인 채 어쩌면 그의 사진들을 넘겨보고 있었을 것이다. 하지만 당장은 손쓸 방법이 없었으므로 그는 잃어버린 전화기를 대신할 새 전화기를 마련했다. 아직 새로운 벨소리에 익숙해지지 않은 터라, 한참 후에야 자기한테서 나는 소리라는 것을 깨닫고 주머니에서 전화기를 꺼냈는데, 아직 주소록을 옮겨놓지 않아 전화한 사람이 누구인지 화면에 뜨지 않았다. 엡스타인이 어찌할 바를 몰라 시간을 끄는 동안에도 전화벨은 계속 울렸다. 전화를 받아야 할까? 그는 항상 전화를 받았던 사람, 언젠가 러바인이 지휘하는 헨델의 〈메시아〉가 한창 연주되는 도중에도 전화를 받았던 사람인데! 음악회마다 빠짐없이 와서 홀린 듯이 음악을 듣곤 하던, 머리를 들쭉날쭉하게 자른 시각장애인 여자가 있었는데, 그날 그녀가 자기 저먼 셰퍼드를 풀어 그를 공격하기 직전까지 갔었다. 중간 휴식시간에 그녀는 엡스타인을 몹시 나무랐다. 그는 여자에게 지옥에나 가버리라고 말했고—시각장애인에게 지옥에 가라고 하다니! 하지만 그들이라고 공평한 취급을 받아선 안 될 이유가 있는가?—다음번에 그 개가 복도에서 찾은 초콜릿을 먹고 있는 걸 봤을 때도 아무런 제지를 하지 않았다. 비록 그날 밤 그 여자가 동물병원 응급실에서 눈을 희푸르게 까뒤집고 개가 위세척을 마치기를 기다리고 있는 모습이 떠올라 식은땀을 흘리며 잠에서 깨긴 했지만. 그렇다, 그는 항상 전화를 받았다. 당장은 통화할 수 없다고, 나중에 전화하겠다고 말하기 위해서라도. 평생을 무슨 요구를 듣게 될지 알기도 전부터 기꺼이 대답할 준비가 된 채로 살아왔다. 마침내, 엡스타인은 화면을 눌러 전화를 받았다.

"줄스! 메나헴 클라우스너입니다."

"랍비," 엡스타인이 말했다. "이렇게 놀라울 수가." 모티가 테이블 건너편에서 눈썹을 치켰지만 손으로는 계속해서 카초 에 페페 파스타*를 입에 퍼넣었다. "날 어떻게 찾았소?"

두 사람은 같은 비행기를 타고 이스라엘에 왔다. JFK공항에서 보안 검사를 통과할 때 엡스타인은 누가 자기 이름을 부르는 소리를 들었다. 주위를 둘러봐도 보이는 사람이 없자 그는 구두끈을 마저 묶고 바퀴 달린 가방을 챙긴 다음 서둘러 비즈니스석 고객 라운지로 가서 마지막으로 몇 군데에 전화를 걸었다. 이륙하고 두 시간쯤 지났을 때 의자를 완전히 뒤로 젖히고 졸고 있던 그는 어깨를 끈질기게 톡톡톡 두드리는 기척에 잠에서 깼다. 아니, 그는 따뜻한

* 치즈와 후추만으로 맛을 낸 파스타.

견과류는 먹지 않겠다. 하지만 안대를 올렸을 때 그의 눈앞에 보이는 것은 진하게 화장을 한 스튜어디스의 얼굴이 아니라 콧등의 넓은 모공까지 보이도록 가까이 고개를 숙인 남자의 턱수염 난 얼굴이었다. 엡스타인은 잠의 베일 너머로 실눈을 뜨고 클라우스너를 바라보다 다시 안대를 내릴까 생각했다. 하지만 랍비는 파란 눈을 빛내며 그의 팔을 꽉 쥐었다. "엡스타인 씨가 맞았네요! 바셰르트*로군요, 엡스타인 씨가 이스라엘에 오시고 우리가 같은 비행기를 탈 운명 말입니다. 실례 좀 해도?" 그는 물었고, 엡스타인이 대답할 틈을 찾기도 전에 거구의 랍비는 그의 다리 위를 넘어 창가의 빈자리에 털썩 앉았다.

"안식일에는 뭐하실 겁니까?" 이제 클라우스너가 전화기 너머에서 그렇게 물었다.

"안식일?" 엡스타인이 되물었다. 이스라엘에서 엡스타인은 금요일 늦은 오후에 찾아와 토요일 저녁까지 이어지는 안식의 날이 항상 성가셨다. 어디든 문을 닫았고 도시는 잃어버린 고대의 평화를 추구하며 완전히 폐쇄되었기 때문이다. 가장 세속적인 텔아비브 시민들마저도 금요일 오후가 되면 도시에 내려앉는 특별한 분위기에 관해 즐겨 이야기했다. 거리가 텅 비고 세상은 고요 속으로 흘러들어 시간의 강물에서 들어올려졌다가 의식儀式에 따라 다시 그 강물에 찬찬히 띄워지는 그때. 하지만 엡스타인에게 국가의 강제로 생산성이 중단되는 시간은 그저 부담일 뿐이었다.

"저랑 사페드에 가시지 않겠어요?" 클라우스너가 제안했다. "제

* '운명'이라는 뜻.

가 직접 차에 태워 모시고 가겠습니다. 도어 투 도어 서비스, 이보다 더 편할 수는 없겠죠. 어쨌거나 저는 금요일 아침에 회의가 있어서 텔아비브에 가야 해요. 어디에 묵고 계세요?"

"힐턴호텔. 하지만 지금은 일정표가 옆에 없어요."

"끊지 않고 기다리겠습니다."

"지금 여긴 식당이오. 아침에 다시 전화해주시겠소?"

"그럼 일단 오시는 걸로 하죠. 문제가 생기면 제게 전화 주시고요. 전화 안 하시면 제가 금요일 한시에 로비에 있겠습니다. 차로 두 시간만 가면 되는데, 안식일이 시작되기 전에 도착하려면 그쯤 출발해도 충분할 겁니다."

하지만 엡스타인은 랍비의 말을 반쯤은 흘려들었고, 그보다는 자신이 오후에 물에 빠져 죽을 뻔했다는 얘기를 하고 싶은 충동을 느꼈다. 익사 직전에 아슬아슬하게 물에서 끌려나왔다고. 아직도 뱃속이 불편해 음식을 먹을 수 없었다. 조금 전에 모티에게도 식욕이 없는 이유를 설명한답시고 그 이야기를 해봤지만, 잠깐 놀라서 목소리를 높이고 양손을 내젓던 그의 사촌은 이제 다시 와인 리스트를 꼼꼼히 살펴보고 있었다.

다음날 엡스타인은 그의 유산이 더 줄어든 참이라 유언장을 추가로 수정중인 슐로스와 여러 차례 통화를 하고, 기부금으로 할 수 있는 일에 대해 의논하기 위해 이번에는 이스라엘 교향악단과 만나느라 바빴다. 주빈 메타가 직접 그를 만났다. 이탈리아제 코트에 실크 스카프를 두른 마에스트로는 그와 함께 브론프먼 콘서트홀 주변을 거닐었다. 엡스타인은 대단한 거물은 아니지만 그의 이백만 달러는 제1바이올리니스트를 위한 이디스와 솔로몬 엡스타인 지원금이 될 수 있을 것이었다. 그의 부모는 음악을 사랑했다. 아버지는 열세 살까지 바이올린을 연주했으나 레슨비를 마련할 수 없어 그만두었다. 엡스타인은 지휘자에게 말했다, 부모님이 집에서 밤에 음반을 자주 틀어서, 침대에 누워 열린 문을 통해 음악을 듣곤 했다. 여섯 살 때 어머니를 따라 연주회에 갔는데—하지만 거기까지 말하고 나자 갑자기, 당황스럽게도, 장의사가 관에 다가가듯 무대로 나와 피아노에 다가가던 당시의 그 저명한 피아니스트 이름이 기억나지 않았다.

메타의 비서는 건망증의 순간을 대충 무마하고 나머지 모든 내용을 노란색 메모장에 적었다. 나중에 그들은 하비마스퀘어의 이글거리는 백색광 속에서 커피를 마시며 앉아 있었다. 엡스타인은 여전히 그 이름을 기억하려 애쓰다가 오히려 다른 일이 생각났는데, 그 피아니스트의 연주회에 갔던 무렵에 생긴 일이었다. 그는 몹시 더운 오후에 낮잠을 자다 깬 후 눈을 감은 채 침대에 누워 있었고 그때 어떤 거미의 형상이 머릿속에 떠올랐다. 거미의 배 위에 그려진 주황색 모래시계 무늬와 관절 부분에 진한 색 줄무늬가 있는 황갈색 다리들이 선명하게 보였다. 그러다 아주 천천히 눈을 떴는데 앞쪽 벽에 마음속에서 본 것과 정확히 똑같은 거미가 있었다. 어머니가 방에 들어와 비명을 지르기 시작했을 때에야 그는 그것이 브라운위도 거미라는 것을 알았다. 엡스타인은 비서가 그 얘기도 메모장에 적으면 좋겠다고 생각했다. 그에게는 큰 의미가 있는 이야기 같았기 때문이다.

하지만 마에스트로가 말을 하고 있었고, 그의 관심은 울리는 전화기에서 벽 옆면을 여러 갈래로 타고 오르는 자주색 꽃으로, 그러다 진흙탕 같은 이스라엘 정치로(본인이 예언자는 아니지만, 메타가 선언했다. 상황이 좋지 않아 보인다) 정신없이 옮겨갔다. 그러다 그는 화제를 바꿔, 뭄바이에서 열릴 다음 연주회에서 텔아비브에서는 연주할 수 없는 바그너의 곡을 지휘할 거라고 말했다. 엡스타인은 그가 네 명의 여자에게서 다섯 자식을 봤다는 얘기를 들은 적이 있었다. 마에스트로는 다음 이야기로 옮겨가기 전에 하던 이야기를 끝낼 필요를 느끼지 않았다.

악수를 하려고 일어설 때 엡스타인은 그의 코트를 만졌다. 자신에게도 딱 그렇게 생긴 코트가 있었다고 메타에게 말했는데, 이미 생각이 다른 데로 옮겨간 그는 희미하게 웃기만 했다. 나중에 엡스타인은 그 교향악단에 팔레스타인 출신 연주자가 한 명도 없다는 사실을 알게 되었고, 거기에 기부금을 내면 딸들에게 엄청난 잔소리를 들을 게 뻔했으므로 관심을 이스라엘박물관으로 돌렸다.

그런저런 일 때문에 그는 클라우스너에게 초대받은 사실을 잊어버렸고, 금요일 정오에 컨시어지를 통해 저녁식사 예약을 하려다가 원하는 레스토랑이 영업하지 않을 거라는 말을 듣고서야 기억을 해냈다. 한 시간 후, 정확히 오후 한시에, 프런트 직원이 방에 전화를 걸어 랍비가 아래층에서 기다린다고 알려주었다. 엡스타인은 상황을 따져보았다. 아직은 취소할 수 있었다. 앞으로 두 시간을 클라우스너와 차에 갇혀 보내고 남은 저녁 내내 그에게 휘둘리기를 정말로 원하는가? 비행기 안에서, 사페드에 오라고 처음 제안했을 때도 클라우스너는 그에게 길굴의 손님 숙소에서 묵을 것을 고집했었다. 4성급 호텔은 아니지만 가장 좋은 방을 드리겠다, 그는 말했었다. 하지만 엡스타인은 하룻밤을 보낼 생각까지는 없었다. 랍비의 환대가 싫증나는 순간, 타고 나갈 차를 부르면 될 것이다. 삼십 년 전에 사페드에 가본 적이 있는데, 기억나는 거라곤 은 장신구를 파는 길가의 노점상들과 이끼가 털처럼 수북하던 수많은 돌계단뿐이었다. 아름다운 곳이다, 클라우스너는 그 마을을 그렇게 묘사했다. 오백 년 동안 신비주의자들을 끌어모은 갈릴리 북부 산간지대의 마을. 상쾌한 공기와 비할 데 없이 밝은 빛이 있는 곳. 혹시 엡스타인 씨도 길굴에서 함께 공부할 생각이 있는가? "그럼 나한테 뭘 가르치시겠소?" 엡스타인은 한쪽 눈썹을 올리며 물었다. 이에 대해 클라우스너는 훌륭한 랍비 스승을 찾아간 어느 학생에 관한 하시드 유대교*의 이야기를 인용했다. 돌아갈 때가 되어 무엇을 배웠는지 질문을 받은 학생은 훌륭한 랍비인 스승이 구두끈을 어떻게 매는지 배웠다고 대답했다. 엡스타인은 뒤축이 닳은 클라우스너의 검정 로퍼 쪽으로 손짓하며 아버지가 잘 하던 말을 인용했다. "그리고 우리 랍비님은 이걸로 생계를 꾸리시는 거요?"

그는 사람을 읽는 능력, 겉가죽 아래를 보는 자신의 능력에 항상 자부심이 있었다. 하지만 클라우스너에 대해서는 아직 콕 집어 말할 수가 없었다. 의미를 찾아 헤매는 이들을 JFK와 LAX**에서부터 자신이 거주하는 마법의 산까지 수백 명씩 이동시키는 대단한 실행가, 그에게 엡스타인을 휘몰아 텔아비브에서 산으로 데려가는 일쯤은 아무것도 아니었다. 그렇긴 하지만, 랍비의 시선에서 보

* 유대교의 분파로서 유대교 율법과 안식일을 엄격히 지킨다.

** 각각 뉴욕과 로스앤젤레스의 공항 이름.

이는 무언가가—늘 세상의 관심을 받아온 엡스타인에게는 익숙한 주의깊은 눈빛만이 아니라, 너른 내면을 암시하는 깊은 눈빛이—이해를 기약하는 것만 같았다. 전날 있었던 사건들—잃어버린 코트, 강도 사건, 그리고 초저녁에 그를 기다리고 서 있던 어두운색의 대형 승용차 안으로 들어갈 때 서늘한 느낌과 함께 떠오른 영구차와 그 안에 들어 있던 흑단으로 만든 길고 광택나는 관—때문에 엡스타인은 그때까지도 기분이 찜찜했다. 과도한 감정적 감수성에 불과하겠지만 그래도 클라우스너에게 털어놓고 싶은 마음이 들었다. 그는 클라우스너에게 작년의 일들을 개략적으로 설명하며, 부모의 사망에서부터 시작해 가족과 친지들에게 충격을 주며 대체로 안정적이었던 긴 결혼생활에 종지부를 찍고 법률 회사에서 은퇴한 일에 대해, 그리고 가벼워지고 싶다는 욕구가 억누를 수 없게 부풀어올라 많은 재산을 여기저기 나눠준 일까지 모두 이야기했다.

랍비는 길고 가느다란 손가락으로 턱수염을 만지다가 비로소 한마디 내뱉었는데, 그것은 엡스타인이 모르는 단어였다. 침첨, 클라우스너는 한번 더 되풀이해 말하고 카발라*의 중심 개념인 그 용어에 관해 설명했다. 무한성—하느님이 칭하신 대로, 아인 소프, 즉 끝없는 존재—이 어떻게 이미 무한한 것 안에서 유한한 것을 창조하는가? 그리고 더 나아가, 하느님이 세상에 존재하며 동시에 부재하는 역설을 어떻게 설명할 것인가? 그에 대한 답을 16세기의 신비주의자 이삭 루리아가 오백 년 전에 사페드에서 분명히 설명했다. 하느님에게 세상을 창조하겠다는 의지가 생겨났을 때, 그분

---

* 유대교에서 유래한 신비주의 사상.

은 먼저 자신을 거둬들였고, 그렇게 남겨진 공동에 세상을 창조하셨다. 이러한 성스러운 수축을 루리아는 침첨이라고 명명했고 그것은 창조에 필연적으로 선행하는 현상이다, 클라우스너는 설명했다. 그러한 태고의 사건은 여전히 계속 진행중이며 토라뿐 아니라 우리의 삶에서도 끊임없이 반향을 일으킨다고 여겨진다.

"예를 들면?"

"예를 들면," 클라우스너는 다리를 뻗을 공간이 설교단보다 부족한 항공기 좌석 위에서 몸을 뒤틀며 말했다. "하느님은 아담의 갈비뼈로 이브를 만드셨습니다. 왜일까요? 다른 이를 경험할 여유 공간을 확보하려면 먼저 아담 안에 빈 곳이 필요했기 때문이죠. 하바—히브리어로 이브 말입니다—라는 단어의 뜻이 '경험'이라는 거 아십니까?"

수사적인 질문이었고, 평소에 자신 역시도 그런 질문을 잘 활용하는 엡스타인은 굳이 대답하지 않았다.

"인간을 창조하기 위해 하느님은 자신을 제거해야 했어요. 인류를 정의하는 특징이 바로 그 결핍이라고 할 수도 있을 겁니다. 하느님의 창조물인 우리는 무한성의 기억을 품고 있어서 항상 그것을 갈망하기 때문에 그 결핍을 끊임없이 의식합니다. 하지만 자유의지가 생겨날 여지를 주는 것도 바로 그 결핍이지요. 선악과를 먹지 말라는 하느님의 명령을 어긴 행동은 복종을 거부하고 자유로운 선택과 자율적 지식 추구를 택한 행동으로 해석할 수 있겠습니다. 하지만 애초에 선악과를 먹는다는 개념은 물론 하느님이 제시하시지요. 바로 하느님이 이브에게 그런 개념을 심으십니다. 그래서 아담과 이브가 자신들 안에 비워진 공간—하느님이 부재하는 것처럼 보이는 공간—을 대면하도록 유도하는 것이 하느님의 방식이라고 읽을 수도 있을 겁니다. 이런 식으로, 자신의 창조를 위한 조건으로서 아담 안에 물리적 공동을 만들어낸 이브는 아담이 자기 안에 있는 형이상학적 공동 역시 발견하도록 유도했으며, 아담은 그곳을 자유와 의지로 채우면서도 그 발견을 영원히 애통해 합니다."

모세의 이야기에도 그런 내용이 있다, 클라우스너는 말을 이어 갔다. 자기 민족을 위해 말하도록 선택된 자는 먼저 자신에게서 말을 제거해야 했다. 모세는 어렸을 때 뜨거운 석탄을 입에 넣어 혀가 타버렸고 그래서 말을 할 수 없었는데, 바로 그런 말의 부재 때문에 그의 안에 하느님의 말을 채울 가능성이 생겼다.

"랍비들이 우리에게 부서진 마음이 만족한 마음보다 더 충만하다고 말하는 이유가 바로 그겁니다. 부서진 마음에는 빈 곳이 있고, 그 빈 곳은 무한성으로 채워질 잠재력을 지니기 때문이죠."

"나한테 하려는 말이 뭐요?" 엡스타인은 메마르게 웃으며 물었다. "내가 스스로를 외부 영향에 민감한 상태로 만들었다?"

비행기가 난기류에 휩쓸려들어가며 요동치기 시작했고, 클라우스너는 허겁지겁 안전띠를 찾는 데 정신이 팔렸다. 엡스타인은 조금 전에 그가 비행공포증이 있다고 털어놓고, 이코노미석의 제자리로 돌아가라고 타이르는 스튜어디스에게서 파인애플주스를 갈취해 알약 두 개를 삼키는 모습을 이미 보았다. 이제 그는 양손을 둥글게 모아 얼굴을 감싸고 창밖의 캄캄한 밤하늘을 내다보았다. 마치 비행기가 불안정한 이유를 거기에서 찾을 수 있을 것처럼.

위험이 지나가자, 스튜어디스가 다가와 좌석 앞 간이탁자에 깔

흰 천을 흔들며 클라우스너를 쫓아냈다. 저녁식사가 나오고 있어서 그는 정말로 자기 자리로 돌아가야 했다. 시간이 별로 없었기 때문에 클라우스너는 신속히 본론으로 들어갔다. 길굴에 전력을 다하고 싶은 마음은 굴뚝같지만, 그는 엡스타인에게 말했다. 요즘은 예루살렘에서 다음달에 열릴 다윗왕 후손 재회 행사 조직위원회가 시간을 많이 잡아먹는다. 전에는 없던 행사다. 예상하기로, 참가자가 천 명은 될 듯하다! 플라자호텔에서 그 얘기를 꺼낼 생각이었지만, 기회를 잡기도 전에 엡스타인이 가버렸다. 그는 계속해서 말했다. 참석을 고려해보겠는가? 초대에 응해주신다면 감사히 여길 것이다. 자문위원회 합류도 고려해보겠는가? 그저 이름과 기부금만 내주면 되는 일이다.

아, 바로 그거로군, 엡스타인은 생각했다. 머리로는 지겨웠으나 마음으로는 그렇지 않았다. 예루살렘이라는 말에—그 예스러움으로도, 그 모든 누적된 고통과 막대한 역설, 수많은 인간의 오류로도 어쩐 일인지 피폐해지지 않고 오히려 그로 인해 더욱 장엄해지는 듯한 예루살렘—그의 눈앞에 고대의 언덕들이 떠올랐고, 항혈전제抗血栓劑가 흐르는 심장이 부풀어오르는 것을 느꼈다.

그는 클라우스너에게, 실제로는 그럴 의사도 없으면서, 생각해보겠다고 말했다. 그러고는 갑자기 랍비에게 자식들 사진을 보여주고 싶은 충동을 느꼈다. 집착을 내려놓고 재산을 나눠준다는 이야기로 그에게 그릇된 인상을 심어주었을지도 모른다는 생각이 들어서였다. 생기 넘치는 자식들과 손주들은 그가 세상에 애착을 느낀다는 증거였다. 닮은 구석은 애써 찾아야 했다. 누이들보다 피부색이 어두운 조나는 몇 시간만 햇볕을 받으면 가무잡잡해졌다. 엡스타인의 표현대로, 모로코인 카펫장수가 되었다. 하지만 아이들 엄마는 항상 아들의 머리칼이 그리스 신의 머리칼 같다고 말했다. 마야 역시 머리카락은 검지만 그 아이가 잉태될 무렵엔 멜라닌 색소가 모두 동이 났는지, 피부색은 창백하고 햇볕에 잘 탔다. 루시는 모로코인 같지도, 그리스인 같지도 않았으며 심지어 유대인 같지도 않았다—그 아이의 외모는 눈의 우아함에 물들고 추위에 또렷해진 북쪽 지역 사람들 같은 데가 있었다. 그렇긴 해도, 어딘가 활기 있어 보이는 얼굴은 세 아이 모두의 공통점이었다.

하지만 랍비에게 사진을 보여주려고 전화기를 꺼낸 순간 그 안에 아무것도 없다는 사실이 기억났다. 수천 장의 사진이 모두 그 팔레스타인 사람과 함께 가버린 것이다. 다시 한번 엡스타인은 그의 코트를 입고 지금쯤 라말라나 나블루스에 있는 집에 도착해, 놀라는 아내 앞에서 코트를 벽장에 걸었을 남자를 생각했다.

보여줄 것이 없어진 엡스타인이 클라우스너에게 아바스가 참석한 플라자호텔 행사에 어떻게 초대되었는지 묻자, 랍비는 자신이 조지프 텔루슈킨*의 오랜 친구라고 대답했다. 하지만 엡스타인은 텔루슈킨이라는 사람을 알지 못했다. "후손은 아니고요." 클라우스너는 그렇게 말했지만 번들거리는 눈빛으로 보아 자신의 행동이 어떤 이미지를 풍기는지 너무도 잘 아는 것 같았다. 상투적인 것을 추구하는 유대인, 절멸에 대항한 경건한 투쟁 과정에서 기꺼이 사본의 사본의 사본이 되려 하는 유대인. 엡스타인은 그런 사람들을 일평생 봐왔는데, 그들이 입은 새카만 양복은 수많은 등사를 거쳐

* 미국의 유명 랍비이자 저술가.

잉크가 바래고 번졌다는 사실을 더욱 강조할 뿐이었다. 하지만 클라우스너는 달랐다.

이제 그 랍비가 힐턴의 로비에서 그를 기다리고 있었다. 호텔방의 판유리 창 너머로 야파의 언덕이 보였다. 그 뱃속에는 자궁으로 돌아간 수천 년의 세월이 드러누워 꿈을 꾸고 있었다. 갑자기 나른함이 몰려오는데, 익숙하지 않은 감각인데다 그런 느낌이 품은 함의가 불편해서 그는 억지로 몸을 일으켰다. 침대 옆 탁자에 있던 세겔을 주머니에 넣고 옷장 속 금고에서 고액지폐를 몇 장 꺼내 지갑에 넣었다. 바이츠만 연구소의 푸른 풀밭을 거닐고 초상화 속 이스라엘 초대 대통령의 엄한 시선이 그를 좇는 가운데 저택을 둘러볼 때도,* 혹은 벤구리온대학교로 차를 타고 나가 사막에서 거대한 새들이 썩은 고기를 먹는 모습을 볼 때도, 아니면 사촌 모티와 마주앉아 있을 때도, 그가 지난 며칠간 나눈 모든 대화의 숨은 의미는 돈이었다. 엡스타인은 진력이 났다. 클라우스너의 카발라 신비주의 활동에 약간의 선물을 던져주고 손을 털 작정이었다. 그는 랍비와 다른 얘기를 하고 싶었다.

로비에서 엘리베이터 구역을 돌아 나오다 그는 클라우스너의 뒷모습을 보았다. 전과 같은 지저분한 양복을 입고 있었다. 상의 밑단의 풀린 실밥을 아직 자르지 않고 둔 것이 눈에 들어왔고, 등판에는 흙 발자국 같아 보이는 얼룩이 있었다. 목에는 남색 모직 목

---

* 이스라엘 초대 대통령은 정치가이자 화학자였던 하임 아즈리엘 바이츠만이며 그가 살던 저택과 무덤이 바이츠만 연구소 경내에 있다.

도리가 감겨 있었다. 클라우스너는 엡스타인을 보자 벌떡 일어나 그의 어깨를 양손으로 잡고 다정하게 꽉 쥐었다. 그에게는 정통파 유대인, 제 몸으로부터 가능한 한 멀리 도망치고 싶어하는 듯하고 자신을 두개골 안의 한 점으로 축소시키려 하는 그 사람들의 육체적 어색함이 없었다. 엡스타인은 클라우스너가 처음부터 종교의 품에서 태어난 것이 아니라 나중에 귀의한 것이 아닐까 생각했다. 잘 맞지 않는 양복 안에 예전에는 농구를 하고 레슬링을 하고 풀밭에서 알몸으로 여자와 뒹굴었던 몸, 끊임없는 자유와 쾌락 추구에 몰두했던 몸이 있는 건 아닌지. 이런 공통점을 상상하며 엡스타인은 가슴이 찌르르한 우정의 온기를 느꼈다.

그는 랍비를 따라 회전문을 나가 도로를 건넌 뒤 길가에 비스듬히 주차된 고물차가 있는 곳으로 갔다. 의지를 가지고 주차했다기보다는 내버린 것처럼 보이는 차였다. 클라우스너는 조수석 문을 열고 여기저기 뒤적거리며 빈 플라스틱병과 끈으로 묶은 판지 등을 꺼내 트렁크에 던져넣었다. 뒤에서 그 모습을 바라보던 엡스타인은 혹시 재활용 시설도 운영하느냐고 물었다. "말하자면 그럴 수도 있죠." 랍비는 씩 웃으며 대답하고는 운전대 앞으로 몸을 던져넣었다. 좌석을 뒤로 멀리 밀었는데도 그의 무릎은 부자연스러운 각도로 구부러졌다.

엡스타인은 조수석에 앉아 자세를 잡았다. 계기판의 스테레오 기기를 억지로 떼어낸 곳에 끊어진 전선들이 성난 듯 곤두서 있었다. 차가 덜커덩거리며 시동이 걸렸고, 랍비는 주차된 메르세데스 자동차들 옆으로 방향을 틀어 호텔의 가파른 진입로를 내려갔다. "차가 이래서 죄송합니다. 벤틀리를 정비소에 맡겼거든요." 클라우스너는 그렇게 말한 뒤 방향 지시등 레버를 철썩 치고는 엡스타인을 곁눈질로 보며 농담이 먹혔는지 살폈다. 하지만 한때 벤틀리를 소유한 적이 있는 엡스타인은 그냥 살짝 미소만 지었다.

두 시간 뒤 차가 해변 도로를 벗어나 고지대로 향하고 있을 때, 가랑비가 내리기 시작했다. 차에는 와이퍼가 없었다—누군지 몰라도 스테레오를 떼어간 사람이 와이퍼의 가치 또한 알아본 듯했다. 하지만 엡스타인이 이제 잘 알게 된 바와 같이, 불굴의 정신을 지닌 클라우스너는 더러운 걸레를 들고 능숙하게 밖으로 팔을 뻗어 속도를 별로 줄이지도 않고 앞유리를 닦았다. 그는 이런 행동을 몇 분에 한 번씩 계속하면서도 루리아의 삶과 가르침에 관한 해설을 쉬지 않고 쏟아냈다. 엡스타인을 루리아가 살았던 사페드의 집으로, 그의 제자들이 모였던 마당으로 데려가겠다고 클라우스너는 약속했다. 마당에 모인 제자들은 스승을 따라 들판으로 나가 안식일의 여왕을 맞이하기 위해* 춤을 추고 찬송가를 불렀다고 했다.

창밖을 바라보며 엡스타인은 혼자서 빙긋 웃었다. 되는대로 따르리라. 개입하지 않으리라. 그는 일주일 전만 해도 예상하지 못했던 곳—신비주의자 랍비와 함께 사페드로 가는 차 안—에 와 있었다. 아무런 지시도 내리지 않고 이곳에 도착했다고 생각하니 기분이 좋았다. 그는 평생을 결과를 판단하느라 고심하며 살아왔다. 하지만 그에게도 여섯번째 날의 전야前夜가 찾아왔다. 그렇지 않은

* 정통파 유대교에서는 안식일을 '샤바트 하말카(안식일의 여왕 혹은 신부)'라고 부른다. 따라서 안식일의 여왕을 맞이한다는 것은 안식일 의례를 치른다는 의미다.

가? 고대의 땅이 사방에 펼쳐졌다. 모든 삶은 기이하다, 그는 생각했다. 창문을 내렸더니 공기에서 소나무 향이 났다. 마음이 가벼워졌다. 해는 이미 낮게 내려왔다. 고속도로에서 교통체증 때문에 지연되었던 터라, 안식일의 여왕이 뒤통수까지 바짝 다가와 있었다. 하지만 엡스타인은 잠에 빠진 언덕들을 바라보며 세상의 모든 시간이 제 것인 듯한 기분을 느꼈다.

그들은 사페드에 진입해 상점들이 이미 덧문을 내린 좁은 길을 따라 차를 몰았다. 두 번이나 차를 멈추고 후진해 관광버스가 지나갈 길을 내주어야 했다. 버스의 높은 창문 하나하나에 세상의 정통성을 마음껏 들이마신 이들의 피곤하지만 만족한 얼굴들이 내비쳤다. 마을회관을 지난 뒤에는 관광객들과 예술가들이 점점 줄어들고 하시드 유대인들만 보였는데, 그들은 차가 좁은 길을 지나가는 동안 비닐봉지를 꽉 그러쥐고 돌집에 바짝 붙어 서 있었다. 유대교 신자들과 비닐봉지 사이에 무슨 관련이라도 있는 걸까? 엡스타인은 궁금했다. 수천 년 동안 방랑생활을 한 사람들이 왜 더 견고한 짐 가방에 투자하지 않는 걸까? 그들은 심지어 서류가방도 믿지 못해서, 법정에 올 때도 코셔 빵집의 비닐봉지에 법률서류를 담아온다—그가 수백 번 본 광경이었다. 주민들은 이제 클라우스너에게 손을 내저으며 성화를 부렸다. 차가 자기들 코를 베고 지나갈 뻔해서가 아니라 안식일이 임박한 시간에 차를 타고 돌아다닌다는 이유 때문이었다. 하지만 랍비는 마감 종이 치기 사 분 전에 마을 가장자리에서 급커브를 돌아 진입로로 들어선 뒤 한 건물 앞에서 부드럽게 멈춰 섰다. 그 건물에 박힌 얼룩진 돌덩이들은 사람의 치아 색깔이었다. 너무 늙어서 씹을 수도 없는 사람의 치아.

클라우스너는 풍부한 테너 음성으로 흥얼거리며 차에서 훌쩍 뛰어내렸다. 엡스타인은 신선하고 서늘한 대기 속에 서서, 예수가 기적을 행한 계곡을 내려다보았다. 멀리서 수탉이 울자 이에 대답하듯 개 짖는 소리가 아련히 들렸다. 적토 기와지붕에 설치된 위성안테나만 아니었다면 랍비가 시간을 거슬러 세상이 아직 만들어지고 있는 시대로 그를 데려왔다고 믿을 수도 있을 것 같았다.

"길굴에 오신 것을 환영합니다." 클라우스너가 이미 오솔길을 서둘러 올라가며 외쳤다. "들어오세요, 다들 우리를 기다리고 있을 거예요."

엡스타인은 그 자리에 남아 풍경을 감상했다.

그러나 그때 다시 전화가 울리기 시작했고, 벨소리가 어찌나 요란한지 저 아래 나사렛에서도 들릴 것만 같았다. 뉴욕에서 비서가 건 전화였다. 좋은 소식이 있다, 그녀가 말했다. 코트를 추적할 단서를 찾은 것 같다.

가나안행을 위해 짐을 꾸리며

프리드만을 만나고 난 뒤 나는 밤새 잠과 깨어남 사이의 접점에 갇혀 있었다. 눈을 감고 얕고 뒤숭숭한 잠에 빠져들 때마다 정신을 가득 채우는 것은 가로세로로 줄줄이 배열된 호텔 창문들이 불을 밝히며 슬롯머신이나 거대한 주판처럼 차르륵 돌아가는 영상이었다. 그 불안하고 반복적인 계산이 무슨 뜻인지는 알 수가 없었다. 나와 내 인생이 도달하게 될 어떤 상태와 관련해 중요한 의미를 띤다는 사실만을 알 뿐이었다. 그날 있었던 일들이 내 정신 안에서 펼쳐지고 우그러졌으며, 어느 순간에는 카프카가 창가 의자에 앉아 테라스 쪽으로 몸을 반쯤 틀고 있다고 생각하기도 했다. 나는 카프카의 존재를 확신했고, 다음 순간에는 방금 전에 했던 생각의 황당무계함 역시도 확신했다. 내가 수없이 뜯어보았던 얼굴, 그가 생애 마지막 해에 찍은 사진 속 얼굴이 거기 있었다. 마흔 살, 눈은 병 때문인지 탈출 후의 흥분 때문인지 충혈되어 있고, 수척한 얼굴에 광대뼈가 도드라졌으며, 뾰족한 귀는 외부의 어떤 힘이 잡아당기는 것처럼 두개골에서 멀리 위쪽으로 삐죽 튀어나와 있었다. 인간의 차원을 초월한 그 인력에 의해 비틀린 채로—언제나 그 귀는 이미 진행중인 불가해한 변신의 증거 아니었나?

문이 살짝 열려 있고 그 틈새로 부드럽고 느린 파도 소리가 들어왔다. 이따금 카프카는 한쪽 발을 가만히 들어 털이 없는 가느다란 발목을 긴 커튼에 문질렀다. 생각에 몰두한 그의 존재가 무겁고 불길하게 방을 꽉 채웠다. 카프카가 자신의 일기장에서 자주 시연했던 자살의 환상 그대로, 그가 창문 밖으로 뛰어내려 아래편 보도에 짓이겨질 거라는 생각이 내 잠재의식 어딘가에서 호텔 테라스에서 뛰어내려 죽은 남자와 뒤엉킨 것이 틀림없었다.

하지만 카프카는, 나의 카프카는 테라스 문 쪽으로 움직이지 않았고, 그래서 나는 그가 살면서 끊이지 않았던 여자들 가운데 누군가와 결혼을 할 것인가 말 것인가 숙고하고 있다고 확신했다. 그의 편지와 일기를 읽은 사람이라면 이것이 그가 글쓰기 다음으로 가장 전념한 주제임을 감지할 수 있다. 막연히, 나는 그가 그런 일에 기력을 너무 많이 낭비했다고 말해볼까 생각했다. 그런 히스테리는 쓸모없다고, 본인이 결혼에 적합한 사람이 아니라는 그의 생각이 옳다고, 그가 자신의 실패와 약점이라고 보는 것들을 건강함의 표시로 볼 수도 있을 거라고. 아울러 나는 이렇게 덧붙일 수도 있었을 것이다. 그런 건강함이 내게도 있지 않나 하는 생각이 들기 시작했다고. 무엇이 자신을 병들게 하는지 알아보는 능력을 건강함이라고 본다면.

나도 일 년 후면 마흔이었고, 나의 시작이 힐턴에서 배태되었다면 끝 또한 마찬가지일 거라는 생각이 들었다. 이번 취재 과정에서 들여다봐야 할 부분이 바로 그것이라고. 안개처럼 몽롱한 의식 속에서, 그런 생각은 두려움을 일으키지 않았다. 그것은 단순히 논리적인 생각 정도가 아니라 어떤 심오한 논리가 스며 있는 생각 같아서 마침내 잠에 빠지기 전 한순간 나는 이상한 희망에 가슴이 벅찼다.

아침이 되자 해가 창문에 줄무늬를 그리며 비쳐 들어왔고 나는 문을 퉁명스럽게 두드리는 소리에 잠에서 깼다. 비틀거리며 침대 밖으로 나갔다. 호텔 관리과 직원으로, 이곳의 질서 회복을 위해 저멀리 에리트레아 혹은 수단에서 온 여자였다. 그녀의 수레에는 깨끗한 수건과 조개 모양 비누가 든 작은 상자들이 높이 쌓여 있었다. 여자는 내 어깨 너머로 방안의 얼크러진 침대보와 흩어진 베개들을 보면서 해야 할 일의 규모를 가늠하고 있었다. 분명 별의별 장면을 다 보았을 그녀에게 밤새 잠과 씨름한 여자 정도는 아무것도 아니었다. 하지만 그녀는 내가 자기 때문에 깬 것을 깨닫고 돌아서려 했다. 그 순간, 뛰어내렸거나 떨어진 남자에 대해 아는 사람이 있다면 바로 이 여자일 거라는 생각이 퍼뜩 들었다.

여자를 불렀다. 나는 곧 체크아웃할 참이니 지금 시작하는 게 나을 거라고 그녀에게 말했다. 말하자면, 내 존재를 깨끗이 지워서 다음에 도착한 사람이 이곳이 특별히 자신만을 위한 방이라는 환상을 즐길 수 있게, 이미 그 침대에서 줄줄이 자고 간 사람들 생각은 하지 않을 수 있게 하는 그 일을 시작하라고.

나는 여자를 따라 욕실로 들어갔고 그녀는 세면대 주변을 치우기 시작했다. 내가 얼쩡거리는 것을 알아차린 여자가 거울 속에서 나와 눈을 마주쳤다.

"수건 더?"

"충분해요, 감사합니다. 그런데 다른 걸 좀 여쭤보고 싶어요."

여자는 허리를 펴고 앞치마에 손을 닦았다.

"몇 달 전에 테라스에서 떨어진 남자에 관해 뭐든 아시는 게 있나요?"

혼란, 혹은 아마도 의심의 표정이 그녀의 얼굴에 드리웠다.

나는 다시 시도했다. "저기에서 떨어진 남자……" 나는 창문과 하늘과 바다 쪽으로 손짓했다. "죽은 남자 말이에요." 그러고도 반응을 끌어내지 못하자, 나는 〈쇼아〉*에 나오는 야만적인 폴란드인처럼 손가락으로 내 목을 잽싸게 그었다. 그 폴란드인은 예전에 기차에 실려가는 유대인들에게 그들이 죽음을 향해 달려가고 있다는 사실을 알려주려고 자신이 기찻길 옆에서 한 행동을 클로드 랑즈만에게 직접 시연한 사람이었다. 내가 왜 그런 짓을 했는지 모르겠다.

"영어, 못해요." 여자는 허리를 숙여 바닥에서 이미 사용한 수건을 집더니 내 옆을 비집고 빠져나갔다. 그러고는 수레에서 새 수건을 가져다가 아직 정리하지 않은 침대 위에 올려놓고 나중에 다시 오겠다고 말했다. 그녀의 등뒤로 딸깍하고 문이 닫혔다.

다시 혼자가 되자 우울한 기분이 몰려들었다. 몇 달 동안 나는 이 보기 흉한 호텔이 내게 어떤 종류의 약속을 드러내 보이고 있다는 생각에 매달렸다. 그 의미를 전혀 알아내지 못한 채 속수무책으

* 나치 독일이 자행한 홀로코스트에 관한 다큐멘터리로 프랑스 감독 클로드 랑즈만이 생존자, 목격자, 가해자 등을 십일 년에 걸쳐 인터뷰한 아홉 시간짜리 영화. '쇼아'는 히브리어로 '재난'을 의미한다.

로 그런 생각에 사로잡혔으며, 그것을 떨치고 나아가는 대신 가방을 꾸려 이곳을 향해 직진했고, 실제로 이곳에 체크인했고, 여기에서 누군가 몸을 날려 죽었을 가능성을 현실로 만들기 위해, 그리하여 정말로 이곳에 이야깃거리가 있었는지 확인하기 위해 이 불쌍한 여자를 압박하고 있었다.

어서 호텔을 떠나 브렌네르 스트리트에 있는 여동생의 아파트로 가고 싶어서 가방을 쌌다. 텔아비브에 올 때마다 대개는 거기서 묵었다. 연중 일부만 그곳에서 지내는 동생은 지금 캘리포니아에 돌아가 있었다. 전에도 동생의 빈 아파트에서 한동안 글을 쓰곤 했으므로, 더이상 힐턴에 머물지 않으면서도 거기서 그리 멀지 않은 곳에 자리를 잡으면 마침내 힐턴에 관한, 혹은 어떤 식으로든 힐턴의 구조를 본뜬 소설에 착수할 수 있으리라 기대하더라도 그리 큰 무리는 아니었다. 지난 반년 동안 머릿속에서만 만지작거리면서 단 한 장章도 쓰지 못했던 그 소설을 마침내.

TV 뉴스가 추가적인 로켓 공격은 없었다고 보도했다. 간밤에는 뉴스 가치가 있는 사건이 별로 없었는지, 가자지구를 촬영한 영상이 끝나고 문화부 장관과 크게 구분이 되지 않는 국방부 장관의 연설이 나오기 전에 텔아비브 북쪽 바다에서 목격된 고래 소식이 보도되었다. 남획으로 인해 북반구에서 멸종되어 지난 이백오십여 년 동안 지중해에서 보인 적 없는 쇠고래였다. 그런데 이 종의 개체 한 마리가 홀로 여기 나타나 헤르츨리야에서 야파까지 헤엄쳐 왔다가 다시 심해로 사라졌다. 해양 포유류 연구 및 지원 센터의 한 남자는 인터뷰에서 그 고래가 극도로 여윈 상태였으며 길을 잃은 게 분명하다고 설명했다. 그들은 북서쪽 항로에 도착한 고래가 녹아버린 얼음 때문에 혼란에 빠졌고, 익숙한 지형지물이 없는 상태에서 실수로 북쪽이 아니라 남쪽으로 방향을 트는 바람에 이스라엘 근해로 오게 되었다고 생각했다. 나는 호텔 침대에 앉아, 고래 등에서 뿜어나오는 물과 한참 뒤 물위로 올라온 상처투성이의 거대한 꼬리를 포착한 흔들리는 영상을 바라보았다.

마지막으로 풍경을 감상하려고 발코니로 나갔다. 혹은 물결치는 바다를 살피며 고래의 흔적을 찾으려고 했는지도 모른다. 혹은 그저 가자가 실제로 얼마나 가까운지 헤아려보려 했거나. 선외 모터를 단 작은 배로도 사십사 마일 떨어진 그곳까지 가는 데는 그리 오래 걸리지 않았을 것이다. 팔레스타인 사람들이 똑같은 수평선을, 똑같이 무한에 가까운 공간을 바라보는 곳, 그들이 한 발짝도 벗어나지 못하는 그곳까지.

로비에 내려가니 프런트 앞에 줄이 있었다. 대규모 단체 손님이 체크인하고 있었다—가족 중 한 명이 성인이 된 것을 축하하기 위해 모두 함께 미국에서 날아온 이모, 고모, 삼촌, 사촌, 그리고 불룩한 루이뷔통 여행가방 위에 앉아 너즈 캔디 상자를 입에 대고 남은 사탕을 쏟아넣느라 정신이 없는 주인공. 나는 내 차례를 기다리며, 경비원이 출입구에서 하얗고 거대한 핸드백 안을 뒤적이는 모습을 쳐다보았다. 부드러운 가죽으로 된 심연이 우주의 알려지지 않은 구멍으로 통하는 핸드백. 나 역시 들여다보고 싶었다. 그을린 피부에 손톱에는 매니큐어를 바른 여자는 가방을 돌려받기를 꾹 참고 기다리며 경비원이 찾는 게 총이나 폭탄이라고 믿고 있겠지만, 경비원의 철저한 집념은 그보다 훨씬 중요한 것을 찾고 있다는 느낌을 주었다.

총지배인이 뒤편 사무실에서 나왔다. 그는 나를 발견하고 알아보더니 환한 얼굴을 하고 내가 서 있는 곳으로 미끄러지듯 다가왔다. 그는 내 손을 꽉 쥐며 그가 이십 년 동안 알고 지낸 내 할아버지의 안부를 물었다. 할아버지는 돌아가셨다, 나는 대답했다. 바로 전해에 돌아가셨다. 총지배인은 그 말을 차마 믿지 못하며, 내가 책에서 일어났다고 주장하는 다른 일들을 지어냈듯이 그 말도 지어낸 거 아니냐고, 금방이라도 그렇게 말할 것 같았다. 하지만 그는 그 말까지는 하지 않았고, 유감의 뜻을 전한 뒤 내게 방으로 올려보낸 과일바구니는 마음에 들었는지 물었다. 나는 그렇다고 말했다. 과일바구니를 받은 적 없다고 말할 경우에 시작될 온갖 법석을 생각하면 진실을 말할 이유가 없었기 때문이다. 나는 체크아웃하고 싶다고 말했다. 더 큰 놀람과 우려—도착한 지 얼마 안 되지 않았는가? 나는 바르미츠바 무리를 건너뛰어 줄 맨 앞으로 안내되었고, 나를 직접 응대하기 위해 안내대 너머로 들어간 총지배인은 모든 일을 신속하고 기품 있게 처리해주었다. 결제가 끝나자 그는 출입구까지 에스코트하며 현관 안내인에게 내가 탈 택시를 부르라고 지시했다. 나를 서둘러 배웅해 보내고 싶은 듯했다. 아마도 살펴야 할 다른 일들이 많아서였겠지만, 어쩌면 내가 떨어져 죽은 남자에 대해 들었다는 것을 아는지도 모르겠다는 생각이 문득 들었다. 에피, 아니면 내 기자 친구 매티가 나 대신 호텔에 전화를 걸었고, 그들이 문의를 했다는 소식이 총지배인에게까지 전해졌는지도 모를 일이었다. 혹은, 놀란 청소부가 한 시간 전에 상사에게 알렸을 수도 있었다. 그런 생각을 하는 동안, 내 여행가방이 대기중인 택시의 트렁크로 옮겨졌고, 내가 적절한 질문을 생각해내기도 전에 총지배인이 나를 택시 뒷자리에 태우더니, 전문적인 밝은 분위기를 풍기며 미소를 짓고 문을 쾅 닫은 후 택시 옆구리를 똑똑 두드려 출발시켰다.

차가 겨우 오 분쯤 달려갔을 때 기사가 길가의 연석 쪽으로 방향을 틀어 택시를 세웠다. 버스 경적소리에 뒤쪽 창문으로 내다보니 브레이크를 밟은 버스가 끼익 소리를 내며 우리 쪽으로 달려오다 뒤 범퍼에 닿기 직전에 멈춰 섰다. 택시 기사가 밖으로 나가 버스 기사에게 욕을 하더니 자기 차 후드를 열고 그 뒤로 사라졌다. 내가 그를 따라 앞으로 가서 무슨 일이냐고 물었지만 기사는 내 말을 무시하고 과열된 엔진 내부를 살피느라 정신이 없었다. 보행자들이 모여들어 구경했다. 미국은 도대체 시간이라고는 없는 곳이지만 중동에는 시간이 참 많아서, 세상은 그곳에서 더 자주 볼거리가 된다. 볼거리는 여러 의견을 형성하고 그 의견들은 당연히 서로 다르기 때문에, 시간의 풍부함은 특정한 방정식에 따라 언쟁으로 이어진다. 이제 언쟁은 택시 기사가 버스 정류장을 막으며 그 자리에 꼭 정차해야 했느냐를 두고 벌어졌다. 땀으로 얼룩진 민소매 티셔츠를 입은 남자가 후드 아래쪽에 있는 택시 기사에게 갔고, 이제 그들은 그 안에 생긴 문제가 무엇인지를 두고 또 언쟁했다. 남편에게 세상은 언제나 보이는 그대로였고 내게는 보이는 그대로인 적이 없었다. 하지만 이스라엘에서는 세상이 어떻게 보이느냐를 두고 의견이 일치하는 적이 없고, 그런 끊이지 않는 언쟁의 폭력성에도 불구하고 기본적으로 불협화음이 인정된다는 사실에 나는 항상 위안을 느꼈다.

나는 질문을 반복했다. 마침내 기사가 땀에 젖은 얼굴을 들었고, 나에 대해 알고 싶은 모든 것을 다 눈에 넣고는 차 뒤로 느긋하게 걸어가 트렁크를 열더니, 내 여행가방을 도로에 내팽개친 뒤 다시 어설픈 수리 작업으로 돌아갔다. 내가 여행가방을 끌고 인도로 올라가자, 모여든 몇몇 사람들 사이로 겨우 지나갈 수 있을 정도의 길이 트였다. 도로를 따라 몇 야드 위로 올라가 자리를 잡은 나는 다가오는 차들을 살피며 다른 택시를 잡으려 했다. 하지만 차량이 붐비는 시간이었고 빈 택시는 없었다. 마침내 셰루트—정해진 경로를 따라 운행하며 기사에게 소리치면 정차하는 공용 택시 밴—를 발견하고 손을 흔들었다. 그러나 택시가 나를 태우려고 속도를 줄인 그때, 차 한 대가 멈추고 창문이 내려갔다.

운전대 앞에 앉은 이는 여전히 작업복 조끼를 입은 프리드만이었다.

"누*?" 그가 상대의 동향을 살피는 오래된 이디시어 방식으로 물었다. "무슨 일이야?" 그는 조수석 너머로 손을 뻗어 문을 열고, 라디오에서 나오는 교향곡의 음량을 줄였다.

내가 차에 탔는가? 서사는 무정형을 감당하지 못하지만, 삶 역시 크게 다르지 않다. 삶이 무슨 수를 써서라도 일관성을 생산해내는, 다시 말해 믿을 만한 이야기를 생산해내는 기능을 수행하는 정

* 이디시어 단어 'nu'는 억양이나 상황에 따라 화제 전환, 부추김, 동의 등 다양한 뜻으로 쓰일 수 있다. 영어의 'well' 정도에 해당한다.

신의 과정임을 고려한다면.

“이게 우연이라고 말씀하실 작정이에요?” 프리드만이 다시 차량 흐름에 합류했을 때 나는 따져 물었다. “제가 탄 택시가 고장났고, 교수님은 그냥 때마침 여기를 지나가고 있었다?”

하지만 사실을 말하자면, 그를 보니 마음이 놓였다.

“자네 보라고 이걸 힐턴에 맡겨두러 갔었어.”

그는 도로에서 눈을 떼지 않은 채 내 자리 뒤로 손을 뻗더니 커다랗고 지저분한 종이가방을 들어 내 무릎에 올려놓았다.

“체크아웃했다고 하더구먼. 그때 자네가 브렌네르 스트리트에 있는 동생네 아파트로 갈 계획이라고 말했던 게 생각났지. 그리로 가는 길에 도로변에 서 있는 자네를 본 거야.”

나는 동생 집을 언급한 기억이 없었지만, 수면 부족 때문에 당시 내 기억력은 전반적으로 흐릿했다. 어제 오후에는 내 책의 히브리어 번역자와 커피를 마시기로 한 약속을 잊어버렸고, 오랜 친구인 안무가 오하드 나하린을 찾아갔을 땐 그의 아파트에 가방을 두고 나왔다. 그렇긴 해도 나는 프리드만이 나에 관해 알 만한 것은 모조리 안다고, 내 신상에 관한 파일을 읽었다고 당장 믿을 준비가 되어 있었다. 아마도 그렇게 믿고 싶기까지 했을 것이다. 그러면 내겐 문제가 없다는 얘기가 될 테니까.

주둥이가 둘둘 말린 종이가방을 풀자 곰팡내가 올라왔다. 바닥에는 종이가 파슬파슬하고 자주 펼쳐 책등이 갈라진 카프카의 문고판 책들이 뒤죽박죽 쌓여 있었다.

“생각하는 데 도움을 좀 주려고.” 프리드만은 그렇게 말하고 별다른 설명은 덧붙이지 않았다.

나는 종이가방을 구겨서 닫았다. 차가 신호를 받아 서 있는데 젊은 커플이 서로의 허리에 팔을 두르고 차 앞으로 도로를 건넜다. 남자애가 아름다웠다. 햇볕 속에서 자라난 사람에게만 있는 아름다움. 셔츠가 풀려 있어 목이 드러나 보였다. 프리드만 쪽으로 고개를 돌렸더니 그는 백미러를 만지작거리느라 바빴다. 운전하기에는 너무 늙어 보였다. 오른손을 떨었다—의심의 여지 없이. 혹시 아버지의 사촌인 에피처럼 그 또한 황혼의 어떤 시기, 현실이 갈수록 쓸모없어지면서 가장자리에서부터 풀어지기 시작하는 그런 시기에 접어들었을 수도 있지 않을까?

신호등이 바뀌자 그는 알렌비 스트리트 쪽으로 좌회전했다. 몇 분 안에 우리는 동생 집이 있는 작고 조용한 거리에 도착했다. 나는 16번지를 가리켰다. 그 앞에는 건물의 돌출부가 지붕처럼 드리운 주차장과 어쩐 일인지 헐벗었지만 동시에 야생적인 정원 비슷한 것이 있었다. 우리 둘 다 차에서 내렸고, 프리드만은 개털이 무성한 뒷자리에 가로로 놓아두었던 지팡이의 도움을 받았다. 그는 오늘 굳은살 박인 발에 가죽 샌들을 신었는데 발톱이 갈라져 있었다. 나는 여행가방을 두번째로 트렁크에서 내렸다.

"항상 그렇게 짐을 무겁게 싸나?"

나는 우리 집안에서 짐을 가장 가볍게 가지고 다니는 사람이라고 항변했다. 내 부모와 형제자매는 하룻밤 여행에도 가방이 각각 세 개씩은 있어야 한다고.

"그들은 그러면 행복한가?"

"행복과는 아무 상관이 없어요. 그들에게는 대비의 문제니까."

"불행에 대한 대비겠군. 행복은 대비할 필요가 없으니까."

그는 고개를 돌려 철제 덧문으로 가려진 동생 집의 1층 창문을 응시했다. 길 건너편 유치원에서 레이디 가가의 음악이 흘러나왔다.

"저기에서 글을 쓸 수가 있나?"

나는 잠시 입을 다물고 대답을 고르는 척했다. 말하자면, 거기에서 글을 쓸 가능성이 있는 척했다, 사실 그럴 가능성이 없다는 걸 잘 알면서.

"진실을 듣고 싶으시다면," 나는 인정했다. "요즘 글이 잘 안 써져요. 벽에 부딪혔어요."

"그러니 더더욱 당분간은 다른 일을 시도해봐야지."

"뭘요? 카프카가 끝내지 못한, 혹은 대부분의 다른 작품처럼 끝맺지 않고 그만둔 이야기의 결말을 내는 일이요? 그의 미완성 작품들은 그렇게 결말 없이 세상에 나와서도 완성작 못지않은 반향을 일으켰죠. 설령 제가 위압감을 극복한다 해도 경계를 위반하는 느낌은 참을 수 없을 거예요. 전 제 글만으로도 이미 굉장히 불안해요."

정글 나무의 커다란 이파리들 사이로 쏟아진 햇빛이 프리드만의 얼굴에 얼룩을 드리웠고, 옅은 미소가 그의 메마른 입가를 잡아당겼다. 현자가 다른 사람의 우둔함을 보고 속으로 짓는 미소였다.

"자네는 본인이 쓴 글이 자기 것이라고 생각하나?" 그가 차분하게 물었다.

"그럼 누구 거죠?"

"유대인의 것이지."

나는 웃음을 터트렸다. 하지만 프리드만은 이미 돌아서서 불룩한 주머니들을 하나하나 수색하기 시작했다. 종잇장 같은 피부에 검버섯이 얼룩덜룩한 손으로 찍찍이가 달린 덮개를 두드리고 누르고 열었다. 하루 내내 이어질 수도 있는 고행이었다. 주머니마다 두둑하게 채워진 모습이 흡사 자살 폭탄 테러범 같았다.

웃는 와중에 카프카의 일기에 있는 유명한 구절이 생각났다. 내가 유대인들과 무슨 공통점이 있나? 나 자신과도 별 공통점이 없는 내가. 카프카의 작품이 실제로 얼마나 유대인적인가 하는 끈질긴 논쟁에서 자주 인용되는 구절이었다. 또한 밀레나에게 보내는 편지에서 그는 (자신을 포함한) 모든 유대인을 서랍에 집어넣고 이따금 서랍을 여닫아 경과를 봐가며 모두 질식할 때까지 내버려두고 싶다고 쓴 적도 있다.

프리드만은 아무런 반응 없이 계속 주머니를 뒤졌다. 이제 나는 그 주머니들이 쪽지로 가득차 있고, 거기에는 유대인 문학이라는 위대한 기계가 계속 앞으로 굴러가도록 다른 작가들에게 전달할 임무가 적혀 있을 거라고 상상했다. 하지만 그는 결국 아무것도 찾아내거나 발견하지 못했다. 무엇을 찾는 중인지 잊었거나 흥미를 잃은 듯했다. 유대인 문학은 더 기다려야 할 것이었다. 유대인의 모든 것이 우리가 사실 마음속으로는 오지 않기를 바라는 완벽함을 기다리는 것처럼.

"어쨌거나 교수님이 그러셨잖아요." 나는 그를 일깨웠다. "이제는 아무도 책에 관심이 없다고요. 언젠가 유대인들은 잠에서 깨어나 또하나의 유대인 작가는 아무짝에도 쓸모없는 존재라는 걸 깨달을 거예요. 이제 다시 글은 작가 자신의 것이 되었어요."

못마땅한 표정이 이미 주름이 깊은 프리드만의 이마에 더 깊은 주름을 새겼다. "자네 작품은 훌륭해. 하지만 이 그릇된 순진함이 문제야. 미숙한 인상을 주거든. 자네는 인터뷰에 그리 좋게 비치지 않더군."

피로가 밀려왔다. 나는 여행가방 손잡이를 잡았다.

"말씀해보세요, 제게 원하시는 게 뭔가요, 프리드만 교수님?"

그는 낮은 담 옆에 놓아둔 카프카 작품 가방을 들어 앞으로 내밀었다. 바닥에 조그맣게 찢어진 부분이 있어서 금방이라도 가방 밑이 완전히 빠질 것 같았다. 나는 책들이 보도 위 여기저기에 쏟아지는 걸 막기 위해 본능적으로 가방을 잡았다.

"교수님께서 저를 찾아주셔서 기분좋았어요, 정말로요. 하지만 저는 교수님이 찾는 그런 작가가 아닙니다. 제 책들을 감당하기에도 힘든 시기예요. 제 인생은 안 그래도 복잡하고요. 저는 유대인 역사에 이바지하겠다는 생각이 없습니다." 나는 동생 집 건물로 이어지는 좁은 길로 여행가방을 끌고 갔다. 하지만 프리드만은 할말이 남아 있었다.

"역사? 누가 역사에 관해 얘기했지? 유대인들은 역사에서 교훈을 구하지 않았네. 언젠가 우리는 과거를 돌아보며 유대인의 역사는 순간적인 사건, 이상 현상에 지나지 않는다고 여길 테고, 그때 중요하게 여겨질 것은 지금껏 항상 중요했던 것, 유대인의 기억일 거야. 그리고 거기에서, 늘 역사와 불화하는 기억의 영역에서, 유대인 문학은 여전히 어떤 영향력을 유지할 희망이 있어."

자동차 문을 연 그는 금속 지팡이를 안에 던져넣고 운전석으로 미끄러져들어가 시동을 걸었다.

"내일 아침 열시에 데리러 오지." 그는 내린 창문 밖으로 외쳤다. "사해 어떤가? 하룻밤 묵을 짐을 싸. 사막은 해가 지고 나면 추워지니까."

그러더니 그는 손바닥을 펼쳐 들어 보이고는 차를 몰아 나갔고, 타이어가 부서진 유리를 밟고 지나가는 소리가 들렸다.

동생의 익숙한 침실에 눕자 마침내 잠이 들었다. 다시 깨어났을 때는 집이 그리워 몸이 아플 지경이었다. 고향에서 너무 멀리 떠나와 병에 걸린 17세기의 용병들, 최초로 향수병 진단을 받은 그들에게도 그 증상이 육체적인 것이었듯이. 그만큼 극심하지는 않았지만 나는 어릴 적부터 항상 내게서 분리된 느낌이 드는 어떤 것, 시간도 아니고 장소도 아니고 형체도 이름도 없는 어떤 것을 향한 갈망을 느꼈다. 비록 지금은 그때 느낀 분리가 어떤 의미에서는 내 안에서 일어난 일이었다고, 여기에 있기도 하고, 여기 아닌 저기에 있기도 해서 생기는 분리였다고 말하고 싶지만.

이십대 초반을 이런 갈망에 대해 생각하고 글로 쓰며 보냈다. 첫 소설에서 이를 내 나름의 방식으로 다루려고 해봤으나, 결국 내가 유일하게 알아낸 진정한 치료법 또한 육체적인 것이었다. 처음에는 나를 사랑한 남자들의 몸과, 나중에는 내 아이들과 살을 맞댄 친밀함이었다. 아이들의 몸은 항상 나를 제자리에 붙들어주었다. 아이들을 안고 내 몸에 기댄 아이들의 무게를 느낄 때 나는 내가 저기가 아니라 여기에 있음을 알았고, 아이들이 내 침대로 올라오는 아침마다 나날이 새롭게 그 사실을 상기했다. 그리고 내가 여기에 있음을 아는 것은 어떤 의미에서 여기에 있기를 원하는 것과도 같았다. 아이들의 몸이 내 안에 그토록 강력한 반응을, 의문을 품을 필요가 없는 애착을 일으켰기 때문이다. 사실, 그보다 더 일리 있고 더 자연스러운 것이 뭐가 있겠는가? 밤에 남편이 내게 등을 돌리고 침대 저쪽에서 잠이 들면, 나도 그에게 등을 돌리고 침대 이쪽에서 잠들었다. 우리는 상대에게로 건너갈 길을 찾지 못했기 때문에, 건너기가 두려워 건너가고 싶지 않은 것을 건너가지 못하는 거라고 착각했기 때문에, 각자 여기에는 없는 다른 곳으로 가려고 하며 잠이 들었다. 그래서 아침에 두 아이 중 하나가 자면서 따뜻해진 몸으로 우리 침대로 기어들어올 때에야 우리는 원래 자리로 돌아와 그곳에 대한 강한 애착을 다시 기억해냈다.

동생의 침대에 얼굴을 묻고 내 안에 스며드는 불안을 이해하려고 애썼다. 생소하지 않은 이 불안은 예전에 글을 쓰려고 집을 떠났을 때뿐 아니라 아침에 떨어지기 힘들어하는 아이들을 학교에 데려다놓을 때, 아이들의 손을 억지로 떼어내고 볼에서 눈물을 닦아준 뒤 선생들이 항상 일러주는 대로 바로 뒤돌아 문밖으로 나와야 할 때도 느끼던 불안이었다. 선생들은 작별 시간이 길어질수록 아이들에게 더 힘들어진다고, 그런 순간을 수월하게 넘기고 싶다면 잽싸게 도닥여주고 떨어져나와 재빨리 갈 길을 가야 한다고 말했다. 우리 주변에는 이런 매일의 과정을 아무 문제 없이 넘기는 것처럼 보이는 아이들이 항상 있었다. 그들은 부모와 헤어지는 것을 단절이나 고통을 주는 일로 경험하지 않았다. 하지만 우리 아이들은 둘 다 쉽게 넘기지 못했다. 큰아들이 세 살이 되어 아침마다 몇 시간씩 유치원에 다니기 시작했을 때, 헤어질 때마다 매번 어찌나 힘들어했는지, 10월 말경에 유치원 심리학자가 남편과 나를 불러 아이의 선생들과 원장이 참석하는 회의를 열었다. 심리학자 뒤로 창문에 붙인 색종이 나뭇잎이 라디에이터에서 나오는 상승기류에 펄럭거렸다. 그애가 울 때 보면, 심리학자가 우리에게 말했다.

그건 아이의 정상적인 울음이 아닙니다. 그럼 뭐죠? 나는 물었다. 저희가 보기에—여기에서 그녀는 지지를 얻으려고 자신의 동료들을 심각하게 둘러보았다—그건 실존적인 문제 같습니다.

나는 심리학자와 언쟁했다. 내 아들은 행복하고 잘 지낸다고, 그 울음이 상황에 따라 느끼는 절망감 이상은 아니라고 주장했다. 그 애가 집에서 어떤지 보셔야 해요, 나는 그녀에게 말했다. 기쁨에 넘치는 아이예요! 유머가 풍부하고, 생기도 풍부해요! 내 주장을 뒷받침하기 위해 나는 깊은 우물에서 갖가지 일화를 길어냈다. 하지만 나중에 회의가 끝나고도 그 심리학자가 한 논평은 계속 마음에 걸렸다.

힘겨웠던 작별은 시간이 지나며 나아졌다. 아이는 유치원을 좋아하게 되었고 한참 동안 아무 문제 없이 나와 떨어지는 시기들이 있었다. 하지만 헤어짐의 두려움을 온전히 극복하지는 못해서 요즘도 이따금 유치원 입구에서 공황에 빠지는 순간이 있었다. 아이가 가지 않게 해달라고 애원하는 동안 나는 아이를 설득하며 평정을 유지할 수 있었다. 하지만 삼십 분 정도 그러고 나면—녹초가 된 아이가 다른 선택이 없다는 사실을 받아들이고 눈물을 닦으며 문으로 들어가고 나는 뒤돌아보지 않고 반대 방향으로 나오면—슬픔이 나를 집어삼켰다. 일에 집중할 수 있을 때까지 몇 시간이 걸리는 경우도 있었고, 아이를 데리러 갈 시간이 가까워오면 불필요하게 일찍 집을 나서서 부랴부랴 찾아갔다. 그저 아들을 가여워한 거라고 말하면 쉽겠지만, 만약 내가 그동안의 나 자신을 잘 들여다보았다면 실은 내 불안과 외로움이 먼저 존재했고 내 아들들—큰아이, 그다음에는 작은아이—의 불안과 외로움은 그것의 반향이었을 가능성을 받아들여야 했을 것이다. 왜냐하면 아이들 역시 마음 한구석으로는, 내가 아이들과 연결되어 함께 있을 때만 진정으로 여기에 존재한다고 느낄 수 있음을, 내가 그들 때문에 여기에 머물고 있음을 이해했기 때문이다.

스카이프를 통해 집에 전화했다. 남편이 받았고, 다음에 아들들의 얼굴이 화면으로 통통 튀어올랐다. 엄마가 떠난 뒤로 아무것도 죽지 않았다고 아이들은 내게 말했다. 개미 사육 상자에 남은 개미들도 다 살아 있고, 딱정벌레 애벌레들도, 기니피그들도, 그리고 우리의 눈먼 늙은 개도 죽지 않았다고. 하지만 그렇게 말하는 아이들 자신은 내가 잠깐 없는 사이에 더 자랐거나 어딘가 변한 것 같았다. 당연히 그래야 하지 않나? 날마다 그들은 태어날 때 지녔던 원자를 주위에서 흡수한 원자들로 교체하고 있었다. 아동기는 세상에서 빌린 재료를 가지고 자신을 천천히 재구성하는 과정이다. 눈에 띄지 않고 지나가는 어느 평범한 순간에 아이는 어머니에게서 받은 마지막 원자를 잃는다. 아이는 자신을 완전히 맞바꾸어 다른 것이 섞이지 않은 세상 그 자체가 된다. 달리 말해, 본질적으로 독자적인 존재가 되는 것이다.

둘째 아들이 뱃속에 네모가 박힌 화산에 관해 자기가 어제 쓴 이야기를 들려주었다. 그에게는 문제가 있었다고 아들이 설명했다(네모가 아니라 화산에게 그렇다는 것이었다, 네모는 어쨌든 죽었으니까). 어떤 군인들이 그에게 와서 '새벽의 폭풍'으로 돌아가라고 지시했다. 엄마는 '새벽의 폭풍'에 관해 들어봤는지? 그런데, '새벽의 폭풍' 한가운데에는 조그만 점이 있는데 그건 '파멸의 폭풍'이고 바로 거기가, 아들이 내게 알려주었다. 세상에서 가장 뜨거운 곳이다.

아이 뒤로 파란 부엌 찬장과 창문, 오래된 스토브 등이 있는 친숙한 풍경을 보면서 아이들이 잠든 저녁이나 아이들을 유치원에 데려다주고 돌아온 아침, 다시 한번 다른 삶의 존재를 탐지하려 했던 시간의 느낌이 기억났다.

나는 아이들에게 길을 잃고 텔아비브 근해까지 와버린 쇠고래 얘기를 시작했다가, 단 한 문장을 말했을 뿐인데 아이들이 조그맣게 탄식하는 소리를 듣고 실수였음을 깨달았다. 허허! 나는 어떻게 하면 아이들을 이 작은 혼란에서 구할 수 있을지 몰라 헛웃음만 내뱉었다. 헤엄치는 방법을 배운 적이 없어 빠져 죽을 수밖에 없는—부디 그런 일은 없기를—이 슬픔의 웅덩이에서 어떻게 구해낼 수 있을지 몰라서. 우리는, 남편과 나는, 아이들의 행복을 두고 야단법석을 떨었고 아이들의 삶에 슬픔이 침투하는 것을 막기 위해 갖은 애를 썼기 때문에, 아이들은 저들의 조부모가 나치와 식량부족을 두려워하듯이 슬픔을 두려워하게 되었다. 나는 아이들을 마룻장 밑에 숨기려 하거나 아이들을 팔에 안고 죽음의 행진을 하는, 유대인들의 전형적인 악몽을 일 년에 몇 번씩 꾸었지만, 그보다 훨씬 더 자주 곰곰 생각하게 되는 것은 아이들이 목숨을 부지하려고 폴란드의 숲속을 내달리며 몇 주 만에 이루어낼 개인적 성장은 얼마나 대단할 것인가 하는 점이었다.

하지만 과학자들이 완전히 오해한 걸 수도 있지 않을까? 나는 부랴부랴 아이들에게 지적했다. 고래가 실수한 게 아니라, 큰 대가를 치르고 생명이 위험해지는 걸 감수하고서라도 무리에서 빠져나와 자신 안의 가장 고유한 무언가를 붙잡으려고 일부러 여기까지 온 건 아닐까? 고래가 엄청난 모험에 나선 것은 아닐까?

다시 구조된 아이들은 금세 들썩거렸다. 결국, 남편이 화면에 다시 나타났다. 두 번, 화면 속 그의 얼굴에 마땅한 해석이 불가능한 어떤 표정이 어렸다. 하지만 전체적으로 봐도 그의 모습에는 무언가 심상치 않은 면이 있었다. 몇 달 전부터, 내 눈에는 그 역시 달라 보이기 시작했다. 무언가를 오래도록 쳐다보면 친숙함이 생소함으로 변하는 순간이 있다. 두뇌는 인지적 공백을 메우고 눈이 전달하는 신호의 의미를 이해하기 위해 매 순간 끊임없이 연상 작용과 고정된 관점을 활용하는데, 아마도 내가 너무 피곤한 나머지 두뇌가 작업량을 줄이려고 그 기능을 꺼버림으로써 그런 현상이 나타났는지도 모른다. 아니면 내 할머니에게 그랬듯 내게도 찾아올 운명이라 확신하는 알츠하이머가 일찍 발병한 것일 수도 있었다. 이유가 무엇이든, 점차 나는 기차에서 만난 승객들을 바라볼 때와 같은 호기심으로 남편을 바라보는 때가 많아졌다. 하지만 그런 나 자신에게 놀라면서도 더욱 그럴 수밖에 없었던 것은 근 십 년간 그의 얼굴은 내게 친숙함의 본보기와 같았기 때문이다. 그러다 어느 날 그 얼굴이 친숙함의 영역을 벗어나 운하임리헤로 넘어가버리기 전까지는.

뉴스를 챙겨보고 있던 그는 텔아비브 상황이 어떤지, 어떤 방향으로 흘러가는 것 같은지 알고 싶어했다. 지금은 잠잠하다, 이스라엘의 공습은 없을 것 같다, 나는 말했다. 그렇게 이야기했지만 나 스스로도 그 말을 정말로 믿지는 않았다. 집에 돌아오고 싶지는 않은지, 그가 물었다. 두렵지는 않은지. 나는 내가 어떻게 될까봐 두렵지는 않다고 대답하며 다른 사람에게 들은 말—로켓보다는 차에 치여 죽을 가능성이 더 크다는 말—을 해주었다.

그러자 그가 내 상황은 어떻고 거기서는 무슨 일에 관심을 쏟고 있는지 물었다. 그가 좀처럼 하지 않는 이 단순한 질문이 이젠 너무도 방대하게 느껴졌다. 우리가 부부로 산 십 년 동안 내가 무슨 일에 관심을 쏟았고 내 상황이 어땠는지 말하기 힘든 만큼이나 답하기 어려운 질문이었다. 그 세월 내내 우리는 말을 주고받았으나 언젠가부터 말은 그 힘과 목적을 잃은 듯하더니 이제는 돛 없는 배처럼 우리를 어디에도 데려다주지 못하는 것 같았다. 그렇게 주고받은 말은 우리를 친밀하게 해주지도, 그 어떤 이해에 도달하게 해주지도 못했다. 우리가 쓰고 싶은 말, 우리에게 사용이 허락되지 않은—두려움으로 인한 경직성이 금지한—말과 우리가 쓸 수 있는 말은 내게 서로 관련이 없었다. 그래도 나는 여전히 시도하며, 점차 개고 있는 날씨에 관해, 힐턴의 수영장에서 수영한 일과 오하드, 하나, 그리고 우리 둘 모두의 친구인 매티를 만난 일에 관해 그에게 이야기했다. 방공호 안의 분위기와 가끔 벽을 뒤흔드는 요란한 폭발음 이야기도 했다. 하지만 엘리에제르 프리드만에 관해서는 말하지 않았다.

여동생의 아파트는 한 모퉁이가 바깥과 통해 있었는데, 그곳에는 짙푸르고 가죽 같은 나뭇잎이 무성한 나무가 있고 나뭇잎 아래는 공기가 흐릿하고 눅눅하며 거미가 우글거렸다. 이 작은 야외 공간에 동생은 약 이십오 년 동안 우리 조부모의 아파트에 있던, 한때는 비쌌던 가죽 의자를 놓아두었다. 겨울에 비가 오면 철제 덧문을 닫을 수 있었지만 그렇지 않을 때면, 우리 조부모가 잘 앉지도 않고 시트를 덮어 중동의 태양으로부터 보호하면서 흡사 종교적인 열정을 쏟아 관리했던 그 의자는 비바람에 그대로 노출되었다. 동생의 이 반항적인, 혹은 그저 자유분방한 이 행동이 나는 짜릿했다. 나는 의자를 덮으려는 충동을 진정시키려고 자주 거기에 앉았다.

카프카의 『우화와 역설』을 펼쳐 첫 페이지부터 읽기 시작했다.

많은 이들이 현자의 말은 항상 우화에 지나지 않으며 우리가 가진 유일한 삶인 일상에는 쓸모가 없다고 불평한다. 현자가 "건너가라"고 말할 때, 이는 우리가 어떤 실제적인 장소로, 애써서라도 가볼 가치가 있다면 어떻게든 도달할 수 있는 곳으로 가야 한다는 의미가 아니다. 그가 의미하는 것은 저 너머의 굉장한 곳, 우리가 알지 못하는 곳인데, 그곳은 너무나도 미지의 영역이라 현자 자신도 더 정확하게 표현할 수는 없기 때문에 여기에 있는 우리에게는 아무런 도움을 주지 못한다.

좌절감이 조금씩 커지는 느낌이 들었다. 카프카의 책에서 거리를 두고 그를 생각할 때는 이런 기분을 거의 항상 잊어버렸다. 나는 그의 삶에서 상징과 같은 장면들을 생각하곤 했는데, 그에 대해 워낙 많이 읽은 터라 머릿속에 영화의 장면처럼 떠올랐다. 예컨대, 열린 창문 앞에서 운동을 하고, 한밤중에 책상에 앉아 열에 들떠 글을 쓰고, 여러 요양원을 전전하며 소독한 하얀 시트 위에서 고통스러운 날들을 보내는 카프카. 하지만 좌절감은 카프카에게 하나의 주제를 넘어선, 존재의 온전한 한 차원이었고, 그의 글을 읽는 순간 독자는 다시 그곳으로 인도된다. 그의 글에 나타나는, 처음에는 부아를 돋우고 그다음엔 기운을 빼는 시나리오에 결코 해결이란 없다. 그의 글을 끝없이 강력하게 점령하는 것은 바로 그런 시나리오들이자, 영혼을 부조리에 대비하게 하는 일 말고는 아무런 성취도 없는 좌절감의 탄트라불교적 인내다. 그 속에서는 현자들마저도 탈탈 털린다. 그들은 우리에게 어딘가로 가라고 하지만 우리는 결코 그 장소를 향해 움직일 수 없고, 게다가 그들 역시 그곳에 대해 우리보다 더 잘 알지 못하기 때문이다—심지어 그곳이 존재한다는 증거도 없다. 현자들이 유한한 존재일 뿐이면서도 우리를 무한성으로 인도하려 애쓴다는 사실은 상관없다. 꼭 반박할 수만은 없는 카프카의 계산에 따르면, 어쨌든 그들은 쓸모가 없다. 그들은 우리가 저 너머의 굉장한 곳을 보게 하지만 우리를 그곳에 데려가지는 못한다.

책을 뒤로 넘겨, 카프카의 글귀 중 내게는 언제나 가장 뇌리에 남는 부분을 다시 읽었다. 『소송』의 한 부분으로, 그는 이 글을 따로 발췌해서 출판했다.* 한 남자가 법 앞에 서 있는 문지기에게 다가가 안으로 들어가겠다고 말한다. 그의 요구는 거절당하지만, 완전한 거절은 아니다—문지기는 나중에 들여보내줄 수 있을지도 모른다고 말한다. 남자는 들어갈 수도 없고 돌아설 수도 없어서 문지기가 내준 간이의자에 앉아 법으로 가는 열린 문 앞에서 기다린

* 개별 작품으로 출간되었을 때의 제목은 '법 앞에서'다.

다. 안으로 들어가는 것은 허용되지 않고, 정말이지 문은 통과라는 개념을 가지고 그를 비웃으려 계속 열려 있는 듯하다. 그는 기다리며 평생을, 법의 문지방에서 평생을 보내고, 안으로 들어가려는 시도는 매번 거부당한다. 남자는 늙어서 눈이 침침해지고 귀도 먹먹해진다. 마침내 그의 삶은 끝나가고 "그곳에서 체류한 시간 내내 경험했던 모든 것이 그의 머릿속에서 한 가지 질문으로 응축된다." 그는 마지막 힘을 쥐어짜 문지기에게 속삭인다. 누구나 법을 구하며 무진 애를 쓰는데 어째서 그 오랜 세월 동안 안으로 들어가려고 한 사람은 나 말고는 아무도 없었습니까? 이에 문지기가 죽어가는 남자에게 들리도록 소리를 치며 말했다, "당신 말고는 누구도 이 문 안으로 들어갈 수 없소, 오직 당신만을 위한 입구이니까. 이제 여길 닫아야겠소."

길 건너 유치원에서 들려오던 레이디 가가의 음악이 꺼지고 아이들이 노래를 부르기 시작했다. 음조가 익숙하고 가사도 그랬는데 다 알아들을 수는 없었다. 나는 히브리어를 귀에 달고 자랐지만—무엇보다도 그것은 내 부모님이 싸울 때 쓰던 언어였다—제대로 말할 수 있게 될 정도는 아니었다. 그렇긴 해도 그 소리는 내게 잊어버린 모국어처럼 친밀했고, 오래도록 나는 여러 차례 히브리어를 다시 공부해보려 했다. 카프카 역시 죽기 전 몇 년 동안 늘 꿈꾸던 팔레스타인으로 이주하기 위해 히브리어를 공부했다. 하지만 물론 그는 끝내 알리야*를 이루지 못했다. 히브리어로 알리야는

* 전 세계에 흩어져 사는 유대민족이 성경 속의 이스라엘 땅으로 돌아가는 것을 의미하는 말.

직역하면 '올라간다'는 의미인데 아마도 그는 마음 한구석에서 자신이 '올라가지' 못하리라는 것을 알았을 것이다. 누군가는 저 너머로 '건너가지' 못하고 열린 문 앞에 붙박여 있을 수밖에 없는 것처럼. 카프카는 팔레스타인의 유대인 선구자들을 그린 영화를 본 뒤 일기에 모세에 관해 썼다.

> 사막을 가로질러 난 길의 본질…… 가나안은 평생 그의 콧구멍에 들러붙어 있었다. 그가 죽기 직전에야 그 땅을 볼 수 있었다니 믿을 수가 없다…… 모세가 가나안에 도달하지 못한 것은 인생이 너무 짧아서가 아니라, 바로 그것이 인간의 삶이기 때문이다.

카프카처럼 철저히 문턱에 머물러 산 사람도 없었다. 행복의 문턱, 저 너머로 가는 문턱, 가나안의 문턱, 우리에게만 열려 있는 입구의 문턱에서. 탈출의 문턱, 변신의 문턱에서. 거대하고 최종적인 이해의 문턱에서. 그런 일을 카프카처럼 잘해낸 사람은 아무도 없었다. 그런데도, 카프카가 결코 불길하거나 허무주의적이지 않다면, 그것은 문턱까지 이르는 데도 희망에 대한 민감성과 강렬한 갈망이 필요하기 때문이다. 문은 있다. 올라가거나 건너가는 길은 있다. 우리가 이 삶에서 거기에 도달하거나, 그 문을 알아보거나, 통과하지 못할 것이 거의 확실할 뿐.

그날 저녁에 나는 노란색 건물에 창틀을 하늘색으로 칠한 오래된 학교에서 열리는 춤 수업에 갔다. 나는 춤을 사랑하지만, 작가가 아니라 춤꾼이 되었어야 했다고 깨달은 무렵에는 이미 늦어버렸다. 갈수록 내 진정한 행복의 길은 춤에 있고 글을 쓸 때조차 내가 진정으로 하려는 일은 춤추기라는 생각이 드는데, 그것은 불가능하므로, 춤은 언어를 떠난 것이므로, 나는 글쓰기에 만족하지 못한다. 글을 쓴다는 것은, 어떤 의미에서, 이해를 추구하는 일이다. 따라서 글쓰기는 언제나 사실 뒤에 일어나는 일, 언제나 과거를 체로 걸러내는 과정이며 그 결과는, 글쓴이가 운이 좋다면, 지면에 남는 영구적인 흔적이다. 하지만 춤을 춘다는 것은 자신을 (즐거움을 위해, 폭발을 위해, 멈춤을 위해) 내주는 일이다. 춤은 항상 현재에 발생한다—생겨난 직후 이미 사라지고 없다. 춤은 계속해서 사라진다, 오하드는 자주 그렇게 말한다. 춤이 관객을 자극해 감정과 형태의 추상적 연결을 유도하고 그들의 감정과 상상의 세계로부터 흥분을 유발하는 일—그 모든 것은 사라짐에서 비롯된다. 우리는 창세기가 쓰였던 시기에 사람들이 어떻게 춤췄는지, 예컨대 다윗이 온 힘을 다해 하느님 앞에서 춤췄을 때 어떤 모습이었는지 알지 못한다. 그리고 설령 안다 해도, 그것은 지금 살아 있는 춤꾼의 몸안에서만 다시 살아날 것이며, 한순간 여기 우리 바로 앞에 나타났다 다시 사라질 것이다. 하지만 시간을 초월한 의미를 성취하는 것이 목표인 글쓰기는 시간에 관한 자기기만을 전제로 한다. 근본적으로 어떤 형태의 불변성을 믿어야 하고, 바로 그래서 우리는 수백, 수천 년의 시험을 견뎌낸 글을 가장 위대한 문학작품이라고 판단하는 것이다. 그리고 우리가 글을 쓸 때 받아들이는 이런 자기기만이 나는 점점 더 꺼림칙하게 느껴진다.

그래서 나는 춤을 사랑하고, 춤출 장소로는 이 노란 학교의 교실을 가장 사랑한다. 그곳 오래된 방들의 커다란 창문에서는 바라보면 한없이 기쁘지만 이름이 무엇인지 애써 알아본 적은 없는 빨간 꽃이 핀 나무들이 보인다. 위층에서는 오하드가 바다를 굽어보는 방에서 단원들과 함께 리허설을 한다. 강사는 우리에게 몸을 움직이면서 마음속에서 작은 허물어짐을 느끼려 해야 한다고 말했다. 밖에서는 안 보이지만 안에서 거듭해서 일어나고 있는 허물어짐. 그러다 몇 분이 지나자 그녀는 계속되는 한 번의 허물어짐을 느끼라고 했다. 우리 안에서 눈이 내리고 있는 것처럼, 부드럽지만 줄곧 이어지는 허물어짐을.

수업이 끝난 후 해변으로 걸어갔다. 모래밭에 앉아 내 등 뒤편이 예전에는 사막이었다는 사실을 생각했다. 완고한 남자 하나가 어느 날 찾아와 모래 위에 선을 그었고, 완고한 예순여섯 가구가 모래언덕 위에 서서 예순여섯 필지筆地를 표시할 조개껍데기를 모았고, 완고한 집을 짓고 완고한 나무를 심기 시작했으며, 그들의 완고한 첫 행위에서 완고한 도시 전체가 그 누구의 상상보다 더 빠르고 더 크게 자라나, 이제 똑같이 완고한 생각을 품은 사십만 시민이 텔아비브에 살고 있다. 해풍 또한 마찬가지로 완고했다. 해풍은 건물들의 전면을 닳아 없어지게 하고, 녹슬게 하고 부식시킨다. 여기에서는 무엇도 새것인 상태를 유지할 수 없지만, 그것이 아무것도 고치지 않겠다고 완고히 버틸 빌미가 되기 때문에 사람들은 개의치 않는다. 유럽이나 미국에서 어떤 무지한 자가 와서 자신의 외국 돈을 들여 흰 것을 다시 희게 하고 다공성 표면을 매끈하게 발라놓으면, 그들은 그저 시간문제에 불과함을 알기에 아무 말도 하지 않다가, 머지않아 그곳이 낡아빠진 모습으로 돌아가면 다시 기분이 좋아지고 근처를 지날 때에도 좀더 편히 숨을 쉰다. 남의 불행이 통쾌해서가 아니라, 일 년에 한 번씩만 오는 그 사람이 누구건 그가 잘되기를 바라지 않아서가 아니라, 사람들이 진정으로 갈망하는 것, 심지어 사랑이나 행복보다 더 바라는 것은 일관성이기 때문이다. 우선은 자신들 내면의 일관성, 그다음에는 그들이 작은 구성원을 이루는 삶 속의 일관성.

작은 색종이 조각처럼 잘게 부서진 플라스틱 쓰레기를 파도가 해변에 부려놓았다. 색색의 조각들이 모래밭을 어지럽히고 파도 표면에서 소용돌이쳤다. 서사는 무정형을 감당하지 못하지만, 삶 역시 크게 다르지는 않다—내가 그렇게 썼던가? '인간의 삶'이라고 썼어야 했다. 자연은 정형을 만들어내지만 파괴하기도 하니까, 그리고 그 둘이 균형을 이루기 때문에 자연은 그토록 널리 평화로우니까. 하지만 인간 정신의 강점이 무정형에서 정형을 만들어내고 언어의 구조를 통해 세계에 의미의 지도를 그리는 것이라면, 약점은 그것을 허물기를 꺼리거나 거부하는 데 있다. 우리는 정형에 애착을 느끼고 무정형을 두려워한다. 삶의 가장 이른 시기부터 그것을 두려워하도록 배우기 때문에.

이따금 밤에 아이들에게 책을 읽어줄 때, 사람들이 수백, 수천 년간 전해온 똑같은 동화와 성서 이야기와 신화를 그대로 반복하면서 나는 아이들에게 선물을 주는 게 아니라 무언가를 빼앗는다는—아이들의 정신에 케케묵은 인과의 경로들을 그토록 일찍, 그토록 깊이 각인시킴으로써 세상을 이해할 무한한 가능성을 강탈한다는—비뚤어진 생각이 떠오르곤 했다. 밤이면 밤마다, 나는 아이들에게 관습을 가르치고 있었다. 제아무리 아름답고 감동적인 이야기라도 그것은 언제나 관습이었다. 삶이 취할 수 있는 다양한 형태가 이런 것들이야, 나는 아이들에게 그렇게 말하고 있었다. 그렇다고 해도, 큰아이의 정신이 알려진 형태를 만들어내거나 익숙한 패턴을 따르지 않던 때, 세상에 관한 그애의 긴급하고 기이한 질문들이 우리에게 세상을 새롭게 드러내던 때를 나는 여전히 기억했다. 우리는 아이의 관점을 총명함의 한 형태로 보았지만 그럼에도 아이에게 계속해서 관습적인 형태를 가르쳤다. 설령 그게 우리의 신경을 거스를지라도. 사랑하는 마음에서. 아이가 선택의 여지 없이 살아야만 하는 이 세상에서 길을 찾을 수 있게 해주려고. 그러자 아이의 생각이 우리를 놀라게 하는 일은 조금씩 줄어들었고, 이제 그애의 질문은 스스로 읽는 책에 나온 단어의 의미에 관한 것들이 대부분이었다. 그런 밤에, 아이들에게 노아와 요나와 오디세우스 등의 이야기를 소리 내어 읽어주고 있노라면 아이들을 진정시키고 눈을 빛내게 하는 그 아름다운 이야기들도 결박의 한 형태라는 생각이 들었다.

나는 바다에서 육지 안쪽으로 뻗은 좁은 길들 가운데 하나를 따라 집으로 걸어갔다. 브렌네르 스트리트에 도착한 무렵에는 밤이 깊고 다리가 아팠으나, 그래도 잠은 오지 않았다.

금방이라도 툭 무너질 것 같은 감각을 느끼세요, 춤 강사는 말했었다. 하지만 아직 무너지지는 말고요.

새벽 두시인가 세시에 경보가 울렸다. 나는 아래층으로 내려가 어느 나이든 여인과 그녀의 딸과 함께 콘크리트 계단실 안에 서 있었다. 울부짖던 경보음이 멈췄고, 우리는 정적 속에서 머리를 숙였다. 천둥 같은 폭발음이 들렸을 때 노인이 고개를 들고 내게 미소 지었다. 너무나 상황에 어울리지 않아서 노망 때문이라고밖에 말할 수 없는 미소였다. 침대로 돌아가다가 여행가방에서 옷가지를 몇 벌 꺼내 싱크대 아래에서 찾은 비닐봉지에 넣었다. 대비 따위는 무시하기 위해서라고 말하면 맞으려나. 혹은, 내가 계획에 없는 여행을 위해 짐을 싸는 시간이 이쯤인 것 같아서. 혹은, 자다가 일어나 소설을 시작해보려고 끙끙거리는 상황을 피하려고. 이제는 시작할 수 없을 거라고 거의 확신하는 그 소설을. 물론 실낱같은 가능성이 없지는 않았지만. 컴퓨터를 열어 뉴스를 확인했으나 아직 보도된 것은 없었다. 남편에게 이메일을 썼다. 시간이 좀 필요할지도 모르겠어, 나는 말했다. 생각보다 오래 집을 떠나 있어야 할지도 몰라. 그 말 이외에, 앞으로 내가 소식을 전하지 못하는 상황의 단초가 되는 일에 대해서는 아무런 설명도 하지 않았다.

있거나 있지 않고

엡스타인은 집안으로 들어갔다. 머리에 어떤 노래를 떠올리며 들어갔다. 한 남자가 자신의 고독 속으로, 고독을 달래려는 기대 없이 들어가듯 들어갔다. 클라우스너 같은 남자는 틀림없이 부하를 거느리고 있을 거라 예상했으므로 안식일과 클라우스너, 둘 모두의 도착에 대비해 바삐 움직이는 이들 서너 명을 맞닥뜨리고도 그는 그다지 놀라지 않았다. 그들은 청바지에 운동복 상의 차림이었고, 머리에 쓴 키파만 아니었다면 여느 미국 대학 기숙사의 후줄근한 학생들로 보였을 것이다. 유일한 예외는 흑인 청년 한 명으로, 아직 듬성듬성한 구레나룻이 서서히 내려와 덥수룩한 턱수염과 합쳐지는 중이지만 거무스름한 재킷과 흰 셔츠로 이루어진 경건한 유니폼은 이미 갖춰 입은 젊은이였다. 구석에서 기타 위로 몸을 웅크린 그는 우아하게 현을 넘나드는 손가락의 움직임은 멈추지 않은 채로 엡스타인을 훑어보았다. 그는 어떤 경로로 여기에 온 것일까. 엡스타인은 궁금해하며 기타가 연주하는 선율이 어떤 음악인지 기억해내려 했다. 그는 청년의 귀밑머리가 희어진 어머니가 크리스마스트리를 장식해놓은 브롱크스의 아파트 창가에 있는 모습을 그려보았다. 나중에, 열 명의 자리가 마련된 탁자에 모여 자기소개를 할 때, 감정이 풍부한 기타 연주자는 이름이 페레츠 하임이라고 말했다. 엡스타인은 참지 못하고 물었다. "진짜 이름은 뭔가?" 그러자 행동이 세련된 그 청년은 페레츠 하임이 줄스 엡스타인만큼이나 진짜인 자기 이름이라고 근엄하게 대답했다.

클라우스너는 프런트 데스크 뒤에 있는 구식 컴퓨터에서 안식일 개시 전 마지막 이메일을 한 통 보내고 전등을 모두 켜두었는지 다시 한번 점검한 뒤, 엡스타인을 급히 밖으로 다시 데리고 나가 좁은 길을 통해 오래된 예배당으로 갔다. 분위기를 만끽할 수 있도록—그 말과 함께 그는 손가락 두 개를 마주 비볐는데, 엡스타인의 경우 진한 공기보다는 돈을 표시할 때 쓰는 손짓이었다—그를 그곳에 데려오고 싶었다고 했다. 영성을 들이마실 수 있도록. 돌계단으로 된 길을 돌아 내려가자 계곡 아래로 대형 묘지가 펼쳐졌다. 거기에 사이프러스나무가 심겨 있었는데, 위로 갈수록 가늘어지는 나무의 형태는 마치 태양, 바람, 비와는 별개의 조건으로 만들어진 것처럼 보였다.

그 아래에 지난 몇 세기 동안의 위대한 현자들이 파랗게 칠해진 무덤 속에 누워 있었다. 엡스타인은 그 페인트를 마을 어디에서나 보았는데, 포석鋪石이나 출입문, 주택의 거친 석재 사이 줄눈에도 칠해져 있었다. 이곳 전통인데 삿된 눈을 물리친다는 의미가 있다, 클라우스너가 설명했다. "좀 이교도적이긴 하지만," 그는 어깨를 으쓱했다. “해로울 거 있나요?”

그들은 벽에 난 아치형 문까지 걸어가 널찍한 포석이 깔린 마당을 가로지른 후, 회반죽을 바른 천장이 높은 방으로 갔다. 방안에는 밑단에 수술이 달린 거무스름한 코트를 입은 남자들이 가득했고, 사람들의 들뜬 움직임에는 별다른 질서가 없는 것 같았다. 전지전능한 존재와 소통하는 긴장 때문에 턱수염이 빳빳해진 채로 그들은 여기에서는 기도문을 낭송하고 저기에서는 몸을 흔들었고, 어떤 이들은 쉬면서 잡담을 나누고 병에 든 오렌지소다와 케이크가 차려진 탁자에서 음식을 가져다 먹었다. 클라우스너는 탁자에서 새틴 소재의 하얀 키파를 집어 엡스타인에게 건넸다. 엡스타인은 안쪽을 살펴보았다. 얼마나 많은 사람의 머리에 얹혔는지 누가 알겠는가? 막 주머니에 쑤셔넣으려는데, 탁자 뒤에서 키파를 관리하던 안내원이 매섭게 뱁새눈을 하고 쳐다보는 터라 엡스타인은 눈을 찡긋하며 키파를 머리에 썼다.

그때, 먼 곳에서 오는 전자기력의 명령을 받기라도 한 것처럼, 무리 전체가 한목소리로 노래를 불렀다. 목소리를 보태고 싶은 충동을 느낀 엡스타인은—노래를 부른다기보다는 발작적으로 튀어나오는 단절된 구절들을 전체 음량에 보탤 뿐이겠지만—입을 열었다가, 뒤에서 여전히 들어오고 있는 사람들에게 옆으로 밀려나며 다시 입을 닫았다. 노래가 잦아들며 산발적인 기도문이 낭송될 때, 클라우스너는 자신보다도 몸집이 크고 턱수염이 에서*처럼 거칠고 붉은 남자와 대화를 시작했다.

* 구약성서 창세기에 등장하는 인물로 이삭의 아들이자 야곱의 형이다.

그에게서 떨어져나온 엡스타인은 반대편에 있는 군중에 휩쓸려 금박 입힌 책들이 꽂힌 책장과 조화가 담긴 바구니들을 지나쳤다. 검은 코트의 소용돌이 속에서 그는 독수리 발톱 모양의 다리가 달린 거무스름하고 거대한 나무의자에 요람처럼 생긴 물건이 얹힌 것을 보았다—아, 세상에, 저기가 할례를 행하는 곳일까? 야만적인 관습! 그러다 그는 벽에 난 입구를 보았고 의자에서 멀어지기 위해 기름기가 많은 양초가 불을 깜빡거리는 작은 동굴 같은 방안으로 내려섰다. 눈이 어둠에 적응되자 그곳에 있는 다른 사람이 보였다. 눈이 뿌연 남자가 등받이가 없는 낮은 의자에 앉아 있었다. 남자의 체취가 섞인 쿰쿰한 공기는 후텁지근했다. 벽에 붙은 조그만 놋쇠 명판에 쓰인 글을 촛불에 의지해 애써 읽어보니 그곳이 오백 년 전 그 이름도 유명한 루리아가 와서 기도한 곳임을 기념하는 내용이었다.

작게 쪼그라든 남자가 엡스타인의 다리를 더듬으며 그에게 뭔가를 주려고 했다. 엡스타인은 폐소공포증이 밀려오는 것을 느꼈다. 숨쉴 수 있는 공기가 고갈되고 있는 듯했다. 기도, 남자는 기도를 해주고 싶은 것인가? 남자가 요구하는 것이 그것인가? 현자에게 축복의 말을 청하라는 것? 노인의 무릎에는 쿠키 봉지가 놓여 있었는데, 엡스타인이 기도서를 받지 않자 노인은 무작정 쿠키 봉지를 흔들며 그에게 내밀었다. 아니, 아니, 그는 쿠키도 사양하겠다. 엡스타인은 노인이 계속 그의 바짓자락을 잡아당기자 팔을 뻗어 관절염 걸린 손아귀를 떼어내고 도망쳤다.

삼십 분 뒤 다시 길굴에서, 클라우스너의 이마에 또 한번 땀방울이 맺혔다. 일주일 사이에 두번째로 엡스타인은 유대인들이 모인 탁자에 앉아 이 랍비의 영향력 아래 놓이게 되었다. 하지만 미국의 유대인 지도자들이 자신들의 오랜 지위를 재확인하기 위해 흐리멍덩하고 호사스럽게 모여 있었던 것과는 달리, 이 간소한 나무 탁자에 둘러앉은 학생들은 기민하고 활기차며 기적에 대해 마음이 열려 있는 듯했다. 엡스타인은 주변을 열심히 둘러보며 쇼가 시작되기를 기다렸다. 이 높은 곳에 있는 자신의 신비주의 처소에서, 클라우스너는 플라자호텔에서보다 훨씬 더 자연스러워 보였다. 오늘밤 엡스타인은 그의 주빈이었고, 그래서 랍비의 설교는 특별히 그를 위해 설계된 것이었다—랍비의 입에서 말이 저절로 굴러나오는 것처럼 느껴졌으므로 설계라는 말이 적절한지는 모르겠지만. 그는 발뒤꿈치를 구르며 웅장하게 운을 뗐다.

"오늘밤, 우리 모임에 다윗왕의 자손을 모셨습니다!"

모두가 고개를 돌려 쳐다보았다. 사실은 이디와 솔의 자손인 엡스타인은 굳이 그의 말을 바로잡지 않았다. 마술사가 소매에서 카드를 하나 더 뽑아내는 것을 보고도 굳이 바로잡지 않는 것처럼.

클라우스너의 설교 주제는 이스라엘의 왕에서 다윗의 자손 가운데 나타난다고 알려진 구세주로 훌쩍 뛰어넘어갔고 그다음엔 시간의 종말로 넘어갔다. 시간의 종말에서는 시간의 시작으로, 그리고 시간은 영원성이 없는 곳에서만 존재할 수 있기 때문에 유한한 세상을 위한 공간을 마련하기 위해 자신을 거둬들인 하느님 이야기로 넘어갔다. 그러고는 근처에 켜진 촛불 빛을 받은 파란 눈을 반짝이며, 랍비는 하느님이 거두신 신성한 빛을 이야기하다, 장차 세상이 될 어둠의 점을 품은 텅 빈 우주 이야기로 넘어갔다. 그리고 장차 세상이 될 텅 빈 우주에서 세상의 창조로, 그리고 창조의 나날과 기준에 관한 얘기로 넘어갔다.

그렇게, 클리블랜드에서 태어나 성서에 나오는 고대의 땅에 이식된 키가 크고 몸이 유연한 랍비는 무한성에서 유한성으로, 재키 조이너*처럼 훌쩍 뛰어넘었다. 엡스타인은 그가 하는 말을 느슨하게 따라갔다. 오늘밤, 그의 머릿속은 산만했고 주의력은 흩어졌다. 아침에 힐턴에서 잠을 깼을 때부터 꾸준한 리듬으로 머릿속에 박혀 있는 비발디의 아리아 선율 아래로 랍비의 말이 그를 스쳐지나갔다.

"하지만 유한성은 무한성을 기억합니다." 클라우스너가 긴 손가락 하나를 치켜들고 말했다. "여전히 무한성의 의지를 포함하고 있는 거죠!"

무한성의 의지, 엡스타인은 속으로 따라 말하며, 망치를 들고 못을 박기에 적당한지 가늠해보듯이 그 말을 가늠해보았다. 하지만 말은 그에게 닿아 부서지며 먼지만 날렸다.

"그래서 이 세상의 모든 것이 거기로 되돌아가기를 갈망하는 겁니다. 자신을 바로잡아 무한성에 도달하기를요. 이 바로잡는 과정, 우리가 티쿤**이라고 부르는 이 지극히 아름다운 과정이 이 세상의 운영 체계입니다. 티쿤 올람, 그러니까 세상의 변신은 티쿤 하네페시, 우리 자신의 내적 변신 없이는 일어나지 못합니다. 우리가 유대인적 사고, 유대인적 질문에 들어서는 순간, 우리는 이 과정에 들어서는 것입니다. 질문이란 비워진 공간이 아니라면 무엇이겠느

* 미국의 육상 선수.

** '교정' 혹은 '수정'이라는 뜻.

냐, 그 말이죠. 제 몫의 무한성으로 다시 채워지기를 애쓰는 공간이 아니라면 말입니다."

엡스타인은 옆자리에서 피어싱을 한 눈썹을 찌푸리며 생각에 집중한 자그맣고 창백한 여자를 흘낏 쳐다보았다. 그녀는 어리고—심지어 마야보다 어리고—성상聖像처럼 엄숙했다. 재난에서 살아남은 사람의 분위기를 풍겼다. 여자는 마침내 제 몫의 무한성을 얻었을 때 그걸로 무엇을 해야 하는지 알까? 손가락 관절에 그려진 문신을 찬찬히 살펴보니 그녀가 그런 의문에 답할 수 있는 사람일지 아닐지 확신이 서지 않았다. 그는 음울하게 손목시계를 보았다. 택시가 그를 데리러 오기까지 아직 한 시간 반이 남았다. 그는 마야에게 전화할까, 아니면 슐로스에게 연락해 돌아가는 상황을 알아볼까, 아니면 이스라엘박물관 개발국장에게 연락할까, 궁리했다. 예루살렘 집의 향기로운 정원에서 금요일 밤의 식사를 즐기고 있을 국장에게 방해해서 미안하다고 사과한 뒤 이백만 달러를 줄 테니 부모님 이름을 넣은 기념 조각상 제작을 의뢰해달라고 할까. 진갈색에 이동이 불가하고 거대하며 그저 '이디와 솔'이라고만 이름 붙인 조각상.

처음에는 아버지, 그뒤로 갑자기 어머니. 아버지는 수년에 걸쳐 죽어갔지만, 엡스타인이 기억하는 내내 죽어가고 있었지만, 어머니는 영원히 살 예정이었다. 그러지 않는다면 어떻게 모든 일에 최종 발언권을 갖겠는가? 엡스타인은 아버지를 묻었고 모든 절차를 챙겼다—친척들은, 먼 친척까지 포함해, 그의 추도문이 너무도 감동적이었다며 사본을 달라고 했다. 하지만 즉석에서 연설했기 때문에 그들에게 줄 수 있는 것은 없었다. 조나와 그애 사촌들이 소나무 관을 어깨에 멨다. "판 위에 서요!" 사토장이가 소리쳤다. "판 위에!" 그는 구덩이 위로 얇은 나무판을 길게 두 장 걸쳐두었고 관을 멘 아이들은 그 위에 서서 관을 끈으로 잡고 내리게 되어 있었다. 하지만 관의 무게 때문에 쩔쩔매던 그 아이들은 정장 구두 차림으로 성긴 흙 위에서 미끄러지며 자기가 발을 어디다 두고 있는지도 몰랐다. 그날 밤 시바*를 치르다 모두가 떠난 뒤, 엡스타인은 혼자 울면서, 아버지가 병원 침대에서 멍든 맨다리를 내려다보며 "내가 어쩌다 이렇게 망가졌나?" 하고 묻던 일을 생각했다.

하지만 아직 그는 슬픔이라는 중장비를 운전할 수 있었으므로, 최악의 파괴를 야기할 장소들을 피해가도록 정신을 조종했다. 그는 유대교 신자인 친척들을 클리블랜드와 캘리포니아에서 불러올 항공편을 마련했고, 날마다 카디시**를 드릴 사람을 섭외했으며, 묘비를 세울 석공에게 일 년이나 앞서 대금을 지급했지만,*** 이 모든 일을 챙기면서도 어머니를 챙기지는 못했다. 항상 자신을 알아서 챙긴 어머니, 아들의 도움을 원하지 않았고, 아들뿐 아니라 다른 누구의 도움도 원한 적이 없으며, 누가 도움을 제안하기만 해도 불쾌해하던 어머니는 아버지가 죽은 지 석 달도 채 되지 않은 어느 날 아침에 서니아일스 펜트하우스의 엘리베이터를 혼자 타고 내려오다가 중증 심장마비로 사망했다. 구급차 뒷자리에서, 곁에는 응

* 친족 사망 후 일주일간 낮은 의자에 앉아 문상객들을 받거나 망자를 추억하는 유대교 풍습.

** 사망한 친족을 위해 드리는 기도.

*** 유대교에서는 망자를 매장한 뒤 육 개월에서 일 년 사이에 비석을 세우며 조촐한 의식을 거행한다.

급구조원 외에 아무도 없는 상태로, 세상을 떠났다.

그러자 엡스타인은 그 모든 일을 처음부터 다시 해야 했다. 그는 안개 속을 걷는 느낌으로 필요한 동작들을 해냈다. 사람들이 말을 걸어도 거의 듣지 않았고 애도의 말을 건네도 도중에 다른 곳으로 가버렸다. 모든 게 용서되었다, 그는 충격에 빠진 사람이었으니까. 삼 주 후 그는 혼자서 다시 마이애미로 날아갔다. 여동생 조니는 부모의 유품 정리에 관여하고 싶어하지 않았다. 다른 모든 일과 마찬가지로, 그녀는 그 일 역시 성공한 오빠에게 맡겨두었다. 부모의 유품을 정리하면서 그는 자신이 무언가를, 어떤 증거를 찾고 있다는 것을 알았다. 그가 항상 알고는 있었지만, 아버지의 과거에 대해 한마디라도 언급하는 것은 세상의 법칙을 위반하는 일이기 때문에 직접 들은 적은 없는 어떤 것에 관한 증거. 심지어 그때 떨리는 손으로 아버지의 서랍을 뒤적거리면서도 그는 아버지가 전쟁중에 잃은 아내와 어린 아들에 관해 자신에게조차 말할 수 없었다. 그들에 대해 어떻게 알게 되었는지 역시 알 수 없었다. 그 앎의 기원은—아니, 그것은 앎이 아니라 타고난 감각이었다—그가 접근할 수 없는 곳이었다. 하지만 기억이 미치는 세월 내내 그에게는 이 감각이 있었다. 그것이 다른 모든 것에 영향을 미쳤다. 그것을 건드리지 않고도 그의 의식은 아버지의 원래 아들이라는 진공의 공간 주위로 자라났다.

결국, 엡스타인은 한 번도 본 적 없는 어머니의 오래된 사진이 든 구두 상자 하나 말고는 아무것도 찾지 못했다. 사진 속에서 어머니는 그를 가져 배가 둥글었고, 머리칼은 바람에 휘날리고 얼굴은 중동의 태양에 갈색으로 탔는데, 이목구비의 선이 깊고 강렬했다. 이미 자신만의 체계에 따라 작동하는 사람. 어머니는 무질서한 사람은 아니었지만 자신만의 방식으로 행동했다. 그녀의 내적 질서는 다른 이들에게 보이지 않았으며, 그래서 불가해한 사람이라는 인상을 주었다. 어머니와 평생을 보낸 뒤 어머니 벽장 속에서 무릎까지 올라오는 상자들 사이에 서 있고 어머니의 서류를 들춰보면서도, 엡스타인은 암호를 풀 수 없었다. 콘치타 역시 아무런 도움이 되지 않았다. 그녀가 침실에서 맥을 놓고 있다가 집전화로 리마에 전화를 거는 동안, 그는 직접 인스턴트커피를 타서 마셨다. 엡스타인은 찬장 속의 개봉하지 않은 차 상자들 뒤에서 라뒤레 과자의 양철 상자를 발견했다—파리 여행에서 그가 부모님에게 사다준 선물이었다. 상자를 열자 바닥에 삐죽삐죽한 회색 구슬 같은 것이 몇 개 있어서 손바닥에 쏟아놓고 보니 놀랍게도 아기의 젖니였다. 티끌만큼의 감상성도 없는 줄 알았던 어머니가 그의 치아를 육십 년 동안이나 보관해온 것이었다. 깊은 감동이 올라오며 눈에 눈물이 맺혔다. 그는 그것을 누군가에게 보여주고 싶어서 콘치타를 방으로 부르려고 했다. 하지만 바로 그때 전화기가 울렸고, 그는 아무 생각 없이 그것들을 주머니에 넣었는데, 나중에 바지를 세탁소에 보내고 나서 기억해냈을 때는 이미 늦은 뒤였다. 그때를 떠올리며 그는 더러운 물과 함께 하수구를 빠져나가는 조그만 젖니들을 생각했다.

랍비는 설교를 마친 뒤 할라*를 두고 축복의 말을 했다. 클라우

* 유대인들이 안식일에 먹는 전통 빵.

스너는 땋은 머리 모양의 빵을 몇 덩어리 뜯어내 소금 접시에 찍은 후 한 조각을 자기 입에 쑤셔넣고 나머지를 탁자에 둘러앉은 사람들에게 돌렸다. 엡스타인은 그런 식의 투박함을 높이 사는 사람으로 알려져 있었다. 따분한 예의를 거부하는 열정어린 투박함. 예절이란 게 사람에게 무슨 득이 되었나? 그가 리앤에게 즐겨 하던 작은 연설은 그렇게 시작되었다. 리앤의 부모님을 보러 갔다가 돌아오는 귀갓길에, 차창 밖으로 펼쳐지는 코네티컷의 빽빽하고 오래된 숲을 배경으로 그는 이렇게 말했다. 인간의 진화에서 잘못된 전환이 이루어졌고, 이는 삶에서 필요가 서서히 빠져나간 결과다. 생존이 보장되고 나자 시간은 경박함과 얼빠진 치장에 문을 열어주었고 그로 인해 적절성이라는 개념이 터무니없이 왜곡되었다. 예의범절의 기준을 충족시키는 데 너무 많은 에너지가 낭비되는데, 그것은 결국 속박과 오해 말고는 아무것도 이뤄내지 못한다. 그가 그런 강의를 하도록 촉발한 것은 리앤의 가족과 그들의 까다로운 의례였지만, 일단 시작하고 나면 차가 맨해튼에 있는 차고로 들어갈 때까지 그의 연설을 멈추게 할 방법은 없었다. 인류는 내면의 자아를 드러내는 쪽으로 다르게 진화할 수도 있었다!

진화의 흐름을 돌릴 능력이 없는 리앤은 가방에서 〈뉴요커〉 한 부를 조용히 꺼내 책장을 뒤적이기 시작했다. 그녀와는 항상 그런 식이었다. 엡스타인은 그녀에게 가닿을 수 없었다. 아마도 그로 인한 욕망이 그를 그 관계에 그토록 오래 잡아두었을 것이다. 그는 벽에 몸을 던지고 또 던지며 그 너머에 있는 그녀의 비밀스러운 안뜰로 들어가려 했다. 시간이 지나자 그는 언쟁할 기력을 잃었다. 자신을 둘러싼 세상에 진력이 났다. 그렇게 몇 달이 지나고 그는 리앤에게 결혼생활을 지속할 수 없다고 선언했다. 열여섯번째 생일을 맞은 리앤의 조카딸을 위해 포시즌스호텔에서 열린 파티에서 저녁을 먹고 있을 때. 그가 떨어뜨린 냅킨을 흰 코트 차림의 웨이터가 바닥에서 집어들어 그의 무릎 위에 다시 올려놓았는데, 그러는 동안 엡스타인은 자리를 박차고 일어나 무언가를 외치고 싶었다. 하지만 무슨 말을? 어리둥절한 침묵 속에서 그를 쳐다볼 식사 손님들, 종업원들의 경직된 얼굴, 잔물결처럼 흔들리다 마침내 잠잠해지는 커튼 같은 것들이 떠올랐고, 그래서 그는 그러는 대신 자리에서 일어나 화장실로 가면서 지배인에게 초 대신 불꽃 폭죽이 달린 솜사탕 디저트를 조카딸에게 가져다주게 했다.

이제 엡스타인은 리앤의 잔주름 잡힌 얼굴, 아침에 눈을 뜰 때마다 짓던 살짝 놀란 표정이 떠오른 얼굴을 생각하면 가슴이 찔린 듯이 아팠다. 그는 항상 짜증이 났다, 그녀의 어리둥절한 표정을 보면. 그는 자는 동안 밤새 자신의 논거를 준비하다가 깨어나 그날 하루로, 논쟁으로 직진하는데, 그녀는 다 잊고 자다가 당황해하며 일어났다. 아내는 왜 자신과 더 비슷하지 않을까? 결혼생활을 더 이어가지 못하겠다고 알렸던 밤에 리앤이 그는 온전한 상태가 아니라고 말했던 기억이 났다. 그가 여전히 부모님의 죽음 때문에 괴로워하고 있다고, 경솔한 짓을 해선 안 될 시기라고 했다. 하지만 그녀의 눈이 씰룩거리는 것을 보고 그는 자신도 아직 완전히 파악하지 못한 어떤 것을 리앤은 알고 있음을 깨달았다. 그녀는 전혀 당황하지 않았으며, 이미 자신만의 결론을 내린 상태임을. 진즉 무언가 깨졌어야 했다. 그리고 그때 그는 손가락 밑에서 연약한 뼈들이 하나씩 투두둑 꺾이는 것을 느꼈다. 이런 식일 거라고는 예상하지 못했다. 엄청난, 불가능에 가까운 고역일 거라고 상상했었는데, 거의 아무 노력도 들지 않았다. 너무나 가볍고, 너무나 섬세한 것이었다, 결혼이란. 미리 알았다면 지난 세월 내내 조금 더 조심했을까? 아니면, 오래전에 이미 깨트려버렸을까?

길굴의 부엌에서 김이 모락모락 나는 접시들이 나왔다. 까맣게 탄 팬 안에 통째로 담긴, 깃털 뽑힌 노릇한 닭 한 마리는 제 기름 속에서 보글보글 끓고 있었다. 엡스타인은 클라우스너가 이번에도 닭다리를 뜯어 탁자에 둘러앉은 사람들에게 전달할 것인지 조금 궁금했다. 하지만 레즈비언 같아 보이는 여자애 하나가 고기 저미는 칼을 들고 그 일을 도맡았다. 고기와 감자를 가득 쌓은 접시 하나가 탁자를 거쳐 엡스타인에게 전달되었다. 그는 물에 빠질 뻔했던 때 이후로 먹은 게 거의 없었다. 위가 음식을 받아들이지 못했다. 무엇 때문에? 바닷물 좀 삼켰다고? 무덤 속에서 그의 어머니가 그를 나무랐다. 어쩌다 그리된 건가? 영원의 담배 연기가 어머니 주위에서 소용돌이쳤다. 예전엔 위가 강철 같았던 아이가! 그는 시큼한 와인을 한 모금 마시고 내려놓은 후, 기름진 닭고기를 먹기 시작했다. 마음을 단단히 먹고 고기를 삼켰다. 몸에 대한 정신의 장악력 문제에 불과했다. 오래전, 조나와 루시가 아직 어렸을 때, 그는 악성 흑색종 진단을 받았다. 가슴에 난 조그만 사마귀가 어느 가을에 단풍과 함께 물들기 시작했다. 의사가 그 부위를 긁어내 실험실로 보내고 나서 돌아온 소식은 그곳에서 자라며 제 색깔들을 드러내고 있는 그것이 그의 죽음이라는 사실이었다. 생존율은 십 퍼센트다, 의사는 엄숙하게 알렸다. 남은 시간 동안 딱히 손쓸 방법도 없었다. 병원을 나와 상쾌한 햇살 속에서 센트럴파크 서로를 따라 걸으며, 떨고 있던 엡스타인은 결심했다. 살아야겠다. 그는 진단받은 일을 아무에게도, 심지어 리앤에게도 말하지 않았다. 의사를 만나러 병원에 다시 가지도 않았다. 세월이 가고 또 가며, 가슴에 있던 작고 하얀 상처는 희미해지다가 알아볼 수도 없게 되었다. 그의 죽음은 알아볼 수 없게 되었다. 한번은 잊고 있던 주소를 지나다가 동판에 새겨진 의사의 이름이 눈에 들어와 몸이 오싹해졌다. 그는 목도리로 목을 여미고 웃어넘겼다. 물질보다는 정신! 그래, 그는 혀짧배기소리를 고쳤고, 약점을, 실패를, 탈진을, 모든 유형의 무능을 고쳤으며, 마치 그걸로는 충분하지 않다는 듯, 나아가 암도 혼자서 고쳤다. 강철 같은 위와 무쇠 같은 의지. 벽이 있는 곳에서는 벽을 뚫고 지나갔다. 속이 울렁거리는데도 씹고 있는 이 저녁식사 역시 틀림없이 밀어넣을 수 있을 것이다.

그렇게 되어, 시간이 한참 더 흐른 뒤에야—식사는 오래 계속되었고, 그뒤에는 클라우스너가 거대한 손바닥으로 접시와 식기가 덜컹거릴 만큼 요란하게 탁자를 내리쳐 박자를 맞추며 모두를 합창으로 이끈 피날레가 남아 있었다—배가 꽉 찬 엡스타인은 부글거리는 뱃속을 주체할 수 없어 자리에서 일어났고, 화장실을 찾아 어두운 복도를 더듬어 걸어가다 그녀와 우연히 마주쳤다.

문이 약간 열려 있고 그 틈새로 따뜻한 불빛이 복도를 가로지르며 쏟아져나왔다. 가까이 다가가니 물이 부드럽게 찰랑거리는 소리가 들렸다. 돌아설 생각은 하지 않았다. 돌아서는 것은 그의 본성이 아니었으며, 그는 항상 지나치게 호기심이 강했고, 세상이란 그

전부를 보라고 그에게 주어진 것이라고 여겼다. 그런데 열린 문 안을 들여다보자 벅차오르는 감정이 그의 몸을 훑고 지나갔다. 그는 배를 움켜잡고 숨을 멈췄지만, 욕조에 앉아 무릎에 턱을 괴고 있던 젊은 여자는 그의 존재를 감지했는지, 천천히, 거의 한가롭게, 고개를 들지도 않은 채 얼굴을 돌렸다. 목덜미 위로 자른 검은 머리칼이 귀 뒤로 넘어갔고, 눈길이 그에게로 와 차분히 머물렀다. 그녀의 시선은 너무나 직선적이고 놀라워서 그에게는 일종의 파열처럼 느껴졌다. 미어질 일만 남아 있던 솔기가 터진 듯이. 하지만 상관없었다. 충격을 받은 그는 뒷걸음질쳤고, 그러면서 발을 헛디뎠다. 어둠 속에서 쓰러지며 그는 양손을 뻗었다. 손바닥이 벽을 쳤고, 그 소리에 여자가 첨벙 소리를 내며 벌떡 일어섰다.

그제야 그는 그녀가 자신을 본 게 아니었음을 깨달았다. 어두워서 보이지 않았던 것이다. 하지만 한순간 그는 그녀의 온몸을, 몸을 타고 주르륵 흘러내리는 물까지 모두 보았다. 그때 쾅 하고 문이 닫혔다.

뱃속에 경련이 일어나는 느낌이 들어 그는 복도를 따라 다시 달려갔다. 현관에 다다르자 문을 밀어 열고 밖으로 몸을 날렸다. 기온이 낮아졌고 광활한 하늘에 차가운 별들이 단단히 박혀 빛나고 있었다. 그는 무릎 높이로 마구 자란 뻣뻣한 풀을 뚫고 지나갔다. 발에 밟힌 잡초에서 눅눅한 풀냄새가 올라왔다. 그는 허리를 수그리고 토하기 시작했다. 속엣것이 밖으로 나오고 또 나왔고, 이제 끝났나 싶으면 또다시 나왔다. 엄청난 고역을 마치고 가슴이 들썩이도록 숨을 몰아쉬며 그는 구름처럼 올라온 입김이 사라지는 것을 보았다.

입을 닦고 허리를 폈는데, 아직도 다리가 후들거렸다. 내일은 정말로 의사에게 연락을 해야겠다. 뭔가 잘못되었다. 그런 생각을 하며 그는 돌아서서 달빛에 드러난 집을 바라보았다. 그는 지금 여기에서 뭘 하고 있나? 오늘밤에 그는 딴사람 같았다. 전부터 한동안 그랬던 것 같았다. 자신다움을 내려놓고 있었다. 바로 그래서일까? 엡스타인다움을 내려놓아서? 그가 평생의 논리를, 장대한 이성을 내려놓은 상태에서 환영을 본 것일까?

차마 안으로 들어갈 수가 없었다. 쐐기풀을 헤치며 그는 어딘지 모를 곳을 향해 가고 있었다. 집의 측면을 돌아가보니 석재 덩어리와 기왓장들이 제멋대로 쌓여 있고, 돌투성이 흙 위로 삽 한 자루가 불쑥 튀어나와 있었다. 이곳에는 완성된 것이 아무것도 없었다. 똑같은 땅에 똑같은 망가진 재료들로 거듭해서 다시 세워지는 세상. 엡스타인은 발을 헛디뎠다. 성긴 흙이 신발 속으로 쏟아져들어오자, 그는 집 벽에 기대어 이탈리아산 로퍼를 벗고 흙을 털어냈다. 아직은 땅에 묻힐 준비가 되지 않았다. 벽에 태양의 열기가 남아 있어, 엡스타인은 몸을 떨며 그 열기를 빨아들이려 애썼다. 그러던 중 문득 어떤 생각이 그를 뚫고 들어왔다. 그 여자가 환영이 아니라 멀쩡한 육신을 가진 클라우스너의 연인이라면? 클라우스너는 그런 식으로 살아도 되는 것인가? 다른 사람과 다를 것 없이 이 세상의 법칙에 휘둘리면서 영적 영역과 신성한 빛의 계시를 운운하며 신비주의 지팡이를 흔들어대도 되는 건가? 아니면 그 여자는 그의 아내일까? 랍비가 자기 아내를 언급했었나? 그 여자가, 그 자체로 하나의 세상인 그 여자가 칙칙하고 긴 치마에 불편한 스타킹을 신고서 생기 없는 헬멧 같은 머리칼을 드리운 채 가만히 앉아서 클라우스너의 말을 듣는 게 가능한 일인가?

집 뒤편으로 돌아나가던 엡스타인은 창문에서 흘러나오는 빛을 보았다. 더이상 무엇을? 그는 텔아비브로 돌아가야 했다. 호텔로 돌아가 킹사이즈 침대에 누워 잠들었다가—그가 원하는 왕위의 형태는 오직 그것뿐이었다—예전의 이해 체계 속에서 깨어나고 싶었다. 택시가 이미 그를 태우러 오고 있었다. 왔던 방식 그대로 돌아가리라. 오던 길을 되짚어서, 이제는 어둠에 잠긴 사페드의 거리를 지나고, 이제는 어두워진 산비탈을 내려가 어두운 계곡을 뚫고 어둡게 빛나는 바다를 따라, 모든 것을 아까 전과 반대로. 유한한 세상에서 사는 건 바로 그런 거니까, 그렇지 않은가? 대립쌍들로 이루어진 삶? 행동하거나 돌이키고, 여기이거나 여기가 아니고, 있거나 있지 않고. 평생 있지 않은 것을 있게 하며 살아왔다, 안 그런가? 존재하지 않거나 존재할 수 없는 것을 몰아붙여 생생한 존재로 만들었다. 인생의 정상에 서서 얼마나 자주 그렇게 느꼈던가? 집안 곳곳의 빛나는 방에서, 생일 축하 건배를 위해 찾아온 손님들 사이로 칵테일 웨이터들이 쏜살같이 움직이고 있을 때. 움직임 하나하나에 확신과 지성이 배어 있는 아름다운 딸들을 바라볼 때. 꼭대기에 눈이 쌓인 알프스가 보이는 방에서 하얀 깃털 이불을 덮고 16세기 천장 들보를 바라보며 잠을 깰 때. 손자가 자신이 사준 조그만 첼로를 연주하는 소리를 들을 때. 그 진한 밤색 목재의 광택은 좋은 인생의 광택이었다. 충만한 인생. 비존재에서 존재를 향해 지칠 줄 모르고 씨름한 인생. 엘리베이터의 문이 무대의 커튼처럼 열리고 그가 리앤과 함께 아이들을 키우던 집이 나타나면, 그 안의 세상이 너무도 완전해서 그는 도무지 믿을 수가 없었다. 자신에 대한 확신, 엄청난 욕망, 그칠 줄 모르는 노력이 이루어놓은 것들을 믿을 수가 없었다.

그는 녹초가 되었다. 전화기를 들고 누군가에게 소리를 지르고 싶다는 생각마저 들었다. 하지만 뭐라고 소리를 지른단 말인가? 이렇게 늦은 시간에, 아직도 고쳐야 할 일이 뭐가 있단 말인가?

그가 창문에 막 다가가려 했을 때 수풀 쪽에서 부스럭거리는 소리가 들렸다. 빛 때문에 눈이 부셔서 아무것도 보이지 않았다. 그래도 어둠 속에서 움직이는 그것이 동물보다는 사람에 가깝다는 느낌은 들었다. "거기 누구요?" 그가 외쳤다. 멀리서, 원하는 것을 얻지 못해 여전히 짖고 있는 개의 소리만 들릴 뿐이었다. 하지만 엡스타인은 가까이에 누군가의 존재가 느껴지는데다, 아직 불가해의 영역에 완전히 빠져들 준비가 안 된 터라, 다시 한번 외쳤다. "이봐요! 거기 누구요?"

"저예요." 굵은 목소리의 대답이 바로 등뒤에서 들려왔다.

엡스타인은 몸을 획 돌렸다.

"누구?"

"페레츠 하임."

"페레츠……" 엡스타인은 거의 무릎이 꺾일 것 같다고 느끼며 숨을 내쉬었다. "자네 때문에 심장마비에 걸릴 뻔했네. 여기에서 뭘 하고 있나?"

"저도 같은 질문을 하려던 참입니다."

"잘난 척하지 말게. 난 오줌 누러 나온 거야. 랍비의 연설에 정신이 어질어질해서. 신선한 공기가 필요했어."

"그래서 여기 뒤쪽 공기는 더 신선합니까?"

엡스타인은 완전히 그다운 상태는 아니었지만, 아직 원래의 자신을 다 벗어버린 것도 아니었기에 반사적으로 도전에 응했다.

"어머니는 자네를 뭐라고 부르시나, 페레츠?"

"안 부르십니다."

"그래도 옛날에는 뭐라고 부르셨을 거 아니야."

"에디라고 부르셨어요."

"에디. 에디라는 이름으로 세상을 살아가는 건 어떨지 상상이 되네. 내게도 에디 삼촌이 계셨지. 내가 자네라면 에디라는 이름을 고수했을 거야."

하지만 페레츠 하임 역시 재빨랐는데, 아마도 저녁식사 때 마신 와인 때문에 대담해진 듯했다.

"이름을 고수하며 처박혀 살았을 거란 말씀이시죠?"

그러자 엡스타인은 한 번도 만난 적 없는 그의 할아버지가 사악한 눈이 자신을 찾지 못하게 하려고 이름을 네 번이나 바꿨다는 얘기를 떠올렸다. 하지만 그때는 세상이 더 넓었다. 숨기가 더 쉬웠다.

"그런데 여기엔 어떻게 왔나, 페레츠 하임?"

하지만 그 순간 젊은이에게 도망갈 핑계가 생겼다. 바로 그때 등 뒤편 창문에 불이 꺼지면서 어둠이 두 사람을 뒤덮었기 때문이다.

"취침 시간이에요." 페레츠 하임이 속삭였다.

엡스타인은 피로가 몰려오는 것을 느꼈다. 바로 거기 그녀의 창문 아래 땅바닥에 그대로 누워 눈을 감으리라. 아침이 되면 모든 것이 달라 보일 것이다.

"랍비께서 기다리십니다." 페레츠 하임이 마침내 말했다. "어르신을 찾아보라고 저를 보내셨어요."

엡스타인은 그의 말에서 반감을 감지했다. 그렇지만 둘은 같은 편 아니던가? 둘 다 뒤늦게, 예상치 않게, 하지만 자발적으로 여기 온 거니까? 이제 그는 터무니없게도, 턱수염을 듬성듬성 기른 채 거무스름한 양복을 입고 사본의 사본이 되어가는 자신을, 그런 식으로 고대에는 독창적이었던 어떤 것에 살짝이라도 닿으려 애쓰는 자신을 그려보았다.

청년에게서 땀냄새가 났다. 엡스타인은 팔을 뻗어 그의 넓은 어깨에 손을 얹었다. "말해봐, 페레츠, 난 알아야겠어—저 여자는 누군가?"

하지만 젊은이는 피식 웃고 몸을 홱 돌려 어둠 속으로 사라졌다. 그는 다른 편이었다. 그는 엡스타인을 대단찮게 생각하는 것이 분명했다.

텔아비브에서 그를 태우러 먼길을 온 택시는 돌아가야 했다—그는 요금 칠백 세겔에 백 세겔을 더 얹어 열린 창문 틈으로 기사에게 건넸다. 기사는 화가 나야 하는지 아닌지 헤아려보다가 그냥 어깨를 으쓱하며—무슨 상관이란 말인가?—돈을 세고는 택시를 후진했다. 엡스타인은 엔진소리가 잦아들고, 밤이 다시 고요하고 측정 불가능한 거리距離들로 메워질 때까지 기다렸다. 실수였다. 그는 알았다. 차를 타고 돌아갔어야 했다. 할 수 있을 때 세상의 익숙한 차원들로 도망쳤어야 했다. 내일 테라스에서 햇볕을 받으며 오렌지주스를 마실 수도 있었을 것이다. 그는 가야 했지만 그럴 수 없었다.

다시 안으로 들어간 엡스타인은 사람들의 목소리를 따라 부엌으로 갔다. 고기 자르는 칼을 휘두르던 이는 이제 주전자에서 따른 뜨거운 물로 커피를 타면서 자기 말을 들어줄 것 같은 사람이면 누구에게든, 만약 마이모니데스*가 랍비의 말을 들을 수 있다면 무덤 속에서 놀라 뒤척일 거라고 의기양양하게 지껄였다. 말하는 분위기만 보면 12세기에 살던 그 의사와 개인적으로 아는 사이인가 싶을 정도였다. 마이모니데스에 의하면, 그녀가 말했다. 하느님의 존재는 절대적이다. 하느님을 정의할 속성이란 없고, 하느님에게는 새로운 요소가 있었던 적도 없다. 그녀는 계속 떠들었고, 마침내 음울한 페레츠 하임, 엡스타인이 들은 바로는 '삶으로의 폭발'을 의미한다는 그 이름의 주인이 목소리를 내며, 그래도 어쨌거나 마이모니데스는 여전히 기적을 주장했다고 말했다. 그는 중세 사람이어서 이성과 계시를 모두 받아들였다, 페레츠는 말했다. 하지만 그녀는 자기 주장을 포기하지 않았기 때문에, 페레츠 하임이 자기 이름에 충실했다면 언쟁이 폭발할 수도 있었다. 그러나 아직 폭발하지 않았으나 언젠가는 폭발할 수도 있는 유순한 기타 연주자는 싸움을 포기했고, 마침내 화제가 바뀌면서 그들 중 일부가 다음 날 찾아가기로 한 치즈 제조업자의 정통파 유대교도 남편이 집 뒤에서 마리화나를 기른다는 얘기가 시작되었다.

엡스타인은 서재에 있는 랍비를 찾아가, 함께 브랜디를 한잔하자는 그의 제안을 거절하고 자신이 머물 방으로 안내해달라고 요청했다. 랍비는 기뻐했다. 내일 주변을 구경시켜드리겠다! 벽과 아치를 어떻게 복구했는지, 한 세기 동안 방치된 이곳을 어떻게 되살

* 12세기에 활동했던 유대 철학자, 신학자, 의사.

렸는지 보여드리겠다! 교실과 솔로코프가家에서 기증한 장서로 이루어진 작은 도서관에도 가볼 텐데—이스트 79번가의 솔로코프가를 아시는지? 그 집 아들이 원래 유대교에 대해, 사실상 그 무엇에 대해서도 아무런 관심이 없었는데, 무기력에 빠져 이곳에 왔다가 돌아가서 철학을 공부했고 그다음에는 약초학을 공부하더니 인도 곳곳으로 배낭여행을 갔다가 돌아와 자신이 깨달은 사상 일부를 통합해서 윌리엄스버그에 '네샤마 요가'를 열고 상점도 운영하며 약초 물약을 팔고 있다. 솔로코프가에서 진심으로 감사하는 마음에 책 삼천 권을 기증해주었다. 엡스타인은 아무 말도 하지 않았다. 책장 구입 비용까지 기증했다고 클라우스너가 덧붙였다.

방을 둘러보니 얘기한 대로 간소했다. 침대, 창문, 의자, 다른 세기의 냄새 말고는 아무것도 들어 있지 않은 작은 옷장. 전등이 벽에 따뜻한 그림자를 드리웠다. 구석에 삼각형 개수대가 서 있었고, 그 옆에는 질기고 뻣뻣한 수건이 벽에 박은 못에 걸려 있었다. 얼마나 많은 순례자가 이것으로 몸을 닦았는지 그 누가 알겠는가? 그의 뒤에서 서성거리던 클라우스너가 다윗왕 후손 재회 행사로 화제를 바꾸었다. 기부금이 조금만 있다면 로버트 앨터*를 기조연설자로 부를 수 있을지도 모른다. 앨터는 그가 생각한 최우선 후보는 아니지만 주류의 호감을 사는 인물인데다 그 주에 시내에 올 일정이 이미 잡혀 있다.

그러면 랍비의 최우선 후보는 누구였는가? 엡스타인이 물었다. 한때 그는 자면서도 대화를 이어갈 수 있는 사람이었다.

---

* 미국의 히브리어 및 비교문학 교수.

다윗왕 본인, 클라우스너가 그렇게 말하며 획 돌아서는데, 이제는 익숙한 클라우스너의 번들거리는 눈빛에서 엡스타인은 다른 무언가를, 자신이 몽롱하고 피로한 상태임을 잘 알고 있지 않았다면 광기의 기미라고 착각했을지 모를 어떤 것을 포착했다고 생각했다.

"그래, 랍비께서는 내 조상을 따라 올라가면 다윗왕이 나온다고 생각하시오?" 엡스타인이 부드럽게 물었다.

"생각이 아니라 아는 겁니다."

마침내, 순례자 엡스타인은 더이상 서 있을 수 없어서 재킷을 걸고 침대에 무너져 다리를 위로 올렸다. 한순간 그는 터무니없게도 랍비가 허리를 숙여 이불을 덮어줄지도 모른다고 생각했다. 하지만 클라우스너는 마침내 상황을 파악하고 잘 자라고 인사하며 아침에 일찍 깨우겠다고 약속했다. 그가 문을 당겨 닫기 직전에 엡스타인은 그를 불렀다.

"메나헴?"

클라우스너가 고개를 돌려 열의로 상기된 얼굴을 문틈으로 들이밀었다. "네?"

"이 일 전에는 뭐하는 사람이었소?"

"전이라뇨? 길굴 전에요?"

"어쩐지 처음부터 종교적인 사람이었을 것 같지는 않아서."

"지금도 종교적인 사람이 아닙니다." 클라우스너가 씩 웃으며 말했다. 하지만 바로 태도를 바꿔 다시 진지한 표정을 지었다. "네, 거기엔 사연이 좀 있지요."

"다른 뜻이 있어서가 아니고, 나는 복원된 아치보다는 그 이야기가 더 듣고 싶소."

"궁금하신 게 있다면 뭐든지요."

"그리고 다른 것도 있는데," 엡스타인은 생각이 떠올라 물었다. "왜 이곳을 길굴이라고 부르는 거요? 입에 잘 안 붙는 말 같은데, 내 생각엔."

"리브노트 울레히바노트—건설하고 건설되기—라는 이름은 이미 길 아래 다른 곳에서 가져가버렸거든요. 팜비치 유대인 연맹의 기부금과 함께 말이죠."

"그럼 거기에서는 뭘 하는 거요?"

"히트보데두트. 하시디즘* 명상이죠. 매번 피정이 끝나면 학생들을 혼자 숲에 보냅니다. 명상하라고요. 노래하고 소리치라고요. 고양된 상태를 경험하는 거죠. 이따금 누군가 길을 잃어 응급구조대가 와야 할 때도 있어요." 하지만 길굴은 듣기보다 괜찮은 이름이라고 클라우스너는 말하며 그 단어는 '순환' 혹은 '바퀴' 등을 의미하지만 카발라에서는 영혼의 윤회를 뜻한다고 설명했다. 준비된 사람에게만 열리는, 더 높은 영혼의 영역으로 가는 길. 비록 때로는, 당연히, 그것이 더 고된 영역이기도 하지만.

침대 옆의 전등을 끈 줄스 엡스타인의 영혼은 빳빳한 시트 아래에서 뒤척였고, 그는 잠 못 이루던 수많은 밤에 자신이 옳다는 증거를 거대하게 쌓아놓고 머릿속에서 계속 언쟁하며 응시했던 고집스러운 어둠으로 되돌아갔다. 그런데 그 끈질긴 어둠은 지난 몇 개월간 그에게 일어난 휴전으로 인해 이제는 달라 보였을까?

---

* 18세기에 동유럽 유대교도 사이에서 일어난 신비주의 신앙 운동.

그 단어는 충만한 의미를 담고 저절로 떠올랐다. 바로 이런 휴전의 장에서만—그 섬뜩한 고요 속, 이전의 작전명령이 유예된 상태에서만—그는 지금 자신이 전쟁으로 생각하고 있는 그것을 완전히 인식하게 되었기 때문이다. 장대한 전쟁, 그 전쟁을 치르며 그는 더이상 이름을 댈 수도, 기억할 수도 없는 수많은 전투에서 대부분은 이겼으나 그 대가가 무엇이었는지는 굳이 살펴보고 싶지 않았다. 그는 공격했고 방어했다. 베개 밑에 무기를 둔 채 잠들었고 눈을 뜨자마자 논쟁에 뛰어들었다. 언젠가 루시가 그에 대해 말한 적이 있었다. 아버지의 하루는 무엇 혹은 누군가를 문제삼아 논쟁에 들어가기 전에는 공식적으로 시작된 것이 아니라고. 하지만 그는 그것을 건강의 발현이라고 느꼈다. 활력의 발현. 심지어 창의력의 발현, 그 결과가 아무리 파괴적이라 해도. 그 모든 정신 나간 짓들! 소동에 휘말려, 상대와 뿔을 얽은 채, 영구적 분쟁 상태로—그런 삶은 그에게 활력을 불어넣었을 뿐, 고갈시키지는 않았다. "평온하게 좀 삽시다!" 그는 때때로 부모나 리앤과 언쟁하다 그렇게 고함치곤 했으나 사실 그는 평온에 끌린 적이 없었다. 결국 그것은 자기 자신과 홀로 남겨진다는 의미였으니까. 그의 아버지는 허리띠로 그를 때리곤 했다. 아주 작은 실수를 저질러도 허리춤의 고리에서 검정 가죽끈을 풀어내며 그를 구석으로 몰아 맨살을 후려치는 일이 거듭되었다. 그런데도 정작 그의 분노를 자극한 것은 아침 열시에 커튼을 닫은 채 침대에 풀기 없이 늘어져 있는 망령 같은 아버지의 모습이었다. 어릴 적 아버지의 침실 문 앞을 까치발로 지나가며 느꼈던 두려움이 나중에는 분노로 바뀌었다. 아버지는 왜 기운을 내고 벌떡 일어나지 않는 걸까? 왜 일어서서 기운차게 밖으로 나오지 않는 걸까? 엡스타인은 그런 분위기를 참을 수가 없어서 밝은 에너지가 쉴새없이 웅성거리는 바깥으로만 나돌기 시작했다. 우울증으로 늘어져 있지 않을 때 아버지는 또다른 형태로 지독했다—완고하고 자기 방식만 고수하며 쉽게 폭발하는 성미. 솔과 이디 사이에서, 모든 것과 직각을 이루고 그 무엇과도 나란하지 않았으며 아무것도 내버려두지 못하고 모든 것에 대해 할말이 있는 그의 부모 사이에서, 엡스타인은 극단의 해법을 개발했다. 축 늘어져 누워 있거나, 아니면 무장하고 장전해 밖으로 나가는 것이다. 그는 신선한 공기와 햇볕으로 나가 소동에 자신을 내맡겼다. 첫 주먹을 날렸다. 자신이 가혹할 수 있음을 발견했다. 사울은 수천을 치셨고 다윗은 수만을 치셨다네! 그는 너무도 커다랗게 자라 자신의 힘에 도취된 나머지, 어느 날 밤 집에 돌아왔을 때 얼룩진 가운을 입은 아버지가 부엌에 서서 그를 혼내기 시작하자, 고개를 돌리고 휙 돌아서서 아버지의 얼굴에 주먹을 날렸다. 아버지를 치고 나서 그는 쓰러진 아버지의 기괴하게 부어오른 눈에 얼음조각을 대주며 아이처럼 흐느껴 울었다.

엡스타인은 반사적으로 자신의 눈을 만지고 침대에서 나와 맨발로 창가로 갔다. 품위 있는 관계에 대해 그가 무엇을 알았겠는가?

원했다면 그는 그때라도 텔아비브에 돌아갈 수 있었다. 다시 택시를 부르고 아직은 어두운 복도를 지나 대기중인 차로 걸어가며 클라우스너에게 깜빡 잊은 회의가 있다고 문자를 보낼 수도 있었다. 바이츠만 연구소나 이스라엘박물관과 논의해 부모님을 기념하는 기부금에 관한 세부 사항을 마무리짓고, 호텔 숙박료 지급도 마무리짓고, 모티와도 마무리지을 수 있었다. 모티는 겨드랑이가 땀에 젖은 채 로비로 와서 그를 배웅하고 늘 그렇듯 현금 봉투를 받아갔을 것이다. 그러면 그는 짐을 싸서 다시 공항으로 가 자신이 태어난 도시, 딱히 무엇인지 말하기 힘든 무언가를 회복하기 위해 수없이 여러 번 되돌아왔던 도시를 떠나, 유다 할레비*의 심장에서 반대 방향으로 시속 육백 마일로 날아간 후, 깊이를 알 수 없는 어둠 위로 드러나는 동쪽 해안선을 바라볼 수도 있었다. 높은 바람과 싸우던 조종사가 비행기를 삐딱하게 착륙시키고, 놀랍게도 아직 살아 있다는 것을 깨달은 승객들이 산발적으로 박수를 치고 나면, 그는 자동 입국 심사대를 통과해 밖으로 나가 택시를 타고, 새벽 네시 반이라 텅 비어 있는 그랜드 센트럴 파크웨이를 질주하다가 맨해튼의 스카이라인을 흘낏 보며, 이번이 마지막 방문일 거라고 생각되는 곳에 멀리 떠나 있다가 돌아오면 일어날 법한 감정을 느낄 수도 있었다. 원했다면 그는 집에 갈 수도 있었다. 하지만 그러지 않았다. 그리고 이제는 다른 일들이 일어나야 했다.

그는 바닥짐을 잃은 배 같은 느낌이 들었다. 그를 자신의 패턴에 묶어두던 모든 것과 모든 이들이 이제는 사라졌다. 그는 유리창에 이마를 대고, 태고의 암석 덩어리들이 이루는 들쭉날쭉한 선 위로 펼쳐진 광활한 하늘을 바라보았다. 그는 풍경뿐 아니라 자신의 민감성에도 자극을 받아 흥분을 느꼈다. 무언가가 떨어져나갔고, 그로 인해 생긴 구멍에 신경들이 아무런 목적 없는 원초적 감각을 흘려보냈다. 그가 섬세하게 더듬어보고 깨달은 것은, 부재하는 모든

---

* 유대인 의사, 시인, 철학자. 스페인에서 태어났으나 '이스라엘의 땅'에서만 진정한 종교적 깨달음을 얻을 수 있다는 믿음으로 스페인을 떠나 1141년경 예루살렘에 도착했고 그곳에서 사망했다고 전해진다.

것이 다 그렇듯, 새로 생긴 공동은 예전에 그 공간을 채우던 것보다 훨씬 크다는 사실이었다.

카프카를 위해 카디시를

아침에는 모든 것이 다시 고요해졌고, 하늘은 구름 없이 잠잠했다. 나는 잠을 거의 못 잤는데, 불면의 밤에는 항상 그렇듯 이성의 해안이 그곳의 익숙한 언덕이나 지형지물과 함께 내게서 점점 멀리 떠내려가고 있다고 느꼈고, 나 스스로가 어떤 식으로든 거기에서 멀어지려고 애쓰고 있으며 그 방편으로 불면을 택했다는 두려움에 젖었다. 나는 여동생의 집 테라스에 앉아 쓰디쓴 커피를 마셨다. 밝은 빛에 눈이 따가웠지만, 거기에 앉아 있으면 프리드만이 오는지 내다볼 수 있었다. 너무 피곤해서 그가 오지 않았으면 하는 마음도 있었다. 할머니의 의자에 앉아서, 어렸을 때 할머니가 나를 사해에 데려가곤 했던 때를 생각했다. 할머니가 점심 도시락을 싸면 우리는 함께 중앙역으로 가서 사막으로 나가는 버스를 탔다. 두어 시간 후 우리 둘은 바다가 없어지고 남은, 짭짤하고 형광빛을 띤 청색 물 위에 누워 둥둥 떠다녔다. 등뒤에는 고대의 모아브산이 펼쳐져 있었다. 시간이 천천히 증발하며 졸아든 역사의 농축액 위에서, 할머니는 고무 꽃으로 장식된 흰 수영 모자를 쓰고 있었다. 나는 그곳에 둥둥 떠 있는 프리드만을, 그가 진한 색안경을 쓰고 민족 문학의 전파를 지휘하고 있을 때 머리 양옆으로 수생생물처럼 구불구불 퍼져나가는 흰머리를 상상했다.

그는 정확히 열시에 털털거리는 흰색 마쓰다를 타고 창문 밖으로 또다른 교향곡을 쏟아내며 나타났다. 나는 오래된 의자에서 몸을 일으킨 후 여벌옷을 담은 비닐봉지에 『우화와 역설』을 쑤셔넣었다. 몽롱한 상태로, 수영복도 집어넣었다. 한밤중에 집에 이메일을 보낸 뒤 탁자 위에 그대로 열어둔 컴퓨터로 잠시 시선을 던졌다가 밖으로 나와 문을 닫고, 동생이 잠깐이라도 외출할 때는 무조건 하라고 시킨 대로 위와 아래의 자물쇠를 모두 잠갔다. 내려가는 계단실은 서늘하고 어두웠다. 밝은 곳에 있다가 갑자기 주위가 바뀌니 머리가 어질어질하면서, 내 생각을 덮고 있던 지붕이 갑자기 들려올라가고 공간이 차갑게 쏟아져들어오는 느낌이 들었다. 굶주림 너머에 고양된 명료함과 가벼움이 있다고들 하듯이, 피로 너머에도 분명히 다른 것이 있을 것이다. 하지만 나는 항상 위험을 감수하며 직접 변화하기보다는 변화한 상태에 관해 읽기를 좋아했다. 안 그래도 내 정신은 지나치게 흡수성이 강했다. 약에 손대본 몇 번 안 되는 경험에서도 아주 잠깐 황홀감을 느낀 뒤 갑작스럽게 공황에 빠지곤 했다. 나는 계단에 앉아 무릎 사이에 머리를 묻었다.

차를 타고 가는 동안 열린 차창으로 따뜻한 바람이 들어왔다. 프리드만은 빵집에서 초콜릿 루겔락 쿠키를 사다주었고, 상태가 나아진 나는 그것을 하나둘 연달아 먹었는데 그동안 그의 개는 내 어깨에 머리를 대고 귀에다 숨을 뿜고 있었다. 며칠 전 밤에 매티와 저녁을 먹으며 전직 모사드일 수도 있고 아닐 수도 있는 다른 프리드먼을 만났다고 얘기했더니, 매티는 웃음을 터트리며 이스라엘에서 모사드를 위해 일한다고 넌지시 말하는 사람들의 말이 모두 사실이라면 모사드는 이 나라에서 직원 수가 가장 많은 기관일 거라고 했다. 모사드가 자기도 모르는 사이에 덮어주고 있는 가정사의 온갖 진부한 비밀들을 생각해봐, 그가 말했다. 사실을 말하자면, 그즈음 나는 카프카의 '희곡'을 완성하라는 요청을 정말로 받지는 않을 거라고 믿었다. 이제 보니 너무 터무니없는 생각이어서 진지하게 고려할 필요도 없을 것 같았다. 개와 쿠키, 너덜거리는 문고판 책들을 담은 구겨진 봉투, 고양이들, 모사드, 그리고 실은 은퇴 후 오락거리나 찾고 있을 뿐인지도 모르는 프리드만—그 모든 것이 흡사 장난처럼 느껴졌다. 나 역시 당분간은 이전의 목표에서 은퇴한 상태였다. 그러니까, 소설을 쓰겠다는 목표 말이다. 하지만 사람들이 쓰기를 꿈꾸는 것은 실은 그저 한 편의 소설이 아니라 훨씬 더 포괄적인 무언가이며, 그걸 소설이라고 부르는 이유는 과대망상이나 모호한 희망을 가리기 위해서다. 언젠가부터 나는 계획을 세울 엄두를 내지 못하게 된 것과 마찬가지로, 더이상 소설 역시 쓸 수 없게 되었는데, 내게 삶의 문제와 일의 문제는 결국 똑같은 것으로 귀결되기 때문이었다. 즉, 사물의 형태를 드러내기 위해 내가 사용할 법한 모든 방안을 불신하게 되었다는 것. 혹은, 사물의 형태를 드러낼 수 있는 내 직관 자체에 믿음을 잃었다는 것.

그냥 드라이브를 따라나선 거다, 나는 프리드만이 기어를 바꾸고 있을 때 스스로에게 그렇게 말했다. 공습경보에서 잠시 벗어나기 위해서, 그리고 나는 유대의 사막을 다른 어떤 곳 못지않게 좋아하니까. 그 냄새와 빛, 그리고 수백만 년의 세월까지. 그중 수천 년은 알려졌거나 알려지지 않은 출처를 통해 내 안에 쓰여 있었고, 너무 깊이 각인되어 기억과 구별되지도 않았다. 우리가 정확히 어디로 가고 왜 가는지 내가 묻지 않았던 건, 알고 싶지 않았기 때문이다. 나는 그저 뒤로 머리를 기댄 채 눈을 감고 싶었고, 당분간 나 자신을 다른 사람 손에 맡긴 채 휴식하며 생각을 멈추고 싶었다.

휴식하며. 하지만 또한 죽도록 피곤하지만 않았다면, 갈 생각이 없었던 곳으로 휩쓸려가는 모험을 자발적으로 감행했을 수도 있다. 오랜 세월 동안 나는 그런 일이 일어나는 것을 허용하지 않았다. 이제 와서 생각하니, 기억이 미치는 세월 내내 계획을 세우며 살아온 것 같았다. 정말로 나는 계획을 세우고 실행하는 일 모두에 뛰어났다. 나의 계획들은 차근차근 대단히 정확하게 실현되었는데, 자세히 살펴봤다면 그런 철저함의 동인은 일종의 두려움이었음을 알 수 있었을 것이다. 어렸을 때 나는 내가 영웅으로 받들었던 작가들이나 화가들처럼 자유로운 삶을 살 거라고 생각했다. 하지만 결국 나는 관습을 향해 나를 끌어당기는 흐름을 거스를 만큼 용감하지 못했다. 깊이 있고 혹독하고 빛나는 자아 교육의 과정을 충분히 거쳐 내가 견딜 수 있는 것과 견딜 수 없는 것을—압박, 무질서, 열정, 불안정, 쾌락과 고통에 대한 나의 수용력을—알 수 있게 되기도 전에 나는 내 삶을 위한 서사를 정했고 그 삶을 사는 데 열중했다. 다른 삶에 관해 글을 쓰고 있으면, 자신에 관해 스스로 세운 계획들이 미지의 영역에 다가가게 해주는 게 아니라 오히려 그곳으로부터 분리시킨다는 사실이 당분간은 가려진다. 나는 그것을 마음속으로 항상 알고 있었다. 하지만 밤에 잠들기 위해 애쓸 때, 빛나는 검은 호수 옆에서 내 미래의 남편과 결혼하기로 동의하던 밤에 그랬던 것처럼 몸이 움찔움찔 떨려도 나는 무시하려 했다. 마치 몸을 누일 침대를 조립했는데 뒤늦게 정체를 알 수 없는 나사가 하나 남아 있는 것을 발견했을 때, 그것을 애써 무시하려 하듯이. 단지 나 자신이나 내가 함께 삶을 꾸리기로 한 남자에 관해 감지한 것들을 인정할 용기가 없어서가 아니었다. 그것을 무시한 것은 자연 전체가 (그리고 유대인의 수천 년 세월이) 최고의 찬사를 보낸 형태, 어머니와 아버지와 아이로 이루어진 그 형태의 아름다움과 견고함을 나 역시 갈망했기 때문이다. 그래서 나는 일단 그 형태가 갖춰지고 나면, 원자가 우리 안에 모두 정렬하고 나면, 우리 모두에게 어떤 일이 일어날지 예견하라고 요구했을 대차대조표를 외면했다. 그보다는 유년기에 내 가족에게서 겪은 것과 같은 격렬한 감정이 두려웠던 나는 안이나 밖에서 무슨 일이 생기든 항상심을 유지하는 데 초자연적인 재주가 있는 듯한 남자에게 나 스스로를 옭아맸다. 그런 뒤에는 고도로 정돈되고 규율이 잡힌 건전한 삶의 습관과 일정에 나를 옭아매고, 모든 것이 거기에 달린 것처럼, 모든 시간과 나날뿐 아니라 생각과 영혼 전체를 거기에 옭아매야만 내 아이들이 평안하고 행복할 것처럼 거기에 매달렸다. 그러는 동안, 형태가 잡히지 않고 이름이 없는 다른 삶은 점점 더 흐릿해지고 더욱 멀어졌고 결국 나는 그곳으로 가는 문을 완전히 닫는 데 성공했다.

차는 킹 조지 스트리트를 따라 달리며, 내가 아이들을 자주 데려가던 공원 입구를 지나갔다. 그 공원에서 아이들은 밧줄로 엮은 거대한 기구 꼭대기에 올라가서 바다가 보인다고 주장하곤 했다. 목적지로 가기 전에 잠깐 들를 곳이 있다, 프리드만이 내게 말했다. 그가 깜빡하고 집에 두고 온 것이 있나보다고 생각했고, 그러자 그의 삶이 궁금해졌다. 오래된 책으로 가득찬 아파트를 그려보고 그의 아내를 상상했다. 커다란 가슴에 성격은 현실적이고, 예순 살이 넘은 특정 부류의 이스라엘 여자들이 흔히 하듯 흰머리를 빡빡 깎은 여자. 내 친구 하나는 그걸 키부츠* 머리라고 부르지만 나는 항상 강제수용소가 떠올랐다. 혹은, 그런 혹독한 머리에 흔히 동반되는 커다란 귀고리와 손주 한 명이 없다면 그랬을 거라는 얘기다. 하이파 출신의 예후디트 혹은 루스. 아버지는 독일 태생의 의사이고 어머니는 피아노 선생으로, 둘 다 홀로코스트 생존자인데, 이 예후디트 혹은 루스는 부모의 어둠에서 벗어나 자유로워져야 했으나 결국에는 심리학자가 되어 성인기 내내 다른 사람들의 트라우마를 이해하려 애썼다. 사람들은 그녀가 일하느라 바쁘지 않을 때 그녀의 부엌에 찾아와 함께 앉아 있기를 좋아했고, 그녀는 사십 년 동안 매일 아침 똑같은 친구 두 명과 산책을 했다. 이 예후디트 혹은 루스가 나는 벌써 좋아졌다. 이미 꽃무늬 비닐 식탁보를 씌운 그녀의 식탁에 앉아 모든 얘기를 털어놓을 준비가 되어 있었다. 하지만 우리가 향한 곳은 프리드만의 아파트가 아니라, 네덜란드 렌즈 세공사의 이름을 딴 거리였다.

* 이스라엘의 농업 및 생활 공동체.

프리드만은 이틀 전에 나를 데리고 갔던 건물 앞에 차를 세웠다. 카프카와 고양이들이 처참한 상태에서 함께 살며 법원의 판결을 기다리는 곳. 나는 그가 또 한번 강의를 할 거라고 생각했지만, 이번에 그는 차에서 내리며 내게 기다리라고 말했다. 몇 분이면 된다, 그는 장담하고 내가 뭐라고 항의도 하기 전에 문을 쾅 닫더니 지팡이를 짚고 도로를 건너가기 시작했다.

개가 끙끙거리면서 창밖을 내다보다가 프리드만이 건물 안으로 사라지자 끔찍하게 부당한 일을 겪은 것처럼 울부짖기 시작했다. 개는 갈라진 가죽 시트 위를 서성거렸는데, 그런 불안한 기다림의 긴 역사를 담은 시트는 움푹 파여 있었다. 개를 진정시키려고 해봤지만, 녀석의 이름이나 알아듣는 단어가 뭔지 몰라 도움이 되지 않았다. 개가 숨을 너무 급히 쉬고 곧 질식이라도 할 것 같아서, 나는 기어 전환 장치 위를 넘어 뒷자리로 건너가 개와 함께 있었다. 개는 몇 번이나 나를 건너다니며 서성거리다 마침내 자신에게 닥친 재앙을 받아들이고 앞다리를 벌려 내 무릎에 얹은 채로 엎드렸다. 개의 목 부근 늘어진 가죽을 살살 당겼다. 남편과 함께 산 세월 만큼이나 오래 함께 산 내 개에게 하듯이.

십 분, 십오 분이 흘렀다. 오래전에 친구가 해준 이야기가 생각났다. 젊었을 때 프라하로 여행 간 이야기였다. 어느 날 밤 완전히 취한 그는 밖으로 나가 숙소 바로 건너편에 있는 신구유대교회당에 입을 맞춰야 한다고 확신했다. 다음날 아침, 여전히 교회당을 껴안은 채로 아무 해도 입지 않고 깨어난 그는 다락에 묻혀 있다는 골렘*의 유해가 자기를 지켜주었다고 상상했다. 그날 오후 그는 스트라슈니츠 유대인 묘지에 있는 카프카의 무덤에 가기로 했다. 그 작가는 자기 아버지 옆에 묻혀 있는데, 그건 본인이 상상할 수 있는 최악의 모욕에 가깝다고 내 친구는 말했다. 그는 카프카를 위해 카디시를 드리기로 했다. 기도를 마치고 가려고 돌아섰는데, 그의 뒤에 정확히 똑같은 묘비가 있었다. 그는 어리둥절해서 그대로 서 있었다. 몇 분 후, 젊은 친구들이 어슬렁거리며 다가와 설명해주기를, 영화 촬영을 위한 카프카의 묘비 복제품을 막 완성해 거기에 놔두고 점심을 먹으러 갔다는 것이었다. 나는 복제품에다 대고 카디시를 드린 거야, 친구는 말했다. 그는 그들이 비석을 트럭에 올릴 때 함께 거들었고, 진짜 비석에 대고 뜬 탁본이 거기 놓여 있는 것을 보고 가져도 되느냐고 물었다.

프리드만이 안에서 뭘 하고 있을지 궁금했다. 개의 뜨거운 숨결이 규칙적으로 안정되었다. 나는 방범창 너머에 있을 북적거리는 방을 떠올렸다. 어지럽게 널린 카프카의 빛바랜 원고 위로 천천히 누런 잎을 떨구는 화초 때문에 눅눅한 방, 원고에서 풍길 게 분명한 고양이 페로몬 냄새. 이 모든 것을 직접 보지 못한다는 사실이 불만스러워, 나는 개를 살짝 밀어 무릎에서 내려놓고 차에서 내렸다. 오늘은 고양이들이 없는데도—집안에 모여 프라하 잉크 위에서 뒹굴고 있을지도 몰랐다—냄새는 여전히 공기 중에 감돌았고, 땅에 놓인 작고 지저분한 대접들을 보면 곧 돌아올 것 같았다. 맨 위에 있는 초인종에서 에바 호페의 이름을 찾았으나, 문앞에 서서 안쪽의 로비를 엿보고 있자니 머리칼이 지저분한 독신녀가 문에 난 구멍을 통해 왕방울 같은 눈을 끔벅이며 나를 보는 장면이 상상

* 유대 설화에 등장하는, 점토로 만들어 생명을 불어넣은 인형.

되었고, 그래서 뒤로 물러나 넓은 무화과 나뭇잎 아래 재빨리 몸을 숨기고 얼굴에 들러붙는 거미줄을 쳐냈다.

프리드만과 처음 만난 날 밤에, 나는 카프카의 자료를 두고 벌어진 재판에 관해 인터넷에서 읽었다. 그가 말한 모든 것이 거기에서 입증되었다. 지금도 심리중인 그 사건은 카프카의 원고—어떤 의미에서 카프카 자신—가 국가의 자산이냐 개인의 재산이냐 하는 문제로 요약되었다. 지금까지 판결은 나오지 않았지만, 그동안 법정은 에바 호페가 소유한 문서를 목록화해달라는 국립도서관의 요청을 승인했다. 그 자료가 자기 사지의 연장延長이나 다름없다고 자주 말하는 에바는 이를 강간에 비유했다. 두 번의 항소가 기각된 후 마침내 에바는 텔아비브에 있는 대여금고의 열쇠들을 압수당했지만, 열쇠는 자물쇠와 맞지 않았다. 결국 변호사들이 나서서 그 금고들을 열기로 한 날, 그들을 뒤쫓아 은행으로 들어가 문서가 자기 소유라고 고함치는 에바의 모습이 목격되었다. 그러나 에바가 때로는 미친 사람처럼 보이기도 하고, 그녀의 행동에 관한 이야기들이 너무 기이했으며, 이스라엘 정부의 입장에서는 많은 사람에게 큰 의미를 가진 유대인 작가가 국가의 재산이 아닐 수 있다는 사실을 받아들이기 힘들었지만, 그녀의 주장에 법적 효력이 없는 것은 아니었다. 문서를 목록화한 결과는 대중에 공개되지 않았으나 〈하아레츠〉는 에바가 다량의 카프카 원고 원본을 깔고 앉아 있다고 확인해주었다. 그것은 모두의 것이자 누구의 것도 아니거나, 이스라엘의 것이거나, 혹은 오로지 그녀의 것이었다.

일렬로 늘어선 1층 창문 쪽으로 다가가 살펴보니, 창문을 감싼 육중한 흰 격자 창살 뒤로 작은 동물 우리에 쓰이는 것과 같은 철망이 한 겹 더 있었다. 안이 너무 어두워 아무것도 분간이 되지 않았다. 건물 측면은 상태가 훨씬 더 극단적이었다. 문을 열면 일종의 일광욕실처럼 사용할 수 있도록 설계된 돌출 창문들을 녹슨 창살과 더러운 철장으로 기괴하게 막았고, 각 모서리는 편집증에서 비롯한 정력적인 세심함을 발휘해 덧대고 강화해놓았다. 나는 자문했다. 아니, 어쩌면 그건 현실과 유리된 병든 정신을 반영한다기보다는, 그 안에 온갖 어려움을 무릅쓰고 보관된 어떤 것의 부조리한 현실을 반영한 것은 아닐까? 너무도 진귀하고 귀중한 어떤 것, 그래서 사람들이 무슨 짓을 해서라도 손에 넣으려고 하는 것. 전해진 바에 따르면 두어 해 전 이 아파트에 침입자가 있었고, 이스라엘 신문에 보도된 기사들은 내부자 범행일 가능성을 암시했다.

뭔가 움직이는 소리가 들렸다. 격자 창살이 배경에 섞여들도록 눈의 초점을 흐리게 하고 쳐다봤더니, 비쩍 마른 검은 고양이가 몸을 홀쭉하게 만들어 창살과 철망 사이의 좁은 공간을 슬그머니 지나가는 것이 보였다. 내가 그런 것을 믿는 사람이었다면—그런데 나는 정말로 그런 것을 믿었던 것 같다—그 모습을 나쁜 징조라고 받아들였을 것이다. 잠시 후, 계단으로 무언가 시체처럼 무거운 것이 끌려 내려오는 소리가 들렸고, 황급히 모퉁이를 돌아 건물 정면으로 가보니, 프리드만이 검은 여행가방을 끌고 나타났다. 가방 솔기를 따라 실밥이 풀리고 손잡이는 강력 접착테이프로 감겨 있었다. 모사드 요원, 혹은 전직 모사드 요원, 혹은 신분을 숨기고 유대문학 교수 행세를 하는 전직 모사드 요원보다는 키두시*용 컵 외판

* 안식일이나 유대교 축일에 와인이나 포도주스를 놓고 올리는 기도.

원에게나 어울릴 듯한 가방이었다. 그렇다고 해서 내가 카프카의 사라진 원고 일부가 그 안에 있을 거란 생각에 가슴이 설레지 않았다는 말은 아니다.

그것이 무엇이든, 프리드만은 말하지 않으려 했다. 아직은 아니다, 그는 차를 타고 나오는 동안 후면 거울을 흘낏 보며 말했다. 먼저 해줄 말이 있다. 사막으로 가는 길에 예루살렘에 들러 예민모셰 지역의 연방 문화센터 안에 있는 작고 조용한 채식 레스토랑에 가면, 구시가의 성벽을 바라보며 점심을 먹을 수 있다. 거기에서는 방해받지 않고 이야기를 나눌 수 있을 거다.

안 그래도 이상한 상황이었지만, 여행가방이 우리 수중에 들어온 뒤로는 훨씬 더 이상해졌다. 지금 생각해보니, 그전까지 나는 익숙한 법칙의 지배를 받는, 다만 상황이 특이한 세계에서 활동하

고 있었는데, 가방이 생긴 뒤로 익숙한 법칙들이 부르르 진동하며 살짝 구부러지기 시작했던 것 같다. 더 나아가, 아주 오랜 세월 동안 나도 모르게 그 굽이를 향해, 말하자면 그 여행가방을 향해 다가가고 있었다는 생각도 든다. 다시 말해, 일곱 살 때부터 이야기로 들어서 어떤 의미에서는 늘 알고 있었던 그 여행가방을 향해 다가가고 있었으나, 그것이 마침내 내 삶으로 펼쳐지기까지 이 모든 세월을 기다려야 했다는 말이다.

그 이야기는 내가 어렸을 때 오빠와 나를 돌봐주었던 언니가 들려주었다. 그녀는 스물두 살 때부터 십 년 가까이 우리집에서 살았는데, 보모라는 말은 그녀에게 절대로 적용될 수 없을 것이다. 베이비시터라는 말도 마찬가지다. 그러기엔 너무 제멋대로였고, 너무 자유롭고 파격적이었다. 그녀는 또한 신비주의적이기도 해서, 가톨릭 가정에서 자랐으면서도 믿음의 원천을 여러 곳에서 찾았고 정해진 원칙을 따르지도 않았다. 우리집에 있던 언니 방은 수정 구슬들과, 에어브러시로 직접 그린 여신, 마법사, 디즈니 캐릭터 그림들로 가득했다. 목에는 가시면류관을 쓴 예수의 작은 초상화를 걸고 다녔는데 그림 속의 핏방울들을 보면서 우리는 신기함과 메스꺼움을 동시에 느꼈다. 하지만 애나에게서는 어떤 신심이나 순종의 증거도 볼 수 없었다. 그녀가 우리에게 숱하게 해주던 자신의 어린 시절 이야기는 언제나 전복에 관한 것으로서, 그녀의 삶에 존재하는 모든 권위의 전복뿐 아니라 정상성의 통제를 받는 모든 것의 전복, 그리고 그녀가 모든 대상의 언저리에서 발견하는 마법을 부인하는 모든 것의 전복을 포함했다. 문제의 그 이야기는 언니가 열아홉 살 때, 우리집에 와서 함께 살기 몇 년 전에, 보수를 받고 처리하던 일에 관한 것이었다. 심부름 대행업 정도가 적절한 표현일 것이다. 한밤중에 한 장소에서 검은 여행가방을 받아 차를 몰고 세 시간을 가서 다른 장소에 배달하면 끝나는 일이었기 때문이다. 그 여행가방 안에 있는 물건의 성격을 묘사할 때 애나가 어떤 어휘를 썼는지는 기억나지 않지만, 우리는 그것이 불법적인 일이었고 그녀가 운반을 맡음으로써 위험을 무릅썼다고 이해했다. 그녀가 우리에게 해준 이야기는 대체로, 손마디가 하얗게 될 정도로 운전대를 꽉 쥐고서 어둡고 구불구불한 길을 달렸는데 그 차와 완전히 똑같은 차가 그녀를 따라오기 시작했다는 식이었다. 우리는 여행가방 안에 뭐가 있었는지 말해달라고 졸랐지만 애나는 말해주지 않았다. 오빠는 가방에 돈이 가득했을 거라고 추측했고, 나는 거기에 마법의 목걸이가 있었을 거라고 추측했다. 하지만 어떤 면에서 부모님보다 우리를 더 잘 알았던 애나는 답을 알려면 사 년 후에 있을 오빠의 바르미츠바까지 기다려야 한다고 말했다.

시간이 한 해 두 해 흘러갔고, 오빠나 나는 간혹 여행가방 이야기를 꺼내며 혹시라도 애나가 그 비밀스러운 내용물이 무엇인지 마침내 알려주지는 않을까 떠보곤 했다. 하지만 그녀는 약속한 시점까지 기다려야 한다고 거듭 말할 뿐이었다. 그러다 드디어 오빠의 바르미츠바가 왔는데—아니, 왔다가 갔는데—우리는 묻지 않았다. 아마도 잊어버렸거나, 말해주지 않아도 짐작할 만큼 나이가 들어 그런 어색한 질문은 피하고 싶었을 것이다. 하지만 그 결과로 수수께끼는 영구해졌고, 애나가 이야기와 여행가방의 형태로 우리에게 준 것은 그 시절에 우리가 받았다가 잃었거나 잊은 수많은 다른 것들보다 더 오래 마음에 남았다.

트렁크에 카프카를 실은 채로 프리드만은 고속도로로 차를 몰았다. 고속도로를 달리며 우리는 야자수와 사이프러스나무들을 지나고, 새까만 찌르레기떼가 갑자기 일제히 방향을 바꿨다가 다시 급선회하는 들판을 지나쳤다. 모디인 신도시를 지나고부터는 풍경이 고풍스러워졌고, 풀밭 아래로 세상의 백골이 드러났다. 우리는 오래전에 허물어져 벽체만 남은 테라스와 그 주위에서 여전히 자라고 있는 고대의 올리브나무들이 늘어선 산비탈을 지나고, 아랍인 마을들을 지나고, 양떼를 뒤쫓아 민첩하게 산 아래로 내려가는 양치기를 지났다. 꼭대기에 돌돌 말린 가시철망을 올린 철제 울타리가 길 양옆에 나타났고, 우리는 폭동 진압용 헬멧을 쓰고 방탄조끼 때문에 두툼해진 검은 제복을 입은 경비대가 서 있는 검문소를 지났다. 몇 마일을 더 가자 울타리는 예루살렘 교외까지 길게 이어지는 높은 콘크리트 담장으로, 나중에는 소나무숲으로 바뀌었다. 예루살렘에 들어간 우리는 새커파크를 지나고 레하비아의 거리들을 통과해, 보수된 몬테피오레 풍차와 역시 보수된 킹다비드호텔을 지나갔다. 언젠가 폭탄 공격을 받았고, 언젠가 무인 지대였으며, 언젠가 그리 멀지 않은 과거에 내 오빠의 결혼식이 열렸던 호텔이었다.

프리드만은 공원 옆 좁은 공터에 차를 대고 뒷자리에서 개를 내려준 후 나를 이끌고 까마귀들이 내려앉은 너른 언덕을 내려갔다. 돌로 지어진 연방 문화센터는 근처의 유일한 건물로, 올리브나무와 야자나무 정원으로 둘러싸여 있었으며 라벤더 향기가 그윽했다. 레스토랑은 텅 비어 있었고 한 사람뿐인 웨이터가 우리를 창가의 자리로 데려갔는데 그곳에서는 좁은 계곡 너머로 술레이만대제*가 세운 성벽이 보였다. 개는 끙 소리를 내며 프리드만의 샌들 신은 발 위에 머리를 내렸다. 웨이터가 개에게 줄 물 한 대접을 가지러 간 동안 프리드만은 차에서 가져온 가죽 서류철에 빽빽이 들어 있는 구깃구깃한 복사물을 간추리느라 여념이 없었다. 요리사이기도 한 것 같은 웨이터가 주문을 받고 주방으로 사라진 뒤에야 프리드만은 마침내 앞으로 몸을 숙이고 마지막으로 텅 빈 레스토랑을 쓸데없이 한번 훑어본 뒤 목소리를 낮춰 이야기를 시작했다.

그뒤로 두 시간 동안 나는 그가 펼쳐놓는 기이한 이야기를 들었다. 너무나 황당무계한 얘기라서 처음에는 이야기꾼 에피가 나를 자신과 동류인 다른 사람의 손에 넘겼다고, 그리고 이 사람도 에피와 마찬가지로 정신이 왔다갔다할지도 모른다고 생각했다. 나는 그가 이야기를 마칠 때까지 기다렸다가—너무 자극적인 얘기라서 끝까지 듣지 않을 수 없었다—식사가 끝나면 잠시 자리를 피해 에피에게 전화를 걸기로 마음먹었다. 애초에 당숙이 나를 이 상황에 끌어들였으니 빠져나가게 해줄 수도 있겠지. 아무리 못해도, 날 다시 텔아비브로 태우고 갈 수는 있을 거다.

그런데 프리드만의 이야기가 이어질수록 나는 무엇을 믿어야 할지 점점 자신이 없어졌다. 그가 하는 이야기가 전혀 있음직하지 않

* 오스만튀르크의 술탄으로, 예루살렘이 오스만제국의 일부이던 1535년에 원래 예루살렘 구시가지를 싸고 있던 성벽을 재건했다.

다는 것은 나도 알았다. 그리고 설령 그런 일이 일어났다 해도 여태 비밀로 남아 있을 리는 없었다. 카프카가 빈 외곽의 요양원에서 죽은 지 거의 구십 년이 흘렀으므로. 하지만 프리드만의 설득력 있는 능변과 권위적인 분위기, 그리고 일견 철저해 보이는 카프카에 대한 지식 때문에, 어느새 나는 그가 하는 말이 진실일 수도 있다는, 개연성이 극히 미미한 가능성을 따져보기 시작했다. 그리고 우리가 믿기 힘든 일에 마음을 여는 그 모든 경우와 마찬가지로, 나는 그게 사실이기를 믿고 싶었던 것 같다. 카프카가 결국에는 정말로 문턱을 넘고, 닫히는 문 틈새로 미끄러져들어가 미래로 사라졌을 수도 있다는 것을. 프라하에서 장례식이 열리고 그가 팔레스타인으로 비밀스럽게 이주한 뒤 삼십오 년이 지난 1956년 10월의 어느 밤에, 몇 안 되는 사람들에게 정원사 안셸 펠레그라고만 알려진 그가 자다가 평온하게 세상을 떴을 수도 있다는 것을. 텔아비브의 내 여동생 아파트에서 그리 떨어지지 않은 곳에 집이 한 채 있고, 그 집 뒤에 정원이 있으며, 그 정원에 카프카가 직접 심은 오렌지 나무가 이제는 제멋대로 무성하게 자라고 있다는 것을. 마지막으로 그곳에 갔을 때, 프리드만이 내게 말했다. 까마귀 한 마리가 하늘에서 수직으로 낙하하더니 아무런 설명의 여지 없이 그냥 그렇게 발치에 떨어져 죽었다.

II

길굴

예전의 삶에서 그가 유일하게 그대로 지닌 건 그의 히브리어 이름, 안셸이었다네. 그건 아셰르라는 이디시어 이름의 축약형인데, 독일어로 지빠귀를 의미하는 암젤amsel에서 파생된 암셸이라는 이름으로도 대체 가능하지. 그런 이름을 그냥 버리고 팔레스타인에 이민한 사람들이 더 흔하게 선택하는 하임이나 모셰나 야코프 같은 이름으로 바꿀 수도 있었겠지만, 그 이름은 그가 포기해야 했고 어느 날 도저히 상상할 수 없을 정도로 유명해진 그의 성姓과 연관이 있었어. 체코어로 카브카Kavka는 갈까마귀를 뜻하는 아주 흔한 단어여서 헤르만 카프카는 그가 운영하는 고급 의류 잡화 사업의 로고로 그 까마귀 종을 선택했지. 그의 아들 프란츠가 인간과 동물 간의 변형에 이끌렸다는 점, 그리고 그 작가가 이따금 동물 편에 더 동질감을 느꼈다는 점은, 나중에 전 세계에서 읽히게 된 작품들에서 명확히 드러나네. 광택이 나는 헬멧 같은 검은 머리가 수수한 모자처럼 이마 위로 낮게 내려오고, 양미간은 멀고 눈빛은 꿰뚫을 듯이 날카로우며 코는 새의 부리 같아서, 그가 다른 어떤 동물보다 갈까마귀와 닮았다는 점은 아마도 운명적인 우연일 거야, 프리드만은 주장했다. 그리고 카프카는 그의 여러 소설에서 이런 운명적인 우연이 실은 내적 욕망의 투사라는 점을 능란하게 드러냈어. 그의 새로운 성인 펠레그가 제3차 알리야 시기에 도착한 사람들 사이에 흔했다는 사실은 그것이 익명성을 위해 선택되었음을 암시하며, 아마도 그러한 선택을 했을 어떤 결정권자는 안셸이라는 이름을 반대할 이유가 없다고 보았거나 카프카가 그 이름 안에 밀반입한 지빠귀를 보지 못했을 거라고 추정되네.

그는 여행에서 겨우 살아남았어. 배가 하이파에 도착했을 때, 안색이 창백하고 친절하며 말도 안 되게 마른 이 남자를 좋아하게 된 갑판원들이 누워 있는 그를 등에 떠메 옮겨야 했고 그래서 그가 처음 본 '약속의 땅'의 풍경은 대지 위로 둥글게 솟은 찬란하게 파랗고 구름 한 점 없는 하늘이었지. 부두에서 먼 친척을 맞이하려고 기다리던 한 아이는 갑판원이 배에서 내리는 것이 시체인 줄 알고 울기 시작했지. 그래서 카프카가 팔레스타인에서 처음으로 들은 히브리어 문장은 "저 사람은 어쩌다 죽은 거예요, 아버지?"였네. 그러자 하늘을 향해 얼굴을 돌린 말도 안 되게 마른 남자, 언제나 그 자신에게는 사후의 존재였던 그 남자는 일주일 만에 처음으로 웃음을 지었어.

그는 오랜 세월 동안 글을 통해 자신의 죽음을 실행했지, 안 그런가? 여기에서 먼 곳으로, 그저 여기에서 먼 곳으로!* 그 대사 기억하나? 프리드만이 그렇게 묻는데, 안경이 그의 눈 위에 진흙빛 그림자를 드리웠다. 그건 카프카의 우화에 나오는 말을 탄 남자가 어디로 갈 거냐는 질문을 받고 외친 대사로, 프라하의 유대인 묘지에 있는 카프카의 묘비명으로도 딱 들어맞았을 것이네. 그는 평생 탈출을 꿈꿨지만, 부모의 아파트에서 독립할 엄두조차 내지 못했어. 자신의 내적 조건과 상충하는 당혹스러운 환경에 묶이고 갇힌 채로, 출구를 찾을 수 없기에 둔감한 오해와 학대에 내몰리는 운명에 처하게 된 상황—그런 상황에서 카프카는, 자네에게 굳이 강조할 필요도 없겠지만, 그러면서 프리드만은 내게 강조했다. 그런 상황에서 카프카는 위대한 문학을 창조했지. 아무도—요제프 K도, 그레고어 잠자도, 단식 광대도, 세상이 덫이 있는 방향으로 점점 좁아지는데 방향만 바꾸면 도망칠 수 있다는 사실을 깨닫지 못하는 쥐도—그들 중 누구도 자신의 부조리한 실존적 상태에서 탈출하지 못해. 그들이 할 수 있는 일은 그 상태로 죽는 것뿐이지. 카프카가 자신이 쓴 가장 훌륭한 구절들은 자기 죽음을 이행하는 글이라고 생각했다는 게 우연일까? 언젠가 그는 브로트에게 말했지. 그 구절들의 비밀은 죽음이 힘들거나 부당하다고 느끼고 괴로워하는 그의 소설 속 대리자들과 달리 그 자신은 죽는다는 생각에 기쁨을 느낀다는 사실에 있다고 말이야. 그건 카프카가 자기 삶을 끝내고 싶었기 때문이 아니라, 정말로 살아본 적이 없다고 느꼈기 때문이야, 프리드만은 탁자 건너편으로 몸을 숙이고 목소리를 낮추며 그렇게 말했다. 프리드만의 가느다란 흰 머리칼에 빛이 퍼졌고 잠시 그가 후광을 쓴 것처럼 보였다. 그는 말을 이어갔다. 카프카는 브

---

* 프란츠 카프카의 『우화와 역설』 중 「출발*Der Aufbruch*」에 나오는 구절.

로트에게 쓴 편지에서 자신의 장례식을 상상하면서, 항상 시체였던 몸이 드디어 무덤으로 들어가는 과정이라고 묘사했네.

시간은 걸렸지만, 프라하에서 그를 죽일 수도 있었던 결핵이 팔레스타인에서는 물러나기 시작했어. 혹자는 이를 훌륭한 의사들이 잘 보살핀 덕분이라거나 사막에 자주 체류해서 건조한 공기가 폐에 놀라운 변화를 일으켰기 때문이라고 말하고 싶어할지 모르지만, 프리드만이 주장했다. 그렇게 말한다면 실제로는 카프카 자신에게 있었던 힘을 현실의 덕으로 돌리는 셈일 거야. 그는 항상 자신의 폐병이, 역시 그가 앓았던 불면증과 편두통처럼, 영혼의 질병이 흘러넘친 결과에 불과하다고 주장했지. 숨쉴 공기나 글을 쓰기 위한 피난처 없이 밀실에 갇혀 질식하는 느낌에서 비롯된 질병. 처음으로 출혈을 경험했을 때, 계속 흘러나오고 있는 피를 보고 그는 꿈틀거리는 흥분을 느꼈네. 더없이 기분이 좋았고 그날 밤에는 몇 년 만에 처음으로 잠을 잘 잤다고, 카프카는 나중에 글로 썼지. 그에게는 이 지독한 병이 심오한 바람의 실현으로 나타났어. 그리고 비록 그는 이 병 때문에 죽음 직전까지 가지만, 프리드만은 말했다. 그전까지는 그 덕분에 많은 것으로부터—결혼, 일, 프라하와 그의 가족으로부터—유예를 얻었지. 그는 즉시, 지체 없이, 펠리체와 파혼했네. 그런 직후에는 당시에 근무하던 산업재해 보험공사에도 즉시 퇴직을 신청했고. 임시 휴가를 받았을 뿐이지만 그 뒤 팔 개월은, 카프카가 자주 말한 대로, 인생에서 가장 행복한 시간이었다네. 그는 취라우에 있는 여동생 오틀라의 농장에서, 희열에 가까운 상태로 정원이나 들판에서 일하고 동물들을 먹이고 글을 쓰면서 지냈지. 그는 항상 자신의 세대가 겪는 신경 질환이 아버지와 할아버지 세대가 살던 시골에서 뿌리째 뽑혀나와 도시 사회의 숨막히는 밀실 속에서 살면서 스스로와 멀어짐으로써 생겨났다고 느꼈어. 하지만 카프카가 땅과의 접촉이 가져오는 회복 효과를 직접 체험할 기회를 얻은 시기는, 프리드만이 내게 말했다. 취라우에서 보낸 이 요양 기간뿐이었어. 그는 유럽 전역에서 문을 열고 있던 시온주의 농업학교를 열렬히 지지하여 오틀라와 그의 친구들 몇몇에게 등록을 권유했지. 같은 해에 히브리어 독학을 시작했고, 취라우에서 교과서 65개 과課를 열심히 공부한 뒤, 브로트에게 히브리어로 편지를 쓸 수 있을 정도로 실력을 키웠어. 땅 그리고 고대 언어와의 잃어버린 관계에 대한 갈망이, 프리드만은 말했다. 서로 얽힌 채로 합쳐지며 좀더 구체적으로 변했고, 바로 이 기간에 카프카는 팔레스타인으로 이민하려는 환상을 진지하게 키워나갔다네.

그는 평생 자신의 절친한 친구들처럼 열렬하거나 적극적으로 활동한 시온주의자는 아니었는지도 몰라, 프리드만이 말했다. 막스 브로트, 펠릭스 벨치, 그리고 학창시절부터 가장 오랜 친구였던 후고 베르크만은 모두 시온주의 운동에서 적극적인 역할을 했는데, 처음에는 프라하의 바르 코크바* 학생 집단에서 일했고, 그뒤로는 소론을 출판하고, 강연을 하고, 알리야를 이루기 위해 헌신했지. 하지만 시온주의에 관한 카프카의 가장 유명한 말—"그것은 감탄스럽다, 그리고 구토를 일으킨다"—은 무엇보다 그의 체질, 어떤 이

* 로마제국 하드리아누스황제 때 고대 유대에서 로마에 대항해 봉기를 일으킨 유대인 지도자.

념적 순응도 견디지 못하는 체질을 잘 말해준다네. 그는 시온주의 신문과 학술지를 강박적으로 읽었고 그런 지면에 소설을 발표했어. 빈에서 시온주의 회의에도 참석했고 심지어 노동자 은행인 하포알림의 주식을 홍보하겠다는 약속까지 했지. 카프카가 그의 글에 심오한 영향을 끼친 하시디즘 설화와 미드라시* 이야기들, 유대교 신비주의를 접한 것은 프라하에서 부버**와 베르디쳅스키*** 같은 사상가들의 강연을 듣고 나서야. 이런 텍스트에 매료되고 사로잡힐수록, 프리드만이 말했다. 그는 그 텍스트가 유래한 곳이자 텍스트에서 언급하는 머나먼 잃어버린 고국에 더욱 이끌렸지.

그렇긴 하지만, 프리드만이 두툼한 손가락을 쳐들며 말했다. 카프카가 여기에 오기 위해 왜 죽어야 했는지, 왜 모든 것을 기꺼이 희생해서라도 여기 오려고 했는지를 진정으로 이해하려면 자네가 알아야 할 결정적인 사실이 있는데 그건 바로 이거야. 그의 환상을 북돋운 것은 이스라엘에서 접하게 될 현실이 아니라 이스라엘의 비현실이었다는 사실.

여기에서 프리드만은 하던 말을 멈추고 촉촉한 잿빛 눈으로 나를 응시했다. 이번에도 나는 그가 신중히 따져보고 있다고, 아직 나에 대한 최종 판결이 나오지 않았다고 느꼈다. 물론 우리가 이렇게 서로 마주보고 앉아 있고, 카프카의 여행가방은 트렁크에 있으며, 이미 그의 비밀이 테이블 위로 쏟아져나왔으니 그런 걸 따지기엔 너무 늦은 감이 있었지만.

---

* 성서를 구체적인 상황에 적용하며 해석한 이야기를 담은 유대교 주해서.

** 마르틴 부버. 오스트리아 출신의 이스라엘 종교철학자.

*** 미하 요제프 베르디쳅스키. 러시아 출신의 히브리어 작가, 언론인, 학자.

카프카가 펠리체에게 처음으로 쓴 편지를 기억하느냐고 프리드만이 내게 물었다. 하지만 그는 펠리체에게 편지를 대략 팔백 통 정도 썼다. 아니다, 나는 말했다. 첫 편지는 기억나지 않는다. 자, 그들은 몇 주 전에 처음 만났고, 프리드만이 계속 설명했다. 카프카는 첫 만남 때의 화제를 다시 꺼내며 그녀가 그와 함께 팔레스타인에 가기로 한 약속을 상기시켰어. 어떤 의미에서 그들의 관계 전체는 이런 환상의 기조에서 시작되었고 어찌 보면, 프리드만은 말했다. 그런 기조가 오 년 동안 계속되었다고 할 수도 있겠지. 카프카는 자신이 그녀와 결혼하지 않을 것을, 혹은 할 수 없을 것을 마음 한편에서는 항상 알았을 테니까. 두 사람의 서신 교환이 이어지고 있을 때, 펠리체가 더 빨리 답장하지 못해서 미안하다고 사과하자 카프카는 그녀의 잘못이 아니라고, 문제는 그녀가 편지를 어디로, 심지어 누구에게 써야 할지 알 수 없기 때문에 생기는 거라고, 자신은 찾을 수 없는 사람이라서 그런 거라고 말했네. 진정으로 살았던 적 없는 사람, 자신이 문학의 비현실 속에 존재하고 이 세상에는 주소지가 없다고 느끼는 사람. 이해하겠어? 프리드만이 따져 물었다. 어떤 의미에서, 팔레스타인은 문학만큼 비현실적인 유일한 장소였지. 그곳은 옛날 옛적에 문학이 창안한 장소이며, 앞으로도 계속 창안되어야 할 곳이었기 때문이야. 따라서 만약 그가 영혼의 집을 갖게 된다면, 그가 정말로 살 수도 있는 곳이 있다면, 그것은 여기일 수밖에 없네.

펠리체와의 관계에 대한 환상은 팔레스타인에 가서 영위할 삶에 대한 환상과 함께 시작되었는지 모르지만, 프리드만은 계속했다. 카프카가 내내 포기하지 않은 것은 팔레스타인에 대한 환상뿐이었어. 세월이 흐르며 형태가 바뀌었을 따름이지. 그는 키부츠에서 육체노동을 하고 빵과 물과 대추로 연명하는 자신을 상상했네. 심지어 그런 곳을 위한 선언문인 '아무것도 소유하지 않은 노동자들'을 쓰면서, 그곳에서는 노동시간이 하루에 여섯 시간을 넘지 않고 소유물은 약간의 책과 옷으로 제한되며, 인간관계는 오로지 신뢰에 기반을 두기 때문에 법률가와 법정은 전혀 없다고 묘사했지. 나중에 후고 베르크만이 알리야를 이룬 후 예루살렘 유대인 국립도서관의 관장이 되자, 카프카는 도서관 구석에 작은 제본 작업대를 두고 오래된 책과 아교 냄새에 둘러싸여 평온하게 지내는 자신의 모습을 상상했어.

하지만 가장 아름다운 것은 카프카가 유럽에서 죽기 전 그해에 간직했던 그의 마지막 환상이라고 생각한다고, 아마도 가장 카프카다워서 그런 것 같다고 프리드만은 내게 말했다. 그 마지막 해에, 그는 하시드 유대교 랍비의 딸 도라 디아만트와 만나 사랑에 빠졌네. 팔레스타인에 이민한다는 카프카의 꿈을 함께 나눈 여인이었지. 그들은 텔아비브에 레스토랑을 열어 도라는 요리를 하고 카프카는 웨이터로 일하기로 했어. 그는 이 꿈에 대해 점점 더 자주, 특히 그의 젊은 히브리어 선생 푸아 벤토빔에게 더 자주 말했는데, 벤토빔은 세월이 흐른 뒤 그 이야기를 거론하며 도라는 요리를 잘하지 못했고 카프카도 웨이터 일에는 형편없었을 거라고, 하지만 그 시절에 텔아비브에는 그런 커플이 운영하는 레스토랑이 아주 많았다고 말했다네. 그러니 그런 의미에서 카프카의 초현실적 환상은 언뜻 생각되는 것보다는 더 현실적이었지. 상상할 수 있겠나? 프리드만이 재미있다는 듯 웃음을 지으며 내게 물었다. 나무 탁자들과 벽에 비끄듯이 걸린 빛바랜 프라하 성城 포스터와 카운터 위 반구형 유리 덮개 아래 놓인 쿠헨*을? 그리고 이마 선이 V자 모양인 까만 머리에 검은색 짧은 재킷을 입고 쓴웃음을 지으며 파리를 살짝 내리치는 웨이터를?

에스프레소 추출기 옆에서 유리잔을 닦고 있는 카프카의 후예가 듣지 못하도록 목소리를 낮추면서, 프리드만은 대략 삼십 년 전에 카프카의 전기 작가 하나가 예루살렘에서 푸아 벤토빔을 찾아갔고 그녀와의 인터뷰를 〈뉴욕 타임스〉에 실었다고 말했다. 그녀는 당시 여든이 다 된 나이였고 푸아 멘첼 박사라는 명칭으로 통했는데 그 기사의 행간에는, 프리드만의 표현에 따르면, "카프카 연무기"가 작동하고 있다고 했다. 그것은 브로트가 동력을 제공했지만 카프카를 비밀리에 팔레스타인으로 데려오는 계획에 중요한 역할을 한 베르크만과 푸아가 없었다면 작동이 불가능했을 기계였네. 푸아는 열여덟 살 때 베르크만의 도서관에 고용되었는데, 소문에 의하면 푸아가 그 일만 하기에는 아까운 인재임을 알아본 베르크만이 그녀를 프라하에 보내 수학을 공부하게 하고 심지어 그의 부모와 함께 살 수 있도록 주선해주기까지 했다더군. 그 마지막 부분에서 의문이 좀 생길 법하지, 프리드만이 말했다. 공식 전기를 의심의 눈길로 본다면 그럴 거라는 얘기야. 전기에서는 베르크만이 푸아를 프라하에 보낸 것은 이미 구체화한 은밀한 계획을 실행에 옮길 밀사가 필요해서가 아니라 그저 마음이 따뜻한 사람이기 때문이며, 카프카를 만나보게 할 생각이 든 것은 나중의 일로, 만남이

* 독일식 디저트 과자.

이루어진 후 그녀가 일주일에 두 번씩 카프카에게 히브리어를 가르쳤다고 설명하니까.

1921년에 푸아가 프라하에 도착했을 때 카프카는 이미 중병을 앓고 있었어. 육십 년 후에 그녀를 추적한, 아무것도 모르는 전기 작가와의 인터뷰에서 그녀는 카프카가 고통스러운 기침 발작을 일으켜 수업을 중간중간 멈춰야 했는데도 그는 커다란 눈으로 그녀에게 한 단어만 더, 또 한 단어만 더 공부하자고 애원했다고 회상했지. 마지막에 카프카는 히브리어를 충분히 배워서 브렌네르*의 소설 일부를 푸아와 함께 읽을 수 있게 되었어. 하지만 〈뉴욕 타임스〉 기사에서 카프카의 전기 작가 역시 특기하는 점은, 푸아 벤토빔이 수학 공부를 작파하고 독일로 이주했을 때, 카프카 역시 그녀를 따라 독일로 가서 푸아가 일하던 유대인 아동 캠프 옆에 거처를 구했는데, 그후로 그녀가 갑자기 무대 뒤로 사라져 다시는 그를 만나지 않았다는 사실이야. 카프카가 사후에 유명세를 얻으면서 산더미같이 쏟아져나온 회고는 대부분 부정확하거나 신뢰성이 의심스러운데, 그중에 푸아 벤토빔에게서 나온 말은 한마디도 없다는 점 또한 전기 작가는 주목하지. 그리고 마침내 전기 작가가 그녀를 예루살렘에서 찾아내고 그녀가 벽이 책으로 도배된 자신의 아파트에서 정중하게 그를 맞이했을 때, 푸아는 카프카와의 절연을 간단히 설명했네. 카프카는 물에 빠진 사람처럼 몸부림치며 가까이에 있는 사람이면 누구라도 붙잡고 매달리려 했다고. 그녀도 자기 삶을 살아야 했고, 자기보다 스무 살이나 더 많은 중병 환자의 보모

---

* 요제프 하임 브렌네르. 러시아 태생의 유대인으로 히브리어 작가.

가 될 의지도 힘도 없었으며, 그건 카프카에 대해 지금 아는 것을 그때 알았더라도 마찬가지라는 거였어. 달리 말해, 푸아 벤토빔은 나무랄 데 없이 침착하게 대응한 거지, 프리드만은 말했다. 의혹에서 잘 빠져나와 전기 작가의 호기심을 완전히 잠재운 거야. 푸아 벤토빔은 죽었으니 이제 우리는 그녀에게 아무것도 물을 수가 없어.

하지만 그녀가 아니었다면—그리고 무엇보다도 후고 베르크만이 아니었다면—최후는 카프카가 상상한 것과 정확히 일치했을 것이네. 카프카가 상상한 대로, 프리드만이 덧붙였다. 그리고 브로트가 나중에 홍보한 대로. 즉, 앙상한 시체가 땅속으로 내려지고 잘 연습된 사망 장면이 최종적으로 돌이킬 수 없이 이행되면서, 뇌리에 박혀 잊을 수 없는 변신의 이야기를 쓴 작가는 자기 자신의 변신은 끝내 이루어내지 못한 채 이 세상에서 사라진다는 거지. 최후가 그와 달랐던 것은 베르크만이 이끄는 도당 덕분이었어. 그 도당에는 푸아와 막스 브로트와 더불어 잘만 쇼켄이 포함되어 있었는데 그의 재정적 지원이 없었다면 카프카는 팔레스타인으로 이주할 수 없었을 뿐만 아니라 그뒤로 수십 년간 이스라엘에서 살 수도 없었을 거야. 자네도 쇼켄의 이름을 당연히 알겠지. 나중에 독일에서, 그다음에는 미국에서 카프카의 전작을 발간한 출판사니까. 1923년 여름에 베르크만이 그에게 접근했을 때 그는 아직 독일 백화점 체인을 소유한 부유한 사업가일 뿐이었네. 하지만 쇼켄은 부버와 함께 문화적 시온주의 월간지 〈유대인Der Jude〉을 창간했고 카프카의 단편 두 편이 거기에 발표되기도 했어. 이미 그는 유대인 문학의 후원자로 알려져 있었고, 그 무렵에는 십 년 넘도록 아그논*의 유일한 지원자였지. 그래서 베르크만은 그에게 서신을 보냈고, 프리드만은 말했다. 1923년 가을에 브로트가 베를린으로 가서 직접 쇼켄을 만나 카프카의 상황을 논의했다네.

나중에 카프카의 구원자로 모든 공을 차지한 것은 브로트였지. 누군가가 후고 베르크만을 기억한다면, 히브리대학교의 초대 총장이었고 초월성에 관해 글을 쓴 철학 교수였던 그를 떠올릴 거야. 브로트와 달리 베르크만은 카프카를 구하는 일에서 자신이 한 역할을 인정받으려 하지 않았어. 오히려 반대로, 프리드만이 말했다. 그는 자진해서 비난을 뒤집어썼고, 아량 있는 영웅 브로트와 다른 이기적인 악당으로 기록되기를 꺼리지 않았지. 브로트가 쓴 이야기에 의하면, 카프카는 베르크만의 강력한 권고에 따라 1923년 10월에 팔레스타인에 이민하겠다고 최종 결정을 내렸어. 베르크만의 아내와 함께 그곳으로 간 다음, 건강을 회복하고 자립할 수 있을 때까지 예루살렘에서 그들 가족과 함께 지내기로 한 거지. 하지만 그 시기가 다가오자 베르크만이 마음을 바꿨다고 해. 카프카가 자기 아이들에게 결핵을 감염시킬까봐 두렵기도 하고 병이 그토록 위중한 사람을 아내 손에 맡기는 건 지나치다 생각해 초대를 철회했다는 거야. 이십 년이 넘도록 카프카의 가장 친한 친구 중 하나였던 사람이 그토록 갑작스럽게 냉담해질 가능성에 의문을 제기한 사람이 없었다는 사실은, 프리드만이 넌지시 말했다. 그즈음 세상이 홀로코스트를 목격하며 자신이 위험에 처할까 두려워 가장 가까운 이에게도 피난처를 내주지 않았던 수많은 사람의 이야기에 너무도 익숙했기 때문이라고 설명할 수 있겠지. 하지만 진실은, 후

* 슈무엘 요세프 아그논. 폴란드 태생의 이스라엘 소설가.

고 베르크만이 아니었다면 카프카는 절대 팔레스타인에 갈 수 없었을 것이고, 종신형을 그저 받아들이면서 아버지의 횡포에서 도망치지 않았을 것이고, 유럽을 떠나지 못했을 것이고, 설령 결핵을 이겨내고 살아남았다 해도 나중에 나치의 손에 세 누이와 함께 학살당했을 것이라는 거야. 1974년에 베르크만은 '이스라엘 사회와 국가를 위한 특별한 공헌'을 인정받아 이스라엘상을 받았지, 프리드만은 말했다. 하지만 그 특별한 공헌의 전모를 아는 이들은 소수에 불과했어.

1924년까지 프라하에 남은 사람은 막스 브로트뿐이었네. 그래서 카프카가 죽은 후 그의 원고를 물려받을 수 있는 사람은 오직 브로트뿐이었고, 아마도 그는 모든 것을 불태우라는 카프카의 마지막 요청을 무시하는 것을 그 역할 수행의 첫 단계로 삼았을 거야. 브로트는 작가였고 자신 외에 모든 이들을 그 이야기로부터 떨어뜨려놓아야 했기 때문에 카프카 전설의 수호자가 되었지. 그리고 그 전설이 아직은 존재하지 않았으며 당시에는 카프카를 아는 사람이 전혀 없다시피 했기 때문에, 브로트가 그 이야기의 유일한 저자가 되었네. 나중에 브로트는 친구의 죽음 직후 마음이 너무 황망하여 전기 집필을 바로 시작할 수 없었다고 설명하지. 게다가 카프카 문서를 모두 정리하고 저작 목록을 작성하고 출간을 위한 원고를 준비하는 고된 실무에도 중압감을 느꼈다고 해. 그래서 대신에 브로트는 자칭 아이네 레벤디게 디히퉁—"살아 있는 문학적 창작물"—이라고 표현한 글을 썼는데, 고난받는 병약한 성인의 원본 초상을 담은 실화 소설로서 지금까지 나온 모든 카프카의 초상이 이를 기초로 하고 있지.

『차우베라이히 데어 리베』, 프리드만이 말했다. 그 제목—'사랑의 마법 왕국'—만 봐도 추측할 수 있겠지만, 그건 리하르트 가르타라는 작중인물이 아니었다면 출간 당일에 문학의 쓰레기장에 내버려졌을 오물이야. 소설의 서두에서 작가 가르타는 이미 프라하에서 죽고 없어. 그래서 우리는 그를 직접 만날 수 없고 가르타의 친한 친구이자 이제는 그의 문학적 자산의 집행자인 주인공 크리스토프 노비Nowy를 통해 알 수 있을 뿐이지. 노비는 끊임없이, 거의 강박적으로, 가르타를 회상하고 마음속에서 그와 상의하며 심지어 죽은 친구의 대답을 제시하기도 해. 그런 의미에서 이 소설은 카프카의 원본 초상뿐만 아니라 브로트가 자신의 정제된 기억을 통해 카프카의 이미지를 구성하는 일을 정당화하는 논거를 담고 있지. 『차우베라이히 데어 리베』의 독자들이 노비의 중재를 통하지 않고는 성자 같은 가르타를 알 수 없듯이, 심지어 지금도 세상은 브로트의 가르타라는 프리즘을 통하지 않고는 카프카를 알 수 없네.

프리드만은 차에서 가져온 가죽 서류철을 뒤지기 시작하더니, 이윽고 구겨진 복사물 한 장을 꺼냈다. "가르타," 그가 읽기 시작했다. "지구상에 존재한 모든 현자와 예언자들 가운데 가장 조용했던" 사람, "자신감만 부족하지 않았다면 인류를 위한 안내자가 되었을" 사람. 프리드만은 잠시 말을 멈추고 눈썹을 치켜세운 채 나를 바라보았다. "완전히 싸구려지, 아닌가?" 그가 말했다. 그의 입꼬리가 올라가며 미소가 떠올랐다. 그렇기는 해도, 순전히 전략적인 차원에서 보면 기발한 점도 있어, 남긴 글을 읽지 말고 한데 모아 태워달라던 카프카의 유언을 거절한 행위 역시 기발했듯이. 세상이 브로트의 카프카에 서서히 눈을 떴을 때 카프카는 너무도 유혹적이었어. 처음에 그 전설은 브로트의 작품이었겠지만, 그뒤로 수십 년 동안, 소위 카프카 학자 군단은 브로트가 하던 일을 이어받아 그 전설을 더욱 확대하고 윤색했으며, 정보의 기원에 대해서는 의심 한 번 품지 않은 채 더 많은 카프카 신화를 신나게 만들어냈네. 카프카에 관해 알려진 거의 모든 것—모든 것—이 브로트에게서 나왔어! 그의 편지와 일기에서 뽑아낸 글도 물론 브로트가 수집해 편집한 것이므로 그것들까지 모두 포함해서 말이야. 그는 카프카를 세상에 소개했고 그뒤로도 계속 그의 이미지와 명성을 세세히 관리했으며, 1968년에 사망할 때는 카프카의 유산을 연인 에스터 호페의 손에 넘겨 적당한 혼란과 무질서 속에 남겨둠으로써, 자신의 권위가 오늘날까지도 양도되거나 공유될 수 없도록, 그리고 제 손으로 빚은 카프카 골렘이 계속해서 세상을 헤매도록 확실한 준비를 해두었지.

하지만 그는 우리에게 엄청난 단서 하나를 남겼어. "자기도 어쩔 수 없었던 것 같아." 프리드만이 말했다. 모든 것을 누설해 자기가 손수 완성한 작품의 탁월함을 자랑하고 싶은 유혹이 너무 강해서 그는 뻔히 보이는 곳에 진실을 감춘 거야. 『차우베라이히 데어 리베』에서 노비는 가르타의 남동생을 만나기 위해 팔레스타인으로 출발하지. 알리야를 이뤄 키부츠에서 살고 있는 그에게서 노비는 가르타가 시온주의자였다는 사실을 듣게 돼—그냥 운동에 동조한 정도가 아니라 시온주의의 신념과 활동이 그의 인생과 자기 인식에 절대적으로 중요했다는 거야. 가장 가까운 친구의 숨겨진 열정을 전혀 눈치채지 못했던 노비에게 이는 완전한 계시야. 뿐만 아니라, 가르타의 남동생은 형이 비밀리에 히브리어로 글을 썼고, 자신이 알리야를 이뤄 개척자가 되도록 이끈 것이 바로 그 히브리어 공책들이라고 노비에게 말하네. "어?" 프리드만이 다시 눈썹을 치키며 말했다. "히브리어 공책들이라고? 자네가 만일 카프카에 관해 새로운 사실을 알기 위해 『차우베라이히 데어 리베』를 읽고 있다면 멈추고 이렇게 자문하지 않겠나? 무슨 히브리어 공책들?"

브로트가 마침내 마음을 잡고 카프카의 진짜 전기를 썼을 때, 그는 카프카를 "외롭고 비밀스러운" 사람이라고 묘사했어. 예를 들어, 카프카가 자신이 글을 쓴다는 사실을 밝힌 것도 두 사람이 친구가 되고 몇 년이 지난 후였다고 했지. 그렇긴 하지만, 어떤 의미에서 볼 때, 브로트의 과장된 소설과 그것이 기초가 되어 이후에 생겨난 모든 신화 자체에 진정한 카프카를 드러내기도 하고 감추기도 하는 좀더 미묘한 게임이 은폐되어 있네. 그 어떤 비평가도 히브리어 공책들에 대한 언급을 알아차리거나, 카프카가 히브리어로 글을 썼을 수도 있다는 암시를 읽어내지 못했어, 프리드만은 말했다. 유일하게 알려진 카프카의 '히브리어' 공책들은 푸아가 가르친 수업에서 사용한 조그만 8절 공책 네 권인데, 그 가운데 바스러진 파란색 표지가 달린 공책 한 권은 브로트가 국립도서관에 맡겼고 지금도 그곳 기록보관소에 있지. 그 공책을 보면 카프카가 눈에 익은 필체로 적은 독일어 단어와 이에 대응하는 히브리어 번역어 쌍이 열을 지어 있는데, 그 단어들이야말로 전설에 더없이 완벽하게 부합하네. 프리드만은 서류철 안을 뒤져 귀퉁이가 접힌 복사물 한 장을 더 꺼내더니 단어 하나하나를 짚어가며 번역했다.

순진한

괴로워하는

고통스러운

역겨움

무시무시한

연약한

천재

잘 알지 못하는 사람이라면 이것을 브로트가 묘사한 고뇌하는 카프카의 패러디라고 받아들일 수도 있겠지. 마흔의 나이에 요양원에서 죽었다는 카프카! "하지만 또다른 이야기가 하나 더 있네." 프리드만이 말했다. "이해하겠나?" 그가 다시 물었지만, 나는 아직 완전히 이해하지 못했으므로, 이해의 길에서 벗어나 기묘하게 표류하고 있었으므로, 내 표정이 이해하는 사람의 표정처럼 보이기만을 바라며 계속 그를 쳐다볼 수밖에 없었다. 히브리어로 살아간 카프카의 내세에 관한 이야기, 프리드만이 말했다. 그가 육신의 차원에서 새로운 고대국가로 탈출했듯이 언어의 차원에서는 새로운 고대 언어로 탈출한 이야기. 그 이야기 안에서 그는 히브리어 쪽으로 '건너갔는데' 이 말은 최초의 히브리인, 즉 이브리Ivri였던 아브라함이 요르단강을 통해 이스라엘로 '건너간' 행위에서 파생된 말인 이브리트Ivrit를 직역한 표현이야. '변신'을 히브리어로 번역하면 '하 길굴'이지. 자네도 '길굴'이 무슨 뜻인지 알 거야, 그렇지 않나? 이디시어 제목도—'데어 길굴'—거의 같아. 그 말은 곧, 유대인에게 항상 『변신』은 한 형태에서 다른 형태로의 변화가 아니라, 각기 다른 물질적 현실들을 통과하는 영혼의 연속성에 관한 이야기라는 거야, 프리드만은 말했다.

마침내 프리드만은 말을 마치고 고개를 돌려 바깥 풍경을 바라보았다. 나는 그의 시선을 좇아 교회의 탑들과 야파 게이트를 바라보며 방금까지 들은 말을 모두 소화하려고 애썼다. 하지만 프리드만을 열의가 지나쳐 도를 넘어버린 학자 정도로 치부하기 어려웠던 이유는 단지 그의 권위와 꼼꼼하게 제시한 증거 때문만은 아니었다. 내가 프리드만에게 넘어가 처음에는 말도 안 되는 것 같았던 이야기를 믿으려는 마음이 생겼다면, 그것은 내가 카프카의 폐소공포증과 다른 세계에 대한 갈망을 내 몸으로 느낄 수 있었기 때문이며, 그에게는 최종적이고 돌이킬 수 없는 탈출만이 유일하게 가능한 탈출이었음을 이해할 것 같았기 때문이다. 또한, 카프카의 삶과 죽음에 관한 두 가지 이야기 중에서 프리드만이 묘사한 이야기가 내게는 더 아름다운 형태—더 복잡하면서도 섬세하고 진실에 가까운 형태—를 지녔다고 느껴졌기 때문이다. 그것에 비추어 보니, 기존의 익숙했던 이야기가 오히려 서툴고 과장되고 지나치게 상투적인 것 같았다.

뭔가 어긋나게 느껴지는 부분이 있다면, 카프카가 자기 작품의 운명에 대해 보인 수동성이었다. 브로트는 원문을 지나치게 침범하는 편집 방식으로 악명이 높았다. 그는 자신이 적절하다고 생각하는 대로 글을 자르고 편집하고 순서를 재배열하고 구두점을 찍었다. 카프카가 미완성이라고 여긴 책들도 출간했다. 자신을 성인으로 둔갑시킨 것까지는 참고 넘겼다 해도, 자기 글을 도륙하는 브로트를 카프카가 그저 보고만 있었다는 얘기를 어떻게 믿으라는 것인가?

"편집본이 카프카의 것이 아니라고 어찌 그렇게 자신하나?" 프리드만이 물었다. "편집에 관한 브로트의 판단에 문학 외적인 이유가 없었을 거라고는? 소설 『아메리카』가 왜 카프카가 정한 제목인 '데어 페어숄레네'로 출간되지 않았는지 궁금해한 적 있나? '데어 페어숄레네'가 무슨 뜻인지 알고 있나? '사라진 남자'야. 혹은 '실종된 사람'이라고도 할 수 있지. 카프카가 프라하에서 죽고 나서 채 삼 년이 되지 않았으니 그런 제목은 절대로 쓸 수 없었어.

소위 미완성 작품이라는 걸 출간한 일에 대해서는," 프리드만이 계속 말했다. "그게 얼마나 기발한지 모르겠나? 생각해봐. 모든 작가가 자기 소설이나 책이나 희곡이 미완성이라는 전제를 달고 출간되기를 바라지 않을까? 작가가 작품을 위해 구상했던 완결성이 그의 안에 잠재되어 있었고 시간만 충분했다면 작품에 구현할 수 있었을 텐데, 그전에 죽었거나 중단당했기 때문에 도달하지 못했다고 할 수 있다면?"

웨이터가 접시를 치우려고 자리로 왔다가 한 시간 넘도록 우리 둘 다 음식에 손도 대지 않은 터라 물잔만 채워주고 주방으로 돌아갔다.

카프카가 여기에 와서 어디에서 살았느냐는 내 물음에 프리드만은, 처음 도착해서는 베르크만 가족과 가까운 곳에서 살았다고 대답했다. 여름 동안 카프카는 점점 건강을 회복했지. 비밀을 지키는 것이 최우선이어서, 직접 연루된 작은 무리 외에 진실을 아는 사람은 카프카의 여동생 오틀라뿐이었어. 하이파에 도착해 배에서 내리는 순간, 그는 더이상 작가 카프카가 아니었네. 새로운 나라의 따뜻한 기후 속에서 요양하는 프라하 출신의 깡마르고 병든 유대인일 뿐. 그해 가을에 아그논이 십이 년간의 독일생활을 마치고 팔레스타인에 돌아왔지만—그의 독일 집에 불이 나서 원고와 책이 모두 타버렸지—두 작가가 만난 적이 있음을 시사하는 정황은 전혀 없어. 쇼켄은 아그논을 탈피오트에 있는 집에 머무르게 했고, 두 달 뒤에는 레하비아에 카프카를 이주시켰네. 새로 건설된 독일계 유대인들의 전원주택 단지에 있는 집이었고 방에서는 집 뒤편의 땅이 내다보였지. 오후에 레하비아의 모든 거리와 계단실에 고요만이 가득해야 하는 슐라프슈툰데*가 끝나면 그는 자주 밖으로 나가 수백 년 동안 야생 상태로 방치된 공터의 나무 아래에 앉아 있곤 했어. 그는 점차 주변을 어슬렁거리며, 여기서 잡초를 좀 뽑고 저기서 풀을 다듬거나 가지를 치고 다녔지. 유럽에 있을 땐 정원 가꾸는 솜씨가 겨우 평균이거나 평균 이하였던 그가 팔레스타인에서는 뭐든 손만 대면 무성해지는 것 같다고 생각하기까지는 긴 시간이 걸리지 않았네. 엘제 베르크만이 선물한 종자 카탈로그를 받은 뒤로는 크로커스와 알제리붓꽃 구근을 우편으로 주문하기 시작했어. 오후에 손님이 찾아와 그 정원을 들여다보았다면 깡마른 남자가 콜록거리며 장미 위로 몸을 굽히고 엡섬염**을 푼 물에 뿌리를 담그거나 땅에서 돌을 골라내는 모습을 볼 수 있었을 거야. 순식간에, 레하비아의 집 뒤편 공터가 환히 피어나기 시작했다네.

프리드만은 바로 얼마 전에 우연히 카프카의 『일기』에서 다음

* '낮잠 시간'이라는 뜻의 독일어. 신도시 레하비아는 초창기에 거주민 대부분이 독일계 유대인이었다.

** 영국의 엡섬 지역 폐광산에서 나는 황산마그네슘이 많은 소금으로 건강, 미용, 원예 등의 방면에서 다양하게 사용된다.

구절을 읽었다고 말했다. "이건 정말이지 기회다, 새로 시작할 기회. 절대로 허비하지 말자." 그리고 몇 페이지 뒤에는, "오 아름다운 시간, 절묘한 상태, 정신없이 피어나는 정원. 집을 등지고 돌아서면 정원 오솔길 위로 달려오는 행복의 여신이 보인다." 이 단락에 기록된 날짜는 취라우 시절 초기이지만, 프리드만은 말했다. 나는 이게 그가 레하비아에 있는 집으로 이사한 뒤에 쓴 글이라고밖에는 생각할 수가 없네.

내가 혼란스럽다는 내색을 하자 그는 가죽 서류철을 마지막으로 뒤져 복사물 한 장을 꺼내 테이블 건너편으로 밀었다. 문제의 단락에는 펜으로 비뚤비뚤하게 밑줄이 그어져 있었다. "왜 이 세상을 떠나고 싶었느냐고요?"로 시작되는 글이었다.

> '그가' 나를 이 세상에서, 그의 세상에서 살도록 내버려두지 않았기 때문입니다. 물론 나는 이제 이쪽 다른 세상의 시민이므로 그 문제를 너무 엄밀하게 따져서는 안 되겠지요. 이 세상과 평범한 세상의 관계는 황야와 경작된 땅의 관계와 같습니다(나는 가나안에서 떠나와 사십 년을 떠돌았어요). 그 세상을 이방인처럼 되돌아봅니다. 비록 나는 이쪽 다른 세상에서도 마찬가지로—그것은 내가 항상 지니고 다니는 부계의 유산이지요—가장 하찮고 소심한 피조물이며 오로지 이곳에 마련된 특수한 조건들 덕분에 계속 살아 있을 수 있지만 말입니다.

나는 이 예사롭지 않은 단락을 거듭 세 번 읽었다. 맨 위 오른쪽 구석에는 이 단락을 발췌한 책 제목이 '펠리체에게 보낸 편지'라고 쓰여 있었다. 다시 고개를 드니 프리드만이 나를 바라보고 있었다. "자네에게 굳이 일깨워줄 필요가 있을까?" 그가 속삭였다. "쇼켄이 1963년이 되어서야 이 편지들을 출간했다는 사실을?" 그와 보조를 맞추려고 애쓰며, 나는 브로트가 카프카의 일기와 편지글을 골라 출간한 책 속에 1924년 이후에 쓴 글을 끼워넣었다는 말이냐고 물었다. 프리드만이 입꼬리를 올리며 웃음을 지었다. "말해보게, 우리 작가님," 그가 말했다. "정말로 자네는 카프카가 팔백 통의 편지를 한 여자에게 썼다고 믿나?"

프리드만이 내게 무엇을 요구하고 있는지 그 의미가 서서히 잡히는 것 같았다. 카프카가 쓴 실제 희곡의 끝을 완성하라는 것이 아니라 그의 인생 말년의 실제 이야기에 관해 쓰라는 것. 막스 브로트와 그의 연막이나 싸구려 글은 사라진 지 오래였다. 곧 에바 호페도 사라질 것이다. 그동안 소송은 대법원에서 마침내 판결이 날 테고, 에바 호페가 진다면, 사실 그녀의 패소는 거의 확실하니까, 카프카의 숨겨진 자료는 양도될 것이며, 그의 가짜 죽음과 비밀스러운 팔레스타인 이주는 세상에 드러날 것이다. 프리드만은 그 이야기의 진두에 서서 글이 어떻게 쓰일지 통제하기를 원하는 것일까? 카프카가 이스라엘에서 살아간 사후 세계 이야기를 소설을 통해 빚어내려는 걸까? 유럽에서 그가 겪은 삶과 죽음 이야기의 정본을 브로트가 빚어냈던 것처럼?

프리드만은 내 깨달음을 감지했는지 이제 이야기의 끝으로 신속히 이동했다. 레하비아에 새로 건설한 동네는, 그가 말했다. 베를린과 빈에서 온 지식인들로 금세 가득찼고 그들은 테니스플라츠*에서 테니스를 치고 자신들이 연 카페에서 커피를 마셨으며, 라인

란트**에 두고 온 것과 비슷한 아르데코양식의 주택을 지었다네. 카프카가 그곳에 이주한 때는 1925년인데, 같은 해에 브로트는 유럽에서 『소송』을 출간했지. 고향에서 알던 사람을 레하비아에서 마주칠 위험이 커졌고, 다음해에 『성』이 유럽에서 출간되자 더는 가만히 있을 수 없는 상황이 되었어. 본인의 요구에 따라, 카프카는 갈릴리호와 가까운 북부의 키부츠로 옮겨졌네. 그곳에서 그는 레몬 과수원 언저리에 있는 소박한 집을 얻었고, 역시 본인의 요구에 따라, 수석 정원사 밑에서 일하게 되었지. 키부츠생활은 그에게 잘 맞았어. 처음에는 말이 없고 혼자 있기 좋아하는 그에게 눈살을 찌푸리는 사람들이 있었지만, 머지않아 그는 긴 시간을 들여 초목을 돌보는 솜씨 좋은 정원사로 명성을 얻었고, 키부츠 사람들이 자주 모이는 장소에 긴 그림자를 드리우는 플라타너스 고목의 병을 고치는 방법을 찾아낸 후엔 그의 가치가 확실히 인정되어, 사람들은 그가 원하는 대로 지내도록 내버려두었지. 그는 특히 아이들에게 인기가 많았는데, 작은 인형이나 발사나무 비행기를 만들어주기도 하고 장난기 많은 유머를 구사한 덕분이었다네. 카프카는 수영을 즐겼기 때문에 일주일에 적어도 한 번은 갈릴리호에 갔고, 물가에 있는 사람들 눈에 작은 검은 점으로 보일 만큼 멀리 헤엄쳐 나가곤 했지.

그뒤로 십오 년 동안, 그는 키부츠에서 잊힌 채로 살았어. 세상 다른 곳에서 작가 카프카가 명성을 얻었을 때도, 프리드만은 말했

---

* '테니스코트'라는 뜻의 독일어.

** 라인강 유역에 위치한 독일 서부 지역을 일컫는 말.

다. 이스라엘에서는 무명으로 남았네. 쇼켄은 1945년이 되어서야 카프카 소설의 첫번째 히브리어 번역본—『아메리카』였지—작업에 착수했네. 『소송』은 1951년에야 히브리어로 번역되었고, 『성』은 1967년에 번역되었지. 쇼켄에겐 그렇게 오래도록 미룰 만한 충분한 이유가 있었지만, 이스라엘에서 카프카의 작품은 히브리어 번역본이 나오고 나서도 잘 받아들여지지 않았어. 그는 갈루트* 작가—정처 없는 유배의 삶을 구현하는 사람, 그리고 고압적인 아버지의 형벌을 감내하는 사람—였으며, 그런 이유로 과거와의 완전한 절연과 아버지의 전복을 요구하는 시온주의의 근육질 문화와 화합하지 못했지. 그의 탄생 백 주년인 1983년이 되어서야 카프카를 주제로 한 학회가 마침내 이스라엘에서 조직되었지만, 오늘날까지도 히브리어판 카프카 전작은 없어. 하지만 이런 방치 때문에 카프카는 익명성과 자유를 지킬 수 있었네.

프란츠의 장례식에서 거의 정신을 잃은 헤르만 카프카는 아들을 잃은 상실감에서 벗어나지 못했지. 건강이 급속도로 나빠졌고 휠체어에 묶인 처지가 되었으며, 1931년에 이 잔혹하고 위압적인 아버지, 폭압과 둔감한 몰이해로 카프카의 삶에 가장 큰 고통을 주었던 아버지는 실의에 빠진 채로 삶을 마감했네. 자신이 주의깊게 실행한 죽음, 유치한 공상 속에서 꿈꾸었던 장례가 아버지의 죽음을 재촉했다는 사실을 알았을 때, 카프카가 또다른 방식으로나마 고통을 겪지 않았을 리는 없겠지. 그는 아버지가 자신이 그토록 두려워

* '유배' '이산' '추방' 등을 의미하는 히브리어로 유대인이 예루살렘에서 침략자들에 의해 강제로 쫓겨난 일을 의미한다. 그리스어에서 유래한 '디아스포라'와 동일한 의미다.

했던 거인의 반만큼이라도 되는 사람이었는지 분명 의문을 품었을 거야. 1939년 3월, 히틀러의 군대가 프라하에 들어왔고, 1941년에는 카프카의 누나 둘과 그들의 가족이 우치의 게토*로 끌려갔어. 오틀라는 1942년 8월까지 프라하에 남아 있다가 테레진 수용소**로 이송되었고. 오빠와 여동생 사이에 서신 교환이 있었음은 거의 확실하지만, 그 서신이 일부나마 존재하더라도 스피노자 스트리트의 수집물 속에 숨겨져 있을 것이네. 이듬해 10월에, 프리드만은 내게 말했다. 오틀라는 테레진 수용소에서 어린이들이 단체로 해외의 안전한 곳으로 이송된다는 말에 동행을 자원했어. 하지만 그들은 아우슈비츠로 끌려가 가스실에서 살해당했지. 오틀라의 마지막 편지라고 알려진 글은 그녀의 남편에게 보낸 건데, 그는 유대인이 아니어서 두 딸과 함께 프라하에 남을 수 있었어. 그녀는 남편에게 잘 지내고 있다고 말했지. 추측건대, 오빠에게도 비슷한 편지를 보냈을 거야. 카프카는 육 개월 가까이 시간이 흐른 후에야 동생의 사망 소식을 들었지.

"그뒤로 그는 전과 같은 사람이 아니었을 거야." 프리드만이 말했다. 그 직후 그는 키부츠를 떠나 1944년부터 텔아비브의 여러 아파트를 전전했는데, 곧 발각되어 신분이 노출되리라는 생각에 시달리며 도시 전역을 불안스럽게 옮겨다녔지. 1953년 말에, 정원사 안셸 펠레그는 마지막으로 거처를 옮겼다네. 과거에 건조한 공기가 폐병 치료에 좋다고 권고한 의사들의 처방에 따라 사막에 체

* 우치는 독일군이 점령했던 폴란드의 도시이며, 게토는 유대인 격리 구역을 말한다.

** 체코의 유대인 수용소로 폴란드의 아우슈비츠만큼 악명 높은 곳이었다.

류한 이후로 좋아하게 된 곳이었지. 키부츠에서 십오 년을 생활하고 텔아비브 곳곳을 계속 떠돌아다닌 후였으니 소유물도 거의 없었어. 그의 문서는 전부 그 무렵에 텔아비브에 살았던 막스 브로트가 보관했지. 그래서 그는 작은 여행가방과 책이 가득 든 배낭 외에는 변변한 짐도 없이 쇼켄이 제공한 지프를 타고 사막으로 나갔다네.

이스라엘의 숲

엡스타인은 고대의 숲속을 걷고 있는 꿈을 꾸었다. 추운 날, 너무 추워서 입김이 얼어붙어 공기 중에 떠 있을 정도로 추운 날이었다. 소나무의 검은 바늘잎에 눈이 흩뿌려져 있었고 공기는 송진냄새로 향기로웠다. 모든 것이 어두웠는데—축축한 땅, 은은하고 자욱한 빛에 잠긴 나무들의 높고 거대한 가지들, 나무껍질, 위쪽에 매달린 솔방울—흰 눈과 그가 신은 빨간 실내화 한 켤레만이 예외였다. 키가 큰 나무들에 둘러싸여 있으니 그를 해하려는 모든 것으로부터 안전하게 보호받는 느낌이 들었다. 바람은 불지 않았다. 세상은 고요했고, 그 고요함은 기쁨과 흡사했다. 그는 발밑에서 파삭거리는 눈을 밟으며 오래 걸었는데, 길 위에 가로놓인 나무뿌리에 발이 걸려 휘청거린 후에야 아래를 내려다보고 실내화를 알아보았다. 빨간 펠트 섬유로 된, 어머니의 사촌이 유럽에서 가져온, 실용적이기보다는 아름다움에 충실한, 밑창이 너무 얇아서 아래에서 올라오는 한기로부터 발을 보호하는 제 기능을 거의 해내지 못하는 실내화. 오래 잊고 있었으나 지극히 익숙한 어떤 것을 볼 때 느껴지는 감각이 그를 에워쌌고, 바로 그 순간 그는 자신이 여태 전혀 자라지 않았다는 사실을 깨달았다. 어떻게든 다른 사람들이 모르게, 무엇보다 그 자신이 모르게, 그는 내내 아이로 남아 있었다.

마침내 빈터에 도착한 그는 풀밭 한가운데에 놓인 석조 받침대를 보았다. 허리를 숙여 눈을 떨어내자 추위에 꽁꽁 언 그의 손가락 아래로 금색 글자가 나타났다.

태양과 지구였던,

솔과 이디를 기리며

잠에서 깼을 때, 몸을 덜덜 떨던 엡스타인은 시트를 적실 정도로 땀을 흘렸다는 것을 알았다. 그는 호텔방을 휘청휘청 걸어가 얼음 같은 바람을 뿜어내는 에어컨을 껐다. 묵직한 커튼을 걷으니 이미 아침이 와 있었다. 미닫이 유리문을 열고 테라스로 나가자 부서지는 파도 소리를 싣고 따뜻한 바람이 불어왔다. 그는 피부에 닿는 햇살을 느끼고 짭짤한 공기를 들이마셨다. 눅눅한 파자마 차림으로 난간 너머로 몸을 내밀고, 수면에 묵직하게 내려앉는 기름진 빛을 실눈을 뜨고 바라보았다. 그는 다시 수영하러 갈까 생각했다. 지난 며칠간 이상한 강렬함을 겪은 뒤라 수영을 하면 기분이 좋을 것 같았다. 파도 속에서 그를 끌어냈던 러시아인이 다시 생각났다. 사례를 하겠다고 말하자 그는 웃으며 엡스타인의 등을 철썩 치고는, 그가 물을 멀리한다면 그 자체로 충분한 사례가 될 거라고 말했다. 하지만 왜 다시 물에 들어가면 안 되는가? 오히려 물에 빠질 뻔했기 때문에, 긴장을 강화하는 두려움이 장애로 굳어지기 전에, 지금 다시 바다로 행진해 가야 한다. 그는 힘차게 헤엄치는 사람이고, 과거에도 항상 그랬다. 이번에는 좀더 조심할 것이다. 게다가 오늘은 물도 더 잠잠하다.

하지만 수영복을 찾으려고 다시 서늘한 방으로 돌아가자 꿈속의 숲이 다시 떠올랐고 어둠과 흰 눈이 모두 전과 같이 생생했다. 갑자기 꿈의 핵심을 조금이나마 포착한 그는 흥분에 싸여 흐트러진 침대 앞에 멈춰 섰다. 그는 이불 위에 주저앉았다가 잠시 후 다시 벌떡 일어나 서성이기 시작했다. 그런데 왜 전에는 그 생각을 못했을까? 다시 테라스로 나간 그는 풍경 전체를 보기 위해 몸을 밖으로 내밀었다. 물론—그래, 맞아—너무도 멋지게 말이 되는 얘기다!

축축한 침대 시트를 들추며 전화기를 찾다보니 잃어버린 전화기 생각이 뇌리를 스쳤다. 지금 그게 어디 있는지 누가 알겠는가? 라말라 어딘가에서 다마스쿠스로 통화를 연결하고 있을지도 모르는 일. 헝클어진 침대 위에는 아무것도 없었다. 책상 위를 찾아보고 다시 돌아와 자기 전에 침대 옆 탁자에 엎어놓은 책을 들추었더니 그 밑에 새 전화기가 있었다. 그는 비서 샤론에게 전화를 했다가 신호음이 두 번 울린 뒤 뉴욕은 한밤중이라는 사실을 기억했다. 여섯 번이 울린 뒤에는 포기하고, 대신 사촌에게 전화했다.

"모티, 줄스야."

"잠깐만—חתיכת חרא! חרא!*—믿을 수가 없군! 이 개자식이

* '망할! 이 망할 놈!' 정도에 해당하는 히브리어.

방금 전화를 끊어버렸네. 뭐라고 했어? 어서 말해봐, 나 듣고 있으니까."

"누구와 얘기해야 나무 심는 일을……"

"!נבלה"*

"뭐라고?"

"어서 말해, 뭐에 대해 누구와 말한다고?"

"나무. 나무 심는 것 말이야."

"나무? 그러니까, 그 뭐라더라……"

"나무! 국가 수립 이전부터 해오던 거잖아. 우리 어머니가 내게 푸른색과 흰색으로 된 모금함을 들려 보내곤 하셨어." 엡스타인은 모금함을 들고 이 집에서 저 집으로 뛰어다닐 때 양철 상자 안에서 동전들이 딸그랑거리던 기억이 났지만 그 재단의 이름은 생각나지 않았다. "예루살렘의 언덕을 위한 나무들, 그런 이름이었던 것 같아. '헤브론산을 위해'였던가, 잘 모르겠어. 나중에 히브리어 학교에서 코바템벨** 모자를 쓴 아이들이 우리가 미국에서 모금한 돈으로 마련한 묘목을 심는 사진을 보여줬고."

"뭐, 케렌 카예메트 레이스라엘 말이야?"

"그래, 잠깐—유대민족기금, 맞지? 거기 사람과 연결해줄 수 있어?"

"나무를 심고 싶다는 거야, 유다?" 모티가 엡스타인의 어릴 적 히브리어 예명을 쓰며 물었다.

---

* '개자식' 정도에 해당하는 히브리어.

** 20세기 초부터 1970년대까지 이스라엘의 유대인들이 흔히 써서 국가적 상징이 된 양동이 모양의 모자.

“나무가 아니라,” 엡스타인이 가만히 말했다. “숲 전체.” 부드럽고 컴컴한 가지들 아래에 고인 정적이 떠오르며 그의 팔에 소름이 돋았다.

“우리에게 나무는 충분해. 이제는 물이 문제야. 최근에 들은 바로는 바닷물을 끌어다 과일을 재배하는 방안을 연구중이라던데. 차라리 사람들이 형에게 땅을 파달라고 한다면 놀랍지 않을 거야. 이디스와 솔로몬 엡스타인 기념 저수지.”

엡스타인은 부모님의 이름을 딴 땅구멍과 하늘에서 내리는 겨울비를 떠올렸다.

“당연히 사람들은 아직도 나무를 심고 있어.” 그가 쏘아붙였다. “연락처를 구해줄 거야, 말 거야? 네가 안 해주면 컨시어지에 물어볼 거니까.”

하지만 모티는 자신이 들어주면 나중에 보상을 받을 수도 있는 엡스타인의 부탁을 다른 사람에게 넘길 생각이 없었다. “삼십 분만 줘.” 그가 담뱃불을 붙이고 전화기에 숨을 뱉으며 엡스타인에게 말했다. 페타티크바에 도착하면 몇 군데에 전화를 돌려보겠다. 그곳에 연줄이 있는 사람을 알 것 같다. 엡스타인은 의심하지 않았다. 모티가—세 번의 전쟁에서 싸웠고 결혼과 이혼을 두 번씩 했으며 엡스타인이 기억할 수 없을 만큼 많은 직업을 거쳐온 모티가—신속히 해결할 수 없는 일은 없었다.

“그쪽 사람들에게 내가 숲을 조성하고 싶어한다고 말해. 시야 끝까지 펼쳐진 소나무숲.”

“좋아, 이백만 달러짜리 숲, 그렇게 말할게. 하지만 맙소사, 정말 마음이 아프네. 혹시 마음이 바뀐다면 말인데, 형한테 보여줄

집이 있어. 온통 유리와 이탈리아 대리석으로 되어 있고 자쿠지 욕조에 앉으면 저멀리 시칠리아까지 보여."

그날 오후에 모티는 다시 전화를 걸어 섭외를 모두 마쳤다고 엡스타인에게 말했다. "내일 회의를 잡아놓았으니까 가자고." 그가 말했다. "칸티나에서 한시."

"고마워. 그런데 너는 안 와도 돼. 네가 좋아할 만한 일은 아니야. 옷 벗은 여자들은 없을 거야."

"그래서 내가 걱정이잖아. 형 인생이니 뭘 하든 자기 소관이지만, 형도 이제 예순여덟 살이야, 유다, 영원히 살진 않는다고. 마침내 이렇게 이혼하고 자유로워진 판에 랍비나 숲 같은 생각만 하면서 사방에 옷 벗은 여자들이 널렸다는 사실은 안중에도 없잖아. 나는 지금도 노란 원피스를 입은 여자 하나가 눈에 들어오는구먼. 그리고 내가 확실히 말하는데, 이건 형의 부모님을 기념하는 숲에서는 절대 찾을 수 없는 기쁨이야. 내가 기억하기로 그분들, 숲에는 전혀 관심 없으셨잖아. 내 말 틀렸어, 유다? 하지만 형 아버지도, 망자가 축복 속에 기억되기를, 여자라면 이해하셨을 거야. 내 말을 잘 생각해봐. 내일 한시에 만나자고." 그가 말했다. 그리고 문상을 위해 방문한 상가에 다시 돌아가기 전에 칸티나의 사장에게 전화를 걸어 그곳에서 가장 비싼 샤르도네 한 병을 따로 빼놓으라고 말했다.

며칠 후, 엡스타인은 어느 산 정상에 서 있었다. 옆에는 유대민족기금의 봉사 프로그램 책임자와 그곳의 산림 전문가 한 명, 그리고 부동산 사무소에 기어이 휴가를 내고 사촌과 동행한 모티가 있었다. 유대민족기금의 개발국장은 해외에 나가 있었으나 엡스타인이 기다리지 않겠다고 하여 봉사 프로그램 책임자가 대신 파견되었는데, 그녀는 싸구려 선글라스를 끼고 산행에 맞지 않는 신발을 신은 자그마한 홍보 담당자였다. 그녀는 그를 세 군데나 데리고 다니며 온종일 차를 몰았고, 이제는 봉사 정신이 한계에 다다라 인내심을 잃기 시작했다. 그녀가 그를 마지막으로 데려간 곳은 산불로 황폐해져 복구가 절실히 필요한 상태였다. 그의 기부금이면 피해 지역 전체에 다시 나무를 심을 수 있다, 그녀는 설명했다. 언젠가 그의 자식들이 찾아와 조부모의 숲이 드리운 시원한 그늘 속을 거닐 것이다. 또한 그의 자식의 자식도, 그리고 별일이 없는 한, 그들의 자식까지도.

하지만 까맣게 타버린 그루터기만 남은 풍경을 둘러본 엡스타인은 고개를 저었다. "이게 아니야." 그는 중얼거리며 차 쪽으로 돌아섰다.

그렇다면 찾는 것이 정확히 뭔가? 봉사 프로그램 책임자가 그의 뒤를 따라오며 따져 물었다.

"아까 들었잖아요." 모티가 뒤에서 지껄이며 다가와 뒷좌석의 산림 전문가 옆자리에 다시 한번 몸을 내던졌다. 카키색 반바지 차림에 수목에 관한 모든 것을 알고 있는 이 젊은 여자는, 모티가 이 하루를 그나마 견딜 수 있는 유일한 이유였다. "우리 형이 아니다, 하면 아닌 거예요. 얄라.*"

봉사 프로그램 책임자가 운전석에서 샌들 뒤축의 끈을 내리고

* '어서', '가자' 등을 뜻하는 아랍어.

물집 잡힌 뒤꿈치를 문지르는 동안, 엡스타인은 일단 보면 맞는 곳인지 아닌지 알 거라고만 되풀이해 말했다. 그러자 그녀는 불만을 꾹 참고 시동을 걸며 에어컨을 최대로 틀었다. 화장지로 이마의 땀을 닦아내자 주황색 화장품이 묻어났다. 뒤에서 모티는 구겨진 담뱃갑을 흔들어 담배를 하나 빼내려 하다가, 산림 전문가 갈리트의 못마땅한 표정을 보고 담뱃갑을 다시 주머니에 쑤셔넣고는 헛기침을 하면서 전화기 수신이 되는지 다시 한번 확인했다. 갈리트는 몸을 앞으로 숙여 엡스타인에게 와디* 지역의 침식을 막기 위해 재단이 진행하고 있는 조림 사업에 관해 이야기했다. 하지만 엡스타인이 와디 지역의 식목에 관심을 보이지 않자, 잠시 후 그녀 역시 말을 멈추고 등을 뒤로 기댔다. 이미 그녀는 엡스타인에게 지중해 지역과 이란-튀니지 지역, 사하라-신드 지역에 관해, 건조기후와 반건조기후, 연간 평균 강수량, 1두남**당 묘목의 수, 토질, 경사지와 평지, 요르단 리프트 계곡, 헤브론산의 암석학적 특징, 지중해 참나무, 피스타치오, 캐롭, 타마리스크, 알레포 소나무, 그리스도 가시나무의 장점 등에 관해 자신이 아는 모든 것을 알려준 뒤였다. 그녀가 보기에 그 이름들은 엡스타인의 마음 깊은 곳 어딘가를 꿈틀거리게 한 듯했지만 그가 정말로 알고 싶은 것이 뭐든 그것을 건드린 것 같지는 않았다.

이십 분 후, 다시 통화 가능 지역으로 들어가자 봉사 프로그램 책임자의 전화기가 울리며 사무실에서 마지막 장소를 제안하는 문

* 중동이나 북아프리카 등 건조한 지역에서 우기 때가 아니면 물이 없는 계곡.

** 이스라엘 등지에서 사용하는 토지 면적의 단위로 대략 1000제곱미터에 해당.

자가 왔다. 모티는 방금 그의 전화기로 흘러들어온 문자 때문인지, 아니면 엡스타인의 돈이 위험에서 벗어났으니 그날의 할일은 끝났다고 벌써 결론을 내린 것인지, 끙 소리를 내며 몸을 축 늘어뜨리고 고개를 뒤로 젖혔다.

그는 머리를 천천히 돌려 눈을 뜨고 갈리트를 쳐다보았다.

"자기야," 그가 히브리어로 조용히 말했다. "나무 말고 자기가 좋아하는 거 있어? 이 숲 조성 건이 안 이뤄지게 잘 조율해주면, 에일라트에 있는 호텔에서 남자친구랑 일주일 동안 지낼 수 있게 해줄게. 홍해 바로 앞에 내 친구 집도 있어. 스쿠버다이빙도 하고 해변에 누워 쉬어요, 그럼 이 침식이니 뭐니 하는 일은 싹 다 잊어버릴 거야." 갈리트가 눈을 치뜨고 아무 말도 하지 않자 모티는 다른 쪽으로 얼굴을 돌리고 사막을 바라보았다.

그래서 요르단 계곡을 따라 차를 타고 헤브론산까지 내려온 뒤, 오후 다섯시 가까이 되어 그들은 마침내 이곳, 네게브 사막 북부의 산비탈에 도착했다. 석양빛 속에서 붉은색과 금색으로 물든 하늘과 돌투성이 흙 말고는 아무것도 없는 이곳에서, 엡스타인은 숲을 상상하라는 요구를 받았다.

빛이 그의 머리를 채웠다. 바닥에서부터 꼭대기까지 가득차 흘러넘치기 직전이었다. 그런 감각이 사라지고 빛이 빠져나가자 퇴적물처럼, 세상만큼 오래된 고운 모래처럼, 경외감이 남았다. 어지러움을 느끼며 일행에게서 떨어져나온 그는 경사진 산비탈 위로 뻗친 노두露頭 위에 혼자 서서, 줄을 맞추어 끝없이 늘어선 묘목들이 작열하는 햇빛 속에서 가지를 펼치는 광경을 그려보았다.

예전에, 갈리트가 그에게 말했다. 레바논에서 북아프리카와 그리스에 이르기까지 지중해 남부와 동부 전체가 숲으로 덮여 있던 시절이 있었다. 하지만 전쟁이 거듭되면서 목재 때문에 약탈당한 숲은 함선으로 만들어져 결국에는 익사한 병사들과 함께 바다 밑바닥으로 가라앉았다. 조금씩 조금씩 나무가 잘려나갔고, 땅은 밭으로 경작되었으며, 토양은 메말라갔고, 비옥한 흙은 뜨거운 바람에 흩어지거나 비와 강물에 씻겨나갔다. 그리하여 예전에 북아프리카 해안을 따라 육백여 도시가 번성했던 그곳의 인구가 줄어들었고, 모래가 바람을 타고 들어와 텅 빈 도시의 폐허를 사구로 뒤덮었다. 기원전 4세기에 플라톤은 아티카 전역에 걸쳐 숲이 황폐해지면서 땅이 해골만 남은 적이 있다고 썼다. 이곳도 마찬가지였다, 갈리트가 설명을 이어갔다. 레바논산을 온통 벗겨내 티레와 시돈에 사원들을 짓고 그다음에는 예루살렘 제1성전과 제2성전을 지었다. 샤론, 카르멜, 바샨 등의 산림 파괴는 기원전 590년에 예언자 이사야의 글에서 주된 주제로 거론되었고, 요세푸스*는 그로부터 약 오백 년 후에 유대와 로마의 거듭된 전쟁의 여파로 넓은 지역의 산림이 크게 파괴되었다고 썼다. 예루살렘도 과거에는 소나무와 아몬드나무와 올리브나무에 둘러싸여 있었고 유대산에서 해안에 이르는 지역 전체도 마찬가지였다. 그 모든 곳이 울창하고 어두운 숲으로 덮여 있었다. 그런 설명을 듣던 중 문득 엡스타인은 숲forest이라는 단어가 '휴식을 위한다for rest'는 의미의 단어들로 이루어져 있음을, 평생 아무 생각 없이 내뱉고 나서야 깨달았다.

---

* 1세기에 활동한 유대인 역사가.

모티가 그의 뒤로 다가와 담배에 불을 붙이고는 연기에 감동을 담아 내뿜었다. 모티조차 그 끝없는 광활함에 말을 잃었다. 그들은 침묵에 젖은 채, 인생을 살아오며 많은 사적인 얘기를 나눈 오랜 친구들처럼 함께 서 있었다. 실제로는 서로를 알았던 긴 세월 동안 무엇에 대해서도 제대로 대화를 나눠본 적이 없으면서도.

"유대인과 산은 도대체 무슨 관련이 있는 거지?" 마침내 엡스타인이, 모티에게라기보다는 자기 자신에게 그렇게 말했다. "중요한 일을 경험할 때는 항상 산으로 올라가잖아."

"그랬다가 허겁지겁 다시 내려오지." 모티는 바위에다 대고 담배를 비벼 껐다. "아니면 시체 주머니에 담겨 내려오거나. 마사다성*에서처럼, 보포트성**에서처럼, 그리고 이치의 아들처럼. 개인적으로, 나는 산밑에 머무는 편이 더 좋아." 하지만 엡스타인이 등을 돌리고 있었기 때문에 모티는 그의 반응을, 반응이 있었다 해도, 볼 수 없었다.

"유다," 그가 한참 뒤에 다시 말했다. "우리가 여기에서 뭘 하고 있는 거야? 진지하게 묻는 거야. 형을 평생 알고 지냈어. 요즘 형은 형답지 않아. 자꾸 뭘 잊어버리고—지난번엔 하야의 이름이 하야인 것도 기억하지 못했잖아, 그애 이름을 오십 년이나 불렀으면서. 게다가 돈을 낸 뒤 테이블에 지갑을 두고 오기도 하고. 그리고 체중도 줄었어. 병원엔 가본 거야?"

---

* 이스라엘 남부 고원 꼭대기에 있는 고대 산성이자 성지로, 제1차 유대-로마 전쟁 당시 로마제국의 군대가 마사다를 포위해 산성 주민이 집단 자살을 했다고 전한다.

** 레바논 남부에 있는 성으로 1982년 이스라엘이 전쟁 끝에 점령했다가 2000년에 철수했다.

하지만 엡스타인은 듣지 않았거나, 듣지 않기로 했거나, 대답할 마음이 없었다. 몇 분 동안 그들은 침묵 속에 앉아 멀리에서 빛나는 언덕들을 바라보았고, 마침내 엡스타인이 말했다.

"내가 일곱 살인가 여덟 살 때였던 걸로 기억하는데, 우리가 미국으로 이주한 직후였어. 나보다 두세 살 많은 애가 있었는데 방과 후에 날 자꾸 괴롭히기 시작했어. 하루는 내가 코피를 흘리며 집에 갔더니 아버지가 현관에서 나를 보고 어떻게 된 일인지 실토하라고 하셨지. 아버지 얼굴이 붉으락푸르락해졌어. '당장 막대기 들고 가서 그놈 머리를 깨버려!' 어머니가 그 말을 듣고 뛰어오시더라. '무슨 소릴 하는 거야?' 어머니가 아버지에게 소리를 질렀지. '여기는 미국이야. 여기 사람들은 그렇게 안 한다고.' '그럼 어떻게 하는데?' 아버지가 고함치며 대꾸하셨어. '관련 당국을 찾아가지.' 어머니가 말씀하셨지. '관련 당국?' 아버지가 비꼬듯 말했고. '관련 당국? 그럼 그들은 뭘 할 거라고 생각해? 어쨌거나, 그건 밀고야, 그리고 우리 유다는 밀고자가 아니고.' 아버지의 말에 어머니는 소리를 지르며 나는 아버지처럼 폭력배가 되지는 않을 거라고 하셨지. 그러자 아버지가 내게로 돌아섰는데 곰곰이 생각하시는 것처럼 보이더라고. '봐라,' 아버지가 눈을 가늘게 뜨며 마침내 내게 말씀하셨어. '막대기는 잊어버려. 그냥 가서 그놈을 이렇게 움켜잡고,' 아버지가 무진장 큰 손으로 내 멱살을 잡고 얼굴을 자기 쪽으로 당기며 그러셨지. '그런 다음 이렇게 말해, 한 번만 더 그래봐, 죽여버릴 테니까.'"

모티가 웃음을 터트렸다. 예전의 익숙한 이야기꾼다운 말을 들으니 안심이 되는 것처럼.

"이걸 원하신다고 생각해? 형 어머니가?" 모티가 황량한 산비탈 쪽을 턱짓으로 가리키며 물었다. "그래서 이런 일을 하는 거야?"

네가 원하는 대로 해, 넌 자유인이야. 그의 어머니는 그에게 그렇게 소리지르곤 했는데 그것은 네가 원하는 대로 해, 날 죽이고 싶으면, 하고 말하는 어머니의 방식이었다. 어머니는 그의 자립심 솔기 안쪽에 자신의 명령을 꿰매 넣어, 그가 최고로 자유로운 순간에도 마치 중력처럼 어머니의 인력을 느끼게 했다. 심지어 어머니에게서 달아나면서도, 그는 어머니에게로 가고 있었다. 그 안의 모든 충성과 모든 반란은 그렇게 고조와 저조를 오가는 인력의 주기와 씨름하는 데서 생겨났다. 비록 나중에는 다른 개체들을 향해 밖으로 튕겨져나갔지만. 아니, 평온한 힘은 아니었다, 어머니의 존재는. 그녀가 가장 아끼는 장신구는 두 줄로 엮인 진주 목걸이였다. 엡스타인은 가끔 어머니의 목에 걸린 그 장신구를 볼 때마다 그녀가 그 물건에 애착을 느끼는 이유는 표면의 광채를 만들어낸 진주알 중심부의 자극물에 있다는 느낌을 떨칠 수가 없었다. 어머니는 도발을 통해 그의 활력을 끌어올렸다.

"어머니는 서니아일스에 있는 추레한 공원에 벤치를 놓아달라고 하셨어. 고작 그런 것."

"그런데 왜? 이해가 안 돼, 유다, 정말이야. 내가 상관할 일은 아니지만, 검소한 분들이었잖아, 형의 부모님. 낭비를 싫어하셨지. 나무 한 그루, 두 그루면 몰라. 그런데 사십만 그루라고? 뭘 위해서? 내가 스물한 살에 처음으로 미국에 갔을 때 생각나? 형 어머니는 내 발톱 자른 것도 함부로 버리지 못하게 하셨어."

엡스타인은 모티가 왔던 때가 기억나지 않았다. 아마 이미 결혼도 하고 조나와 루시 둘 다 태어났을 즈음일 것이다. 회사일에 정신이 팔린 채 오만 가지 투쟁에 몰두해 있었을 것이다.

"형 부모님이 형과 리앤에게 날 데려가셨지. 형의 파크 애비뉴 아파트에 갔는데, 다른 세상에서 튀어나온 곳 같았어. 그렇게 사는 사람들을 본 적이 없었다고. 형이 비싼 레스토랑에 데려가 점심을 사줬는데 랍스터를 시키라고 우겼지. 날 잘 대접하려고 그러는지, 잘난 척을 하려고 그러는지, 아니면 그런 날 보는 게 재미있어서 그러는지 분간이 되지 않았어. 그리고 웨이터가 펄펄 끓는 거대하고 붉은 생물, 이 무시무시한 벌레를 테이블로 가져와 내 앞에 내려놓는데, 머릿속에 떠오른 생각은 칠 년마다 찾아와 해변을 뒤덮는 거대한 붉은 메뚜기떼였지. 그때 형이 자리에서 일어나더니 나와 그것만 놔두고 화장실에 갔어. 얼마 뒤에 나는 그것의 구슬 같은 눈이 나를 빤히 쳐다보는 걸 참을 수가 없어서 그 머리 위에 냅킨을 덮어놓았어."

엡스타인은 빙긋 웃었다. 기억나지는 않았지만 충분히 그다운 이야기였다.

"그날 밤에, 롱비치의 집으로 돌아갔더니 형 어머니가 형이 쓰던 방을 내주셨어. 거기 침대에 누워 부엌에서 서로에게 공격을 퍼붓는 형의 부모님 소리를 들으면서 난 계속 그 랍스터를 생각했어. 미국에 도착하고 나서 처음으로 집이 그리워지더군. 이스라엘로 돌아가고 싶은 생각뿐이었지. 거기에서 메뚜기떼 때문에 괴로움을 겪기는 해도 그건 나의 메뚜기들이고 적어도 그것들의 의미는 이해할 수 있었으니까. 거기 누워서 형 부모님이 서로를 찢어발기는 소리를 들으면서, 형처럼 사는 건 어떤 기분일까 생각하고 있었어.

그런데 갑자기 뭔가가 벽에 세게 쿵 부딪히는 소리가 나는 거야. 그러더니 잠잠해졌지. 나는 그때 이미 성인이었고 군대에서 막 제대한 참이라 군인의 반사 신경으로 침대에서 벌떡 일어나 부엌으로 달려갔어. 형 어머니가 벽에 기댄 채 자기 얼굴을 만지고 있는 걸 보고, 어떤 일은 어디에서나 똑같다는 걸 깨달았어. 내 어린 시절의 부엌으로 돌아가 우리 어머니를 보는 기분이더군."

엡스타인은 서쪽이 벌겋게 물든 하늘을 올려다보았다. 만약 그가 모티의 투박한 태도와 익살 아래에 숨은 이런 면을 더 잘 알고 지내왔다면, 혹은 전하려는 생각 자체가 너무 추상적이지 않았다면, 그는 이렇게 말했을지도 모른다. 때로는 혼란 속에서 튀어나오는 몇 개의 두드러진 이미지가 있다고. 빛바래지 않고 선명하며 한 사람 인생의 집약 같은 이미지, 사람이 세상을 뜰 때 인생에서 오로지 그것만 가져갈 것 같은 이미지. 그에게 그런 이미지는 모두 폭력에 관한 것이었다. 아버지의, 혹은 자신의 폭력.

그런 말 대신 그는 이렇게 말했다. "이제 양친을 떠올리면 그런 생각이 들어. 아 세상에, 그렇게 말다툼이 심했다니. 그렇게 싸움이 잦았다니. 그렇게나 파괴적이었다니. 참 이상한데, 그런 생각을 할 때면, 우리 부모님은 내게 한 번도 뭔가를 만들어보라고 격려하지 않았다는 사실을 깨닫지. 뭔가를 쌓아보라고. 결국에는 다시 분해하더라도 말이야. 일전에 문득 든 생각인데, 나는 오로지 언쟁할 때만 진정으로 창의적이라고 느낀 것 같아. 항상 언쟁 속에서만 나 자신을 정의했던 거야—처음에는 부모님에 대항해, 그리고 나중에는 모든 것, 모든 이들에 대항해."

"그래서 무슨 말을 하려는 거야? 이게 다 그런 거라고? 싸움을 멈추고 뭔가를 만들려는 뒤늦은 욕망? 유다, 우리 그냥 도예 교실에나 등록하자, 제발. 그러면 형 돈도 엄청나게 절약되잖아. 그러고 보니까, 야파에 스튜디오를 가진 화가를 알아. 돈 조금만 쥐여주면 아주 기쁜 마음으로 그곳을 넘겨주고 한 달간 리우에 가 있을걸."

하지만 엡스타인은 웃지 않았다.

"알겠어, 그냥 내가 이해가 안 돼서 그래. 형한테는 자식이 셋이나 있어. 형은 훌륭한 변호사였고. 엄청난 인생을 꾸렸지. 그걸로 충분히 창조적이라고 할 수 있지 않아? 우리가 지금 하는 얘기가 나에 관한 거라면, 거의 모든 면에서 완전한 실패작인 나에 관한 거라면, 그때는 얘기가 달라지겠지."

"모든 면에서?" 엡스타인은 진심으로 흥미를 느끼며 물었다.

"내가 유대인이라서, 저주받은 종족의 일원이라서 그렇게 느끼는 부분도 있겠지."

엡스타인은 사촌을 쳐다보려고 고개를 돌렸지만, 그 순간 모티가 일어서서 헐렁한 청바지를 추켜올린 후 전화기로 주변 경치를 촬영했고, 그의 해이한 표정을 본 엡스타인은 사촌에게 이해받을 가능성이 없다는 것을 알았다. 그는 지는 해를 받으며 활활 타오르는 사막으로 고개를 돌렸다.

"이거야," 그는 가만히 말했다. "가서 바로 이곳이라고 말해."

돌아오는 차 안은 고요했다. 산 위로 어둠의 장막이 내렸고 기온이 급락했다. 엡스타인이 창문을 열자 찬 공기가 폐로 쏟아져들어왔다. 그는 부드럽게 비발디의 곡조를 흥얼거리기 시작했다. 가사가 뭐더라? 쿰 데데리트 어쩌고저쩌고 솜눔.* 그의 귀에 카운터테너의 음성이 들렸고 연주회장에서 시각장애인 여자의 저먼 셰퍼드가 눈을 감고 인간의 청력 범위를 넘어선 무언가를 듣는 모습이 떠올랐다.

전화기가 주머니 안에서 진동하기 시작했으나 그는 무시했다. 하지만 또다시 긴박하게 한번 더 울려대는 전화기를 보니 통화를 시도하는 사람은 클라우스너였고 그에게서 이미 세 통이나 부재중 전화가 와 있었다. 날짜를 보고 그는 클라우스너가 재회 행사 건으로 전화했음을 깨달았다. 그는 어둠에 잠기는 풍경을 다시 돌아보면서, 천성과는 어긋나는 일이었지만, 저 바깥 어딘가에서 진짜 다윗이 걷고 싸우고 사랑하고 죽었다는 생각에 약간의 전율을 느꼈다.

다시 전화기가 울리자 그는 포기하고 차라리 어서 해치우자는 생각에 전화를 받았다.

"줄스! 어디에 계세요? 예루살렘에 벌써 오신 거예요?"

"아니요."

"그럼 어디?"

"사막."

"사막? 사막에서 뭘 하십니까? 한 시간 후에 행사가 시작되는데요!"

"오늘밤 맞죠? 좀 바빴어요."

"통화가 되어 다행입니다. 슬슬 걱정되기 시작했거든요. 아직 시간은 있어요. 전 지금 홀에서 행사 준비를 감독하고 있는데—잠

* 비발디의 성악곡 〈Nisi Dominus〉의 도입부 가사 'Cum dederit dilectis suis somnum(주님은 선택하신 이들에게 휴식을 내리시니)'의 일부.

깐만요—연주자들이 방금 도착했네요."

"저기, 난 지금 텔아비브로 돌아가는 길이오. 아주 긴 하루를 보냈어요."

"오셔서 삼십 분만 계세요. 그냥 분위기 좀 느껴보세요. 음식도 드시고요. 예루살렘은 그다지 돌아가는 길도 아니잖아요. 이 행사를 놓치시지 않았으면 좋겠습니다, 줄스."

엡스타인은 사페드 사원에 있던 자그마한 남자의 비틀린 손이 다시 한번 그의 바짓가랑이를 붙잡는 느낌이 들었다. 하지만 이번에는 굴복할 뜻이 없었다.

"아, 그곳 초청자 명단에 메시아가 있을지도 모르는데. 하지만 아니, 정말로 안 되겠소."

클라우스너는 농담을 언짢아하지 않았고, 거절을 받아들이고 싶지 않은지 삼십 분 후에 다시 전화하겠다고 말했다. 엡스타인은 작별인사를 하고 전화기를 껐다.

"무슨 일인데 그래?" 모티가 물었다.

"내 랍비."

"아이고, 내가 뭐랬어?"

하지만 엡스타인은 이제 정말로 녹초가 되었다. 차로 이동하고, 햇볕을 쬐고, 사람들과 함께 긴 하루를 보내고 나니 기진맥진했다. 샤워로 먼지를 씻어내고 에어컨을 쐬며 혼자 누워서, 언젠가 산의 사면을 뒤덮고 달빛 아래에서 사각사각 살아 움직일 숲을 생각하고 싶은 마음뿐이었다. 모티는 이해하지 못했다. 슐로스도 마찬가지일 것이다. 리앤 역시도. 그녀는 지금까지 그를 이해한 적이 없었고, 그가 자신을 내보이려고 그토록 노력했어도 결국 진정으로 보려 하지 않았다. 그는 더이상 이해받을 필요가 없었다. 바깥에서는 밤이 더욱 짙어지고 있었다. 그는 사촌의 목소리가 바람에 잠기도록 창문을 맨 아래까지 내리고 사막의 향긋한 냄새를 들이마셨다.

그는 재회 행사에 참석하지 않았다. 하지만 그날 밤, 몸은 피곤한데도 잠을 이룰 수가 없어 침대 옆 탁자에 놓인 낡은 책을 읽으며 깨어 있었다. 어느 날 오후 알렌비 스트리트를 따라 걷다가 영어로 된 책이 가득한 진열장에서 발견한 것이었다. 진열장 안의 책들은 햇빛에 바래 모든 색깔이 푸른색으로 변해가고 있었다. 그는 좁은 골목길에 있는 복잡하고 먼지가 풀풀 나는 서점으로 들어가 그 책에 관해 물었다. 주인은 오디오에 재즈 음악을 틀어놓고 어수선한 책상 위에서 장부를 정리하고 있었다. 진열장 안의 내용물들은 오랜 세월 동안 누구의 관심도 끈 적이 없었기 때문에 열쇠를 찾는 데도 한참 시간이 걸렸다. 하지만 결국 틈새를 비집은 끝에 진열장이 열렸고, 안에서는 갇혀 있던 기후와 분해되는 종이의 퀴퀴한 냄새가 흘러나왔다. 주인이 안으로 손을 뻗어 『시편』을 꺼냈고 엡스타인은 팔 밑에 책을 끼고 다시 붐비는 거리로 나와 바다를 향해 걸어갔다.

성경에 다윗보다 더 복합적인 영웅이 있었나? 사울과 요나단과 미할과 밧세바를 비롯해 가까이 오는 모든 이의 사랑을 이용했던 다윗. 권력에 굶주려 왕이 되기 위해서는 무슨 짓도 서슴지 않았던 전사, 살인자. 그에게 배반은 아무것도 아니었다. 살인도 아무것도 아니었다. 그의 욕망을 가로막는 것은 그 무엇도 가만두지 않았다. 그는 원하는 것을 취했다. 그러고는, 그가 자신의 본래 모습에서 해방되게 하기 위해, 다윗의 시를 집필한 저자들은 그를 지금껏 쓰인 시 중 가장 구슬픈 시를 쓴 사람으로 만들었다. 그가 인생 말년에 자신 안에서 가장 급진적인 것을 우연히 발견하도록 한 것이다. 은총을 발견하도록.

아침에 늦잠을 잔 엡스타인은 호텔 전화기가 울리는 소리에 일어났다. 프런트에서 건 전화였다. 누군가가 아래층에서 그를 기다리고 있었다.

"누구요?" 여전히 잠의 안갯속에서 그가 물었다. 오기로 한 사람은 없었다. 이제는 뿌릴 돈이 남지 않았으므로.

"야엘이라고 하시네요." 프런트 직원이 알렸다.

엡스타인은 몸을 일으켜 눈을 찌푸리며 시계를 보았다. 겨우 여덟시를 조금 넘긴 시각이었다. "야엘 누구라고요?" 그가 물었다. 그가 아는 야엘이라고는 어머니의 사촌이자 하이파의 무덤 속에 있는 야엘밖에 없었다. 잠시 전화 소리가 먹먹해지며 말이 끊기더니 여자의 목소리가 들려왔다.

"여보세요?"

"네?"

"저는 야엘이에요." 그녀는 그의 기억이 되살아나기를 기다리는 것처럼 말을 멈췄다. 기억력이 이런 지경까지 되어버린 건가? 엡스타인은 메마른 손마디로 눈을 비비며 생각했다.

"전해드릴 게 있어요. 받으셨는지 꼭 확인하라고 아버지가 제게 이르셨어요."

여전히 멍한 상태로 엡스타인은 일요일 아침의 기억을 떠올렸다. 그는 길굴의 딱딱하고 작은 침대에서 일 분도 더 견딜 수가 없어서 날이 밝자마자 일어나 얼굴에 찬물을 끼얹고, 여전히 불편한 속을 달래줄 차 한 잔을 찾으러 나갔다. 그 와중에 자기 방에서 나오는 페레츠 하임과 부딪칠 뻔했다. 페레츠는 소매를 걷어붙이고 마약중독자가 압박대를 두르듯 이두박근 둘레에 성구함*의 검은 띠를 묶고 있었다. 하지만 그때 마약중독자와 흡사한 갈망, 심장으로 직결된 정맥을 찾으려는 갈구를 느낀 사람은 엡스타인이었다. 그는 걸쭉한 피를 감당하지 못하는 가슴팍의 고동치는 근육 위에 손가락을 갖다댔다.

"그냥 여기 프런트에 놓고 갈까요?" 그녀가 물었다. "제가 좀 급해서요."

"아니! 그러지 말아요." 엡스타인은 벌써 일어서서 바지에 손을 뻗으며 서둘러 말했다. "기다려요. 금방 내려갈 테니."

떨리는 손가락으로 셔츠 단추를 구멍에 밀어넣고 양치를 한 그는 얼굴에 물을 끼얹다가, 물을 뚝뚝 흘리는 거울 속 자신의 모습에서 너무 길게 자란 머리카락을 보고 깜짝 놀라 동작을 멈추었다.

그는 로비에서 여자가 그를 보기 전에 먼저 그녀를 보았다. 전화기를 들고 고개를 숙인 채로 창백하고 넓은 이마를 찌푸린 모습이었다. 청바지에 가죽재킷 차림이었는데, 이제 옷을 다 입고 있는 그의 밧세바**는 코에 작은 다이아몬드 피어싱을 하고 있었다. 하

* 구약성서의 성구를 적은 양피지를 담은 가죽 상자로, 아침기도 때 끈에 묶어 이마와 왼팔에 맨다.

** 밧세바는 다윗왕의 충신 우리아의 아내였는데, 다윗왕이 궁전의 지붕 위를 거닐

지만 가까이 다가가면서 그는 그녀의 옆모습이 어딘가 익숙하다고, 이 주 전 그 밤에는 알아차리지 못했지만 누군가와 닮은 듯하다고 느꼈다. 그가 이름을 말하자 그녀는 고개를 들었고 둘의 눈길이 두번째로 마주쳤다. 하지만 그녀는 기억했다 해도 티를 내지 않았다.

야엘은 다윗의 일생에 관한 대본을 쓰고 있었고, 예루살렘에서 열린 아버지의 재회 행사에 영화감독과 함께 참석했다. 행사가 끝나갈 때쯤, 그녀가 차를 가지고 텔아비브로 돌아오려고 준비하는데 랍비가 그에게 전달하라고 주었다면서, 그녀는 가방에서 금색 서류철을 하나 꺼냈다. 표면에 다윗왕조라는 글씨와 함께, 그 위로 유대왕국의 사자와 방패 문장과 다윗의 별이 인쇄되어 있었다. 그녀가 서류철을 내밀었지만 엡스타인은 그대로 멈춰 서 있었다.

"영화를 찍는다고요?" 그가 놀라며 물었다. "다윗에 관해?"

"왜 놀라시죠? 사람들에게 그 얘기를 하면 항상 똑같은 반응이에요. 하지만 모세와 달리 다윗에 관해서는 아직 좋은 영화가 나오지 않았잖아요. 성경 전체를 아울러 다윗은 가장 복합적이고 완벽히 다듬어진 흥미로운 인물인데도 말이에요."

"그게 아니라. 그냥 우연히 나도……" 하지만 그는 지금까지 여러 날 밤에 걸쳐 『시편』을 읽고 있다는 말을 하려다 그만두었다. 그의 내면에 강하고 결함 있는 무언가가 있는데 그 기원이 고대의 이야기로 거슬러가는지도 모른다는 말을. "다윗에 관심이 있어요."

다가 아래편 마을에서 목욕하는 밧세바를 보고 반해 그녀의 남편을 전쟁터에 보내 죽게 한 다음 아내로 삼았다.

"그럼 어젯밤 행사에 오셨어야 했어요."

"그랬어야 했나?"

그녀는 재미있다는 듯 웃으며 그날의 광경을 묘사했다. 손님들이 왕궁의 예복으로 치장한 전령 두 명의 안내를 받아 가짜 석조 아치 아래로 입장하면 전령은 각 손님의 등장을 알리고 나서 꾸밈음을 넣어 나팔을 불었다. 벨벳 드레스를 길게 늘어뜨린 하프 연주자가 로비에서 금줄을 뜯었다. 아무리 애를 썼어도 그보다 훌륭한 캐스팅이 나오기는 어려웠을 거다, 그녀가 말했다.

그녀는 전화기를 다시 흘낏 쳐다보며 이제 정말로 가봐야 한다고, 약속에 늦을 것 같다고 말했다.

"어디로 가야 해요?" 줄스가 물었다.

"야파."

"나도 그쪽으로 갈 거예요. 내가 택시를 불러서 데려다줘도 되나? 영화에 대해 더 듣고 싶은데." 그는 아버지가 즐기는 프로젝트를 비꼬듯 바라보고 종교로부터 될 수 있는 한 멀리 떨어져나온 것처럼 보이는 랍비의 딸이 왜 다윗에 관한 영화를 찍으려고 하는지 궁금하다는 말을 하려다가 참았다.

그녀는 선글라스를 끼고 묵직한 가방을 바닥에서 들어올리며 그의 어깨 너머 무언가를 향해 엷은 미소를 지었다.

"어차피 우린 이미 아는 사이니까, 안 그래요?"

운반할 물건

연방 문화센터 안에 있는 레스토랑을 나와 차로 겨우 십 분쯤 갔는데, 일렬로 늘어서서 도로를 가로막은 녹색 군용차량이 나타났다. 북서쪽 차량 흐름은 정지된 상태였고, 군인들은 모든 차량을 멈춰 세워 검문했다. 프리드만이 라디오를 켜고 뉴스 채널을 틀자 빠르고 긴박한 말들이 차 안으로 쏟아져나왔다. 무슨 일이냐고 묻자 그는 무슨 일이든 가능하다고 했다. 벽이 뚫렸거나, 폭격 예고가 있었거나, 시내가 테러리스트의 공격을 받았거나.

굼뜨게 나아가며 줄 앞까지 가기를 기다리는 동안 분위기는 점점 더 불길해졌다. 마침내 맨 앞에 도착했을 때, 가슴에 자동화기를 사선으로 걸쳐 멘 군인 두 명이 우리 차 둘레를 빙 돌면서 창문을 하나하나 들여다보고 긴 손잡이에 매단 거울을 차 밑에 넣어보기도 했다. 나는 그들의 질문도 프리드만의 대답도 알아듣지 못했는데, 그의 대답은 본인들에게는 별 의미가 없는 명령을 수행중일

군복 차림의 십대 아이들이 요구할 법한 수준보다 훨씬 길게 느껴졌다. 둘 중 하나는 키가 크고 발끝이 안쪽으로 모였으며 아직도 여드름과 싸우는 중이지만 언젠가 아름다워질 기약이 있는 여자아이였고, 다른 하나는 땅딸막하고 거만한 털북숭이로 그 상황이 자신에게 부여하는 권력에 너무 취한 남자아이였다. 이미 신경이 날카로워진 프리드만이 금세 심문에 짜증난 기색을 보이자 아이는 더욱 거만해졌다—그를 정말로 남자라고 부르기는 힘들었는데, 아마도 그것이 문제의 핵심이거나 많은 문제 가운데 하나인지도 몰랐다. 나는 프리드만이 자신의 비밀스러운 연줄을 드러내면 우리가 즉각 놓여나고 그들은 당황해서 사과의 말을 쏟아내리라 생각하며 기다렸다. 하지만 마침내 그가 빵빵한 조끼 주머니에서 지갑을 꺼냈을 때, 거기에서 빼내 떨리는 오른손으로 내민 카드는 보통의 신분증에 불과했다. 군인은 그것을 뽑아가서 잠시 살펴본 뒤 내게 고개를 돌려 히브리어로 말을 건넸다.

"난 미국인이에요."

"저 사람과는 무슨 용무가 있습니까?" 그가 턱짓으로 프리드만을 가리켰다. 군인의 턱은 가운데가 엄지로 찍은 것처럼 움푹 파였고, 다른 부분을 뒤덮은 시커멓고 고집스러운 털은 그곳에서만 자라기를 거부했다.

"용무요?"

"저 사람을 어떻게 아세요?"

"며칠 전에 만났어요."

"왜 만났죠?"

프리드만이 히브리어로 끼어들려고 했지만, 군인은 손바닥을 올리고 몇 마디 말을 날카롭게 내뱉으며 그의 입을 막았다. "저 사람을 왜 만났어요?" 그가 다시 캐물었다.

머릿속에 다양한 대답이 스쳐지나갔다. 프리드만이 먼 친척 같은 분이고 아버지가 안부 확인차 날 보냈다고 말할까 생각했다. 거짓말이긴 했으나 진실과 비뚜름하게나마 관련이 있는 대답이었다.

"종일 기다릴 순 없습니다."

"저분이 어떤 프로젝트를 추진중인데, 내가 거기에 관심이 있을 거라고 생각하셔서요." 나는 마침내 말했다. 그 정도면 안전한 대답일 것 같았는데 입 밖으로 나오자 다르게 느껴졌다.

군인이 진한 눈썹을 치키고 미간을 찌푸리자 눈썹 두 개가 한데 붙어 이마를 가로지르는 커다란 털북숭이 막대가 되었다. 그는 차 뒤편으로 돌아가 트렁크를 열었다.

"내 말 아직 안 끝났어요." 나는 그에게 외쳤다. 실수를 만회하는 동시에, 그가 어떻게 생각하든 나는 전혀 신경쓰지 않으며 그의 알량한 권력이 내게는 통하지 않는다는 환상을 유지하려 했다. "그나저나 난 작가예요. 소설을 쓴다고요." 하지만 그 말도, 그 말의 의미도 한심하게 느껴졌다.

"이거 직접 싼 겁니까?" 그가 스피노자 스트리트에서 가져온 여행가방을 가리켰다.

"직접?" 나는 머뭇거리며 되풀이했다. 우리 주변의 다른 차들은 손짓을 따라 통과하고 있었는데, 그 안의 사람들이 궁금한 듯 눈을 슬쩍 내리깔고 우리를 쳐다보았다. 나는 그들 중에 누가 지금 나를 알아보고 차 밖으로 나와, 자기가 내 소설 속 인물의 이름을 따서 어느 불쌍한 아이의 이름을 지었다고 말해주면 좋겠다고 생각했다. 하지만 차들이 멀리에서 지나가고 있어서 내 환상이 실현될 가능성은 거의 없었으며, 어쨌거나 독자가 작가에게 유용해지는 순간은 항상 미심쩍기 마련이므로 크게 보면 그게 최선이었다.

"이 물건을 처음부터 소지하셨어요? 누군가가 운반할 물건을 준 거 아닙니까?"

나는 대놓고 거짓말을 해야 한다는 걸 알았지만 오히려 이렇게 말했다. "아뇨, 내가 싼 건 아니에요. 우리가 한 시간 전에 텔아비브에서 싣고 온 짐이에요. 하지만 안에는 서류밖에 없어요. 어서 열고 직접 보세요." 나는 그에게 카프카를 읽었느냐고 물어볼까 생각했다. 라아나나, 아니면 기바타임 같은 곳에서 고등학교에 다닐 때 숙제로 『변신』이나 『하 길굴』, 혹은 무슨 제목으로 통하든, 하여간 그 책 정도는 읽어봤을 것이 분명했다. "이게 다 단순한 오해거든요." 나는 계속 말했다. "그냥 가방을 열어보기만 하면 모든 게 밝혀질 텐데……"

프리드만이 내 팔에 손을 얹고 누르는 느낌이 들었지만, 이미 늦었다. 군인이 벨트에서 무전기를 풀어 상급자에게 무전을 보내기 시작했다. 지직거리는 잡음과 함께 굵은 목소리의 알아들을 수 없는 대답이 먼 곳의 소식처럼 도착했다. 군인은 여행가방에 시선을 고정한 채로 무전을 들었고, 자신이 대답할 차례가 되었을 때는 마치 논문을 발표하는 듯한 분위기였다. 막스 브로트의 연인의 늙은 딸이 사는 아파트에서 빼내온 낡아빠진 짐에 대해서뿐 아니라 다른 많은 것에 대해—역사의 패턴, 인간관계의 결점투성이 본질, 부정합不整合의 역설, 카프카의 천재성 같은 것들. 두 번이나 나는 그가 그 말을 하는 것을 들었다. 그는 우리 쪽을 등지고 팔을 넓게 펼쳐, 붉은 흙 사이로 흰 돌의 일부분이 뼈처럼 드러난 구릉지대 쪽을 가리키며 말했다. 카프카, 그런 다음 다시, 프란츠 카프카. 물론 나중에는 내가 들은 말이 다브카가 아니었을까 짐작했다. 영어로는 문자 그대로의 의미인 '정확히exactly'를 넘어서는 다른 번역어가 없지만, '다브카'는 단지 본래의 의도에서 엇나가는 행동을 하는 유대인적 방식을 요약하는 말이다.

"어떻게 좀 해보실 수 없어요?" 나는 프리드만에게 따졌다. 여태 따르기를 요구받은, 혹은 얼떨결에 따르게 된 모든 것에 대한 인내심이 바닥나고 있었다. "왜 더 높은 사람과 얘기하지 않으세요?"

여전히 손짓을 해가며 통화중인 군인이 트렁크에 있던 여행가방을 움켜쥐고 땅으로 끌어내리자 가방이 소름 끼치는 쿵 소리를 내며 바닥에 떨어졌다. 접이식 손잡이를 잡아당긴 그는 여자 군인이 있는 쪽으로 가방을 끌고 갔고, 그녀는 마치 죽은 카프카 자신이 그 안에 웅크리고 있는 건 아닌지 의심스러운 듯 회의적인 표정으로 가방의 무게를 확인했다. 천천히, 그녀는 군용차량이 늘어선 곳으로 가방을 끌고 갔다.

"내가 시도를 안 해본 것 같아?" 프리드만이 체념한, 심지어 우울한 목소리로 말했다. 내가 그때까지 그에게 모종의 권위를 부여하고 있었다 해도, 그것은 이제 내 눈앞에서 사라지고 있었다. 그는 늙어 보일 뿐 아니라 무력해 보이기까지 했고, 막강한 복수형—그가 내 작품에 긍지를 느낀다고 말할 때 호출했던 '우리'라는 말—은 이제 별스러운 단수형으로 바뀌었다. "저 녀석은 문제를 일으키고 싶었고, 그래서 문제를 만든 거야. 한 가지 희망은 있구먼, 안 그래? 저들이 아랍인들만 괴롭히는 건 아니라는 말이니까."

남자 군인이 내 옆으로 되돌아왔다.

"여권 갖고 있습니까?"

나는 핸드백 속을 뒤져 바닥에서 여권을 찾았다. 그는 눈을 가늘게 뜨고 사진을 보다가 나를 쳐다보고 다시 사진을 보았다. 찍은 지 좀 오래된 사진인 건 사실이었다.

"안경을 벗으세요."

눈앞의 모든 것이 흐릿해졌다.

"실물보다 사진이 낫네요." 그가 여권을 제 셔츠 주머니에 넣으며 쏘아붙였다.

그는 우리에게 차에서 내리라고 명령했다. 여태 차분하게 있던 개가 프리드만이 문손잡이로 손을 뻗자마자 정신없이 짖어대기 시작했고, 움찔한 군인의 손이 반사적으로 소총 쪽으로 날아갔다. 나는 총알이 개의 두개골을 뚫는 상상을 하며 최악을 각오했다. 하지만 잠시 후 그는 손가락에 긴장을 풀고 펼친 손을 창문 안으로 조심조심 뻗어 개를 쓰다듬었다. 희미한 미소와 함께 그의 입술이 씰룩거렸다.

"여기에서 기다리세요." 그는 여전히 소총을 잡은 채 내게 명령했다. "누가 올 겁니다."

프리드만이 낡은 가죽 서류철을 가슴에 꽉 쥐고 어깨 너머로 나를 흘낏거리면서 군용트럭 뒤로 사라지는 것을 보고 나서야 나는 차오르는 공포를 느끼며, 그가 에바 호페의 아파트에서 자신에게 아무 권리가 없는 물건을 가지고 나왔을지도 모른다는 생각을 했다. 그가 스피노자 스트리트에서 허겁지겁 로비 밖으로 나오던 장면, 차에 시동을 걸며 이마의 땀을 닦아내던 장면을 머릿속에서 다시 돌려보았다.

내가 무슨 일에 말려든 걸까? 프리드만이 요새처럼 광적으로 방비된 에바의 아파트를 여행가방을 끌며 빠져나올 때, 왜 나는 따져 묻지 않은 걸까? 그가 누구든 무슨 상관이겠는가? 설사 그가 다비드 벤구리온*이라 해도 그 여자에게 무슨 차이가 있을까? 어머니가 죽은 뒤 강박적으로 문서를 지켜온 여자, 그 문서와 생물학적으로 연결되어 있다고 느낀다는 여자, 그것을 자기 소유로 지켜내기 위해 이를 악물고 싸우는 여자, 문서를 가져가려면 자기 시체를 밟고 가라고 말하는 여자에게? 나는 왜 하고많은 사람 중에서 하필 그가, 사파리 조끼를 입고 색이 진한 안경을 쓴 프리드만이 특별한 권리를 승인받을 만한 사람이라고, 여행가방 전체는 고사하고 한 페이지라도 가져가도 되는 사람이라고 인정하게 되었을까?

하지만 그런 질문을 하기에는 이제 너무 늦었다. 발이 안쪽으로 모인 군인이 되돌아와 말없이 자기를 따라오라고 손짓했다. 그녀는 어깨를 구부정하게 숙이고 걸었다. 오랜 세월 천장이 낮은 좁은 동굴과 같은 삶을 뚫고 나아가다가, 언젠가 운이 좋다면 마침내 열린 하늘 아래로 나오게 될 그런 여자애들 가운데 하나. 그녀는 짐칸에 천막을 씌워 양옆에 벤치를 설치한, 아마도 장병을 수송하는 용도인 듯한 지프로 나를 데리고 갔다.

"타세요."

"저 안에요? 안 될 것 같은데요. 무슨 일인지 설명해주지 않으면 난 아무데도 안 가요. 내겐 다른 사람과 의논할 권리가 있어요." 나

---

* 이스라엘 초대 총리로 건국의 아버지로 불린다.

는 말했다. "미국 대사관과 전화를 연결해줘요."

여자는 혀를 차고는 무거운 소총의 끈을 옮기려고 어깨를 들썩였다.

"통화하시게 될 거예요, 통화하실 거라고요. 진정하세요. 걱정하실 일 전혀 없습니다. 원하는 사람에게 전화하셔도 돼요. 전화 갖고 계시죠?"

"난 세계적으로 책을 내는 작가예요." 멍청하게도 나는 그렇게 말했다. "이렇게 합당한 이유도 없이 날 끌고 갈 순 없어요."

"누구신지 저도 알아요." 그녀가 얼굴로 흘러내린 머리칼 한 가닥을 넘기며 말했다. "예전 남자친구가 작가님 책 한 권을 줬었거든요. 굳이 말하자면, 제 취향은 아니었어요. 기분 나쁘게 듣진 마시고요. 어쨌든 긴장 푸세요, 아시겠죠? 편히 생각하세요. 얼른 지프에 타셔야 빨리 가시던 길 가실 수 있어요. 여기 있는 셰흐트만이 살펴드릴 거예요."

그녀는 지프 뒤편에서 기다리고 있는 키 큰 군인과 히브리어로 농담을 주고받았다. 나와 함께 고등학교에 다닌 남자애들 절반쯤과 인상이 비슷한 군인이었다. 그는 내가 올라탈 수 있게 도우려고 손을 내밀었고 그 손짓이 혼란스러운 신뢰를 불러일으켰다. 혹은 내가 너무 피곤해서 더는 실랑이를 할 수 없었는지도 모른다. 캔버스천 지붕 아래에서는 고무와 곰팡이 냄새, 그리고 땀냄새가 났다.

운전병이 시동을 걸자 여자 군인이 자기 이마를 철썩 때렸다. 그녀는 셰흐트만에게 잠깐만 기다리라고 하더니 앞에 있는 운전병을 불렀다. 그러고는 그녀가 잊었던 게 뭐든 그것을 찾으러 다시 달려갔는데, 그동안 셰흐트만은 무릎에 양손을 포개고 나를 보며 미소를 지었다.

"그런데," 그가 말했다. "이스라엘이 좋으십니까?"

돌아온 여자 군인은 프리드만의 개의 목줄을 잡고 있었다. 나는 내 개가 아니고 프리드만의 개라고 설명하며 저항했지만, 그녀는 프리드만이 누구인지도 모르는 것 같았다. 그가 존재한다는 사실을 이미 잊어버린 듯했다. 정말 귀여운 개네, 그녀는 그렇게 말하며 개의 늘어진 귀 뒤를 어루만졌다. 그녀는 언젠가 마침내 이곳을 벗어나게 되면 그런 개를 키우고 싶다고 했다.

"키워요," 나는 기대를 품고 말했다. "이 개를 데려가요."

하지만 셰흐트만이 아래로 내려가 늙은 개를 안아 지프 안으로 올려놓았고, 잠시 개가 그의 팔에 안겨 있는 동안 나는 우리가, 우리 셋이, 예수 탄생 장면의 정신 나간 재현처럼 보인다고 생각했다. 그때 개가 날쌔게 바닥에 내려와, 내가 모르는 것을 자기는 아는 것처럼—자기도 프리드만의 존재를 잊어버린 것처럼—내 무릎을 핥고 제자리에서 두 번 돌더니 내 발밑에서 몸을 웅크리고 엎드렸다. 여군이 내가 동생 집에서 갈아입을 옷과 수영복을 넣어 가져온 비닐봉지를 위로 전달하자 셰흐트만은 그것을 자기 자리 아래, 프리드만의 여행가방 옆에 조심스럽게 집어넣었다.

굉음과 함께 시동이 켜지고, 자갈 깔린 갓길을 덜컹덜컹 지나던 지프의 거대한 바퀴가 마침내 포장도로를 단단히 붙잡았다. 하지만 차는 방향을 돌려 예루살렘으로 돌아가지 않고 프리드만이 가던 방향으로 계속 달려, 계획되고 건설된 모든 것이 끝나고 난데없이, 또한 돌이킬 수 없이 사막이 펼쳐지는 곳으로 곧바로 나아갔다. 그렇게 가는 동안 엉뚱하게도 카프카의 정원에 관한 생각이 떠올랐다. 프리드만이 얘기한 대로, 카프카가 북부의 키부츠나 텔아비브에서 거쳐갔던 여러 집 뒤편에서, 어디에 살았든 늘 가꾸었다는 정원, 그리고 나중에 너무 유명해져서—그는 좀처럼 늙지 않았기 때문에, 사람들이 엽서에 실린 그의 사진을 처음으로 보고 어쩔 수 없이 조금은 사랑에 빠질 때의 그 모습 그대로였기 때문에—영원히 도시를 떠나야 할 때까지 늘 가꿨다는 정원. 나는 장미와 인동덩굴, 선인장과 커다랗고 향기로운 라일락으로 가득찬 그의 정원을 그려보았다. 우리가 탄 군용차가 누런 구릉지대로 달려나갈 때, 나는 작은 모종삽을 돌담에 가만히 기대어놓고 비구름이 모이는 기미가 있는지 보려는 듯 하늘을 올려다보는 카프카를 깜짝 놀랄 만큼 선명하게 떠올렸다. 그러다 갑자기—항상 갑작스럽게 찾아온다, 유년기의 이 밝은 불꽃들은—오빠가 힐턴 수영장에서 귀고리를 찾고 나서 일 년 뒤에 일어난 어떤 일을 기억해냈다. 우리는 부모님이 러시아에 간 사이에 런던에 있는 조부모님 댁에 머물고 있었는데, 어느 날 오후 오빠와 나는 근처 상점에서 파는 초콜릿이 너무나 먹고 싶어졌다. 왜 할머니에게 돈을 달라고 하지 않았는지는 모르겠다. 안 주실 거라고 생각했거나, 아마도 초콜릿을 은밀하게 손에 넣는다고 생각하니 짜릿했을 것이다. 할아버지는 한쪽 벽면이 옆집과 붙어 있는 집 앞 정원에서 장미를 키웠는데, 그 꽃은 아직까지도 내게 장미의 전형으로 남아서, 나는 그 섬세하고 향기로운 영국 꽃을 떠올리지 않고는 장미를 생각하거나 그 이름을 말하지 못한다. 우리는 부엌에서 할아버지의 묵직한 금속 가위를 찾아 꽃받침 바로 아래, 꽃대 높은 곳에 가윗날을 끼우고 커다란 꽃봉오리가 덜렁거릴 때까지 짓눌렀다. 우리는 잘린 봉오리들을 차분하게 알루미늄포일에 넣었고, 사람들이 그것을 사도록 설득하려면 거짓말을 해야 한다고 판단했다. 오빠와 나는 거리에 서서 노래하는 목소리로 외치기 시작했다. "장미 팝니다, 장미 팔아요, 불우 어린이 돕기를 위한 장미예요!" 여자 한 명이 걸음을 멈췄다. 깔끔한 검은 머리에 털모자를 쓴 예쁜 여자였다고 기억한다. 그녀는 가지고 가던 가방들을 내려놓았다. "정말로 돕기를 위한 게 맞니?" 여자가 우리에게 물었다. 나중에 우리 마음을 동요시킨 것은 그녀의 그 질문이었다. 그녀는 우리에게 다시 생각해보고 자수할 기회를 주었는데, 우리는 그 기회를 받지 않고 잘못에 더 깊이 발을 들였다. 우리는 고개를 끄덕였다. 정말이에요, 맞아요. 그녀는 지갑을 꺼내 장미 몇 움큼—여섯에서 여덟 송이—의 부담을 덜어주었다. 오빠가 동전을 받았고 우리는 아무 말 없이 재빨리 걷기 시작했다. 하지만 상점으로 가는 길에 마음을 짓누르는 음울한 죄책감이 찾아왔다. 우리는 되돌릴 수 없는 일을 했다. 할아버지가 키운 장미의 목을 베고, 그것을 팔아넘기고, 모르는 사람에게 거짓말을 했다. 단지 우리 입맛을 충족시키기 위해. 저지른 잘못이 영원하다는 느낌, 우리에겐 그것을 교정할 능력이 없다는 느낌이 엄청나게 무거웠다. 내가 오빠에게 돌아서서 마침내 말을 했는지, 아니면 오빠가 내게 돌아섰는지는 기억나지 않지만, 그 말만은 또렷하게 기억한다. 내가 지금 느끼는 걸 똑같이 느끼고 있어? 더 할 말은 없었다. 오빠와 나는 보도 옆 땅에 앉아 구덩이를 파고 동전을 묻었다. 우리가 한 일을 누구에게도 말하지 않는다는 것은 묵시적인 약속이었다. 어느 날, 나는 내 아이들에게 그 이야기를 했다. 아이들은 이야기에 열광하며 여러 번 반복해 듣고 싶어했다. 며칠 동안이나 계속 그 이야기를 꺼냈다. 그런데 돈을 왜 묻은 거예요? 둘째가 계속 물었다. 없애버리려고, 나는 말했다. 하지만 그래도 거기 있잖아요, 아이는 고개를 설레설레 저으며 말했다. 지금도, 그곳에 가서 땅을 파면 동전은 여전히 거기 있을 것이다.

이따금 지프 뒤편으로 흘러들어온 바람이 캔버스 덮개 측면을 들춰 새장에 갇힌 새처럼 파닥이게 할 때면, 셰흐트만은 내 시선을 붙잡았고 그러고 나서는 조심스럽게 웃어 보였다. 상냥한, 다 안다는 듯한 미소, 심지어 어쩌면 슬픔의 기미도 섞인 미소였다. 그리고 내가 묻지 않아 이름도 모르는 개는 이미 천 년은 산 것처럼, 모든 이야기의 끝을 벌써 알고 있는 것처럼 신음을 내뱉곤 했다.

마지막 왕

엡스타인은 다시 모든 것을 새로이 경험하며—파도에 반사되는 맹렬한 흰빛과 새벽에 들리는 무에진*의 외침도 새로웠고, 식욕 상실도, 가벼워지는 몸도, 질서에서 해방되는 기분도, 이성의 해안을 떠나는 경험도 새로웠으며, 기적과 시 또한 다시금 새로웠다—천 년이 지나도 살지 않았을 것 같은 아파트를 구했다. 그가 천 년을 살고 있다 해도 말이다. 그런데 이 역시, 누구보다 그 자신에게, 새로운 느낌이었는데, 그는 정말로 천 년을 살고 있는지도 몰랐다. 그는 이미 깨어 있었으므로 햇빛 때문에 일어난 것은 아니었다. 창문이 모두 열려 있어서, 마치 파도가 방안에 들이치는 것처럼 소리가 들려왔다. 그는 뒤숭숭한 마음에 맨발로 서성거리다가 바닥 전체가 샤워실 배수구를 향해 기울어 있다는 사실을 발견했다. 마치

* 이슬람교 사원에서 하루에 다섯 번씩 기도 시간을 외쳐 알리는 사람.

바다가 마침내 이 집을 집어삼킬 때를 대비해 지은 것처럼. 부동산 중개인이 잠긴 문을 열어주자마자 엡스타인은 이 집으로 하겠다고 선언하며 현금으로 삼 개월 치 임대료를 지불하겠다고 그 자리에서 제안했다. 반짝반짝 광이 나는 구두를 신은 그의 모습은 그 망가진 아파트에 전혀 어울리지 않아 보였겠지만, 이는 다시 말해, 그가 그 역할에 완벽히 들어맞았다는 뜻이다. 그 부동산 중개인은 그와 같은 사람을 얼마나 많이 보았던가? 부유한 미국인. 그 많은 미국 달러를 들여 보존한 풍부하고 정통적인 유대인의 방식에 잠깐 젖어보기 위해, 그 모든 게 이곳에 다 살아 있으니 너무 아쉬워할 것 없음을 알기 위해, 중동의 열정으로 가슴이 뻥 뚫리는 분위기 속에서 다시 한번 흥분을 느껴보기 위해 이스라엘에 오는 사람. 부동산 중개인은 이미 약삭빠르게 임대료를 부풀려 말해놓고 야엘의 친구라 특별가로 해주는 거라고 주장했다. 하지만 수평선에 감탄하며 넋이 빠진 엡스타인을 보고는 더 높여 부르지 않은 것을 후회했다. 그래도 그는 미국인들이 초반에 쏟아내는 열정을 믿지 않을 정도의 분별은 있었다. 그들은 도착 후 처음 일주일간은 이곳의 긴박함과 언쟁과 온정에, 모두가 카페에 앉아 이야기하고 서로의 삶에 끼어드는 모습에, 이스라엘이 밖에서는 국경에 집착하면서도 안에서는 경계 없이 살아간다는 사실에 반한다는 것을 그는 알았다. 이곳에서는 외로움이라는 병이 없고, 택시 기사들은 하나같이 예언자라는 사실, 슈크*에 가면 모든 상인이 자기 형제나 아내 이야기를 할 텐데 어느 순간 줄 뒤에 선 남자가 이야기에 끼어들 것이고 이

* '시장'이라는 뜻.

미 그때부터는 수건의 형편없는 품질 따위는 아무 문제가 안 된다는 사실. 왜냐하면 이야기와 난장판과 광기—그 모든 생명력!—가 훨씬 더 중요하니까. 텔아비브에 오면 그들은 이곳이 너무나 섹시하다고 느낀다. 바다와 힘, 근접한 폭력, 삶의 갈구가 있기에. 또한 이스라엘 사람들은 항상 실존적 위기 속에 살며 나라를 잃었다고 느끼지만, 적어도 모든 것이 아직은 중요하고 싸워서 얻을 가치가 있는 세상에서 살고 있기에. 무엇보다도 그들은 여기에 와서 느끼는 감정에 반한다. 우리가 비롯된 곳이 여기구나, 그들은 그렇게 생각하며 통곡의 벽 아래 동굴을 엉거주춤 지나가고, 바르 코크바가 판 동굴을 빠져나가고, 산을 타고 마사다성에 오르고, 레반트의 햇빛 속에 서 있고, 유대산에서 등산하고, 네게브 사막에서 캠핑하고, 킨네렛 호수에 가서 그들의 자식일 수도 있었을 아이들이 맨발로, 제멋대로, 대개 단절의 행동을 통해 과거와 관련을 맺으며 자라나는 것을 본다. 우리는 이런 것을 놓치고 있는 줄도 몰랐구나.

하지만 부동산 중개인이 또한 잘 아는 사실은 한두 주가 지나면 그들, 이 미국인들은 다른 감정을 느끼기 시작한다는 것이었다. 힘은 공격의 악취를 풍기기 시작하고, 직선적인 태도는 강요가 된다. 이스라엘 사람은 예의도 모르고 개인적인 공간을 존중하지 않는다는 점, 사실 그 무엇도 존중하지 않는다는 점이 거슬리기 시작한다. 그리고 텔아비브에서는 다들 앉아서 얘기하거나 해변에 가는 것 말고는 하는 일이 없나? 이 도시는 정말로 거지같다, 안 그런가, 새것이 아니면 모든 것이 부서져내리고, 어디서나 고양이 오줌 냄새가 나며, 창문 바로 밑에서 시궁창이 넘치는데 일주일이 지나도록 아무도 와주지 않는데다, 사실 이스라엘 사람들은 상대하기가 불가능한 것이, 너무나 고집스럽고 억세고 정말이지 속이 터질 정도로 논리를 무시하고, 염병할, 너무 무례하다. 그리고 알고 보면 대다수가 유대인적인 것에 아무런 관심이 없는데 그들의 조부모나 부모는 그런 것에서 최대한 멀리 도망친 사람들이고 개중에 정말로 관심을 두는 초기 정착민들은 아예 도를 넘은, 완전히 정신 나간 사람들이며, 솔직히 말해서 나라 전체가 아랍인을 혐오하는 인종주의자 일당이지 않은가. 그래서 순식간에, 그들은 네베체데크* 에 새로 건설되는 통유리 고층 빌딩의 침실 두 개짜리 아파트의 보증금을 내기도 전에 다시 공항으로 가는 택시에 오르는데, 여행가방에서는 자아타르** 풀 향기가 나고 그 안에는 하조르핌***에서 산 은제 유대교 용품이 잔뜩 들어 있으며 그들의 렉서스 자동차 열쇠는 새로 산 함사**** 고리에 매달려 있다.

그리하여 부동산 중개인은 담배에 불을 붙여 구불구불한 연기를 입에서 뿜어낸 후 다시 콧구멍으로 들이마시며, 실눈을 뜬 채 돈 많은 고객을 쳐다보았고 만약 그가 당장 현금지급기로 달려갈 의향이 있다면 계약은 성사될 거라고 말했다. 집 앞에 오토바이를 세워두었다, 그는 그 말을 덧붙이며 바다 냄새가 엡스타인이 생각하는 데 도움이 될까 싶어 창문을 살짝 열었다. 하지만 엡스타인은 생각할 필요가 없었다. 오 분 후 그는 부동산 중개인의 허리를 붙잡고 움푹 파인 도로 위를 날아가며, 어딘가에서 누군가가 그를 진

* 텔아비브 인근의 유서 깊은 지역으로 최초의 유대인 정착지였다.

** 중동에서 나는 허브의 일종.

*** 은세공을 전문으로 하는 전통 공예품과 디자인 제품 제조업체.

**** 중동과 북아프리카 지역에서 인기 있는 손바닥 모양의 부적.

부한 미국 여행객으로 오해하든 말든 전혀 개의치 않았다.

그날 저녁, 하늘이 주황색에서 보라색으로 변해갈 때, 엡스타인은 셔츠를 벗고 바다 앞에 서서 넘치는 생동감, 새와 같은 자유를 느끼며 그동안의 포기와 기부가 모두 무엇을 위한 것이었는지 마침내 이해했다. 바로 이 바다. 이 가벼움. 이 배고픔. 이 태곳적 분위기. 야파의 색채에 취한 채로 휴대전화가 빛을 내며 전해줄 저 너머의 메시지를 기다리는 사람이 되는 이 유연함. 더 큰 존재로부터, 시나이산에서 모든 것을 본 후 그에게 얘기해주려고 서둘러 내려오고 있는 모세로부터, 이제 아무것도 남지 않은 그에게서 받을 것이라고는 그 자신밖에 없는 여자로부터, 그의 간청대로 사막에 있는 황량한 산비탈에 나무 사십만 그루를 전달해주기로 한 사람들로부터 전해질 메시지를 기다리며.

그의 나날은 산란하게 퍼져나갔다. 물과 하늘을 나누는 선이, 그 자신과 세상을 나누는 선이 없어졌다. 그는 파도를 바라보며 그 자신 역시 무한한, 계속 반복되는, 보이지 않는 생명으로 가득찬 존재라고 느꼈다. 탁자에 놓인 책의 문장들이 그의 눈앞에서 책장 위로 헤엄쳐 올라갔다. 황혼녘에는 밖으로 나가 조바심을 치며, 기다리며, 좁은 거리에서 길을 잃어가며 걸어다녔다. 그러다 모퉁이를 돌아 다시 바다에 다다라 허물을 벗을 때까지.

그를 불러낸 것은 로케이션 담당자였다. 아자미에 있는 카페에서 야엘이 나타나기를 기다리는 동안, 담당자는 두번째 에스프레소를 마시며 빠른 속도로 말을 이어갔다. 엡스타인은 그날 아침 네시부터 깨어 있었고, 며칠 동안 아무하고도 말을 나누지 않았다. 하지만 로케이션 담당자가, 숱이 줄어드는 앞머리를 해결하려고 엉성한 모히칸 스타일로 머리를 자르고, 약물중독을 의심할 만큼 깡말랐지만 워낙 서글서글해서 그런 게 필요한 사람 같지는 않은 그가 말없는 엡스타인에게 어찌나 상황하게 이야기를 이어가는지, 엡스타인은 아무것도 하지 않아도 괜찮았다. 이스라엘 영화계는, 그가 엡스타인에게 선언했다. 지금 창의성이 최고조에 이르렀다. 2000년까지 이스라엘의 훌륭한 인재들은 영화를 만들지 않았다. 이스라엘의 훌륭한 인재들이 2000년 이전에는 뭘 하고 있었느냐고 엡스타인이 묻자, 로케이션 담당자는 당황한 듯했다.

삼십 분 후에도 야엘이 오지 않자, 로케이션 담당자는 젊은 웨이트리스를 불러 세번째 에스프레소를 주문하고 전화기를 꺼내더니, 싫어도 보지 않을 도리가 없는 상대에게 자기 작품의 동영상과 사진들을 보여주기 시작했다. 엡스타인은 예루살렘의 오래된 집을 찍은 사진을 유심히 보았다. 어둑하고 깊은 거실에는 책과 유화가 가득하고, 창밖으로는 담장을 두른 작은 정원이 보였다. 특이할 게 아무것도 없는 거실인데, 모든 요소가 어우러져 확연히 따스하고 지적이고 매력적인 분위기를 만들어내는구나, 엡스타인은 생각했다. 집을 오십 채나 보고 다닌 뒤에야 이곳을 우연히 발견했다, 라고 말하며 로케이션 담당자가 이야기를 쏟아냈다. 그곳에 들어선 순간 바로 거기라는 것을 알았다. 세트를 꾸미기 위해 옮겨야 할 게 아무것도, 가구 하나도 없었다. 심지어 의자 위에 웅크린 작은 개마저 완벽했다. 하지만 집주인을 설득하기가 얼마나 힘들었는지! 네 번이나 찾아가야 했고, 마지막에 갔을 때는 집에 있는 아주 오래된 수도꼭지가 새는데 부품이 단종되어 고치지 못했던 그 부부에게, 예전에 촬영 장소로 썼던 배관공의 작업장에서 확보한 부품을 가져다주기까지 했다. 바로 그것 때문에 거래가 성사된 것이다. 오랜 세월 그들이 손에 넣지 못한 작고 동그란 구리 조각 하나. 하지만 부부의 마음을 얻자마자 옆집 사람이 발을 걸었다. 그 늙은 여자는 촬영을 방해하려고 갖은 수를 다 썼다. 온종일 창가에 앉아 촬영팀에게 소리를 질렀고 고양이가 밖에 나오지 않게 해달라고 부탁해도 듣지 않았다. 오히려 카메라가 돌아가고 있을 때 일부러 고양이를 내놓기도 했다. 이 성미 고약한 여자 때문에 계속해서 촬영이 중단되었고, 당황한 감독은 금방이라도 돌아버릴 것 같았다. 하지만 그가, 에란이, 방법을 찾아냈다. 노파의 이야기를 듣고 또 듣다보니 그녀가 샘을 내고 있으며 어린애처럼 자기만 소외되고 무시당한다고 느낀다는 것을 서서히 깨닫게 되었고, 노파에게 아주 작은 엑스트라 배역을 제안했을 뿐인데도 그뒤로는 즉각적인 협조를 얻어낼 수 있었다. 그가 소품 담당자에게서 구해온 휠체어에 앉은 노파가 보도를 따라 실려가는 장면에서는 열 번이나 촬영을 다시 해야 했다. 노파가 매번 카메라를 보며 활짝 웃거나 즉흥 대사를 끼워넣으려고 했기 때문이다. 하지만 결국에는 그렇게 할 가치가 있고도 남았는데, 그때부터 노파는 최대한 조용히 있으려 했고 고양이가 자기 영화를 통째로 집어삼킬 수 있는 비단구렁이라도 되는 것처럼—그것이 탈출하면 얼마나 큰일인가—지켰다. 그렇다, 좋은 촬영지를 찾아내는 것은, 아마도 그렇게 생각되지 않겠지만, 그가 하는 일의 작은 부분에 불과하다. 이 일의 진정한 핵심은 이 세계와 감독이 창조하려는 세계 사이의 경계를 관리하는 것이다. 감독은 집과 거리, 가구와 날씨 등 지금의 이 현실로부터 다른 현실을 창조하는 것을 목표로 하고, 그 장면이 얼마나 오래 지속되든, 그 시간 동안 두 세계 사이의 경계를 지키는 건 그의, 에란의 몫이다. 그리하여 원치 않는 실세계의 요소가 다른 세계로 침투하거나 어떤 식으로든 방해하거나 그 세계의 예민한 조건을 허물어트리지 않도록 확실히 관리해야 한다. 이런 일을 잘 수행하려면 다양한 재능이 필요하다. 하지만 가장 중요한 것은 사람을 다루는 기술이다. 몇 주간의 촬영이 끝나면, 로케이션 담당자는 말했다. 이런 기술을 너무 많이 쓴 나머지 은자나 인간 혐오자처럼 살고 싶은 마음밖에 들지 않는다. 그럴 때면 어떻게 합니까? 엡스타인이 물었다.

하지만 바로 그 순간 야엘이 도착했다. 미안한 기색을 띠었지만 고요한 모습이 마치 그림 속에서 막 빠져나온 것 같았다. 방금 전까지 엡스타인은 굳이 말하고 싶은 욕구가 없었지만, 이제 그녀가 옆에 있으니 아예 말문이 막히는 느낌이었고 그런 경험이 처음은 아니었다. 야엘은 감독인 단Dan을 데려왔는데, 그는 작은 눈과 뾰족하고 툭 튀어나온 코가 두드러진 사십대 남자로, 대부분의 시간을 지하에서 살아가며 빛을 향해 길을 파나가려는 열띤 욕망에 영원히 사로잡힌 동물 같은 인상이었다. 엡스타인은 전에 그를 만난 적이 있는데 보자마자 싫어하게 되었다. 야엘에게 흑심을 품은 것이 뻔히 드러났다. 무슨 부족의 표시처럼 문신을 한 그의 팔에 안긴 야엘을 생각하니 엡스타인은 울고 싶어졌다.

로케이션 담당자가 자신이 발견한 장소를 신나게 설명하기 시작했다. 사해문서*가 발견된 곳과 가까운 동굴들인데 고고학 발굴 현장과는 충분히 떨어져 있어서 허가를 받지 않고도 촬영할 수 있고, 사람의 손이 전혀 닿지 않은 풍경이라 순수하게 성서적인 분위기다. 빛이 들어오는 방식이 믿기 힘들 정도로 훌륭해서, 동굴 위 구멍을 통해 햇빛이 기둥처럼 여러 가닥으로 내리꽂힌다. 먼 옛날 다윗이 숨어 있었던 곳이라고 해도 믿길 정도다. 아무리 못해도, 이천 년 전에 에세네파** 신도들이 터를 잡고 '빛의 아들들과 어둠의 아들들 간의 전쟁'***을 써나갔을 것 같은 곳이다.

하지만 어둠의 아들인 감독과 빛의 딸인 야엘은 기분이 저조해서 제아무리 진짜 같은 동굴이라도 그들을 띄워 올릴 수 없었다. 그날 아침에 나쁜 소식을 들은 참이었다. 핫과 예스**** 모두 계약이 무산되었다. 직접 쓴 시놉시스와 트리트먼트를 바탕으로 예루살렘영화기금과 라비노비치재단에서 제작 지원금을 받았다, 야엘이 엡스타인에게 설명했다. 처음에는 그걸로 충분할 것 같았는데, 제대로 영화를 찍는 데 필요한 예산 규모를 파악하고 보니 돈이 부족했다. 대형 케이블 방송 업체 두 곳 중 하나라도 프로젝트를 후원해주기를 바랐지만 두 곳 다 거절했다. 촬영이 이 주 안에 시작될 텐데 빨리 다른 후원처를 구하지 못하면 모든 것을 중단시켜야 한다.

---

* 사해 서쪽의 여러 곳에서 발견된 고대의 가죽 두루마리로 히브리어로 된 성서와 종교 문서다.

** 금욕주의적이고 신비주의적인 성향을 띤 고대 유대교 일파.

*** 사해문서의 일부로서 군사 전략에 관한 안내서.

**** '핫'과 '예스' 모두 이스라엘의 대표적인 케이블 방송 업체다.

필요한 액수가 얼마인데? 엡스타인이 반사적으로 물었다.

그의 나무들은 킨네렛에 있는 키부츠에서 자라고 있었다. 엡스타인은 이백만 달러 기부안에 서명하고 한 달 뒤 나무들을 보러 갔다. 유대민족기금의 총장이 남미 여행에서 돌아와 그를 직접 안내했다. 그들은 키부츠가 결혼식장으로 임대하는 포도나무 그늘막 아래에서 식사를 하고, 계곡 너머의 자매 키부츠에서 생산한 와인을 마셨다. 엡스타인의 잔이 다시 채워졌고, 나중에 그는 얼큰한 상태로 트랙터를 타고 들판으로 나갔다. 공기 중에 거름냄새가 진동했지만, 푸른 들판과 누런 풀, 갈색 언덕들로 채워진 풍경은 광활하고 비옥했다. 엡스타인은 로퍼가 쑥쑥 빠지는 땅에 서서, 바들바들 떨고 있는 묘목들이 겹겹이 줄지어 있는 광경을 바라보았다. 이게 전부요? 그는 물었다. 사십만 그루 전부? 그가 보기에는 나무가 그렇게 많아도 아직 충분하지 않은 것 같았다. 유대민족기금 총장이 비서에게 다시 확인했고, 비서는 십오만 그루가 더, 소나무는 아니고 활엽수로, 다른 키부츠에서 옮겨올 예정이기는 하지만 바로 여기 그의 눈앞에 있는, 그가 보고 있는 나무들이 솔과 이디스 엡스타인 숲의 핵심이 될 거라고 분명히 밝혔다.

그의 책들이 탁자 위에 펼쳐져 있었다. 그는 이사야서와 전도서를 읽고 있었다. 아울러, 비알리크의 『전설의 서』에 나오는 아가다*를 읽고 있었다. 알렌비 스트리트의 중고 서점에서 어수선한 책상 앞에 앉은 남자는 엡스타인이 파고 있는 광맥을 이해했고 항상 무언가를 준비해두었다. 하지만 지금, 자정 가까운 시간에 야파에 있는 아파트에서, 엡스타인은 읽던 책들을 놓아두고 다시 한번 서성이기 시작했다. 묘목들을 옮겨 심으려면 아직도 육 주는 지나야 했다. 3월이 되어 봄이 오면 계곡에는 꽃이 만발하고 라눙쿨루스와 시클라멘이 산을 뒤덮을 테고 묘목이 준비될 것이었다. 묘목을 파서 마대에 싼 다음 네게브 사막 북부에 있는 산으로 이송하면 일꾼들이 땅에 심을 예정이었다. 거의 항상 따뜻한 햇볕이 비추는 이스라엘에서는 나무들이 미국에서보다 두 배는 더 빨리 자랐다. 여름이 되면 나무들은 이미 엡스타인의 가슴팍까지 자랄 테고, 가을에는 그의 키를 넘어설 것이었다. 이 사업의 감독자는 갈리트였고, 엡스타인은 그 점에 대해 뜻을 굽히지 않았다. 그는 조바심을 내며 매일 갈리트에게 전화했다. 숲과 나무라는 주제에 관해서라면 그의 기력은 고갈되는 법이 없었고 그와 보조를 맞출 수 있는 사람은 갈리트뿐이었다. 부엽토라는 말—나무가 흙에 뿌리내리고 살다가 깊은 곳에서 끌어올린 무기물을 퍼뜨리고 죽으면 다시 비옥해지는 토양을 가리킬 때 갈리트가 쓰는 말—을 들으면 엡스타인은 등줄기를 타고 흐르는 전율을 느꼈다. 침식이라는 주제에도 큰 관심이 생겼다. 집중호우로 인한 빗물이 척박한 비탈에 쏟아지며 바다로 가는 최단 경로를 찾아 세차게 흘러가는 와디에서만이 아니라, 시대를 막론하고 전 세계에서 발생한 침식에 관해서도. 알렌비 스트리트의 서점 주인이 삼림학 관련 책은 구하지 못해서, 갈리트가 엡

---

* 탈무드에서 율법에 관한 내용 이외의 교훈적 이야기.

스타인의 야파 아파트로 몇 권 주문해 보내주었다. 그 책들을 읽으며 그는 아시리아, 바빌론, 카르타고, 페르시아의 거대 제국들 모두 전면적인 산림 개간에 따른 홍수와 사막화로 멸망했음을 알게 되었다. 고대 그리스에서는 숲을 베어내자 곧이어 문화가 사라졌으며, 이탈리아에서도 그와 같은 원시림의 파괴적 개간이 후일에 로마가 몰락한 원인이 되었다는 사실 역시 책에서 읽었다. 그가 책을 읽는 동안 내내 바다는 컴컴하고 거대한 파도를 창문에 몰아왔고, 그의 묘목들은 이파리를 펼쳐 자라나고 있었으며, 그중 앞서가는 것들은 하늘을 향해 가지를 뻗어나갔다.

엡스타인은 다시 책을 들었다. 저를 구하소서, 하느님, 물이 목까지 올라왔습니다.*

전화가 울렸다.

나는 설 곳이 없는
깊은 물에 빠졌으니
큰물이 넘쳐 나를 삼키나이다.**

샤론이었다. 이제 그는 전화를 받는 일이 드물었기 때문에 그녀는 통화가 되었다는 사실에 흥분해 숨도 제대로 쉬지 못했다. 샤론은 그가 잃어버린 전화기와 코트를 찾는 일을 아직도 포기하지 않았다. 야파 아파트의 차가운 바닥에 서 있는 엡스타인에게는 그 모

---

* 시편 69장 1절.

** 시편 69장 2절.

든 것이 아주 오래전 일로 느껴졌다. 플라자호텔의 아바스, 다리를 절던 코트 보관소 직원, 그의 가슴에 번뜩이는 칼을 들이댄 강도. 하지만 샤론은 잊지 않았고—엡스타인이 없는 사이에, 다른 지시도 따로 없었는데—그 사건에 고집스럽게 매달리고 있었다. 그녀는 흥분한 목소리로 전화기를 가자까지 추적했다고 보고했다.

가자? 엡스타인은 남쪽으로 돌아서서 어두운 창문 밖을 바라보며 그녀의 말을 반복했다.

'나의 아이폰 찾기' 기능을 이용해 GPS로 전화기를 추적할 수 있었다, 그녀가 설명했다. 그리고 뭄바이에 있는 기술자와 여러 시간을 통화한 끝에 분실 모드를 해제한 다음, 변호사님의 전화기가 새것이었을 때 깔았던 앱 중에 원격 명령으로 사진을 촬영하는 앱을 가동시켰다. 몇 시간 안에, 샤론이 자랑스럽게 선언했다. 아무리 늦어도 내일 중으로는 변호사님의 유랑중인 전화기로 찍힌 사진들이 그녀의 컴퓨터로 전송될 것이다.

엡스타인은 잃어버린 전화기의 사진첩 속, 루시가 보내준 손주들 사진의 긴 흐름 옆에 자리잡은 폭파된 건물들을 상상했다.

샤론의 말투가 걱정스럽게 바뀌었다. 그런데 변호사님은 어떻게 지내시는지? 두 주 동안이나 소식을 듣지 못했고, 문자를 보내도 답장을 받지 못했다. 돌아오는 항공편을 예약하면 좋겠는가?

그는 자신이 잘 지내고 있다고 안심시키고, 당장은 아무것도 해줄 필요가 없다고 말했다. 더 자세히 얘기하고 싶지 않았던 그는 서둘러 전화를 끊으며, 가자에 있는 그의 전화기에서 마침내 사진들이 들어오면 어떻게 할 생각인지 묻지도 않았다.

그는 재킷을 걸친 후 어두운 계단실에 굳이 불을 켜지 않고 계단을 내려갔다. 아래층 계단참에 이르렀을 때 고양이가 열린 문으로 쏜살같이 달려나와 그의 다리를 감고 돌았다. 아래층 이웃이 나와 사과하고 연갈색 고양이를 들어올리더니 그에게 들어와서 차 한잔 마시고 가라고 했다. 엡스타인은 정중하게 거절했다. 바깥공기를 쐬고 싶다, 그는 설명했다. 다음 기회가 좋겠다.

바위와 콘크리트 블록으로 지은 방파제 위에서 아랍 남자들 몇이 캄캄한데 낚시를 하고 있었다. 무엇을 잡으려는 거요? 엡스타인은 짧은 히브리어로 물었다. 공산주의자들, 그들이 답했다. 그가 이해하지 못하자 그들은 엄지와 검지를 사용해 그들이 잡으려 하는 고기가 얼마나 작은지 보여주었다. 그는 그들이 낚싯줄을 던지는 모습을 한참 바라보며 서 있었다. 그러다 가장 어린 청년의 팔꿈치를 잡고 남쪽을, 넓게 펼쳐진 바다 쪽을 가리켰다. 가자는 얼마나 멉니까? 그가 물었다. 청년이 씩 웃으며 줄을 당겼다. 왜요? 그가 물었다. 가시게요? 하지만 엡스타인은 그저 거리를 가늠해보고 싶었을 뿐이다. 이 또한 다른 것들과 함께 천천히 그에게서 사라져가는 기술이었다.

그는 소더비 경매 회사에서 잘 알려진 인물이었다. 명작 고서화, 명작 소묘화, 현대미술, 양탄자 등의 분과 책임자들에게 잘 알려져 있었다. 원시 조각과 로마제 유리를 전문으로 하는 학예사들에게도 잘 알려져 있었다. 10층에서 카푸치노를 주문하고 있으면 태피스트리 전문가가 앞을 가로막고 브뤼셀 공방에서 제작한 작품이 있는데 그가 꼭 봐야 한다고 말하기도 했다. 사전 공개에서도 '만지지 마시오'라고 쓰인 간판의 경고가 그에게는 해당하지 않아서 원하는 건 뭐든 만져볼 수 있었고, 경매장에 도착하면 항상 그의 번호판이 이미 마련되어 있었다. 하지만 그가 아무리 잘 알려져 있더라도, 그리고 그들이 그의 특별한 수태고지 그림—십 년 전에 본인들이 그에게 판 작품이라 아주 잘 알고 있는 그 15세기 제단화—을 아무리 경매에 올리고 싶어도, 법적 책임 문제가 있어서 그들이 직접 그림을 가져갈 수는 없었다. 제삼자 물류 업체를 섭외하더라도 시간이 부족해서 다음 경매에 내놓을 순 없었다. 카탈로그 마감이 이틀 뒤였다.

슐로스에게 시키는 것은 불가능했다. 엡스타인의 세 자녀 모두 마찬가지였다. 제각각 다른 종류의 경종을 울릴 것이기 때문이었다. 샤론은 그를 너무 걱정하고 있어서 그가 성경 속 다윗에 관한 영화에 자금을 대려고 수태고지화를 팔기로 했다는 사실을 알게 되면 리앤이나 마야에게 전화할 가능성이 있었고, 그런 위험을 감수할 수는 없었다. 엡스타인은 피프스 애비뉴 아파트의 로비에 전화하기로 마음먹었다. 처음에 걸었을 때는 하룬이 근무하는 시간이 아니어서 체구가 작은 스리랑카 사람, 그가 이름을 듣고도 돌아서면 바로 잊어버리는 그 사람만 있었다. 멀리 떨어진 자기만의 공간에 둘러싸여 엘리베이터를 운행하며 입을 여는 법이 없는 호리호리하고 냉담한 일본인 지미가 전화를 받았다면, 엡스타인은 그냥 자신이 원하는 것을 얘기했을지도 모른다. 하지만 그 스리랑카 사람은 항상 호기심이 너무 강해서 믿을 수가 없었다. 몇 시간 후 다시 전화를 했을 때는 근무시간이 되어 돌아와 있던 하룬이 신호가 한 번 가자 곧바로 전화를 받았다. 그는 엡스타인에게 잠시 기다리라고 해놓고 로비의 콘솔 서랍에 보관하는 노란색 메모장과 펜을 가져왔다.

"네, 엡스타인 씨." 그가 전화기를 귀와 어깨 사이에 끼우고 팔에 메모장을 반듯이 올려놓은 다음 그의 지시를 받아 적을 준비를 마쳤다. 아, 아니, 전혀 수고스럽지 않다, 오늘밤에 포장해놓겠다—알았다, 엄청나게 조심하겠다—거의 육백 년이나—참 대단하다, 알겠다, 정말로, 엡스타인 씨—내일 최우선으로 소더비 경매장에, 72번가와 요크 애비뉴 교차로—아, 신생아처럼 살살 옮기겠다—아, 동정녀라니, 엡스타인 씨, 하하, 그런 재미있는 말씀을—아, 그런가, 성모마리아라!—틀림없이, 엡스타인 씨, 수고라니 별말씀을.

새벽 다섯시에 교대 근무를 마친 하룬은 지하 사무실에 제복을 걸어두고 엡스타인의 아파트 보조 열쇠를 챙겼고, 엘리베이터를 타고 올라가 문 앞에 깔린 이스파한산 기도용 양탄자를 만져보았다. 원래는 더러운 발을 닦는 것이 아니라 엎드려 절하라고 만든 물건이었다. 그는 신발을 벗어 놋쇠 다리가 달린 벤치 밑에 나란히 놓아두었다. 열쇠로 문을 열고 들어간 그는 어둠 속에서 전등 스위치를 찾다가 빛나는 풍경이 눈에 들어오자 우뚝 멈춰 섰다. 다시 한번 감동에 휩싸여, 그는 펀자브에 있는 형제들 둘의 집을 다 넣고도 남을 텅 빈 거실을 가로질러갔다. 그는 창밖으로 공원을 내려다보았다. 매는 제 둥지에서 아직 잠들어 있을 것이다. 녀석의 새로운 짝이 알을 낳을 준비를 하고 있을 테고, 머지않아 그는 굶주린 까마귀떼가 나타나지 않는지 하늘을 살펴야 할 것이다. 작년에는 어린 새 한 마리가 나무에서 건물 바로 앞으로 떨어졌는데, 그가 달려나가 차량 통행을 막으며 새를 구하려고 했지만 새는 잠시 얼떨떨한 순간이 지나자 다시 일어나 하늘로 날아올랐다. 충실한 수위는 차가운 유리에 코를 바짝 댔지만, 아직 깜깜한 하늘에는 아무것도 보이지 않았다.

그는 엡스타인이 설명한 대로 안방에서 그림을 찾았다. 예상했던 것보다 더 작았지만, 광채가 눈부셔 바로 손을 댈 엄두가 나지 않았다. 거의 그 앞에 바짝 다가선 상태에서 그는 무언가 극도로 사적인 것을 침범하는 기분을 느꼈다. 그러면서도 소녀 마리아와 천사에게서 눈을 뗄 수가 없었다. 시간이 조금 흐른 뒤에야 모퉁이에 있는 제삼의 인물, 반은 화면 밖에서 역시 그들을 바라보며 긴 손가락을 모아 기도하는 남자가 보였다. 그는 숨어 있는 남자의 존재가 거슬렸다. 누구를 그린 것일까? 요셉? 그 장면에 자신을 슬그머니 끼워넣은 쓸모없는 요셉? 하지만 아니다, 그는 전혀 요셉처럼 보이지 않는다. 그런 얼굴을 한 남자는 천사 앞에 무릎을 꿇은 빛나는 소녀와 어떤 관련도 있을 수 없다.

하늘이 이미 밝아오기 시작했을 때, 하룬은 꾸러미를 팔 아래 끼우고 건물의 직원용 출입구 밖으로 나왔다. 봄이 머지않았지만 아직은 추워서, 입김이 가로등 불빛 아래에서 얼어붙었다. 소더비가 개장하려면 아직 세 시간이 남은 터라 그는 공원으로 가서 메마른 나무 꼭대기 쪽을 응시했다. 점심시간에 그가 앉아 있기를 즐기는 벤치를 차지한 노숙자가 더러운 장화를 신은 채 색깔도 질감도 흙에 가까운 추레한 담요를 덮고 길게 뻗어 있었다. 땅에 묻힐 연습 중인가, 하룬은 그렇게 생각하며 그 옆의 옆 벤치에 주저앉아 귀중한 꾸러미를 무릎에 올려놓았다. 거기에서 보면 넓은 하늘이 거대한 나무의 가지들에 부분적으로 가려졌지만, 그래도 감시에 필요한 만큼은 충분히 볼 수 있었다. 그는 재빨리 날아다니는 참새들을 한참 동안 눈으로 좇았다. 그러다 아래를 내려다보았을 때, 가로등에서 쏟아지는 불빛이 투명한 포장을 뚫고 동정녀의 후광에 닿아 빛나는 모습에 경이감을 느꼈다. 그가, 펀자브주에서 농부의 자식으로 태어난 사내가, 15세기 이탈리아에서 그려진 명작을 들고 뉴욕시에 앉아 있다니—그는 갑자기 그 작은 그림을 반으로 쪼개버리고 싶은 충동을 느끼며 몸을 떨었다. 그의 형제들에게 그런 물건은 아무런 가치가 없었다. 그는 이제는 건너갈 수 없는 먼 거리를 사이에 두고 밀려오는 슬픔을 느꼈다.

까마귀 한 마리가 그를 방해하려고 일부러 나온 것처럼 비스듬히 내려앉아 거들먹거리며 풀밭을 건너오더니 그를 향해 날카롭게 소리를 지르기 시작했다. 너무도 공격적이고 계략에 능한 새들, 그토록 악질적으로 머리가 좋은 것들—까마귀들은 그가 예전에 새끼 매를 보호하려고 도토리로 저들 동족을 공격한 이후로 그를 기억하는 것 같았는데, 이제는 그를 마주칠 때마다 성을 내며 깍깍 울어댔다. 하룬은 꾸러미를 잡고 일어서서 다른 쪽 팔을 흔들며 까마귀에게 맞서 소리쳤다. 네 나라로 돌아가! 새가 날개를 퍼덕거리며 날아가자 검은 날갯깃이 하늘의 푸른빛을 반사했고, 노숙인 남자가 갈색 표면 아래에서 뒤척였다. 잠시 후 머리카락이 엉겨붙은 머리가 담요 위로 튀어나오더니 풍파에 시달린 얼굴이 따라 나왔다.

"얼빠진 새끼!"

"미안해요." 하룬은 중얼거리며 어두운 얼굴로 다시 자리에 앉았다.

노숙자가 누운 상태로 그를 쳐다보았다.

"뭘 찾아, 드론?"

"아니에요."

"어제 하나가 저 창문 바로 옆으로 날아가는 걸 봤어"—노숙자가 떨림 없는 손가락으로 건너편 건물의 높은 층을 가리켰다—"이분이나 거기 떠서 안을 들여다보더군."

"정말로?"

"스파이 임무야." 그는 한쪽 팔꿈치를 세워 상체를 일으키며 말했다.

이른아침에 달리기하는 사람들이 공원에 나타나기 시작하자 노숙자는 그들이 길 위로 지나가는 모습을 바라보았다.

"드론을 찾는 게 아니라면, 그럼 뭐야?"

"매예요, 사실은."

"놓쳤군. 황조롱이. 오늘 아침에 벌써 비둘기 한 마리를 잡았어. 한입에 머리를 뜯어버렸지."

"그런 일이!"

하지만 노숙자는 담요를 다시 코 위로 올려 덮었다.

하룬은 옷깃을 여미고 바람에 재빨리 밀려가는 구름을 바라보았다. 매는 하늘이 완전히 밝아지기를 기다렸다가 날아올라 사냥하는 편을 좋아한다는 것을 그는 알았다. 자신이 꾸벅꾸벅 졸기 시작했음을 알아차린 수위는 눈을 껌뻑거리며 손톱으로 손바닥을 찔렀다. 야간 근무가 끝나면 그는 보통 바로 집으로 가서 잠을 잤다. 피로가 점점 기세를 부리기 시작하자 눈이 슬슬 감기며 턱이 가슴 쪽으로 떨어졌다.

그리 오래일 리 없는 시간 동안 잠들었던 그는 화들짝 일어나 하늘로 날아오르는 매의 흰 배를 보았다. 두근거리는 가슴으로 머리를 뒤로 젖힌 채, 고함을 지르며 벌떡 일어났다. 아, 웅장하구나! 하늘 아래 저런 아름다움이 있다니! 수위는 그런 행운이 믿어지지 않았다. 기류를 타고 오르는 매의 날개는 거의 아무런 움직임이 없이 활짝 펼쳐져 있었다. 매는 몸을 살짝 기울이고 우듬지 위로 높이 원을 그리며 빙글 돌았다. 그러더니 비상을 멈추고 잔뜩 경직한 채 그 자리에서 맴돌다 다이빙하듯 아래로 곤두박질쳤다.

매가 내려온 방향으로 내달리기 시작한 하룬은 앞을 가로막는 나뭇가지들을 밀치고 후려치며 나무들 너머에 있는 풀밭 공터까지 갔다. 거기에, 햇빛 한 조각 위에, 그 웅장한 새가 어깨를 웅크리고 서서 발톱 밑에서 몸부림치는 먹이 위로 다정하리만큼 부드럽게 고개를 수그리고 있었다. 곧 끝이 났다. 축 처진 쥐를 부리에 매단 채 새는 날개를 퍼덕였고, 육중한 날갯짓이 쥐를 다시 하늘로 실어 갔다.

매가 시야에서 사라지고 난 뒤에야 하룬은 아래를 내려다보고 제 손이 비었음을 깨달았다. 다시 한번 그는 고함을 질렀다. 두방망이질하는 가슴으로 벤치를 향해 나무들을 헤치며 달려갔다. 하지만 미처 다 가기도 전에 텅 빈 그곳이 보였다. 그 상황을 믿고 싶지가 않아서, 그는 나무의자 위를 손가락으로 절박하게 쓸었다. 마치 성모마리아가 아직도 그곳에서 눈에 보이지 않게 빛나고 있는 것처럼.

고개를 돌려보니 노숙자가 누워 있던 벤치도 비었고 갈색 담요만 헐렁하게 아래로 늘어져 있었다. 수위는 신음을 쏟아내며 양손을 머리로 올려 숱 없는 머리칼을 잡아당겼다. 그는 절박하게 주위를 빙 돌며 길과 나무를 살폈다. 하지만 주위는 고요했고 들리는 것은 참새 소리뿐이었다.

사막으로

셰흐트만이 나를 그곳에 내려준 후로 시간이 얼마나 흘렀는지 전혀 감이 없었다. 사막의 고요 속에서 열병에 내둘리며, 시간개념을 완전히 잃어버렸다. 일주일이나 열흘이었을 수도 있고 훨씬 더 긴 시간이었을 수도 있다. 그즈음 내 가족은 매우 절박하게 나를 찾고 있었을 것이다. 그중 가장 충직하고 포기할 줄 모르는 수색자는 아버지였을 테고. 아버지는 압박이 엄청난 상황에서도 체계적으로 문제를 해결하고야 마는 특별한 능력이 있었다. 사람들이 흔히 당당한 의용과 강철 같은 의지라고 부르는 것을 지녔다. 아버지는 곧바로 시몬 페레스에게—반세기 전 할아버지의 지인이었고 힐턴에서 열린 부모님 결혼식에 참석했으며, 한번은 비싼 식사를 함께하며 내 책들을 읽었는데 좋았다고, 비록 난 그 말이 믿기지 않았지만, 그렇게 말한 적도 있는 그에게—전화를 했을 것이다. 하지만 이런저런 닮아빠진 인연에도 불구하고, 시몬 페레스가 아버지를 위해 할 수 있는 일이 무엇이었을지는 누구라도 추측할 수 있다. 그즈음 페레스는 본인도 이미 잃었음을 아는 어떤 것의 명목상 지도자에 불과했기 때문이다. 그렇다, 수색대에서 가장 확실하고 설득력 있는 지도자는 아버지일 테고, 반면에 어머니는 절망에 빠져 제정신이 아니어서 대체로 아무 도움이 되지 못할 거라고 나는 결론 내렸다. 아이들은 당연히 아직 아무 말도 듣지 못했을 것이다. 남편의 경우에는, 내가 사라졌다는 소식에 어떻게 반응했을지 정말이지 전혀 알 수가 없었다. 양가감정을 느꼈을 가능성이 크고, 어쩌면 자신을 회의적인 눈으로 훑어보는 나 없이 남은 생을 살아갈 수 있다는 생각에 안도했을지도 모른다.

셰흐트만은 누가 나를 데리러 올 거라고 말했었다. 그가 받은 명령은 사막에 있는 그 오두막에 나를 여행가방과 개와 함께 내려놓는 것이며, 때가 되면, 아마도 내가 과제를 끝낸 후에, 누군가 나를 데리러 온다는 것이었다. 그 과제가 무엇인지에 대해서는 명백한 언급이 없었다. 그는 아마도 내가 거기에서 뭘 해야 하는지 안다고 생각했을 것이다. 그는 신부를 새로 살 집에 데려가는 신랑처럼 수줍고 섬세한 자부심을 보이며 조심스럽게 나를 집안으로 데려갔고, 시커먼 스토브가 있는 부엌과 체크무늬 모직 담요가 덮인 좁은 침대, 마지막으로 창가에 놓인 작업대를 보여주었다. 창틀에는 파리 두세 마리가 죽어 있었다. 집은 아주 작았고, 사방에서 집을 짓누르는 광활함과 극명한 대조를 이루어 거의 우스꽝스러울 정도였다. 책상 위에는 펜 몇 개를 담은 유리잔과 매끈한 타원형 돌멩이로 눌러놓은 종이 한 묶음, 그리고 오래된 타자기가 있었다. 하지만 이건 히브리어 타자기잖아요. 나는 갈아입을 옷을 넣은 쇼핑

백을 어색하게 움켜쥐며 말했다. 나는 타자기로 글을 쓴 적이 없어서 그것이 필요하지 않았는데도 굳이 그 점을 지적한 이유를 추정해보자면, 전반적으로 문제가 있는 상황을 셰흐트만이 주목하도록 은근히 유도하기 위해서였을 것이다. 하지만 그는 계속 태평한 분위기를 유지하며, 기껏해야 기계 분해를 즐기는 사람 정도의 관심을 갖고, 감정하듯 타자기를 바라볼 뿐이었다.

그는 내게 커피를 끓여주겠다고 했고, 나는 팔짱을 낀 채 벽에 기대어 그가 작은 부엌에서 움직이는 모습을 바라보았다. 그는 스무 살을 넘겼을 리 없어 보였지만, 주전자와 스토브를 다루는 태도를 보니 어려서부터 뭐든 스스로 하는 데 익숙한 사람 같았다. 창문 가장자리에는 알프스의 샬레 주택에나 어울릴 법한 흰 레이스가 달려 있었는데, 누가 달았는지 몰라도 그 너머로 반짝이는 눈더미를 보고 싶어했을 것 같았다. 하지만 보이는 것이라곤 사방에 펼쳐진 빛바래고 메마른 풍경과 지프에 기대어 담배를 피우는 운전병뿐이었다.

나는 거부하거나, 소리를 지르거나, 어떤 식으로든 싸워서 그들이 날 거기에 두고 가지 못하게 할 수 있었다. 휴대전화 신호가 잡히지 않아서 누구에게도 전화를 걸 수 없는 상황이었다. 하지만 나는 내가 그들의 마음을, 적어도 셰흐트만의 마음을 끈 것 같다는 인상을 받았다. 셰흐트만은 가끔씩 온화하고 서글픈 미소를 지으며, 나를 거기 혼자 두고 가야 한다는 사실이 유감스러운 듯 계속 나를 바라보았다. 그래도 나는 반대하거나 심지어 불평조차 하지 않았고, 기껏해야 타자기가 내게 쓸모없다고 지적하는 정도에 그쳤다. 아마도 독립성과 전문가다운 면모로 그에게 잘 보이고 싶었나보다. 아니면, 그가 차를 타고 떠나가는 순간 유대인을 위하여 쓰이게 될 실로 엄청난 재능이 내게 있다는, 그 잘못된 생각을 바로잡고 싶지 않았을 것이다. 그도 아니면, 이미 너무 멀리 와버려서 이제는 돌이킬 수 없다고 생각했는지도 모른다. 어떤 경우였건 간에, 셰흐트만이 지프 뒤편에 나를 태워주려고 손을 내민 순간부터 나는 모든 것을 순순히 따랐다. 내 기억에, 내가 유일하게 한 질문은 프리드만에 관한 것이었다.

그 사람이 걱정된다, 나는 셰흐트만과 커피를 마시며 그렇게 말했다. 그 사람을 어디로 데려갔는지, 지금 괜찮은지 알고 싶다. 하지만 셰흐트만은 프리드만의 이름을 아는 기색을 전혀 보이지 않았고, 내가 더 추궁하자 프리드만이라는 사람에 관해서는 들은 적이 없다고 시인했다. 그는 이 이야기에 중간에 끼어들었으며 내가 그의 소관이 되기 전에 어떤 일이 있었는지, 혹은 그뒤로 어떤 일이 있을 것인지 전혀 모르는 듯했다. 그가 아는 것은 자신의 역할, 즉 예루살렘 변두리의 검문소에서 사막에 있는 이 오두막까지, 여행가방과 개와 함께 나를 데려오는 역할뿐이었다. 하지만 군대는 원래 그런 식으로, 어떤 관련자에게도 이야기 전체를 다 알려주지 않는 방식으로 돌아가는 것 같다. 군대에서는 서사에 관한 개념 전체가 완전히 다른 게 분명하다, 나는 생각했다. 저마다 자신의 작은 조각을 쥐고 그게 어디에 끼워지는지 제대로 모른 채 만족하는 법을 배우고, 전체에 대해서는 걱정하지 않아도 된다. 어딘가에서 모든 것을 아는 누군가가 온갖 사소한 세부까지 고려했을 테니까. 이야기는 존재한다. 그것이 어디에서 와서 어디로 가는지 누가 알겠는가. 각자가 할 일은 자신의 역할을 충실히 이행하는 것이며,

그렇게 그 역할을 갈고닦아 사방에 퍼진 어둠 속에서 빛나게 하는 것이다. 이런 모형의 관점에서 보자니 한 사람이 모든 것을 알 수 있다는 상상조차 순전히 허영처럼 느껴졌고, 그런 생각을 하다보니 프리드만에 대해서도 잠시 잊었다. 하지만 커피잔 테두리 너머로 나를 쳐다보는 셰흐트만을 보자 모든 걱정이 깜짝 놀랄 만한 위력으로 다시 일어났다. 어떻게 해서든 프리드만이 무사하다는 말을 듣고 싶었다. 아주 잠깐 알았던 사람일 뿐이지만, 그 순간 나는 내 할아버지를 그리워하듯 그를 그리워했다. 생전에 마지막으로 병원에서 할아버지를 보았던 그때처럼. 내가 작별인사를 했을 때 할아버지가 내 등뒤에 대고 말했다, 올 수 있으면 다시 와. 그러고는, 어서 가, 할아버지가 기다릴게. 할아버지 말이 들리지 않으면 문을 열어. 프리드만이 내게 뭔가를 알려주려 했는데 내가 너무 우둔해서 알아듣지 못한 것 같다는 생각이 들었다.

그분에게 무슨 일이 생겼는지 알아야 해요, 나는 셰흐트만에게 다시 말했다. 내 불안이 그대로 드러났는지, 그가 팔을 뻗어 내 어깨에 손을 올리고 걱정하지 말라고 말했다. 감사하는 마음이 북받쳐올랐고 그의 말을 믿고 싶었다. 바로 이런 식으로 인질이 범인에게 유대감을 느끼게 되는구나, 나는 생각했다. 예기치 않았던 사소한 자비심의 표현이 사랑이라고 부를 수밖에 없는 감정을 낳는다. 나는 셰흐트만이 내 생일 선물로 가져올 작은 텔레비전으로 아랍어로밖에 중계가 안 되는 축구 경기를 함께 보는 모습을 상상했다.

내게 아이들이 있는 거 알았어요? 나는 친밀한 순간을 연장하고 싶어서 그에게 조용히 물었다. 그가 고개를 저었다. 아들 둘이에요, 내가 말했다. 큰애는 나이가 당신 나이 절반쯤 될 거예요. 작은

애는요? 그가 정중하게 물었다. 왜 그랬는지 모르지만 나는 이렇게 말했다. 아마 작은애는 바로 이 순간에 창가에 서서 나를 기다리고 있을 거예요.

나는 셰흐트만의 눈 밑에 어둠이 한 방울 스며드는 것을 보았다. 아마도 나는 그를 시험하려고, 그의 진짜 감정이 어떤 것인지 알아보려고 했을 것이다. 하지만 아래를 내려다보니 정작 떨고 있는 건 내 손가락들이었다.

우리는 아무 말 없이 남은 커피를 마셨고, 그러고 나자 그가 떠날 시간이었다. 그가 담배를 좀 주길래 받았다. 그가 내게 주는 건 뭐든 받았을 테니까. 문간에 서서 그가 운전병 옆 조수석으로 올라가는 모습을 바라보았다. 지프가 점점 작아져 마침내 먼지구름만 남을 때까지 오래도록 바라보다가, 먼지구름마저 사라졌을 때 돌아서서 집안으로 들어갔다.

커피잔을 씻어 싱크대 가장자리에 말려두고 개에게 물을 더 주었다. 그러고는 그 집의 유일한 다른 방으로 들어가 문 옆에 똑바로 세워진 여행가방을 쳐다보았다. 하지만 아직은 때가 아니다, 나는 결정했다. 대신 나는 책장에 있는 몇 안 되는 오래된 책으로 눈길을 돌렸다. 모두 히브리어로 된 책이어서 제목을 해독해보았다. 하나가 눈길을 끌었다. 제목이 יערות ישראל—'이스라엘의 숲'—이었는데 펼쳐보니 전혀 이스라엘 같지 않은 장소들이 찍힌 흑백 사진이 실려 있었다. 늑대들이 사람을 키워주는 일이 아직도 생길 수 있을 것 같은 야생의 숲, 눈이 휩쓸고 지나간 빽빽하고 어두운 숲. 나는 그 사진들을 오래 들여다보았고, 사진을 설명하는 글이 무슨 뜻인지 몰랐기 때문에 혼자서 글의 내용을 상상하는 정도로 만족해야 했다. 하지만 이스라엘에 있을 리 없는 숲의 사진들이 '이스라엘의 숲'이라는 제목 아래 한데 묶여 있을 때 그 사진들을 설명하는 글의 내용을 제대로 상상하기는 어려웠으므로, 나는 그 부조화의 마법을 마음대로 즐길 수 있었다. 어떤 사진에서는 눈으로 거의 완벽하게 위장한 작은 흰토끼 한 마리를 찾았다.

벽장 안에는 녹슨 연장들과 삽 두어 개, 우유 양동이처럼 보이는 금속 용기, 구급상자, 밧줄 몇 묶음, 모직 목도리 하나, 캔버스 배낭 하나, 그리고 뒤축이 닳아 매끈해진 가죽 슬리퍼 한 켤레가 있었다. 나는 내 신발을 벗어던지고 그것을 신고 욕실로 조용히 걸어갔다. 욕실 수도에서는 배관을 통해 사막이 온통 흘러들어오는 것처럼 갈색 물이 나왔지만, 부엌 수도꼭지에서 나오는 물은 탁하고 씁쓸한 정도였다. 그곳에서 물을 마셨다.

안에 있는 것들을 모두 본 다음에는 밖을 탐색하러 나갔다. 집 한쪽 측면에 칼자국이 난 작은 간이 탁자가 있었고, 뒤편에는 뚜껑이 덮인 돌우물이 있었다. 지하에 샘이나 대수층이 있는지, 집 주위에 관목이 많았고 가시가 돋친 작은 나무들이 서너 그루 자라고 있었다. 아마도 타마리스크, 아니면 아카시아. 곧 여기에도 비가 찾아올 것이고 사막은 초록으로 뒤덮이겠지만, 아직은 생명이 외따로 자라는 자리 몇몇을 제외하면 전부 메마르고 황량했다. 동물이 상당히 많은 것을 보니, 아마도 목을 축이는 곳이 근처에 있는 듯했다. 언덕 위에 뿔 달린 아이벡스*가 있었고, 조그만 영양 가족이 풀을 뜯으러 관목에 왔으며, 한번은 호박색 털에 귀가 크고 뾰족하며

* 산악 지방에 서식하는 염소.

주둥이가 작고 얇은 사막여우 한 마리가 집 앞을 급히 지나가다 멈춰서, 아는 사람에게 인사라도 할 것처럼 열린 문 안을 들여다보기도 했다. 하지만 여우는 나를 보더니 굳이 엮이려 하지 않고 총총 가버렸다. 쥐도 아주 많아서 내키는 대로 드나들었다.

집을 안팎으로 조사하고 난 뒤에야 나는 작업대에 다가갔다. 무심코 다가갔다, 라고 말해야 할 것이다. 글쓰기는 말할 것도 없고, 무슨 일이든 거기에서 하겠다는 계획은 전혀 없었다. 의자에 앉아 아무 생각 없이 타자기 자판에 손가락을 올려놓았을 때, 그제야 그들이 나를 데려온 곳이 카프카의 집이라는 생각이 머리를 스쳤다. 그가 말년에 혼자 살던 집—그가 갈망하던 최소한의 조건에서, 마침내 자신의 내면에 확고히 자리한 것들에만 집중한 채로 살다가 두번째로 죽었던 집. 프리드만이 내내 나를 데려오려 했던 곳이 바로 여기라는 생각이.

그뒤로 얼마 지나지 않아, 어쩌면 바로 그다음날에, 나는 앓아누웠다. 사지가 풀리며 무지근해지는 느낌이 밀려들었는데, 처음에는 수면 부족에 따른 피로일 뿐이라고 생각했다. 오후 내내 기운 없이 침대에 누워서, 창문 밖으로 시시각각 빛이 달라지는 사막을 바라보았다. 내가 다가가고 있는 그것이 무엇이든 벌써 그것에 의해 지쳐 나가떨어진 것처럼 꼼짝하지 않고 누워 있었다. 몸이 떨리고 뭉근한 통증이 두개골에서 시작해 사지로 뻗어내려가기 시작하자, 나는 그것이 마음에서 비롯된 증상이 틀림없다고 생각했다. 글을 쓰려고 애쓰지 않으려고, 혹은 내가 거기에서 정말로 무엇을 하고 있는지 직시하지 않으려고, 혹은 앞으로 어떤 일이 일어날지 마음속으로는 알면서도 그것을 충분히 숙고하지 않으려고 회피하는 방법이라고 생각했다. 신체적 고통은 더이상 두렵지 않았지만, 정서적 고통은 두려웠다—나 자신의 고통도 그렇지만 나 때문에 아이들이 겪을지 모르는 고통은 더욱 두려워서, 내 온 존재가 달려들어 그 고통을 막으려고, 최대한 오래도록 막아주려고 했다. 가능하다면 영원히. 하지만 그 무렵 나는 내가 할 수 있는 일이란 아이들의 고통을 연기하는 것뿐임을, 그리고 연기하면 할수록 아이들 아빠와 나는 우리가 더는 믿지 않는 형태를 계속 유지함으로써 결국에는 아이들에게 더 큰 상처를 줄 뿐임을 알아차리고 있었다. 남편이 느낄 고통 또한 두려웠다는 말도 해야겠지만, 그때 그렇게 느꼈더라도 지금 그 문장을 쓰기는 힘이 든다. 그뒤로 이어진 몇 해 동안, 그는 겉보기에는 거의 한결같은데도 내게는 매번 충격적으로 느껴지는 방식으로 행동했다. 우리는 나란히 선 채 결혼생활에서 멀어졌고 나중에는 우리 둘 다 큰 고통을 받았지만, 나는 계속 그를 안쓰러워하며 평생을 살 수도 있었을 거라고 진심으로 믿는다. 나와 함께 부모가 되었고 아이들에게 사랑을 쏟은 이 남자가 내가 더는 알아볼 수 없는 사람이 되어버리지만 않았다면. 내가 그뒤로도 오래도록 당혹감을 느끼며 계속 살펴보았던 그의 얼굴뿐 아니라 그의 전 존재가 그토록 낯설어지지만 않았다면. 한 사람이 오랜 세월을 함께한 누군가에게서 떨어져나오면 상대의 존재로 인해 억누르거나 구속했던 많은 것들이 밖으로 터져나오는 경우가 많다는 생각이 든다. 관계가 끝난 후 몇 달 사이에 사람은 눈부신 속도로 성장하는 것처럼 보일 수 있다. 자연 다큐멘터리에서 몇 주 동안 찍은 영상을 고속으로 보여주면 식물이 몇 초 만에 잎을 펼치는 것처럼 보이듯이. 하지만 사실 그 사람은 표면 아래에서 내내 성장해 왔으며, 새로운 자유 안에서만, 머리가 쭈뼛할 정도의 외로움 속에서만, 비로소 아래에 묻혀 있던 것들을 밖으로 끌어내 밝은 빛 속에서 활짝 펼쳐낼 수 있게 된다. 하지만 남편과 나 사이의 억제와 침묵은 너무나 강력했기 때문에 우리가 서로에게서 떨어져나와 마침내 각자의 빛과 부피로 펼쳐졌을 때, 각자의 눈앞에 나타난 사람은 품에 안을 수 없는 존재였다. 아마도 그는 품에 안기고 싶지 않았거나 그럴 수 없었을 수 있고, 나는 그런 그를 탓하지 않는다. 그리고 슬픔에서 충분히 멀리 떠나온 지금은, 그를 생각하면 그저 놀라울 뿐이다. 우리가 같은 방향으로 걸어가고 있다고 한동안이나마 믿은 적 있다는 사실이 그저 놀라울 따름이다.

사람은 어떤 순간에 결혼생활에서 빠져나오는 걸까? 사랑이나 보살핌과 달리 시간의 기약은 측정할 수 있고, 따라서 누군가와 결혼한다는 것은 평생 자신을 그에게 결박하는 일이다. 그리고 나는 지금, 내가 시간에서 빠져나옴으로써 결혼생활을 떠났으며 내게는 그것이 유일한 방법이었다고 생각한다. 불면증의 안개 속에서 여행가방을 꾸린 것이 집을 떠나는 유일한 방법이었듯이. 카프카의 침대에 누워 깨어 있는 채로 나는 시간의 옛 질서에서 빠져나와 다른 질서로 들어갔다. 창밖에는 시간밖에 없었고, 안에도 마찬가지였다. 마루를 가로질러가는 빛도 시간이었고, 발전기에서 나오는 전기의 윙윙 소리도, 방을 흐릿하게 밝히는 전구의 틱틱 소리도, 집 모퉁이를 휘이잉 돌아가는 바람도, 모든 것이 어딘가에서 쓸어 담겼다가 여기에 부려진, 흐름의 순서에 대한 모든 집착을 끊어버린 시간일 뿐이었다.

오래전에, 결혼 전이었는데, 고대 그리스인에 관한 책을 한 권 읽었다. 그 시절에 나는 그리스에 대해 특별한 흥미를 느꼈던 터라, 당시 남자친구와 함께 펠로폰네소스로 가서 바다를 향해 긴 손가락처럼 무례하게 툭 튀어나온 마니반도에서 한동안 함께 살았다. 그곳에서 우리는 둘 다 글을 쓰려 했으나, 대개는 쥐가 들끓는 조그만 오두막에서 죽자사자 섹스하거나 싸우기만 했다. 그 책에는 대단히 흥미로운 내용이 많았고, 시간을 의미하는 고대 그리스어를 꽤 깊이 다뤘던 것으로 기억한다. 시간을 의미하는 단어는 두 개가 있는데 '크로노스'는 연대순으로 정리된 시간을 가리키고 '카이로스'는 중요한 의미가 있는 일이 일어난 불확정의 시기를 가리킨다. '카이로스'는 양적인 개념이 아니고, 영원성을 내포하며, '결정적 순간'을 포함하는 시간을 의미한다. 그런데 카프카의 침대에 누워 있던 그때, 내 주변에 모이고 있는 것도 바로 그런 종류의 시간인 듯했고, 그래서 나는 내가 다시 기력을 회복하고 나면 그것을 모두 꼼꼼히 살피면서 지금까지의 내 인생이 어떤 결정적 순간과 은밀하게 합쳐지기 위해 흘러갔는지, 그 순간을 추려내려 애써 보리라 생각했다. 건초 더미에 섞인 이 바늘을 찾아내는 일이 내게는 가장 시급하게 중요해 보였다. 아마도 그 순간은 그것이 무엇을 베풀었는지 내가 전혀 이해하지 못한 상태에서 이미 왔다가 가버렸을 거라고 짐작했기 때문이다. 나는 그 순간이 어린 시절에 왔을 거라고, 불빛을 향해 날아가 둔감한 방충망에 부딪히는 나방처럼 왔을 거라고 확신하게 되었다. 그리고 거기 새로 세워진 방충망은 그전까지 밤의 대기를 향해 모든 창문과 문을 활짝 열어두었던 내가 여덟 살 혹은 열 살이 되고서 처음으로 떠안게 된 기대와 책임으로 인해 생긴 거라고. 그리스 시절의 그 오두막에서, 부엌에서는 추를 매단 도르래로 띄워놓은 찬장 위로 쥐들이 쪼르르 돌아다니고, 남자친구는 뒤뜰 그늘에서 마치 아무 생각 없이 시간을 때우는 것처럼 한 장 두 장 끊임없이 글을 써나가며 내가 자기에게 분노를 쏟아낼 또다른 이유를 찾아내기를 기다리는 동안, 나는 앞뜰에서 그 책을 읽었다. 그 독서를 통해, 고대의 수사학에서 '카이로스'라는 단어는 어떤 구멍이 열리는 찰나의 순간을 의미한다는 것, 그 순간에 온 힘을 끌어모아야 남아 있는 저항을 완전히 이겨내고 그 구멍 속으로 뚫고 들어갈 수 있다는 것도 알게 되었다. 그때 나는 이해했다. 항상 이 세상 바로 밑에 존재한다고 느꼈던 다른 세상으로—내게 필요한 힘만 있었다면—곧바로 뚫고 들어갈 수 있었을 그 순간을 내 무지로 인해 붙잡지도, 심지어 알아보지도 못했다는 사실을. 나는 전혀 의식하지 못한 채 기회를 놓쳤고, 그때부터 나는 손톱으로 그곳에 가는 길을 파내려고 애쓰는 수밖에 없었다.

때로 나는 그것이 카프카의 침대라고 믿었고, 때로는 그렇게 생각하지 않았다. 때로는 다행스럽게도 카프카가 누구인지마저 거의 잊었던 것 같기도 하다. 그의 여행가방이 문 옆에 놓여 있었지만, 가끔 나는 그게 누구의 것인지, 그 안에 뭐가 있는지도 기억하지 못했다. 다만 그것이 굉장히 중요한 것이며 내게 무슨 일이 일어나든 그것을 잃어버리면 안 된다는 느낌만은 놓치지 않았다. 어딘가에서 누군가의 삶이, 어쩌면 나 자신의 삶이, 거기에 달렸다는 느낌. 때때로 나는 개를 카프카라고 불렀다. 금방 생각해낼 수 있는 이름이어서, 그리고 개에게 그 이름을 쓴다는 것이 번뜩이는 정신적 명료함을 반영하는 것 같아서였다. 개도 그 이름을 부르면 다가

왔다. 비록 그즈음 그 불쌍한 동물은 배가 너무 고파서 어떤 이름에도 반응했을 테지만. 어쩌면 바로 그 굶주림 때문에 개의 눈빛이 그토록 깊은 총명함을 띠었는지도 모른다. 나는 찬장에서 찾을 수 있는 것은 뭐든 개에게 주었다. 개는 그것을 실제보다 더 대단한 희생으로 여겨 내게 충성심을 느끼게 된 것 같았다. 하지만 내가 앓아누웠을 무렵에는 개도 나도 먹을 것이 거의 남지 않았고 '밤바'라는 땅콩맛 과자만 아주 많이 있었다. 그 봉지들이 부스럭거리는 익숙한 소리가 들리면 개는 바로 달려왔다. 개가 움직이면 먼지인지 각질인지 모를 것이 뿌옇게 일어났고, 나는 이 또한 시간의 한 형태라고 생각했다. 녀석에게 남은 시간이 얼마나 되든 간에.

때때로 나는 개에게 말을 걸었다. 내가 긴 독백을 늘어놓으면 개는 귀를 쫑긋 세우고 들으면서 내가 주머니에서 꺼내준 과자를 먹어치웠다. 한번은, 밤바마저 모두 떨어진 뒤에, 개에게 고개를 돌리고 말했다. "절인 쇠고기 샌드위치 좀 먹지 않을래?" 할아버지가 병원 침대에 누워 내게 했던 말인데, 그다음에 이어진 말은 이제 자기가 죽었느냐는 물음이었다. 하지만 나는 내가 죽지 않았다는 것을 알았다. 오히려, 병을 앓고 있는데도 짜릿할 정도로 생기롭게 느껴지는 순간들이 있었다. 어린 시절 이후로 이렇게 생기로운 느낌은 처음이라고 생각했다. 여러 종류의 바람소리를, 집이 팽창하고 수축하는 소리를, 거미줄에 걸린 채 여전히 불굴의 날갯짓을 하는 파리 소리를, 바닥에 무늬를 그리는 햇빛의 나지막하고 단조로운 배음을 모두 알아차렸다. 나는 집안 살림에는 온갖 깔끔을 떨었지만 원래는 항상 조금 너저분한 편이었는데, 이제 그렇게 홀로 열에 들떠 있다보니 개수대에서 하던 빨래도 그만두었고 낮 동안 내내 자다가 밤에 깨어 있는 일도 잦았으며 머리를 빗거나 바닥을 쓸지도 않았다. 바닥은 서서히 사막의 고운 모래로 덮여갔다. 벽장에서 발견한 오래된 모직 코트를 잘 때도 입고 있었다. 통증이 견딜 수 없을 만큼 심해지면 벽이나 천장의 작은 변색 부위나 유리창의 얼룩을 눈길로 붙잡고, 그 조그만 결함에 엄청난 강도로 매달리며, 마지막 남은 한줄기의 집중력을 쏟아 뚫어지게 쏘아보았다. 그 때문이었는지, 아니면 홀로 자리보전을 하게 되면 자연스럽게 강해지는 인내심 때문이었는지, 시력이 서서히 좋아지는 느낌이 들었다. 벌레의 다리에 난 털처럼 솟아 있는 담요의 섬유조직을 들여다보며 시력의 선명도를 시험해보고 나서는, 내면을 살필 때도 그 방법을 적용할 수 있음을 알게 되었다. 한동안, 내 시각의 예리한 면도날을 휘두르기만 하면 어떤 주제든 단번에 껍질이 벗겨져 실체가 드러나는 듯싶었다. 하지만 그 외의 나머지, 뭉툭하고 질박한 것들에는 어떤 불길한 생각이 그림자를 드리웠는데, 간단히 말하자면 이런 생각이었다. 내가 일평생 거의 항상 다른 사람들의 사고나 행동을 모방하며 살아왔다는 생각. 내가 한 행동이나 말의 대다수는 주변 사람들의 행동이나 말을 거울처럼 비춘 것이었다는 생각. 그리고 계속 이렇게 살다가는 내 안에 아직 타오르는 눈부신 삶의 빛이 곧 꺼질 거라는 생각. 아주 어렸을 때는 그렇지 않았지만, 그 시기는 너무 깊이 묻혀 있어서 기억을 되살릴 수가 없었다. 그저 세상일들을 질서에 예속시킬 필요 없이 그대로 바라보던 어떤 시기가 있었다는 사실만을 확신할 뿐이었다. 나의 타고난 독창성이 무엇이든 간에, 나는 그것을 발휘해 사물 전체를 인간의 번역을 거칠 필요 없이 단순하게 보았다. 이제 다시는 그렇게 볼 수 없을 것이며 그 사실을 나는 잘 알았지만, 그래도 거기 그렇게 누워 있으려니, 예전의 내 시각에 잠재되어 있던 장래성을 실현하는 데 실패했다는 자각이 들었다. 그리하여 모든 것을 다른 이들이 보는 대로 보는 법을 천천히 배워나갔고, 그들의 말과 행동을 모방했으며, 마치 다른 범위의 존재 방식은 머리에 떠오른 적도 없는 것처럼, 내 삶을 그들의 삶에 맞춰 형성한 것이다.

내가 껍질을 벗겨낸 것이 나 자신이었을 가능성도 없지는 않다. 때로 통증이 어마어마할 때가 있었으니까. 몸 전체로 퍼지고 한가운데로 파고드는 통증, 지금까지 그런 통증은 딱 한 번 느껴보았다. 하지만 이미 말했듯, 신체적 고통은 이제 두렵지 않았다. 첫아들이 태어난 뒤부터 두렵지 않게 되었다. 출산 전날 밤, 이젠 필요 없어진 아기 옷을 주려고 집에 찾아온 지인과 소파에 앉아 대화를 나눴는데, 그녀는 분만의 고통을 겪으면서도 허리 아래 감각이 없는 상태로 누워 있는 일만은 반드시 피하고 싶었다고 말했다. 오히려 고통 속으로 곧장 걸어들어가는 것, 있는 힘을 모두 쥐어짜 고통과 직면하는 것만이 생각할 수 있는 유일한 방안이었다고 했다. 그 말은 내게 지극히 상식적으로 들렸고, 그래서 다음날 밤에 양수가 터져 병원에 가 고통으로 웅크리고 있을 때도 나는 모든 것을 거부했다. 심지어 병원에 도착하는 순간 의료진이 내 손등에 꽂으려 했던 정맥주사까지 거부한 뒤 장장 열일곱 시간 동안, 그전까지는 항상 꽤 좁은 곳이라고 느꼈던 통로를 통해 4.5킬로그램에 가까운 아기를 내보내는 고통으로 직진해 들어갔다. 마침내 다시 말할 수 있게 되었을 때, 찢긴 살로 많은 피를 흘린 뒤 정신을 차리고 침대에 늘어진 채로 갈가리 찢어진 정신의 실오리들을 한데 모으려 애쓰고 있을 때, 누군가가 전화를 걸어 출산의 경험이 어땠는지 묻자 나는 어두운 계곡에서 나 자신과 만난 느낌이라고 대답했다. 지옥의 계곡으로 내려가 나 자신과 만난 기분이라고. 그래서 이 열병으로 인한 통증, 이러한 자아의 박피, 혹은 당장 내게 일어나고 있는 이 알 수 없는 상황 역시 나를 해칠 수 없었다. 내 모든 존재가 뼈에서 발라지는 것 같은 이 고통도. 아니면, 내가 그 고통을 두려워하지 않은 이유는 무엇인지 모를 내 병이 건강의 한 형태, 이미 진행중인 변신의 연장이라고 믿었기 때문일지도 모른다.

열병이라는 폭풍의 눈에 있는 동안이었을 것이다. 문득 정신을 차려보니 내가 오두막에서 반 마일이나 떨어진 곳에 가 있었는데, 어떻게 그곳에 가게 되었는지는 전혀 기억나지 않았다. 나는 하늘을 올려다보며 위에서 맴돌고 있는 독수리라고 생각되는 점 하나를 바라보고 있었다. 그것이 소리를 내질렀고, 마치 그 소리가 내게서 나오기라도 한 듯, 나는 불현듯 폐 뒤에서 꽉 조여들고 있는 느낌이 기쁨임을 깨달았다. 어린 시절에 아무런 경고 없이 나를 습격하곤 했던, 그런 종류의 열광적인 환희. 너무 막강해서 가슴을 부술 것 같았던 기쁨. 그런데 그때 정말로, 기쁨이 가슴을 뻥 뚫고 나왔음이 분명했다. 한순간 나는 그 무엇에도 갇혀 있지 않았다. 나는 완벽하게 하늘로 뚫고 올라갔다. 그것이 그리스인들이 우리에게 알려준 엑스터시의 의미가 아닐까? 마니반도의 뜰에서 사랑하고 격노하면서, 나는 그 말의 정의를 읽었다. 엑스 스타시스: 자신 밖으로 나가는 것. 하지만 그 시절에 그토록 그리스인들을 우러러보았으면서도 결국 나는 그렇게 되지 못했다. 자신에게서 완전히 빠져나와 옛 질서에서 벗어난 채 사막에 서 있는 유대인에게, 그건 항상 다른 무언가일 것이다, 그렇지 않을까? 레흐 레하,* 하느님은 아직 아브라함이 되지 않은 아브람에게 말씀하셨다. 가라, 네가 사는 곳, 네 조상의 땅, 네가 태어난 땅을 떠나 내가 알려주는 곳으로 가라. 하지만 사실 레흐 레하는 그가 태어난 땅에서 나와 강을 건너 미지의 땅 가나안으로 가는 것을 의미하지 않는다. 그런 독법은 요점을 놓치는 거라고 나는 생각한다. 하느님의 요구는 훨씬 더 어렵고, 불가능에 가까운 것이었다. 즉, 아브람이 자신에게서 빠져나와 하느님이 의도하신 것이 되기 위한 공간을 만들라는 것.

폭풍의 눈 속에서—달리 뭐라 불러야 할지 잘 모르겠다. 아마도 역시 그 무렵에, 통증이 멈추며 기력이 분출하는 동안에, 나는 침대를 바깥으로 끌어내기로 했다. 문을 통과하기가 힘들었다. 머리판을 통과시키려고 침대를 비스듬히 세웠지만 당연히 문에 걸렸고, 결국 창문을 통해 밖으로 나간 다음 집 앞으로 돌아가서 침대를 잡아당겨야 했다. 내가 미친듯이 침대를 끌어당기는 동안, 개는 안에서 울부짖으며 이리저리 뛰어다니고 침대의 반대쪽을 킁킁거렸다. 내가 자기를 안에 가둬두고 떠날 거라고 생각한 것 같다. 머리판이 갑자기 덜커덕 빠져나왔을 때, 나는 뒤로 나가떨어졌고 개는 집밖으로 뛰쳐나왔다.

침대를 이십 피트 정도 더 멀리 끌어냈다. 나는 엄청난 만족감을 느끼며 침대 시트와 체크무늬 담요를 정돈하고 광활한 하늘 아

* '가라' '떠나라'를 의미하는 히브리어.

래에 누웠다. 개가 마침내 진정하고 침대 옆 돌투성이 바닥에 앉았다. 매트리스 가장자리에 턱을 올린 개는 내가 뭔가 더 하려는지 보려고 기다렸다. 예전에 새끼를 한 번, 어쩌면 여러 번 낳은 적 있는지 젖꼭지가 배 위에서 시무룩하게 늘어져 있었다. 지금은 어디에 있을지 궁금했다, 그 새끼들은. 어미 개가 새끼들 생각을 한 적이 있을지도 궁금했다. 아마도 나는 개에게 그렇게 말을 건넸을 것이다. 세상에 생명을 내보내는 신체적 요구를 감내한 적 있는 한 생명체가 다른 생명체에게 하듯이. 수태된 순간부터 제 몸에 새겨진 생명 창조의 이야기를 실행에 옮기는 것 말고는 선택의 여지가 없다고 느꼈던 존재로서. 그 법칙의 순전한 힘이 자신의 몸을 통과해나가는 것을 느끼며, 그것이 사랑과 무슨 차이가 있을까 생각해본 존재로서. 그게 아니라면, 우리가 나눈 대화의 주제를 나는 이제 기억하지 못한다.

늦은 오후였다. 사막은 황토색이 되어갔고 기온은 완벽했으며, 나는 하늘 위를 지나가는 분홍색 구름 몇 점을 바라보고 있었다. 내 작품의 결과가 마음에 들었다. 너무나 마음에 들어서, 얼마 후에는 나머지 가구도 끌고 나오기로 했다. 찢어진 방석을 가리려고 오래된 캔버스 천을 씌운 독서용 의자, 작업대, 심지어 타자기와 종이 뭉치, 그리고 돌로 된 문진까지. 문진이 없었다면 바람에 종이가 사방으로 흩어졌을 테니, 그 물건은 그제야 제 기능을 하게 되었다. 처음에는 일종의 사막형型 중고 물품 판매장처럼 보였는데 그건 내 구상과 전혀 달랐다. 그래서 나는 시간을 오래 들여서 그 잡동사니들을 오두막 앞에 늘어놓고 각 물품 사이의 공간을 조절해 모든 것을 배치하면서, 어떤 설명할 수 없는 완벽을 추구했다. 배치가 완벽에 가까울 뿐 완벽하지는 못했을 때, 나는 잽싸게 집안으로 들어갔다가 슬리퍼를 가지고 나와서 침대 옆에 두었고 『이스라엘의 숲』은 협탁 위에 올려놓았다.

피로가 파도처럼 나를 덮쳤다. 한 발짝도 더 내디딜 수 없어서 매트리스 위에 주저앉았다. 그 모든 일을 할 힘을 어떻게 냈는지 상상도 되지 않았다. 그런데도 바깥에 나와 누워 있으니 가끔 모든 것의 표면 아래에서 감지되는 충만함에 가까이 다가간 느낌이 들었다. 카프카가 언젠가 썼듯이, 보이지 않고 멀리 있으나 적대적이지 않고, 거리낌없고, 귀가 밝고, 제대로 된 이름으로 부르면 우리에게 다가올지도 모르는 그 충만함.

깜빡 잠이 들었던 것 같다. 다시 눈을 떴을 때는 밤이었고 나는 추위 속에서 덜덜 떨며 맹렬히 빛나는 별들을 바라보았다. 낡은 모직 코트를 더 단단히 여미며 입었다. 별자리를 찾고 있자니, 남자친구와 함께 구부러진 손가락 같은 마니반도를 따라 지하 세계의 문이라고들 하는 곳으로 차를 몰고 갔던 날이 생각났다. 지나간 삶은 늘 되살아나는 법이지만, 십여 년의 결혼생활 동안 다른 어떤 순간보다 더 자주 떠올랐던 그 특정한 날이 그 순간 다시 되살아났다. 좁은 동굴 입구에서 안을 들여다보기 위해 나는 양손과 무릎으로 땅을 짚고 엎드렸는데, 내가 그러는 동안 남자친구가 내 원피스를 들추고 뒤에서 올라탔다. 기다란 칼 같은 풀잎들이 바람에 사그락거렸고, 나는 소리를 지르지 않으려고 그의 팔을 악물었다. 집에 돌아와보니 쥐 한 마리가 전기함 속에서 통구이가 되어 있었고, 그날 밤 우리에겐 어둠 속에서 서로에게 자비를 베푸는 것 말고는 다른 선택의 여지가 없었다. 그런데 이제 그렇게 하늘의 별을 바라보고 누워 있자니 문득 그런 생각이 떠올랐다. 그리스 시절 내 모든 분노 뒤에 있었던 것은, 저항이 무너지며 충격적이리만큼 강렬한 사랑으로 변하는 돌연한 순간이었다고. 나는 격렬함을 동반하지 않는 진정한 사랑은 알지 못한다. 그리고 사막의 하늘 아래에 누워 있던 바로 그 순간에도, 이제 다시는 그러지 않는 사랑을 신뢰하지 않을 것임을 알았다.

나는 너무 기운이 없어서 침대 말고는 아무것도 안으로 옮길 수 없었다. 침대를 방 한가운데에 놓고 나서, 그곳에서는 창문 세 개 모두를 통해 밖을 볼 수 있다는 사실을 알았다. 내가 가진 책 중 영어로 된 것은 『우화와 역설』뿐이었다. 천국에 관한 부분을 몇 번 연거푸 다시 읽은 뒤 창밖을 내다보는데, 내가 카프카에 대해 뭔가 잘못 이해하고 있었다는 생각이 들었다. 그의 작품 중 다른 모든 문턱의 근원에 있는 원본의 문턱, 천국과 이 세계 사이에 있는 문턱을 알아보지 못했던 것이다. 카프카는 언젠가 자신이 인간의 타락에 대해 그 누구보다 더 잘 이해한다고 말했다. 그는 사람들 대부분이 에덴동산에서 추방된 일을 선악과를 먹고 받은 벌이라 오해한다고 믿었기 때문에 그런 결론에 이르렀다. 카프카가 생각한 것처럼, 천국에서 추방된 일은 생명의 나무 열매를 따먹지 않은 결과였다. 우리가 동산 한가운데에 선악과 나무와 함께 서 있던 다른 나무의 열매를 먹었다면 우리 안에 있는 영원성의 존재를, 카프카가 말한 "파괴할 수 없는 것"을 알아차렸을 것이다. 사람들이 선악을 인식하는 능력은 이제 기본적으로 엇비슷하다, 라고 주장하며 그는 이렇게 썼다. 차이는 그런 지식에 뒤이어, 사람들이 그 지식에 준거하여 행동하려고 노력할 때 생긴다. 하지만 우리는 자신의 도덕적 지식에 준거하여 행동하는 능력이 부족하기 때문에, 우리의 모든 노력은 파탄이 나고 결국에는 시도만 하다 자멸할 수밖에 없다. 우리는 에덴동산에서 따먹은 열매와 함께 온 지식을 무화하고 싶지만 그렇게 할 수 없기 때문에 합리화를 개발했고, 이제 세상은 합리화로 가득하다. "눈에 보이는 세상 전체가," 카프카는 숙고했다. "잠시라도 휴식을 찾고 싶은 인간이 행한 합리화의 소산에 불과할 가능성도 있다." 어떻게 휴식하는가? 지식이 그 자체로 목적인 척함으로써. 그러는 사이에 우리는 자기 안에 있는 영원하고 파괴할 수 없는 것을 계속 간과한다. 아담과 이브가 생명의 나무를 간과해 치명적인 결과에 이르렀듯이. 심지어 우리 안에 그것이 항상 존재하면서 위로 가지를 뻗고 빛 속에서 이파리를 펼치고 있다는 믿음 없이는 살아갈 수 없는 순간에도 계속 간과한다. 이런 의미에서 천국과 이 세상 사이의 문턱은 환상에 불과하며, 사실 우리는 천국을 떠난 적이 없는지도 모른다, 라는 것이 카프카의 생각이었다. 이런 의미에서, 우리는 지금도 바로 거기에 있으면서 그 사실을 알지 못하는지도 모른다.

아무도 나를 찾으러 오지 않을 거라는 사실이 명백해졌다. 어쩌면 그들은 잊었는지도 몰랐다. 혹은 완전한 이야기를 쥐고 있는 사람이 딴 데로 불려갔거나 전쟁에서 죽었는지도 몰랐다. 완전한 이야기를 위해 카디시를. 나는 내 역할을 하려는 시도조차 하지 않왔다. 여행가방을 셰흐트만이 놔둔 그대로 손도 대지 않았다는 말이다. 하지만, 아니다, 그건 완전한 진실은 아니다. 앓아눕기 전에, 그리고 열병에 시달리는 동안에도 가끔, 나는 카프카의 내세에 관해 많은 생각을 했다. 대개는 그의 정원들에 관해 상상했다. 아마도 주변의 사막이 너무 황량해서 무성한 풀, 빽빽한 이파리들의 진하고 메스꺼울 정도로 농익은 냄새를 갈구한 탓이기도 했겠지만, 그 정원들에 있었을 향기로운 오솔길과 무수한 벌레, 나무 그늘 정자, 과일나무, 그리고 덩굴 같은 것이 자꾸만 머릿속에 떠오르기도 했다. 그리고 그 가운데에는 항상 카프카가 있어서, 일하거나 쉬고 토탄이나 석회를 섞고 단단한 꽃눈을 만져보고 흙과 함께 둥글게 뭉친 뿌리를 풀어내거나 벌들이 일하는 모습을 지켜보았는데, 옷차림은 언제나 장의사가 입힌 검은 옷 그대로였다. 나는 그가 야외 작업이나 땡볕에 적절한 옷을 입은 모습은 상상하지 않았다. 심지어 그의 정원들에 관한 환상이 내가 그곳에서 자랄 수 있다고 알고 있는 식물에 맞춰 조정된 후에도, 그러니까 내가 그곳에 인동덩굴과 석류나무들을 채워넣은 후에도, 나는 그를 빳빳한 양복이 아닌 다른 옷을 입은 모습으로는 상상할 수가 없었다. 그 양복, 그리고 때로는 그의 머리에 비해 너무 작아서 바람 한 점만 불어도 날아갈 것처럼 보이던 이상한 중절모까지 포함해서. 그런 차림이 새로운 삶과 이루는 부조화가 아무리 강했더라도 옛날 옷을 입지 않은 카프카를 내가 완전히 받아들일 수 없었다면, 그것은 그가 나무를 심고 물과 비료를 주고 가지를 치는 일을 더 좋아했다는 사실을 완전히 받아들이지 못했기 때문일 것이다. 햇빛이 나무 이파리들 사이를 뚫고 쏟아지게 하고, 그 나무를 한두 문장으로 삼백 년 동안 지속시켰다가 결국에는 뿌리에 소금을 너무 많이 부려놓은 허리케인 때문에 도끼 밥이 되어 죽게 하는 일을 더 좋아한 것이 아니라는 사실을. 자신의 능력을 펼치면 자연의 혹독하고 제한적인 조건들을 초월해 영원성과 단단히 결합한 어떤 것을 글로 이뤄낼 수 있는데도, 그가 그런 조건에 매여 노역하기를 원했다는 사실을 나는 결국 받아들일 수가 없었다.

선반에 히브리어 사전이 있었다. 나는 책장을 넘겨보며, 카프카가 프라하에서 죽은 후 정말로 히브리어로 넘어가 그 고대의 문자로 계속 글을 썼다고 상상하려 해봤다. 카프카와 히브리어가 결합하여 생겨난 결과가 지금껏 정말로 스피노자 스트리트에 있는 에바 호페의 아파트 요새에서 이중 철장과 편집증의 보호하에 숨겨져 있었다는 상상. 후기 카프카라는 것이 정말로 존재할까? 이스라엘 국립도서관과 브로트의 대리자로 나선 에바 호페 사이에 진행 중인 재판에 내포된 무언의 의미가 바로 이런 것일 수도 있을까? 즉 이 재판에서 신화를 보존하기 위해 분투하는 개인의 반대편에는 카프카에 대한 권리를 주장하는 국가, 유대인 문화의 대리자이자 정점으로 스스로를 정의하고, 유대인은 이스라엘 안에서만 진정으로 유대인이 될 수 있다는 메시아적 개념과 디아스포라의 극복에 의존하는 국가가 있다고? 프리드만이 나를 여동생 집에 내려준 날 그의 입술에 어리던, 뭔가 아는 듯한 미소가 다시 떠올랐다. 자네는 본인이 쓴 글이 자기 것이라고 생각하나? 그가 없어지고 난 그때에야 나는 그와 언쟁을 할 준비가 된 느낌이었다. 문학은 절대 시온주의에 이용되어선 안 된다고, 시온주의는 특정한 목적—디아스포라를 위한, 과거를 위한, 유대인 문제를 위한 목적—에 기반을 두고 있으나 문학은 무목적의 영역에 거하며, 글을 쓰는 사람들은 목적을 희망하지 않는다고. 예전에 에바 호페를 인터뷰한 기자가 그녀에게 카프카가 살아 있었다면 이 모든 일을 어떻게 이해했을 것 같으냐고 물은 적이 있다. "카프카는 이 나라에서 단 이 분도 살아남지 못했을 거예요." 그녀는 이렇게 쏘아붙였다.

히브리어 사전을 선반에 다시 갖다놓으려고 일어나자, 개가 구석의 제 자리에서 나를 바라보았다. 개는 내가 열병에 시달리는 내내 거기에 앉아 있었고 용변을 보러 나가야 할 때만 끙끙거렸다. 그렇지 않은 때는 내 곁을 떠나지 않았다. 나는 그 개의 촉촉하고 검은 눈, 내가 이해하지 못하는 것을 이해하는 듯하던 그 눈을 쉬이 잊지는 못할 것이다. 이제 개는 열병이 물러간 것을 아는 것 같았고, 시간이 우리에게 돌아오고 있다는 사실 역시 감지한 것처럼, 몸을 쭉 늘이고 여기저기 돌아다니다가 꼬리를 바닥에 내리치기도 했다. 물을 주려고 부엌으로 가자 개는 벌떡 일어나 가뿐한 종종걸음으로 나를 따라왔는데, 마치 내가 열병을 앓는 동안 나이를 몇 살쯤 덜어낸 것 같았다. 남은 음식이 하나도 없었고 부엌은 텅 비었다. 나는 굶주리는 것이 어떤 느낌인지, 혹은 굶주리는 개를 바라보는 것이 어떤 느낌인지 알고 싶은 마음이 없었다. 간밤에도 배고픔 때문에 밤새 꼬르륵거리는 개의 뱃속 소리를 들었다.

여행가방은 여전히 문 옆에서 대기중이었다. 내가 손잡이에 손가락을 댄 순간, 개가 신이 나서 숨을 헐떡이기 시작했다. 개의 감시를 받으며 가방을 빈방으로 끌어왔다. 예상했던 것보다 훨씬 가벼웠다. 너무 가벼워서 군인들이 다른 여행가방을 놓고 간 것 아닌가, 프리드만이 스피노자 스트리트에서 정말로 뭔가를 가지고 나오긴 한 건가, 잠시 의문이 들기까지 했다.

나는 커다란 병 몇 개에 물을 채운 다음 벽장에서 찾은 퀴퀴한 캔버스 배낭에 넣었다. 카프카의 것인지도 모르는 코트를 아직 입고 있었지만, 옷걸이에 되돌려놓는 대신 목까지 단추를 채웠다. 그러고 나서 방안을 마지막으로 한번 둘러보았는데, 그곳에는 내가 지낸 시간의 기억만큼이나 그가 지낸 시간의 기억도 거의 담겨 있지 않은 것 같았다. 빛을 차단하는 기능이 거의 없었던 얇은 커튼을 쳤다. 카프카를 위해 카디시를. 그의 영혼이 생명의 꾸러미 안에* 잘 묶이기를. 그는 여기에서 살았는지 몰라도 나는 그럴 수 없었다. 내게는 아이들이 있고, 아이들은 내가 필요하며, 나도 아이들이 필요했다. 내가 나의 내면에 확고히 자리한 것들에만 집중한 채로 살 수 있었을지도 모르는 시간은 그 아이들이 태어나면서 지나갔다.

내가 문을 열자 개는 망설이지 않았다. 밖으로 달려나가 서른에서 마흔 걸음쯤 앞서간 다음 돌아서서 나를 기다렸다. 자신이 길을 알고 있고 안내를 믿고 맡겨도 된다고 알리고 싶은 것 같았다. 가구가 여전히 하늘 아래 놓여 있었다. 슬리퍼는 먼지 자욱한 땅에 가지런히 서서 누구든 올 사람을 기다리고 있었다. 곧 비가 와 그 모든 것 위로 내릴 터였다. 집을 돌아보았는데, 밖에서 보니 더욱 작아 보였다.

개가 서둘러 앞서가며, 땅냄새를 맡았다가 내가 따라오는지 확인하려고 돌아보기를 반복했다. 여행가방이 내 뒤에서 돌투성이

* bundled in the bundle of life. 사무엘상 25장 29절에 등장하는 표현.

땅을 쿵쿵 찧으며 끌려왔다. 항상 그렇듯, 처음에는 가벼운 것 같았던 것이 곧 무거워졌다. 내가 너무 뒤처지면 개는 크게 한 바퀴 돌아와 내 뒤에서 종종걸음을 쳤고, 내가 걸음을 멈추고 땅에 앉으면 끙끙거리며 내 얼굴을 핥았다.

우리는 몇 시간 동안 걸었다. 해가 서쪽으로 기울며 우리의 그림자를 앞쪽에 드리웠다. 손바닥 피부가 까지고 물집이 잡혔다. 팔은 감각이 없었다. 그리고 그즈음에는 피로 때문에, 내가 멍청한 짓을 해서 다시는 아이들을 보지 못하고 거기에서 죽을지도 모른다는 두려움 때문에, 개에게 나를 안내할 초자연적인 능력이 있을 거라는 믿음도 닳아 없어지고 있었다. 속이 비어 있을까봐 불안했던 여행가방을 예전에 바다 밑바닥이었던 사막 너머로 끌고 가다 내팽개쳤을 때, 나 자신에 대한 혐오감이 들지 않은 건 아니었다. 개는 잠시 그것을 애잔하게 쳐다보더니 하늘로 코를 쳐들고 공기를 킁킁거렸는데, 마치 자기의 관심은 이미 다른 데로 옮겨갔다고 알리려는 것 같았다.

우리가 도로에 도착했을 때는 늦은 시간이었다. 나는 무릎을 꿇고 누군가 거기에 애써 깔아놓은 포장도로에 대고 눈물을 흘리고 싶었다. 우리는 마지막 남은 물을 나눠 마신 후 서로에게 밀착한 채 웅크리고 온기를 나눴다. 나는 간간이 잠들었다. 산 건너편에서 다가오며 높아지는 엔진소리를 들은 것은 아침 여섯시에 가까운 시간이었을 것이다. 나는 벌떡 일어섰다. 택시가 굽잇길을 질주하며 돌아 나왔고, 내가 미친듯이 손을 흔들자 기사는 브레이크를 밟으며 우리 쪽으로 천천히 미끄러져오더니 창문을 내렸다. 길을 잃었는데 몸 상태도 좋지 않다, 나는 설명했다. 그가 오디오에서 흘러나오는 미즈라히 음악*을 줄이고 미소를 짓자 금니가 드러났다. 그는 텔아비브로 돌아가는 길이라고 말했다. 나는 그에게 우리도 거기로 가려 한다고 말했다. 그는 몸을 뻣뻣하게 긴장하고 있는 개를 미심쩍은 눈초리로 바라보았다. 개는 필요하다면 앞으로 튀어나가 그의 경정맥에 이빨을 박을 준비가 된 것 같았다. 그 녀석은 저먼 셰퍼드든 뭐든 전혀 그 종처럼 보이지 않았지만, 결국 프리드만이 옳았다. 셰퍼드가 맞았다, 특별한 개였다. 그런 개를 군인에게 넘겨줄 뻔했다니. 병원에서 나온 뒤 그 녀석을 찾아보았다. 응급실 입구 밖에, 나와 헤어진 바로 그곳에서 녀석이 엉덩이를 바닥에 깔고 앉아 있을 거라고 막연히 기대했었다. 하지만 내가 퇴원했을 무렵에 개는 이미 떠난 지 오래인 듯했다. 제 역할을 다하고 주인을 찾아 떠난 것이다. 나중에 나는 그 주인도 찾아보았다. 하지만 프리드만은 흔적도 없었다. 텔아비브대학교에서는 엘리에제르 프리드만이라는 사람의 기록은 없다고 했다. 그 이름을 가진 사람은 문학과에, 사실상 다른 어떤 학과에도 고용된 적이 없었다. 그가 내게 준 명함은 잃어버렸다. 전화번호부도 확인했지만, 텔아비브에 사는 수백 명의 프리드만 가운데 엘리에제르는 없었다.

* 유럽과 북아프리카와 아랍의 음악을 결합시킨 이스라엘의 음악 장르. 주로 중동 지역에 뿌리를 둔 미즈라히 유대인들이 연주한다.

레흐 레하

사진이 도착했을 때, 거기에는 돌더미도 화염도 없었다. 첫번째 사진은 색깔 있는 비닐봉지처럼 보이는 것 옆에 놓인 발 하나였다. 두번째는 똑같은 발이 찍힌 초점이 흐린 사진이었다. 세번째 사진에는 여러 가지 색의 기다란 궤적이 찍혔다. 계속 그런 사진이 이어지다가 여섯번째 사진이 다운로드되고 화면에 떠올랐을 때, 엡스타인은 한 아이의 눈을 들여다보고 있었다. 여덟 살이나 아홉 살을 넘기지 않았을 것 같은 소년, 영양이 부족하면 아이가 자라지 않을 수도 있다는 점을 고려한다 해도 열한 살 남짓. 장난꾸러기 같은 아이의 얼굴에는 얼룩이 묻어 있고, 둥근 눈썹 아래에서 검은 눈이 반짝였다. 입을 다물었는데도 웃고 있는 것처럼 보였다. 넋을 놓고 바라보던 엡스타인은 일 분쯤 후에야 그 연약한 목이 솟아나온 곳의 감색 칼라가 자기 것이라는, 그 코트가 자기 것이라는 사실을 깨달았다. 그는 아이가 너덜너덜해진 단을 망토처럼 질질 끌면서 쓰레깃더미를 뒤지고, 타이어 위를 뛰어넘고, 골목길을 조르르 뛰어가는 모습을 상상했다. 그때 화면의 얼굴이 갑자기 슐로스에게서 온 전화로 바뀌었다. 그는 빨간 버튼을 눌러 자기 변호사를 이미 꽉 찬 음성 사서함으로 보내버렸다.

새벽 네시였다. 엡스타인은 변기에 앉아 샤워기에서 떨어지는 온수로 뼛속까지 스민 추위를 몰아내고 있었다. 화장지는 문밖에 놔두어야 했지만, 그런 사소한 조정을 하고 나니 바로 밑에 앉을 자리가 마련된 샤워기의 편리한 위치가 고맙게 느껴지기 시작했다. 목욕을 하며 어머니가 가르쳐준 대로 발가락 사이를 비누로 닦았다. 개수대 위의 거울이 뿌예졌다. 그는 일어서서 유리를 닦았고, 손가락들 아래로 나타난 자신의 눈을 보았다. 수증기가 뒤덮여 모습이 사라지면 다시 손짓을 반복했다. 옷을 찾으러 나간 그는 한기에 덜덜 떨며 바닥에 젖은 발자국을 길게 남겼다. 옷장 거울 앞에 알몸으로 서서 정맥이 드러난 가느다란 다리와 배 근처에서 접혀 늘어진 살을 보았다. 그는 뒤로 물러서서 서둘러 옷을 입었다.

『시편』을 서류가방에 넣고 재킷 주머니를 두드려 지갑이 있는지 확인하고 목에 목도리를 두른 후, 잠시 어둠 속에 서서 잊은 게 없는지 곰곰 생각했다. 그러고는 아파트 문을 이중으로 잠그고 나왔다. 미리 불러놓은 택시가 벌써 와서 아래층에서 기다리고 있었다. 전조등 빛줄기 속으로 고양이 한 마리가 뛰어들어와 울부짖었다. 엡스타인이 조수석으로 들어가자 기사가 인사를 건넸고 잠시 말없이 있다가 미즈라히 음악이 나오는 라디오를 틀었다.

로케이션 담당자가 미리 정한 장소에서 차를 가지고 그를 맞이했다. 에인게디에서 멀지 않은 사막의 길가였다. 상황이 끔찍하게 변하고 있다, 그는 자유로운 손 하나로 숱이 줄어가는 머리를 쓸며 말했다. 담배를 피워도 되겠는지? 엡스타인이 창문을 내리자 사해의 유황냄새가 안으로 들어왔다. 예산이 부족하기 때문에 엡스타인의 자금이 올 때까지 그들은 적당히 타협할 수밖에 없었다. 그래서 안 그래도 기분이 오락가락하고 화를 잘 내는 감독이 폭군으로 변했다. 심지어 자신도 그를 경멸하게 되었다, 로케이션 담당자가 엡스타인에게 말했다. 여태까지 그에게 유일한 동기부여 요소는 함께 일하는 감독을 기쁘게 하는 것이었다. 갖은 애를 쓰고 끝없는 시간을 쏟아붓는 대가로 그가 원하는 건 그저 감독을 행복하게 하는 것뿐이다. 하지만 단은 구제불능이다. 아무리 잘해도 그는 만족하지 않는다. 그가 그렇게 재능 있는 감독이 아니라면 아무도 참아내지 않았을 것이다. 그는 아주 사소한 실수에도 노발대발하며 책임자들에게 보란듯이 굴욕을 준다. 조감독이 밧세바가 그날 촬영을 마쳤다고 생각해 집에 보냈을 때도 단은 자지를 잘라버리겠다고 조감독을 위협했다. 골리앗의 갑옷 정강이받이가 없어졌을 때도 완전히 꼭지가 돌아버렸다. "골리앗의 대사는 딱 네 줄이야." 그가 악을 썼다. "그런데 그중 하나가 '내 청동 정강이받이를 가져오너라'란 말이야! 그런데 그 염병할 정강이받이는 어디 있는 거야?" 한 시간도 지나지 않아 소품 담당자들이 운동용 정강이 보호대를 하나 찾아서 스프레이 페인트를 뿌려 금색으로 칠했는데, 충분히 그럴듯했는데도 단은 슬쩍 한 번 보고는 의자를 엎어버렸다. 다음날, 기술팀에게 전투 장면에 쓸 카메라 이동차가 없다는 것을 알고 단은 세트장을 뛰쳐나갔고, 야엘이 그와 함께 밴 안에서 한 시간을 틀어박혀 있고 나서야 겨우 달래서 데리고 나올 수 있었다. 하지만 단은 누그러진 태도로 돌아오기는커녕 블레셋 군중을 더 늘리라고 요구했다. 그가 캐스팅 감독을 막 해고한 것을 본데다 유급 엑스트라를 더 고용할 예산은 없어서, 에란이—비록 이제는 단을 죽여버리고 싶지만—페이스북에 자원봉사자를 구하는 글을 올렸고, 록 스타 사촌에게 부탁하여 그가 거기 나타날지도 모른다는 애매한 암시와 함께 삼십만 팔로워에게 공유하게 했다.

그래서 얼마나 왔나? 엡스타인이 물었다.

로케이션 담당자는 어깨를 으쓱하며 담배를 내던지고는 내일이 되어봐야 알 거라고 말했다. 전투 장면은 크레인을 구할 수 있을 때까지 연기되었다.

그들이 세트장에 도착했을 무렵, 해가 떠오르기 시작했다. 단과 야엘은 근처 키부츠에 있는 호텔에서 오는 중이었지만, 촬영감독은 준비를 서두르며 빛이 아직 마력을 발휘하는 동안 최대한 빨리 시작하기를 원했다. 그들은 황야에서 사울을 피해 도망치는 다윗을 세 장면 촬영하기로 되어 있었다. 첫번째 장면에서 다윗과 부적응자와 범법자들로 이루어진 그의 패거리는 갈렙의 부유한 자손 나발의 집에 나타나, 자신들의 감시 덕분에 나발의 목동들과 양 삼천 마리가 무사했다는 사실을 내세우며 대가로 식량을 요구한다. 그다음은 나발이 죽고 그의 아내 아비가일이 다윗과 결혼하도록 강요당하는 장면이었다. 촬영감독은 태양빛이 너무 강렬해서 다른 촬영은 불가능한 한낮에는 동굴 안에서 사울왕이 볼일을 보고 있을 때 다윗이 몰래 그의 외투 옷자락을 잘라내는 장면을 찍고 싶어했다. 해가 지기 직전에는 영화 끝부분에 들어갈 마지막 장면을 촬영할 예정이었다.

다윗은 트럭 안에서 분장을 하고 있었다. 양 삼십 마리는 베두인족 양치기가 현장으로 몰고 오는 중이었다. 엡스타인이 보기에 열의가 지나친 듯한 사울은 의상을 차려입고 돌아다니며 촬영기사들과 농담을 주고받았다. 엡스타인 옆에는 사울의 전처 아히노암이 손가락으로 머리카락을 꼬면서 자기 대사를 소리 없이 연습하고 있었다. 문제가 좀 있다, 그녀가 그에게 말했다. 엡스타인이 이유를 물었고, 그녀는 이 대본에서 자기 배역은 가장 논란이 될 만한 부분에 속한다고 말하며 설명을 시작했다. 아히노암은 성경 전체에서 단 두 번 언급된다. 한 번은 사울의 아내이자 요나단의 어머니로 나오고, 다른 한 번은 다윗의 아내로 나오는데 다윗이 아비가일과 결혼할 때도 이미 그의 배우자였던 것 같다. 하지만 다윗이 사울의 아내를 훔쳤고—그건 쿠데타 시도나 다름없는 행위다—그래서 그가 황야로 도망쳐야 했으며, 사울이 그를 잡아 죽이려고 했던 이유도 그것임이 분명한데, 그 내막은 성경 어디에도 나오지 않는다. 하지만 사무엘서가 쓰인 목적은 다윗의 왕위가 하느님의 뜻이었음을 밝히는 것이었으므로 성경의 저자들은 아히노암과 관련한 사태의 내막에 너무 깊게 들어갈 수 없었을 것이다, 아히노암은 설명을 이어갔다. 그렇게 한다면 다윗의 야심 가득하고 교활한 본모습이 드러날 테니까. 하지만 그 시절 사람들 모두가 아는 사실을 완전히 모른 척할 수도 없었다. 그래서 저자들은 아히노암의 이름을 은근슬쩍 집어넣어야 했고—아, 그렇지, 그나저나, 이 사람도 다윗의 아내였네, 어이쿠—그 문제를 얼버무리고 넘어가야 했다. 블레셋 군대에 편입한 다윗이, 아기스왕에게 스스로 보고한 대로, 유다에서 동족이 사는 고장들을 습격한 게 사실일 듯한데도 성경의 저자들은 그 문제 역시 얼버무리고 넘어가지 않았는가. 하지만 야엘의 관점은 다르다, 아히노암이 그에게 말했다. 그녀의 다윗은 실제 다윗에 조금 더 가깝고, 대본에서도 여성 인물의 역할이 강조되는데, 그건 아히노암에게는 좋은 일로, 그렇지 않았다면 그녀의 역할은 아예 없었을 것이다. 그래도 대사가 결혼식 장면에서 단 세 줄뿐이기에 최대한 많은 것을 담아 표현해야 한다. 그녀는 엡스타인에게 대본을 넘겨주며 자기가 대사를 잊으면 살짝 알려달라고 했다.

긴 아침이 지나고 점심식사를 위해 쉴 무렵에는 초저녁에 찍을 마지막 장면만 남았다. 하지만 세시 반이 되어서도 나이든 다윗을 연기할 배우가 나타나지 않았다. 위성 전화가 연결되었다. 자미르는 몸이 아프다고 했다. 별것 아니라고 생각해서 촬영을 취소하지 않으려 했지만 상태가 심각해졌다는 것이다. 이킬로브병원에서 검사를 받으며 그가 유감의 뜻을 전했다. 이제는 더 소리지를 기운도 없는 감독은 남은 커피를 사막 바닥에 천천히 쏟고 혼잣말을 중얼거리며 걸어가버렸다. 이제 세트장은 거의 텅 비어 있었다. 애초에 다른 배우들은 이미 키부츠로 돌아간 상태에서, 소규모 인원만 지프 몇 대에 나눠 타고 이 오지로 들어온 것이었다. 야엘은 프로덕션 매니저와 프로듀서와 머리를 맞대고 의논했다. 두 사람보다 머리 하나는 더 큰 야엘은 그들이 만든 원 밖으로 목소리가 새나가지 않게 하려고 어깨를 웅크려야 했다. 긴장이 팽배하고 혼란스러운 세트장에서 오직 그녀만이 침착함을 잃지 않았다. 그녀가 없었다면 단은 가망이 없었을 것이며, 그 점을 이해했기 때문에 엡스타인은 그녀의 관심을 받는 감독을 조금 덜 시샘했다.

조그만 원이 흩어졌을 때 감독은 밴의 타이어에 돌멩이를 던지고 있었다. 엡스타인은 차를 마시며 야엘이 그에게 다가가는 것을 보았다. 그녀의 모습은 정말이지 아름다웠다. 그녀는 다른 사람들처럼 감독의 어깨에 손을 얹거나, 그의 뜻을 다 받아주거나, 살살 눈치를 보지 않았다. 그냥 여왕처럼 고요하게 서서 감독이 스스로 평정을 찾기를 기다렸다. 그러고 나서야 그녀는 말하기 시작했다. 얼마 뒤, 두 사람 모두 고개를 돌려 엡스타인 쪽을 바라보았다. 그는 고개를 들어 하늘을 바라보고 차를 한 모금 더 마셨다.

그들은 결말부터 찍기 시작했기 때문에, 솔로몬이 다윗에게 고개를 숙이고 죽어가는 왕의 유언을 듣는 장면은 이미 두 주 전에 찍어놓았다. 늙은 다윗에게 남은 대사는 없었고 그가 사막으로 걸어가는 긴 숏 하나만 찍으면 되는 상황이었다. 그래서 배우 자미르의 불참이 엄청난 참사일 것까지는 없었다. 마지막 숏은 황혼 무렵에 횃불을 밝혀 사방에 그림자가 드리워진 상태로 촬영할 예정이었다. 엡스타인은 체구나 체격이 자미르와 거의 같았다. 망토의 단을 일 센티미터, 기껏해야 이 센티미터만 줄이면 끝이었다. 의상 담당자가 그의 발치에 무릎을 꿇고 입술 사이에 바늘을 문 채로 실을 매듭지었다. 하지만 모두가 그녀의 작품을 감상하려고 뒤로 물러섰을 때 그들은 뭔가 문제가 있다고 판단했다. 야엘이 단 쪽으로 고개를 기울이고 있는 동안 엡스타인은 무거운 벨트 버클을 제자리로 정돈했다. 제왕의 위엄도 부족하고 몰락한 사람의 분위기도 나지 않는다고, 재봉사가 그의 애먼 소매를 재빨리 매만지며 그에게 속삭였다. 소품 담당자가 왕관을 구해왔다. 하지만 금색이 너무 밝다고 여겨 검정 구두약을 발라 변색시켰다.

횃불이 밝혀졌다. 그가 할 일은 두 줄로 늘어선 횃불 사이를 카메라 반대 방향으로 걸으며 감독이 '컷'이라고 외칠 때까지 계속 멀어지는 것이었다. 하지만 막 촬영을 시작하려 하자 바람이 일어 횃불이 반이나 꺼져버렸다. 다시 불을 붙여도 조금 뒤에 다시 꺼졌다. 밤에 폭풍우가 올 거라고 누군가 말했다. 비는 일단 사막에 도달하기만 하면 항상 거세게 내렸다. 프로덕션 매니저가 자신의 안드로이드 전화기로 확인을 한 뒤, 그 지역에 돌발 홍수 경보가 났다고 알렸다. 헛소리, 돌발 홍수 얘기는 전혀 없잖아, 단이 제 아이폰을 확인하며 말했다. 엡스타인은 다시 하늘을 올려다보았지만 구름은 보이지 않았다. 벌써 첫 별이 나와 있었다. 바람이 강했고 조명 기술자는 횃불을 꺼지지 않게 할 방법이 없었다. 공기 중에 등유 냄새가 진동했다. 횃불 없이 찍을 수밖에 없다, 프로덕션 매니저가 주장했다. 하지만 단은 고집을 부리며 대꾸했다. 횃불이 없으면 아무 쓸모가 없는 장면이다.

감독과 프로덕션 매니저가 계속 소리 높여 언쟁했다. 곧이어 프로듀서가 가세하고, 빛이 급격히 사라지고 있는 참이라 촬영감독까지 가세했다. 바람이 불었다. 엡스타인은 머릿속에서 비발디를 들었다. 그는 지금 이 순간에도 자라고 있을 그의 나무들을 생각했다. 그 산비탈이 여기에서 아주 먼 곳일 리 없다. 묘목 운반을 이미 시작했을 수도 있을까? 한동안 날짜를 헤아리지 않고 지냈다. 시작했다면 분명히 누군가는 얘기해주었겠지? 갈리트에게 전화해볼까 생각했지만 전화기가 재킷 주머니 안에 있었고, 재킷은 의상 담당자가 바지와 함께 가져가고 없었다.

모직 망토가 따끔거리기 시작했다. 다들 언쟁에 빠져서 그가 두 줄 횃불 사이에서 걸어나와 의자 밑에 있는 서류가방을 찾은 사실을 알아차리지 못했다. 그는 망토를 벗어 의자 등받이에 걸쳐두고 비탈을 올라가 위쪽 산마루를 향해 걷기 시작했다. 거기에 가면 볼 수 있겠지. 사람들이 언쟁하는 소리가 한동안 들려왔다. 바람이 머리칼을 흩트렸고, 머리를 뒤로 넘기려고 손을 올린 그는 변색된 왕관이 여전히 머리 위에 있음을 깨달았다. 그는 왕관을 벗어 바위 위에 올려두고 돌아서서, 수천 년의 물과 수천 년의 바람에 깎인 와디로 들어섰다. 숲이 없는 이곳에 비가 온다면 비탈을 따라 폭포처럼 쏟아진 빗물이 고대의 길들을 침수시키며 모든 것을 바다로 쓸어가겠지. 기온이 떨어지고 있었다. 그는 예전의 그 코트가 지금 있으면 좋겠다고 생각했다. 그 소년이 갖는 편이 낫겠지. 산마루에 도착했을 때 그는 가쁜 숨을 몰아쉬고 있었다. 아래에서 사람들이 그의 이름을 부르는 소리가 들렸다. 줄스 Jules! 하지만 그들의 목소리는 고대의 바위에 메아리쳐 그를 놔두고 우렁우렁 되돌아갔다. 유대인 Jews! 유대인! 유대인! 그는 이제 아주 멀리까지, 저멀리 요르단까지 볼 수 있었다. 고개를 들자 별은 사라지고 구름이 달을 지워버렸다. 예루살렘에서 몰려오는 폭풍우의 냄새가 났다.

이제 블레셋 군사들이 산꼭대기를 뒤덮으며 나타났고 그 흔들리는 군중이 빛과 공기를 휘저었다. 그들 중 일부는 자기들이 블레셋 군사인 것을 알았고, 다른 이들은 그저 바닷물이 모여 해안에서 부서지듯 자연의 힘으로 불어난 거대한 무엇의 일부라는 것만 알았다.

블레셋 군사들이 기다리며 서 있었다. 숨을 멈춘 채. 투구 하나가 땡그랑, 땅에 떨어졌다. 붉은 깃발이 바람에 나부꼈다. 찢어진 비단 깃발. 거대한 고요가 계곡에 울려퍼졌다. 하지만 다윗은 어디에도 보이지 않았다.

그리고 이제 블레셋 사람 하나가 팔 하나를 높이 쳐들고 자기 아이폰으로 사진을 찍었다. 어디 있어요? 그는 문자를 적었다. 블레셋 사람은 전투 복장을 매만지며 '전송'을 눌러 자신의 메시지를 구름에 날려보냈다.

이미 거기에

응급실에서 보낸 하룻밤은 사흘 밤처럼 느껴졌다. 간호사가 마침내 내게 주사해준 하이드로모폰이 통증을 가라앉히고 머리를 멍하게 했다. 그전 몇 시간 동안, 나는 임신한 배를 감싸안고 열린 커튼 반대편에서 조용히 인내하며 앉아 있는 에티오피아 여자의 넓적하고 아름다운 얼굴에 나 자신을 매어놓았다. 하지만 주삿바늘이 들어오고 찌릿한 느낌이 척추를 따라 퍼지며 발가락까지 내려가고 나자 나는 그녀가 덜 필요해졌다. 그 여자 역시, 나 혹은 내 얼굴이 그녀의 통증에 어떤 식으로든 끼친 영향이 더는 필요 없어졌는지 얼마 후 일어서서 걸어나갔고, 그것이 내가 본 그녀의 마지막 모습이었다. 이제 그녀에게는 아이가 있을 테고 아이에게는 이름이 있을 테지만, 나에게서는 의료진이 이름을 밝히지 못한, 그리고 조사를 포기한 바이러스가 사라지고 없었다.

이윽고 머리 위 높은 창문에 밤이 물러갈 기미가 보였다. 병원

안에서도 뭔가 바뀌고 있었다. 혹은 들것 위에 누워 있던 나는 그렇게 생각했다. 일종의 소강상태가 찾아와 사방이 잠잠해졌다. 밤 교대 근무가 끝났다. 수많은 응급 환자를 돌보며 그 시간을 보낸 의사들과 간호사들은 이제 일에서 손을 떼고 집으로 돌아가야겠지만, 그전에 먼저 교대자들에게 인수인계를 하고, 난해한 약칭 의학 용어를 써가면서 차트를 검토하고, 누구에게 언제 무슨 조치를 해야 하는지 알려야 할 것이고, 그러고 나서야 마침내 할일을 모두 끝낸 후 평상복으로 갈아입고 자동문을 통해 병원을 나가 아침을 맞을 수 있을 것이다. 그 병원에 있는 누군들 풀려나고 싶지 않았을까? 나도 몇 번이나 끝없는 기다림을 포기하고 그 문을 통해 도망칠 생각을 했다. 한번은 정말로 실행에 옮기려고, 정맥주사 포트를 팔 혈관에 꽂은 채로 허겁지겁 들것에서 내려왔는데, 복도를 얼마 가기도 전에 예진실의 퉁명스러운 간호사가 내 앞을 가로막았다.

어느 시점엔가 나는 다시 열이 오르기 시작했고, 그로 인해 마침내 의사의 주목을 끌었다. 사실, 내 상태를 알아챈 사람은 대걸레와 청진기를 든 아랍인이었다. 커튼으로 반쯤 가려진 자리에 누워 밖을 내다보면, 맞은편에 에티오피아 여자가 차지한 칸이 있고, 그녀와 나의 경계 공간 사이에는 복도가 있었다. 그 복도로는 오가는 병원 직원들, 휠체어나 들것에 실리거나 간혹 두 다리로 걸어서 지나가는 응급실 환자들, 시간이 갈수록 많아지는 레지던트들이 보였다. 거기로 그 아랍 남자가 지나갔고, 그가 밀고 가는 긴 직사각형 대걸레 뒤로 민달팽이처럼 축축하고 빛나는 흔적이 남는 것을 바라본 기억이 난다. 몇 분 뒤, 그가 대걸레를 반대 방향으로 밀면서 다시 나타나더니 내가 있는 칸에 와서 걸음을 멈추고 안을 들여다보았다. 갈색 눈이 깊고 온화한 그는 그런 일을 하기에는 너무 늙어 보였다. 잠시 후 그는 대걸레를 내려놓고 내게 다가왔다. 나는 그가 목에 건 청진기를 빼서 나에게 사용할지도 모른다고 생각했다. 혹은 그러기를 바랐는지도 모른다. 그 무렵에 나는 사람들의 친절에 목마른 상태였으니까. 하지만 그는 손을 뻗어 손등을 내 이마에, 그다음에는 내 볼에 대고 자기 언어로 조용히 뭐라고 말하더니 사라졌고, 대걸레를 있던 자리에 놔두고 갔기에 나는 그가 돌아올 것을 알았다. 돌아왔을 때는 처음 보는 간호사가 그의 옆에 있었다. 뿌리 쪽에 흰머리가 보이는 금발의 호리호리한 그 간호사와는 더 가망이 있을까 싶어서, 나는 내게 일어난 일을 다시 설명하려 애썼다.

간호사는 내 팔에 손을 올리고 트롤리에 얹힌 컴퓨터 단말기로 고개를 돌렸고, 그럼으로써 자신이 알아야 할 모든 것이 나에게서가 아니라 거기에서, 좀더 믿을 만한 원천에서 나온다는 사실을 분명히 했다. 상황을 파악하고 난 간호사가 아랍인 잡역부에게 히브리어로 질문을 했고, 그는 긍정하는 답을 하며 그 기회에 내 칸막이 안으로 쑥 들어와 지저분하고 헝클어진 걸레가 달린 대걸레를 회수해 복도로 나갔다. 그는 계속 거기에 서서, 내 체온을 재던 손으로 무심코 걸레 자루를 비틀고 있었다. 그 손의 정확성은 이제 간호사가 내 혀 밑에 넣은 일회용 피복을 씌운 체온계로 점검될 참이었다. 체온계가 요란한 경고음을 내자 그것을 내 입에서 잡아 뺀 간호사의 동요한 표정이 이내 놀라움으로 바뀌었다.

간호사는 나가서 종이컵에 든 쓴 시럽을 가지고 돌아왔다가 다시 사라졌는데, 의사를 찾으러 간 듯했다. 다음으로 기억나는 사실은 아직 복도에 서 있던 잡역부가 슬그머니 주위를 살피며 먼저 왼쪽을, 다음에는 오른쪽을 확인한 뒤 위험이 없다고 판단하고 다시 내게 다가왔다는 것, 그리고 대걸레를 벽에 기대놓은 다음 다시 손을 내 이마에, 이번에는 손바닥을 댔다는 것, 그러자 그의 상쾌하게 차가운 피부가 느껴졌다는 것이다. 그의 얼굴을 올려다보니 뭔가를 열심히 듣고 있는 것처럼 보였다. 여전히 그의 목에 축 늘어져 있는 청진기가 아니라 그 손을 이용해, 어떻게든 들어보려고 애쓰는 것처럼. 마치 그의 시원한 손가락이라는 섬세한 기구가 내 정신을 읽을 수 있는 것처럼. 그리고 이런 일은 불가능하다는 사실을 알지만—그때 그의 손길 아래에서 환기된 기억은 내게 아직 일어나지 않은 일이었다—그래도 그 기억은 여전히 거기에, 이성이 침범하지 않는 곳에 존재한다.

잡역부의 시원한 손이 이마에 놓인 채로, 나는 이듬해 겨울 오후에, 집에 온 내 연인이 가방을 들고 침실로 들어서는 순간을 떠올렸다. 옷을 벗어, 그가 내게 말했다. 화창한 날이었는데 밖이 너무 추워서 그의 손가락이 장갑 안에서 꽁꽁 얼어 있었다. 내가 누운 자리에서 보이던 플라타너스의 헐벗은 가지에 뾰족한 가시가 돋힌 열매가 계절이 한참 지나도록 매달려 있었다는 기억이 난다. 나는 셔츠를 머리 위로 벗었다. 커튼은 그대로 열어둬, 나는 말했다. 그는 잠시 생각해보는 것 같았다. 그러더니 결국은 창가로 가서 커튼을 닫았고, 가방에서 검은 밧줄을 네 개 꺼냈다. 아주 아름다운 물건이었다. 검은색에 비단처럼 부드럽지만 굉장히 두꺼워서 자르려면 예리한 칼이 필요할 것 같았다. 내 손목을 침대 머리맡의 기둥에 묶는 그의 솜씨가 너무 능숙해서 나는 깜짝 놀랐다. 이걸 살 때 뭐에다 쓸 거라고 했어? 나는 물었다. 누굴 좀 묶을 거라고, 그가 대답했다. 그랬더니 그 사람들이 뭐라고 물었는 줄 알아? 나는 고개를 저었다. 여자요, 아니면 아이요? 그가 그렇게 말하며 얼음장 같은 손가락으로 내 가슴부터 갈비뼈까지 쓸어내렸고, 내 목걸이를 살살 돌려 잠금쇠를 찾았다. 그래서 뭐라고 말했어? 내가 몸을 떨며 물었다. 둘 다요, 그가 속삭였다. 나를 만지는 손길에 담긴 다정함, 이 단순한 일을 이해하는 그의 다정함에 나는 벅찬 평온을 느끼며 울고 싶어졌다.

그 무렵, 겨울 동안의 짧은 전쟁이 끝났다. 미사일 한 대가 아이언돔을 뚫고 들어와 알로조로브 스트리트와 벤 에즈라 스트리트 교차로 모퉁이에 있던 남자 한 명이 죽었다. 장막이 뚫려 하늘에 구멍이 났지만, 다른 세계의 현실이 구멍을 뚫고 쏟아져들어오지는 않았다. 가자에서 비교할 수 없이 대대적인 보복 폭력이 딱 한 건 더 일어난 후, 마침내 취약한 휴전이 이루어졌다. 병원에서 퇴원한 후 나는 일주일 더 텔아비브에서 지냈고, 체구가 작고 성격이 단호한 가정의인 게울라 바르토브 박사에게 점검을 받으며 요양했다. 바르토브 박사는 발열이 없는 상태가 사십팔 시간 내내 유지될 때까지, 그리고 지금껏 받은 수많은 검사의 결과가 나올 때까지 기다렸다가 뉴욕으로 돌아가는 비행기를 타야 한다고 단호히 주장했다. 내가 감염원을 파악하는 데 별로 관심이 없어 보이는 것을 그녀는 이상하게 생각했다. 의사는 그것을 하나의 증상으로 보고 '심리적 무감각'이라고 기록했다.

통증은 사라졌지만, 그 여파로 힘이 없고 피로했고 여전히 식욕이 거의 없었다. 아버지는 페레스에게는 아니어도 사촌 에피에게는 전화를 걸었고, 에피의 신고로 여동생의 아파트 문을 부수고 들어간 경찰은 반쯤 떨어져 덜렁거리는 문을 그대로 두고—어쨌든 이곳은 이스라엘이니까—그냥 가버렸다. 누군가 그것을 아파트 안으로 들어오라는 초대로 여기고 벽에서 텔레비전을 떼어 가져갔는데, 그전에 침대에서 뒹굴고 내가 냉장고에 둔 복숭아를 먹어치우기도 했다.

나는 가족에게 취재를 위해 사막에 캠핑을 갔다가 전화 연결도 안 되는 와중에 병에 걸렸다고 말했다. 당분간은 내가 무사한 것만으로도 충분한 듯해서 더 깊이 따지는 사람은 없었지만, 아버지는 기어이 에피를 보내 나를 살펴보게 했다. 그 결과, 나는 부서진 문을 비집고 들어온 두번째 침입자와 두 시간 동안 언쟁을 했는데, 이 사람은 키 백오십 센티미터의 고집불통이었다. 내가 원하지 않는데도 나를 예루살렘 집으로 강제로 끌고 가서 나마의 보살핌을 받으며 요양하게 할 수는 없다는 사실이 마침내 명확해지자, 에피는 나를 힐턴호텔에 다시 태워다주는 선에서 합의를 보았다. 가는 길에 에피에게 프리드만에 대해 아는 대로 다 말해달라고 했지만, 둘의 친구 관계에 관한 그의 설명은 갈수록 모호해지더니 결국에는 완전히 다른 화제로 벗어나버렸고, 나는 그가 프리드만을 얼마나 잘 알았는지 의문을 품을 수밖에 없었다.

이번에 나는 호텔 북쪽 측면에 있는 방을 받았다. 아래로 수영장이 보이고 서쪽으로 바다가 펼쳐져 있어서, 바로 밖으로 나가 이쪽저쪽으로 필요한 만큼 몸을 틀어 그 풍경과 마주했다. 총지배인이 다시 돌아와 반갑다며 전화를 했고 이번에는 그가 보낸 과일바구니가 정말로 나타났으며, 그 안에는 아랍어로 '등불'을 뜻하는 샤무티라는 이름의 달콤한 야파 오렌지가 가득 들어 있었다. 그는 일전에 품었던 경계심을 잊은 듯했지만, 애초에 나의 괜한 상상이었을 수도 있다. 다음날 아침식사를 하러 가는 길에 총지배인과 마주쳤을 때, 그는 옷깃에 꽂은 금색 핀을 반짝이며 미소로 나를 반겼고, 이스라엘방위군 장교 두 명이 내 여권을 프런트에 두고 가자 힐턴 봉투에 넣어 조그만 초콜릿 한 상자와 함께 방으로 보내주었다.

이스라엘에서 보낸 마지막 며칠 동안, 나는 여전히 기운이 없는 상태로 수영장 옆에 놓인 의자에 앉아 있었다. 정신이 텅 비워진 느낌이었고 독서에도 집중할 수가 없어서, 그저 파도를 바라보거나 철도 아닌데 수영을 하는 몇 안 되는 대담한 사람들을 바라보며 지냈다. 대개는 수영장을 천천히 반복적으로 오가는 나이든 사람들이었다. 나는 파라솔과 수건을 관리하는 젊은 직원에게 이츠하크 펄먼이 이제는 오지 않느냐고 물었다. 하지만 그는 이츠하크 펄먼이라는 사람에 대해 들어본 적이 없었다, 이럴 수가. 나는 전화기를 계속 옆에 두고 프리드만이—에피가 처음에 말한 대로 "난데 있게"—전화하기를 바랐지만, 그는 전화하지 않았다. 열은 사라졌어도 꿈은 여전히 생생하여, 잠깐 졸면 프리드만이 근처의 가까운 것들과 뒤섞여 꿈에 나타났다. 꿈 때문에 힘겨워서 정신 활동이 차단된 꿈 없는 잠을 원했지만, 사실 그 단계의 나는 어떤 종류의 잠이라도 잘 수만 있으면 감사했다. 나는 수영장 직원이 의자에 깔린 매트리스를 벗겨낸 후까지 늦도록 바깥에 있었다. 지중해 지역의 다섯시, 빛이 너무도 아름다워 거기에서 제국들이 흥하고 망했다는 사실이 쉽게 이해되었다. 그리스와 아시리아, 페니키아와 카르

타고, 로마, 비잔틴, 오스만.

바로 거기 수영장 옆에 누워 거대하게 솟아오른 흉한 힐턴 건물을 잠시 올려다보며 손으로 해를 가리고 있을 때, 나는 15층 혹은 16층의 테라스에 있는 그를 보았다. 건물 북쪽 측면에서 테라스에 나와 있는 사람은 그가 유일했고, 잠시 나는 그가 막 어떤 속임수를 쓰려 한다고 느꼈다. 이십 년 전, 나는 링컨센터에서 밖으로 나왔다가 작은 무리의 사람들이 어떤 건물 위를 올려다보는 모습을 보았다. 그 건물의 위쪽 층들은 한 곳만 빼고 모두 창문이 캄캄했는데, 그 불 켜진 직사각형 안에서 한 커플이 천천히 춤을 추고 있었다. 다른 창문 모두가 어두웠던 것은 뜻밖의 재미를 주는 우연이었는지도 모르고, 그 커플은 아래에서 작은 군중이 모여 쳐다보고 있다는 사실을 전혀 몰랐을지도 모른다. 하지만 그들의 움직임에서 엿보인 어떤 신중함 때문에 우리는 그들이 알고 있다는 느낌을 받았다. 15층 테라스에 나와 서 있는 남자가 내 주의를 끈 것도 같은 느낌 때문이었을 거라고 생각한다. 그가 난간 너머로 몸을 기울일 때 그의 몸에 생기를 불어넣은, 농밀하게 의도적이고 극적인 느낌. 나는 꼼짝없이 사로잡혀 시선을 돌릴 수 없었다. 수영장 직원을 불러 알려야 한다고 느꼈지만, 무슨 말을 한단 말인가?

그 일은 아주 신속히 일어났다. 남자는 몸을 앞으로 밀어 손에 체중을 싣고 다리 하나를 철제 난간 위로 넘겼다. 수영장에서 나오던 여자가 소리를 질렀고, 불과 몇 초 만에 남자는 다른 쪽 다리도 넘겨 난간 위에 올라앉더니 이백 피트 아래로 펼쳐진 허공에 다리를 내려 덜렁거렸다. 마치 그의 남은 생 전체가 그의 안으로 충돌해 들어온 듯, 그는 갑자기 엄청난 잠재력으로 채워지는 것 같았다. 그때 그가 뛰었다, 양팔을 벌리고, 새처럼.

삼십육 시간 뒤, JFK공항에서 출발한 택시는 쉿녹 같은 주황색 땅거미가 패스트푸드 레스토랑들 위로, 장례식장들과 침례교회들 위로, 크라운하이츠에서 묵은 눈을 헤치고 서둘러 지나가는 하시드 유대인들 위로 드리운 풍경을 뚫고 달렸다. 택시가 마침내 우리집이 있는 거리로 들어섰고, 기사가 기다리는 동안 나는 여행가방을 끌고 현관 계단을 올라갔다. 집안에 불이 밝혀져 있었다. 전면의 창문을 통해 아이들이 바닥에 앉아 고개를 숙이고 게임을 하는 모습이 보였다. 아이들은 나를 보지 못했다. 그리고 잠시 나도 나 자신을 보지 못했다. 구석에 놓인 의자에 앉은, 이미 거기 있는 나를.

작가 노트

이 책의 제목은 단테가 썼고 롱펠로가 번역했으며 몇 년 전 예루살렘으로 가는 긴 자동차 여행 중에 누군가 내게 인용한 다음 문장들에서 가져왔다.

> 우리의 인생길을 반쯤 지났을 때
> 나는 어두운 숲에서 헤매고 있었네,
> 똑바로 난 길을 잃어버렸기에.

이로써 나는 이 책에 이름이 언급된 모든 이들에게는 어떠한 책임도 없음을 밝히고자 한다. 엘리에제르 프리드만도 마찬가지다. 혹시 그가 내게 연락을 취하고 싶다면, 어디에서 날 찾을 수 있는지 알 것이다.

문턱을 넘어

니콜 크라우스는 서른한 살이던 2005년에 두번째 소설 『사랑의 역사』를 발표하면서 미국 문단에 큰 반향을 일으켰다. 비슷한 시기에 『엄청나게 시끄럽고 믿을 수 없게 가까운』을 발표한 남편 조너선 사프란 포어와 함께 미국문학에 새로운 바람을 일으킬 젊은 작가 커플로 큰 기대를 모았다.

홀로코스트에서 살아남아 미국에 망명한 늙은 열쇠공과 열네 살 소녀의 그물망처럼 얽힌 인연과 만남을 그린 『사랑의 역사』는 독자들의 큰 사랑을 받았고 세계 여러 나라에서 번역되어 읽혔다. 특히 이스라엘에서는 점점 잊혀가는 유대인의 아픈 역사와 상실을 젊은 세대도 공감할 수 있게 그려낸 이 소설에 극찬을 보냈다.

그뒤로 2010년에 유대인의 역사와 디아스포라에 더욱 깊이 다가간 『위대한 집』이 나온 후 칠 년간 크라우스는 장편소설을 발표하지 않았고, 그동안 이혼을 비롯해 개인사에 많은 변화를 겪으며 주로 작품 외적인 문제로 언급되었다.

그래서인지 신작 『어두운 숲』은 전작들과 많은 면에서 다르다. 더욱 원숙해진 목소리로 철학적인 주제를 탐구하고 사색하며, 자신과 개인적 상황이나 이름까지 같은 인물의 입을 빌려 중년에 접어든 삶을 고백적인 문체로 이야기한다. 유대계 미국인의 정체성과 뿌리 찾기는 변함없이 주된 주제를 이루지만, 그 외에 문학, 철학, 심리학, 신학 등 여러 방면에 관한 사색과 사변적인 서술은 전과는 크게 달라진 특징이다.

이 책의 제목은 단테의 『신곡』 중 「지옥편」에서 단테가 어두운 숲에서 길을 잃고 헤매는 부분에서 가져왔다. 아닌 게 아니라 소설의 축을 이루는 두 인물은 인생의 길을 잃은 듯 삶에 회의를 느끼고 자신의 뿌리가 시작된 곳으로 갔다가 삶이 송두리째 바뀌는 계기에 발을 들여놓게 된다.

창작과 개인사 모두에서 어려움을 겪는 소설가 니콜과 노년에 접어들며 열정적으로 일궈온 모든 것에 의문을 품는 전직 변호사 엡스타인의 이야기가 교차로 전개되는 구성은 『사랑의 역사』나 『위대한 집』과 유사하지만, 여러 인물의 이야기가 따로 진행되다 뒤에 가서 서로의 연결 고리가 밝혀지면서 세밀히 직조된 인연의 무늬가 드러났던 전작들과는 달리 『어두운 숲』에서는 두 사람이 단 한 번도 서로 만나지 않으며 명시적으로 드러나는 관련도 전혀 없다. 다만 접하는 사물이나 장소, 상념의 소재 등이 같거나, 두 사람이 비슷한 장소에서 비슷한 경험을 했다는 암시 정도만 드러날 뿐이다.

일인칭으로 내밀하게 서술하는 니콜 부분과 달리 삼인칭으로 인물과 거리를 두고 서술하는 엡스타인 부분은 그 자체로 한 편의 소설이 되기에 부족함이 없고, 그래서 어쩌면 그 이야기는 니콜이 이스라엘에서 여러 일을 겪고 나서 드디어 쓸 수 있게 된 소설이 아닌가 생각도 들지만, 이 역시 작품 안에서는 확인되지 않는다. 그렇더라도 엡스타인의 이야기를 하나의 소설로 감상하면서 니콜의 이야기만 따로 떼어 살펴보면 이 작가가 중요한 변화의 과정을 지나고 있음을 짐작하게 할 몇 가지 핵심어가 나타난다.

결박

주인공 니콜은 유대인 부모가 수천 년 전의 역사와 성경 이야기를 들려주며 아이들을 동족 공동체의 일원으로 훈육하고 아이들은 갖은 노력과 눈부신 성과로 부모와 사회의 기대에 부응하는 관습을 결박이라고 정의한다. 어른들은 자유로운 영혼이 제멋대로 자랄 기회를 막고 아이들은 스스로를 틀에 맞추게 하는 덫이라는 것이다. 그녀 자신도 성공적인 초기작의 그늘에서 벗어나지 못하고 이스라엘에 가면 아직도 사람들이 다가와 그런 글을 계속 써달라고 요청하는 경험을 이야기하면서 유대인이라는 정체성이 얼마나 자신을 옥죄는지 토로한다.

뒤바뀐 시간

니콜은 라디오에서 우연히 다중우주 이론에 대해 듣고 나서 언젠가 자신이 여러 곳에 동시에 존재한다고 느낀 환각을 떠올리며 가지 않은 길과 선택하지 않은 삶, 다른 세상에 존재하는 나를 꿈꾼다. 그뒤로도 그녀의 시간은 단선적인 흐름을 거역하며 뒤죽박죽 섞인다. 고립된 사막의 경험을 이야기하다가 갑자기 몇 년 후로 건너뛰어 부부관계의 파탄을 언급하고, 응급실 간이침대에서 열에 들뜬 채로 '미래의' 연인과 보내는 충만한 한때를 '회상'한다. 호텔에서 꽃바구니를 받기도 전에 잘 받았느냐는 질문을 받고, 고층 객실에서 뛰어내린 남자의 이야기를 사건이 실제로 발생하기도 전에 듣는다.

문턱

이스라엘에 간 니콜은 프리드만이라는 수수께끼 같은 인물에 이끌려 사막으로 나가 죽을 고비를 넘나드는 이상한 경험을 한다. 그 이유는 카프카가 널리 알려진 대로 오스트리아의 결핵 요양원에서 사망한 것이 아니라 유대인의 조국 이스라엘로 이주해 신분을 숨기고 정원사로 일하며 추가로 작품을 남겼다는 프리드만의 주장에 현혹되기 때문이다. 그러면서 카프카를 "행복의 문턱" "변신의 문턱" "탈출의 문턱" 등 철저히 문턱에 머물러 산 사람으로 묘사한다. 그리고 그가 이스라엘로 이주해 다른 삶을 살며 그 문턱을 넘었다고 말한다.

변신

문턱을 넘은 사람이 카프카만은 아닐 것이다. 다윗의 역사를 재해석한 영화에 늙은 다윗 역으로 출연했다가 어두운 숲속에서 사라진 엡스타인이나 사막에서 가까스로 탈출해 미국의 집으로 돌아갔을 때 이미 거기에 와 있는 자신을 집밖에서 바라보는 니콜도 문턱을 예민하게 감지하고 방황하다 다른 삶으로, 혹은 삶조차 끝나는 곳으로 넘어간 사람들인지도 모른다. 이곳과 저곳에 동시에 존재할 수 있고, 질서와 논리, 무엇보다 시간의 흐름에서 놓여난 삶의 주름으로 들어간 사람들. 그런 의미에서 이 소설은 변신의 이야기가 아닐까. "한 형태에서 다른 형태로의 변화가 아니라, 각기 다른 물질적 현실들을 통과하는 영혼의 연속성에 관한 이야기."

이런 측면에서 볼 때 『어두운 숲』은 니콜 크라우스의 변화를 알리는 작품이 될지도 모른다. 전작에서 보이던 지나치게 노력하는 우등생 같은 이미지에서 탈피하고 독자들이 자신에게 기대한다고 여기는 것들을 애써 무시하면서 결박에서 벗어나려는 몸짓이 느껴진다. 노골적으로 자신을 드러내 보이면서 나는 이런 사람이다, 다른 것을 기대했다면 포기하라, 하고 외치는 것 같다. 지금까지 자신을 사랑해준 독자들에게 외면받을 각오를 하고, 성공적인 삶을 살게 해준 많은 것을 떨쳐버린 채로 다시 시작하겠다는 결기도 느껴진다. 실망과 피로와 안간힘이 절절히 와닿는다.

그러므로 그의 글에서 가끔 엿보이는 나르시시즘, 자신의 기억이나 회한에는 현미경적으로 집착하면서 타인의 진부한 삶에 대해서는 가혹한 면도날을 들이대는 듯한 독백, 정치적 올바름을 작정이나 한 듯 무시하는 모습, 심지어 나치 수용소 생존자가 공감을 구하며 팔 안쪽에 찍힌 수감자 번호를 드러내는 모습을 희화화해서 그리는 장면 등이 간혹 불편하게 느껴지더라도 이 역시 자신을 드러내 해부하는 시도라고 이해할 수 있을 것 같다. 험난한 역사의 굴곡을 겪은 민족의 일원으로서, 초기작의 눈부신 성공에 얽매인 소설가로서, 생기가 사라진 결혼생활에 환멸을 느끼는 중년 여성으로서, 지금까지 이중 삼중으로 자신을 구속하던 굴레를 벗어던지려는 몸부림으로 본다면.

크라우스는 서사도 인간의 삶도 무정형을 감당하지 못한다면서, 자신을 충분히 알기도 전에 삶의 서사를 정해버리고 그 삶을 사는 데 열중했다고 한탄한다. 그에게 글쓰기는 거기에서 벗어나려는 본능적인 저항이었다. 하지만 그런 글쓰기에도 여러 형태의 결박이 영향을 미치고 정형과 질서를 유지하려는 강박으로 인한 인위적인 장치가 개입했다. 그래서 그는 지금까지 자신을 정의해온 많은 것을 회의하며, 카이로스의 시간에 생긴 틈을 비집고 들어가 가보지 않은 길을 밟아보려 하는 듯하다.

시간의 틈을 벌려 돌아간 곳에서 니콜 크라우스는 새롭게 거듭나리라는 예감이 든다. 칠 년의 공백을 촘촘히 메우고 그 누구의 기대도 등에 얹지 않은 채 철저히 자신이 원하는 글을 쓰면서. "격렬함을 동반하지 않는" 사랑은 거부하고 "문학은 절대 시온주의에 이용되어선 안 된다고" 주장하면서. 나이들어도 조용하고 원숙하게 잦아들기보다는 줄곧 꼿꼿하고 성마르게, 질서와 정형을 찾아 위축되는 인간사에 뾰족한 송곳을 들이대면서.

민은영

옮긴이 **민은영**
고려대학교 영어교육과를 졸업하고 이화여자대학교 통역번역대학원에서 석사학위를 받았다. 현재 전문 번역가로 활동중이며 『사랑의 역사』 『여우 8』 『거지 소녀』 『아처』 『곰』 『아일린』 『내 휴식과 이완의 해』 『마블러스 웨이즈의 일 년』 『안데르센 교수의 밤』 『에논』 『친구 사이』 『불륜』 『존 치버의 편지』 『어떤 날들』 『그의 옛 연인』 『여름의 끝』 『칠드런 액트』 『차일드 인 타임』 등을 우리말로 옮겼다.

문학동네 세계문학
어두운 숲

1판 1쇄 2020년 6월 3일 | 1판 3쇄 2022년 3월 16일

지은이 니콜 크라우스 | 옮긴이 민은영
기획 이현자 | 책임편집 이봄이랑 | 편집 윤정민 홍유진 오동규
디자인 엄자영 이원경 | 저작권 박지영 형소진 이영은 김하림
마케팅 정민호 이숙재 박보람 한민아 김혜연 이가을 안남영 김수현 정경주 이소정
브랜딩 함유지 함근아 김희숙 정승민
제작 강신은 김동욱 임현식 | 제작처 더블비(인쇄) 천광인쇄사(제본)

펴낸곳 (주)문학동네 | 펴낸이 김소영
출판등록 1993년 10월 22일 제2003-000045호
주소 10881 경기도 파주시 회동길 210
전자우편 editor@munhak.com | 대표전화 031) 955-8888 | 팩스 031) 955-8855
문의전화 031) 955-8895(마케팅) 031) 955-1929(편집)
문학동네카페 http://cafe.naver.com/mhdn | 트위터 @munhakdongne
북클럽문학동네 http://bookclubmunhak.com

ISBN 978-89-546-7183-5 03840

잘못된 책은 구입하신 서점에서 교환해드립니다.
기타 교환 문의 031) 955-2661, 3580

www.munhak.com

이 책에 쏟아진 찬사

우아하고 도발적이며 매혹적인 이 소설은 니콜 크라우스의 최고작이다. 생생하고 지적이며 시시때때로 유머러스하다. 매력 넘치는 역작. **퍼블리셔스 위클리**

매년 출간되는 책 중 아주 소수의 작품만이 읽는 즉시 '걸작'이라는 느낌을 준다. 인간의 존재 조건을 독창적인 방식으로 정의하려 시도하는 니콜 크라우스의 『어두운 숲』은 그중 하나다. 혁신적이고 경이롭다. 엡스타인의 이야기와 니콜의 이야기는 결코 만나지 않지만 두 인물은 수많은 방식으로 서로를 비추고 반영한다. 부분의 합보다 훨씬 거대한 전체를 만들어내는 이 구조적 창의성은 작가의 원대한 상상력과 예리한 지성, 그리고 정교한 스타일과 결합해 이 소설이 걸작임을 부르짖는다. **워싱턴 인디펜던트 리뷰 오브 북스**

명쾌하고 짜릿한 작품. 엘리아스 카네티는 언젠가 카프카에 대해 이렇게 썼다. 그는 무엇보다 실패할 자유를 보존하고자 노력했노라고. 그와 같은 맥락에서, 작가는 예리하고 창의적으로 카프카를 재해석하며 소설 속 니콜과 엡스타인에게 실패할 자유를 되찾아준다. 이 특별한 자유를 결코 가벼이 여겨서는 안 된다. 등장인물에게뿐 아니라 우리에게도 그것은 엄청난 선물이다. **뉴욕 타임스 북 리뷰**

이중성의 불가피한 뒤엉킴은 니콜 크라우스의 중심 주제 중 하나이자 등장인물들이 탐구하는 핵심적 질문이기도 하다. 우리가 삶을 유지하기 위해 필요로 하는 형태—그것이 소설이든 관계든 장소든—는 어떤 방식으로 우리를 형성하는 동시에 속박하는가. **보스턴 글로브**

니콜 크라우스의 글이 주는 기쁨은 언어의 집요한 정확성에서 온다. 그것이 우리를 사막으로, '어두운 숲'으로, 그 밖에 깨달음이 찾아오는 사색의 장소로 이끌어 간다. **NPR**

작가의 전작인 『사랑의 역사』와 『위대한 집』과 마찬가지로, 이 작품 역시 강렬한 감정을 서서히 쌓아나가다가 결말에서 계시적인 깨달음을 느끼게 한다. 여운이 짙고 사색적이며 시적이고 통찰력 있는 이 소설은 미국 최고의 작가 중 한 명인 니콜 크라우스의 또다른 걸작이다. **북페이지**

이 성공적인 소설에는 관습적인 내러티브를 비관습적인 방향으로 끌고 가려는 결의가 담겨 있다. 니콜 크라우스의 문장은 정확성과 우아함 사이에서 균형을 유지한다. 이 작가는 완벽하지 않은 문장은 도저히 쓸 수 없는 사람이다. 『어두운 숲』에서 크라우스는 다시 한번 묵직한 주제를 손쉽게 써내는 경지를 보여준다. **샌프란시스코 크로니클**

홀릴 듯 미스터리하다. 니콜 크라우스는 유대 역사와 전쟁, 고대 중동의 빼앗긴 숲에 대해, 그리고 존재의 역설에 대해 풍부한 감정과 명민함을 담아 사유한다. 자아와 과거의 존속성이 지닌 수수께끼를 바라보는 시선이 커다란 울림을 남긴다. **북페이지**

엡스타인과 니콜이 삶과 사랑에 대해 느끼는 감정들은 고난 끝에 성취해낸 진실한 것이다. 인물들 사이에는 깊은 차원에서의 공명이 빈번히 일어난다. 자신들의 믿음을 시험하는 오래된 삶을 뒤로한 채, 그들은 바다 건너에서 진실한 자신을 탐색한다. **이코노미스트**